# LA GUERRA
## del Desamor

### JESSICA MARIN

Este libro está dedicado a mi abuela Shirley, quien me introdujo en el mundo de los libros. Sé que está sentada en el cielo, emocionada por leer esta novela.

Y para todas las mujeres... las mujeres solteras que trabajan, las madres que trabajan a tiempo completo, las madres que se quedan en casa y las esposas que se quedan en casa... cualquiera que sea la situación actual, ¡USTEDES SON MARAVILLOSAS!
Eres digna de todos tus sueños, felicidad, amor y éxito.
Hazte siempre una prioridad y NUNCA DEJES DE SOÑAR.

# Prólogo

Hay días que se quedan grabados en nuestra memoria para siempre. Días de felicidad, días de experiencias, días de tristezas. Hoy es uno de esos días. Un día que nunca pensé que me pasaría. Cuando estás escribiendo la historia de tu vida, nunca planeas algo como esto.

Hoy es el día en que mi matrimonio ha terminado.

Hoy es el día en que mi esposo me dijo que ya no me ama. Corrección: ya no está enamorado de mí. Dice que siempre me amará, pero merezco estar con alguien que esté enamorado de mí. Jura que no hay nadie más, pero después de ocho meses de terapia, no ve que sus sentimientos cambien y es injusto para mí que se quede en algo que está muerto.

Finjo no escucharlo mientras sigo escribiendo, pero por supuesto que he escuchado cada palabra. No puedo mirarlo. Me he quedado sin aliento, las palabras no pueden pasar el bulto que tengo en la garganta. Él sabe que lo escuché; ve las lágrimas corriendo por mis mejillas. Sus palabras siempre resonarán en mi cabeza. Atrás quedaron los recuerdos felices que alguna vez tuvimos. Ahora, cuando piense en él, este será el momento.

*Que se vaya a la mierda*, una voz grita en mi cabeza mientras camina hacia la puerta. Desearía poder decir esas palabras. Pero ya es tarde. En cambio, hay un silencio lleno de ira, derrota y dolor. No lo voy a perseguir. No le voy a rogar que lo reconsidere. Esto de ser la única que intenta salvar nuestra relación también ha terminado. ¿Si él ya no está enamorado de mí, entonces por qué querría que se quede? Lo que no entiendo es ¿dónde y cuándo se enamoró de mí?

Acabamos de tener nuestra millonésima pelea. Por supuesto, como todas las peleas. Cosas simples que podrían tener resoluciones simples. Nuestra guerra ha sido, yo queriendo su tiempo y él reacio a darme más. Solía ser su prioridad número uno. Pero me convertí en su amante y el trabajo es su esposa. Alguna una vez, fui su vida entera.

Nos conocimos mientras trabajábamos para la misma agencia deportiva. Yo era subdirectora de eventos y él era el vicepresidente comercial. Era tan carismático, inteligente, divertido y bien parecido. Sabía cómo usar sus activos para conseguir ventas, especialmente si se dirigía a la clientela femenina. Cada vez que nuestra empresa conseguía un nuevo contrato; lo celebré con una fiesta. Tuvimos que trabajar en estrecha colaboración, por lo que rápidamente nos hicimos amigos. Él hacía fácil caer en su red, pero yo era profesional y disfrutaba de su amistad, así que supuse que eso sería lo único que íbamos a ser. Tampoco pensé que era su tipo. Él parecía siempre gravitar hacia las mujeres rubias de ojos azules. Mujeres que se veían como modelos de revista, todo lo contrario, a mí. Cuál sería mi sorpresa cuando me besó una noche mientras estábamos trabajando hasta tarde. Pasamos las siguientes tres horas besándonos en lugar de trabajar. Estaba locamente enamorada de él y pensé que había encontrado al hombre perfecto.

Nos casamos dos años después y estaba en una nube rosa, tanto personal como profesionalmente. Después de nuestro primer aniversario, hablamos de tener un bebé. Pero pasó otro año y no habíamos concebido. Mis médicos hicieron más pruebas y descubrimos que yo tenía un útero anormal. El médico dijo que sería "difícil" quedar embarazada.

Estaba devastada.

Me sentí como un completo fracaso como mujer y esposa. Empecé a preguntarme por qué mi esposo querría seguir casado conmigo si no podía darle una familia. Él pensó que estaba siendo una exagerada y me dijo que no le importaba si no teníamos hijos. Que todo lo que necesitaba era a mí. Mi intuición no le creyó, y la intuición de una mujer no se equivoca. A medida que pasaban los meses, lo atrapaba mirando a los hijos de otras personas con anhelo. Sabía que mi depresión nos estaba afectando y prometí tratar de volver a ser esa chica alegre y positiva con la que se casó. Cuando sugerí que intentáramos usar un vientre de alquiler, la luz volvió inmediatamente a sus ojos y comenzamos a hacer planes. Él estaba a punto de aceptar un nuevo puesto como director de Ventas Corporativas de una empresa muy importante, por lo que con los ingresos adicionales, podíamos permitirnos un vientre de alquiler para el año siguiente.

El amor por mi trabajo se perdió una vez que él dejó la agencia para ocupar su nuevo puesto. No me había dado cuenta de cuánto confiaba en él, tanto profesional como personalmente. Empecé a sentir que tal vez había perdido mi identidad. Claro, era la esposa de alguien, pero seguía siendo yo y necesitaba hacer cosas que me hicieran feliz. Con su bendición, renuncié a mi trabajo y comencé mi propio negocio de organización de eventos, con especialidad en fiestas infantiles. Esto requirió que aprendiera más sobre las redes sociales, incluso comenzar mi propio blog. Me encantaba descubrir cosas nuevas y volví a sentir que podía conquistar el mundo con el mejor esposo apoyándome. Pero a medida que me absorbía más en mi negocio, no noté los cambios en mi esposo.

Su nuevo trabajo requería que viajara más, lo cual al principio no tuve problemas ya que me daba tiempo para dedicarlo a concentrarme en mi negocio. Sus viajes pasaron de una vez al mes a cada semana. Viajaba para conseguir grandes cuentas, y con esas grandes cuentas venían cheques de grandes comisiones. El dinero siempre fue importante, pero se había convertido en una obsesión para él. Un juego de cuánto dinero podía ganar en poco tiempo. Todo lo que quería hacer era hacer más y más. Incluso cuando estaba en casa, siempre estaba en su computador o respondiendo llamadas a altas horas de la noche. Sus gustos comenzaron a volverse caros. Nuestro acogedor apartamento se convirtió en un museo frío y moderno debido a todas las remodelaciones que había hecho. Siempre fue generoso comprándome regalitos aquí y allá. Antes sería un libro nuevo que quería o una tarjeta de regalo para mi cafetería favorita. Luego mis regalos eran lencería de La Perla y joyería de Ippolita. Pobes sustitutos de su falta de atención.

Tal vez a algunas mujeres les guste vivir así. Para mí era inaceptable, así que exigí que buscáramos terapia de pareja. Al principio, se mostró reacio a ir. Decía que la ropa sucia debía lavarse en casa. Pero cuando las peleas continuaron, finalmente accedió.

La terapia lo aburría. Él estaba físicamente presente, pero su cabeza estaba en otra parte. Incluso las fáciles sugerencias de citas semanales le parecían difíciles. Me emocioné cuando sugirió que nos fuéramos de vacaciones. Pero en esas semanas previas a nuestras vacaciones, estuvo más ocupado que nunca y casi nunca lo vi. Una vez que llegaron nuestras vacaciones, estábamos caminando sobre cáscaras de huevo uno alrededor del otro. Él se sentía como un completo extraño para mí. Incluso el sexo me resultó desabrido y mecánico. Pero nunca perdí la esperanza. Sabía en mi corazón que el hombre con el que me casé todavía estaba allí, y él tampoco se daría por vencido conmigo. Yo era la misma chica con la que se casó. Físicamente, no había cambiado mucho, más o menos cinco libras. Siempre fui su mayor apoyo. Siempre antepuse sus necesidades a las mías. Tuvimos sexo constantemente hasta que él prefirió el trabajo. Pero se dio por vencido. Él se dio por vencido conmigo. Él se dio por vencido con nosotros.

*¿Por qué?*

Estoy tratando de concentrarme en mi publicación diaria en el blog, pero apenas puedo ver a través de las lágrimas. El teclado está mojado, mis dedos se resbalan mientras trato de escribir. La publicación se ha convertido más en un diario de mis emociones en este momento que en un artículo sobre una fiesta del Día de San Valentín. Los recuerdos están inundando mi cabeza como olas durante la marea alta. Es como si mi cerebro quisiera lavarlos para detener el dolor que late en mi corazón. Mi lista de canciones solo está empeorando las cosas, reproduciendo cada nota triste conocida por el hombre. Imitando mi estado de ánimo, rompiéndome aún más.

No puedo soportarlo. Entre la música, los recuerdos y darme cuenta de lo que realmente está sucediendo, necesito encontrar refugio. Corro a mi habitación y me tiro en lo que solía ser nuestra cama y lloro.

Lloro por la chica que pensó que había encontrado su príncipe azul.

Lloro por el hombre que solía ser mi esposo.

Lloro por los hijos que nunca tendremos.

Lloro al darme cuenta de que ahora estoy sola.

En mi miseria, convenientemente no recuerdo haber presionado publicar en una publicación de blog que habla más sobre mi matrimonio fallido que sobre una fiesta temática. Inconscientemente cometí suicidio profesional.

O eso pensé.

# Capítulo 1

*Un año después*

—¡Oh, creo que acabo de mojar mis bragas!

Pongo los ojos en blanco ante el dicho favorito de mi asistente cuando ve algo que le gusta, que puede ir desde prendas de vestir hasta un ser humano. Estamos sentados en el Aeropuerto Internacional JFK, esperando nuestros respectivos vuelos. Él está observando a la gente mientras trato de escribir algunos correos electrónicos de agradecimiento. Acabamos de hablar en un taller para blogueros de tres días, y ahora estoy en camino a Las Vegas para otro compromiso de hablar en una convención para mujeres empresarias. Robert, mi asistente y amigo, amante de la diversión, con la boca llena de palabras soeces, gay, regresa a su casa en Chicago para ocuparse de la oficina.

Cuando publiqué accidentalmente mi emotiva publicación en el blog hace más de un año, nunca pensé que miles y miles de mujeres la compartirían con sus amigas y me llevarían al éxito. Los consejos, la simpatía y el apoyo que recibí de extraños me dejaron sin palabras. Nos tomó dos días revisar todos los correos electrónicos y comentarios. Traté de responderles a todos, pero terminé escribiendo una larga publicación de agradecimiento. Nunca subestimes el poder de las mujeres que se unen para apoyarse mutuamente cuando estás deprimida o triste.

—¡Jenna, deja de hacer lo que estás haciendo y mira a este magnífico espécimen de hombre! —Robert exige lo suficientemente alto para que toda la sala de espera lo escuche.

—Robert, ¿puedes dejar de hablar de mojar tus bragas, tan fuerte en público? —Lo reprendo mientras continúo escribiendo en mi computadora portátil—. Cualquiera que escuche puede ser un cliente actual o futuro y es posible que no le guste tu elección de palabras. —Trato de expresar mi punto con delicadeza ya que no quiero herir sus sentimientos, ni quiero que sienta que no puede ser él mismo a mi alrededor.

—Si a la gente no le gusta lo que ve, entonces no los queremos como clientes.

—Robert… —Le advierto, dándole una mirada severa que dice que esa es la actitud equivocada.

—Bien, la próxima vez te lo susurraré al oído. ¡Ahora, por favor, echa un vistazo a este tipo! —Suspirando, miro hacia arriba para apaciguarlo. El objeto de su lujuria está hablando con la señorita en el mostrador de boletos. De espaldas a mí, noto que es muy alto, con cabello castaño que asoma por debajo de su gorra de béisbol, y tiene un trasero de esos que provocan morderlo.

—¡Alto y con un buen trasero… justo en tu área, Robert! —Vuelvo a escribir mi correo electrónico, decidida a no perder más tiempo mirando al extraño.

—¡Eso no es solo un trasero, Jenna, es el Santo Grial! —Él se ríe a carcajadas de su propia broma, lo que me hace negar con la cabeza.

—Eres mucho peor que un hombre heterosexual mirando mujeres en *Hooters* —respondo, a pesar de que encuentro su comentario divertido.

—¡Oh, relájate, Jenna! ¿También renunciaste a tu sentido del humor en esos papeles de divorcio? —Inmediatamente me pongo rígida por su mala elección de palabras, la tinta en los papeles sigue siendo una herida fresca en mi corazón.

Robert sabe lo devastador que ha sido para mí, el divorcio. Su primer día en el trabajo fue el día después de mi infame publicación en el blog. Él apareció elegantemente vestido y listo

11

para impresionar. No anticipó que su jefa abriera la puerta histérica y pareciera un zombi. En ese momento, no me di cuenta que tenía miles de correos electrónicos esperándome en mi bandeja de entrada, así que se lo dejé todo el primer día. No tenía idea de cómo lidiar con eso, avergonzada de haber hecho mi vida personal tan pública. Era un desastre; un horrible ejemplo del tipo de jefe para el que quieres trabajar. Me dejó sola el resto del día, pero decidió que valía la pena quedarse. Incluso hoy, no puedo creer que no haya renunciado a buscar algo, o alguien, más estable.

Puedo decir que Robert se da cuenta de que se ha pasado tres pueblos. Se ha quedado callado y se mueve como si algo le picara. Lo ignoro mientras termino mis correos electrónicos. Se aclara la garganta, esperando que lo mire o pregunte si está bien, pero me niego a mirarlo.

—Esto… Jenna, lo siento mucho. Mi comentario estuvo fuera de lugar. Por favor acepta mi disculpa. —Le doy una sonrisa tensa y asiento. Es difícil para mí seguir enojada con él porque tiene razón. He cambiado desde mi divorcio. Cuando contraté a Robert, era la nueva propietaria de un negocio, emocionada y enérgica que pensaba porque era la chica más afortunada del mundo al decidirme a emprender. Era consciente de mis problemas matrimoniales, pero para mí, la vida seguía siendo color de rosa. Todavía amaba a mi esposo y pensaba que podíamos superar nuestros problemas, sin importar lo mal que se pusieran. Pero esa chica se fue con su exmarido. Esa chica ha sido reemplazada por un caparazón de su antiguo yo, que lucha por levantarse de la cama todos los días y no deprimirse cuando me doy cuenta que estoy sola. Mi corazón tiene una pared de hielo alrededor con una cinta de advertencia. El trabajo es lo único que me mantiene en marcha. Soy la única que paga las facturas ahora y tengo personas que confían en mí para pagar sus propias facturas. Debo tener éxito, así que me lancé al trabajo. Trabajo doce horas al día en nuevos conceptos de fiesta, actualizando todas nuestras redes sociales con las últimas tendencias en fiestas. También trato de seguir inspirando a las mujeres a seguir en lo suyo, a mejorarse a sí mismas, y que *somos* dignas. Viajo más ahora que tengo demanda para hablar en público. No podría haber hecho nada de eso sin Robert y mi mejor amiga, Layla. Ellos me ayudaron a regresar a la realidad y me ponen en mi lugar cuando empiezo a deprimirme.

—Estoy trabajando en eso de relajarme más y divertirme. Creo que hice un buen trabajo mientras estuvimos aquí en Nueva York.

—Oh, sí, estaba muy orgulloso de que te quedaras despierta hasta pasada la medianoche —bromea con un guiño.

Después de nuestro último seminario, todas las personas con las que estábamos haciendo conexiones querían salir. Aprovechando la oportunidad de hacer nuevas relaciones, fuimos de bar en bar y terminamos en uno de esos bares gay, bailando hasta las cuatro de la mañana. Me divertí mucho y por una fracción de segundo, me sentí como antes. Pero eso se desvaneció tan pronto como regresé a mi habitación de hotel y la realidad me golpeó. Estoy a punto de decirle a Robert que continuaré empeñándome en seguir mejorando, cuando comienza a tocar mi brazo con emoción.

—Jenna, mira, se dio la vuelta... ¡rápido, antes de que se aleje!

Lo único que puedo ver es una mandíbula fuerte y cincelada y un pecho muy ancho. Lleva la gorra tan baja sobre la cara, así que no puedo distinguir sus rasgos. Lleva una chaqueta de cuero marrón que está abierta para revelar una camiseta gris que se adhiere a su pecho musculoso y jeans que se ajustan muy bien a sus caderas. Parece estar concentrado en lo que sea que diga su boleto antes de girarse para dirigirse directamente a las sillas cerca de la entrada de la puerta.

—Santas bolas, ¿*sabes* quién es? ¡Ese es Cal Harrington! —Robert dice con regocijo, sus ojos color avellana muy abiertos con asombro al ver a una celebridad. Debo tener una mirada en blanco en mi rostro, porque su expresión se convierte en sorpresa.

—¿No sabes quién es Cal Harrington? ¿El tipo que interpreta a Erik en la serie esa de los vikingos.

—No, no puedo decir que sé quién es porque no veo televisión y cuando lo hago, es *Real Housewives*, ya que vives y respiras ese canal.

—Chica, Cal Harrington es este actor buenote que actualmente se encuentra en uno de los programas de televisión de mayor audiencia. Dios, por ese tío se te caen las bragas. Es posible que no lo reconozcas porque usa una peluca rubia larga. Tiene hermosos ojos azules y casi siempre tiene el pecho desnudo en cada episodio. Y las escenas de sexo —dice con un profundo suspiro—. Digamos que me masturbo con ellas.

Escucho reír a alguien y miro por encima del hombro a una joven que está escuchando nuestra conversación. Rápidamente aparta la mirada y vuelvo mi atención a Robert.

—¡Robert, *por favor*, baja la voz! —susurro, pero él ha alcanzado mi punto máximo de curiosidad—. Entonces, ¿las escenas de sexo son de hombre a hombre?

—Oh, cariño, ya quisiera yo, pero por desgracia, se está tirando a las vikingas. Lo que hago es imaginar que soy yo.

Continuamos observando a Cal Harrington mientras desaparece entre la multitud.

—*Oh, Dios mío,* ¿y si está en tu vuelo a Las Vegas? Espero que sí. ¡Tú, zorra! Si te sientas a su lado, será mejor que lo beses y le metas la lengua, de remate me consigues su autógrafo.

—Altamente improbable ya que primero, me arrestarían por besarlo cuando grite que una extraña lo agredió sexualmente y segundo, probablemente esté en primera clase mientras yo estoy en clase turista.

14

—Jenna, ¿no miraste tu boleto? ¡Estás en primera clase!

Confundida por lo que me está diciendo, ya que nunca vuelo en primera clase, miro mi boleto y, efectivamente, estoy en el asiento 3B, que generalmente es primera clase.

—¡Robert, sabes que no puedo pagar la primera clase! ¿Qué hiciste? —exijo, enojándome solo de pensar cuánto me va a costar este chistecito.

—Ten un poco de fe en mí, Jenna. Tiene miles de millones de millas de viajero frecuente, así que usé algunos de sus puntos para hacer el cambio. Sabía que iba a ser un vuelo largo y pensé que tal vez usarías tu tiempo en el vuelo para descansar, aunque sé que te la pasas trabajando.

Ahora me quedo sin palabras porque es una de las cosas más bonitas que alguien ha hecho por mí. Sin refutar, le doy un abrazo y le susurro gracias al oído por cuidarme.

—De nada. mejor me voy, mi vuelo de regreso a casa abordará pronto. —Agarra el maletín de su computador portátil y me levanto para darle otro abrazo.

—Llámame cuando aterrices —dice antes de alejarse hacia su puerta.

—¡Lo haré y ten un vuelo seguro de regreso a casa! —le grito.

Termino un par de correos electrónicos más y guardo mi computador portátil. Uno de mis pasatiempos favoritos en un aeropuerto es observar a la gente, así que me siento y me entretengo con las vistas. Unos minutos más tarde, se hace el anuncio de que mi vuelo será abordado, comenzando en primera clase. Me dirijo a la entrada de la puerta. Le entrego a la señorita en el mostrador mi boleto para que lo escanee, tratando de actuar con calma, tranquilidad y serenidad, cuando dentro, estoy tan atolondrada como un niño en una tienda de golosinas por estar en primera clase. Entro al avión y noto que hay cuatro filas de primera clase, con dos asientos a cada lado. Alguien sube al avión delante de nosotros y reconozco la gorra de béisbol de inmediato.

Es Cal Harrington… y está sentado en el asiento junto al mío.

# Capítulo 2

Si Robert supiera que voy a estar sentada junto al objeto de su deseo, realmente mojaría sus bragas. No soy una de esas personas que se asusta cuando está en presencia de una celebridad y como nunca he visto nada del trabajo de Cal Harrington, no podría importarme menos quién es. Para mí, él es solo un extraño común y corriente.

Dejo mi chaqueta en el compartimento superior y me siento. Lo miro disimuladamente mientras juega en su teléfono. Todavía no puedo ver bien su rostro o ver sus ojos debido a lo baja que tiene la gorra de béisbol. Lo que no se me escapa es lo grande que es su cuerpo. Incluso en primera clase con los asientos más grandes, parece que está apretado contra la ventana. *Me pregunto por qué no vuela en privado.* Tal vez no sea tan famoso como Robert dice que es.

Comienzo mi ritual previo al vuelo de sacar todas las cosas que quiero usar durante el vuelo de mi bolso ridículamente grande y coloco todo en el bolsillo del asiento frente a mí. Esto incluye mi computador, un libro y algunas revistas. Mientras lucho por poner todo en el bolsillo del asiento, mi bolso se desliza de mi regazo y derrama todo su contenido directamente sobre sus pies.

*Mierda, ahora tengo que hablar con él.*

Empiezo a disculparme profusamente por mi torpeza mientras trato de levantar todo. Se inclina a mi lado y gentilmente comienza a ayudar. De repente me siento abrumada por el olor más tentador y delicioso que mi nariz ha tenido el placer de inhalar. Cierro los ojos, tomo otra respiración profunda y sonrío. La mezcla de su aroma con cualquier colonia que esté usando

17

puede hacer que cualquier mujer tenga un orgasmo sin siquiera un toque físico. Estoy disfrutando de su aroma varonil cuando abro los ojos para ver los ojos azules más increíbles que me devuelven la mirada. Inmediatamente me pongo roja como una remolacha, dándome cuenta de que me atraparon oliéndolo. Me vuelvo a sentar y espero a que termine de devolverme mis cosas. Cuando finalmente se sienta derecho, estoy a punto de emitir otra disculpa cuando las palabras quedan atrapadas en mi garganta.

Él está sosteniendo uno de mis tampones mientras me sonríe.

No sólo me quedo sin palabras porque está sosteniendo mi tampón, sino que finalmente puedo ver su rostro.

Si es que parece un adonis.

Pómulos altos y cincelados con una nariz recta y fuerte. Los labios llenos y besables cubren los dientes blancos y brillantes. Pero son sus ojos los que me tienen hipnotizada. Son del color de la aguamarina y son el tono de azul más hermoso que he visto en mi vida. Su mirada es intensa, haciéndome sentir en carne viva y lucho por no retorcerme en mi asiento.

—Sabes, puedes hacer cosas realmente malas con estos —dice, refiriéndose a mi tampón, agitándolo en el aire como una varita, como si fuera Harry Potter a punto de lanzar un hechizo.

Nuevamente, algo que debería ser vergonzoso no me llama la atención: su fuerte acento británico masculino sí que lo hace.

—Oye, ¿estás bien? —pregunta amablemente.

—Disculpa, pero ¿qué acabas de decir? —pregunto mientras niego con la cabeza, tratando de salir de mi trance.

—¿Te pregunté si estás bien?

—Oh, sí, gracias, ¿pero antes de eso? —Intento quitarle el tampón de la mano, pero está convenientemente fuera de mi alcance.

—Dije que puedes hacer cosas malas con estos. Solía gastarles bromas a mis hermanas con sus tampones. —Muestra una sonrisa que puedo decir que lo hace recordar con cariño esos momentos.

—Bueno, eso no te deja muy bien parado, espero que te hayan devuelto con algo igualmente humillante —digo, finalmente siendo capaz de arrebatarle el tampón de la mano.

Su risa es profunda y ronca. El sonido vibra a través de mi núcleo, haciéndome apretar las piernas. La reacción de mi cuerpo hacia él es ajena a mí, dejándome sin palabras. Realmente no sé qué decirle. ¿Qué le dices a un hombre sexy que está reteniendo tu tampón como rehén?

—Bien, entonces, esto… gracias por tu ayuda. —murmuro avergonzada y negándome a mirarlo.

—De nada, y es *Acqua di Gio* —dice con una sonrisa.

—¿Disculpa? —pregunto, mirándolo confundida.

—Mi colonia se llama *Acqua di Gio* de Giorgio Armani. Me di cuenta de que te gustaba el aroma. Pensé que querrías saberlo para poder comprarlo para tu pareja —responde, su sonrisa se profundiza y luego me guiña un ojo.

*Oh dios, ¿puedo estar aún más avergonzada?*

—Sí, bueno, gracias por la información —tartamudeo, poniéndome roja de nuevo.

Él echa la cabeza hacia atrás y se ríe. Lo miro fijamente, completamente paralizada por su risa. *¿Por qué se ríe de mí? ¿Cómo puedo hacer que se ría de nuevo?*

Hermosos ojos, hermoso rostro, alto y musculoso y un aroma que me hace querer lamer cada centímetro de su anatomía. Sí, no hablaré con él por el resto de este vuelo.

¿Qué demonios es lo que me pasa? *¡Contrólate, Jenna!* Probablemente esté acostumbrado a este comportamiento de las fanáticas. Soy una mujer adulta y profesional, y puedo soportar sentarme al lado de un hombre hermoso.

—Mi nombre es Cal, por cierto. —Extiende su mano para que se la estreche.

—Jenna, y gracias de nuevo por la ayuda —digo mientras me resisto y sacudo su mano.

Sé que hay una razón por la que no quería sacudirla. Sus manos son firmes, cálidas, y el contacto con ellas envía chispas por todo mi cuerpo. Es absolutamente absurdo que el toque de un extraño sexy me haga sentir de esta manera. Robert tiene razón: necesito deshacerme de esta tensión sexual reprimida que me he causado a mí misma. Puede que tenga que ir a comprar el novio perfecto que funcione con pilas mientras esté en Las Vegas.

—De nada. ¿Vas a Las Vegas por negocios o por placer?

—Negocios, aunque tengo un par de días libres. ¿Tú?

—Lo mismo. A relajarme antes de comenzar a trabajar.

Estoy a punto de preguntarle si frecuenta Las Vegas cuando la voz más desagradable y aguda me interrumpe groseramente.

—¡Eres *tú*! *¡Ay, Dios mío! ¡Ay, Dios mío! ¡Ay, Dios mío!*

Cal y yo miramos hacia arriba para ver a una mujer rubia platinada con la boca pintada de rosa fuerte y cabello lleno de laca se abalanza sobre nuestro asiento. Sus ojos verdes muy maquillados brillan de emoción al descubrirlo en el mismo vuelo que ella.

—¡TE AMO, TE AMO, SOY TU MÁS FIEL ADMIRADORA! Seguro que eres un buen actor. ¡Enciendes a esta anciana todas las semanas! —dice ella con una risa—. Oh, pero lo siento, no pretendo decir nada irrespetuoso delante de tu novia.

Me mira cuando menciona la palabra "novia" y en realidad me siento halagada de que crea que lo soy. Le sonrío, a pesar de sentirme mortificada por él porque ella acaba de revelar que la emociona y la molesta.

—Gracias, pero no soy su novia —le aclaro.

—No lo creí, porque acabo de leer en una revista que decía que estaba soltero, pero no quería ser grosera.

Antes de que pueda preguntarle si cree todo lo que lee sobre él, se inclina hacia mi oído y susurra—: Si te doy cien dólares, ¿cambiarías asientos conmigo? Sé que mi asiento no es tan lujoso como el tuyo ya que no es de primera clase, pero por favor, ¡es mi actor favorito!

Rápidamente lo miro para ver su reacción, pero parece que no escuchó su pedido mientras continúa sonriéndole. Yo, por otro lado, no puedo creer que esta señora tenga las agallas de pedirme que cambie mi amado asiento de primera clase por su asiento económico.

—Lo siento, señora, pero trabajo duro en mi trabajo para poder pagar un asiento de primera clase, así que la respuesta es no, no renunciaré a mi asiento. —Ella no necesita saber que usé puntos para ascender a primera clase.

—Bueno, no hay razón para ser grosera —resopla.

—Lo siento, pero no estaba siendo grosera —respondo, molesta porque me ha llamado grosera.

—¡Está retrasando la línea, señora! —grita un pasajero agitado detrás de ella.

—¡Dios mío, nunca me habían insultado tanto! Disfruta de tu vuelo, Cal, y lamento que estés sentado al lado de una perra —declara, y se dirige a buscar su lugar.

Abro la boca. ¿La cabezona me acaba de insultar? Me giro para mirar a Cal, que se muerde el labio para no reírse.

—Oh, Dios mío, ¿todas tus fans son así? ¿Me insulta por no ceder mi asiento por cien dólares? ¡Eso es una locura!

Al no poder contenerlo más, deja escapar una profunda carcajada.

—La expresión en tu rostro fue brillante —dice riendo—. Y no, no todas mis fans son como... cómo deberíamos describirla… me protegen tal como ella. Siento que te haya llamado perra.

—No hay necesidad de disculparse por ella. Lo siento si me crucé de esa manera. No me gustaría que perdieras fans por cómo reaccioné.

—No creo que deba preocuparme por perderla como fanática —se ríe—. Aprecio mucho a las fanáticas como ella, incluso si a veces pueden volverse demasiado entusiastas. Son las que tratan de meterse en tus asuntos personales, o te hablan como si fueras tu personaje, las que me asustan.

Me mira con una sonrisa diabólica y dice—: Seamos honestos, por lo que sé, podrías ser una de mis acosadoras.

—Solo tendrías tanta suerte si yo fuera tu acosadora —digo con un poco de descaro—. Con toda seriedad, debo confesar que no he visto nada de tu trabajo. Lo siento, no veo televisión ni voy al cine muy a menudo.

Me mira fijamente, sin mostrar ninguna emoción. Espero no haberlo ofendido, pero sería muy egoísta si se sintiera así. *¿Quizás no me cree?* Estoy segura de que ha habido fanáticas que han dicho eso solo para actuar calmadas. ¿Cómo lo convenzo de que estoy diciendo la verdad?

*¿Por qué te importa si te cree o no?*

—Me gusta que no hayas visto mi trabajo —dice, mirándome directamente a los ojos. Su intensa mirada remueve algo dentro de mí. Sonrojándome, rompo nuestro contacto visual y me miro las manos. No me gusta esa sensación de mariposas en el estómago que su cercanía está provocando.

El capitán del avión utiliza convenientemente el intercomunicador para anunciar que despegaremos momentáneamente y que se esperan turbulencias durante la mayor parte de nuestro ascenso a treinta y cinco mil pies. Una vez que alcancemos altura de crucero, el aire estará en calma y las aeromozas comenzarán el servicio de bebidas a bordo. Se me revuelve el estómago porque le tengo pánico a volar. Estoy muy inquieta con el despegue, pero si nos encontramos con algo de turbulencia y seré un desastre.

*Espera, ¿por qué tendríamos turbulencias durante el despegue?* Estaba hermoso cuando llegamos al aeropuerto. Miro más allá de Cal hacia la ventana y, efectivamente, nubes grises feas y malvadas rodean el aeropuerto.

Debo haber gemido mientras agarro mis auriculares con cancelación de ruido, porque Cal me pregunta si estoy bien.

—Sí, me aterroriza escuchar sobre turbulencias. Me pongo nerviosa cuando viajo, pero no debería hacer nada vergonzoso que haga que te arrepientas de sentarte a mi lado. La procesión va por dentro.

*¡Dios mío, deja de divagar, Jenna!*

—Entiendo que no te guste volar. Considero que distraerte es la mejor manera de manejarlo. Puedo contarte algunas historias para que no pienses en el viaje lleno de baches —dice con una sonrisa maliciosa.

Su mirada ya está causando turbulencias dentro de mi cuerpo.

—Tal vez puedas contarme las historias durante el resto del vuelo. Para el despegue, solo me gusta ponerme los auriculares y cerrar los ojos. —Revelo, riéndome de lo patético que suena.

—Eso en realidad suena muy triste. Pero está bien, si cambias de opinión, ya sabes dónde me siento. —Bromea.

Digo gracias y me acomodo. El avión está esperando que la torre de control nos dé el visto bueno para despegar. La cabina está en silencio, casi como la calma que precede a la tormenta. Debemos haber recibido el visto bueno, porque los motores a reacción comienzan a rugir y comenzamos a movernos, acelerando más rápido hacia el despegue. Comienzo mi letanía del despegue en mi cabeza mientras siento que el avión se eleva del suelo.

*Por favor, Dios, danos buen vuelo.*
*Por favor, Dios, danos buen vuelo.*

No soy una persona religiosa, pero por alguna razón, decir esto una y otra vez mentalmente me hace sentir mejor. Pronto empiezo a enfatizar el *favor* y el *Dios*, con cada golpe, sacudida e inclinación del avión a medida que empeora. A pesar de usar auriculares con cancelación de ruido, puedo escuchar los motores funcionando a toda velocidad, los jadeos de los otros pasajeros cuando el avión gira en un ángulo irregular. Me agarro de los reposabrazos con fuerza, como si eso me mantuviera en el aire. Mi cabeza está permanentemente asentada en el reposacabezas. Mis ojos están cerrados con fuerza, y estoy empujando mis pies tan fuertes como puedo contra el suelo para evitar que mi cuerpo coincida con los movimientos bruscos del avión.

Apenas escucho el primer ding, lo que significa que hemos alcanzado la altura de crucero. No es que importe, porque con la forma en que el avión se sacude por todos lados, las azafatas no pueden levantarse de sus asientos para anunciar el uso de dispositivos electrónicos portátiles. Puedes sentir el avión volando a una velocidad feroz, el capitán tratando de salir de este horrible clima hacia la tierra prometida de cielos despejados sobre nubes oscuras.

De repente, el avión cae y nuestros cuerpos quedan momentáneamente suspendidos en el aire, nuestros cinturones de seguridad nos impiden golpear el techo del avión. Volvemos a estrellarnos contra nuestros asientos mientras el avión continúa. Mis auriculares no pueden cancelar el llanto y los gritos de otros pasajeros. Siento que algo me frota la mano y rápidamente abro los ojos, miro hacia abajo y veo la mano de Cal sobre la mía. Levanto la vista hacia su rostro para ver los músculos de su mandíbula apretado. Con ese coraje, levanto el reposabrazos, agarro su mano derecha con la mía y me lanzo sobre él. No importa que acabo de lanzarme sobre un completo extraño. No parece que pueda agarrarlo lo suficientemente fuerte como para evitar la sensación de caer. Su brazo izquierdo me acerca a él, tratando de protegerme de esta pesadilla. Este sería el momento perfecto para apreciar sentir su cuerpo duro, pero el avión se hunde otra vez y me pierdo de nuevo en mi oración.

*Por, favor, Dios, danos buen vuelo.*

*Por favor, Dios, detén esta turbulencia.*

*Por favor, Dios, no estoy lista para morir.*

*Por favor, Dios, por favor… por favor escucha.*

Lo escucho entonces. No Dios, sino Cal, que me repite en voz baja palabras tranquilizadoras hasta que empiezo a creerle. Lo agarro con seguridad y me concentro en su voz, en sus palabras. Pasa más tiempo y siento que el avión se nivela. Los golpes son cada vez menos frecuentes. Dejo de rezar y trato de disfrutar la sensación de sus brazos, su pecho, y lo bien que se siente que alguien me abrace. Ha pasado tanto tiempo desde que me sentí así que me doy cuenta de que lo extraño, estoy reflexionando sobre mi soledad cuando el capitán habla por el intercomunicador.

—Damas y caballeros, me disculpo por el susto de los últimos cinco minutos. Si alguien resultó herido, presione el botón de ayuda para notificar a los asistentes de vuelo. Asistentes de vuelo, no abandonen sus asientos todavía. Si hay heridos, aterrizaremos en el aeropuerto más cercano. Me complace informar que estamos fuera, pero por favor, mantengan abrochados los cinturones de seguridad durante los próximos cinco minutos para asegurarnos de que no experimentemos ninguna bolsa de aire.

Mantengo los ojos cerrados, esperando sentir otro movimiento en el avión. También estoy atenta a cualquier botón de llamada que se presione, lo que significa la necesidad de ayuda. Cinco minutos van y vienen y no pasa nada.

—Auxiliares de vuelo, es seguro moverse por la cabina —dice el capitán, y todo el avión estalla en aplausos. Abro los ojos y siento el brazo izquierdo de Cal todavía envolviéndome. Estoy disfrutando estar en sus brazos cuando miro nuestras manos entrelazadas y tomo aire. Nuestras manos están convenientemente ubicadas en mi regazo, a solo unos centímetros de mi entrepierna, y he acomodado completamente su brazo entre mis senos. Rápidamente me separo de sus brazos solo para golpear mi cabeza en su barbilla. Ambos nos disculpamos al mismo tiempo y nos miramos: él se frota la barbilla, mientras yo me froto la cabeza. No podemos contener la carcajada que brota de los dos.

—¡Maldita mierda, eso fue aterrador!

—¡Dios mío, pensé que íbamos a morir!

Seguimos riendo, dejando que la terapia de la risa alivie la tensión de nuestros cuerpos.

# *Capítulo 3*

No soy de las que disfrutan de los vuelos por trabajo, pero un cóctel definitivamente está bien después de lo que me ha parecido una experiencia cercana a la muerte. Los asistentes de vuelo inician sus servicios de bebidas a bordo y estamos más que felices de recibir champán gratis. Personalmente, siento que todo el vuelo merece las burbujas y no sólo la primera clase. El asistente nos trae nuestras copas llenas y sin darme cuenta de lo que estoy haciendo, la bajo de un trago.

—Bueno, iba a brindar por que estamos vivos, pero ahora veo que has comenzado la diversión sin mí —bromea Cal, señalando mi copa vacía.

—Lo siento —digo, haciendo una mueca por el sabor del champán de no tan buena calidad—. Necesitaba algo rápido para calmar mis nervios y no nos echemos la mala suerte, el vuelo aún no ha terminado.

—Eso es verdad. Vamos a pedirte otro trago. —Intenta llamar la atención de la azafata, pero lo detengo antes de que pueda presionar el botón de ayuda.

—No, está bien. Por lo general, no bebo en los vuelos, y tengo una botella de agua en mi bolso que estará bien. —Agarro el agua de mi bolsa debajo del asiento frente a mí. Me tiende su bebida y brinda—: Por un vuelo tranquilo.

Brindamos, él bebe champán y yo mi botella de agua, y bebemos, con los ojos cerrados mientras disfrutamos del líquido fresco que baja por nuestras gargantas secas. Sus ojos se mueven a mis labios mientras una gota de agua se escapa de la punta de la botella de agua y corre por mi barbilla. Sonrojándome, me limpio la boca y la barbilla con el dorso de la mano, rompiendo la intensa mirada que me ha capturado. Beber agua se ha vuelto muy sensual, mil cosas se arremolinan en mi mente. Tengo que empezar a trabajar un poco para dejar de pensar en cómo sería este hombre en la cama. Me agacho para recuperar mi computadora portátil y comenzar a trabajar en más ideas para fiestas temáticas para mi blog.

—Por favor, no me digas que me vas a ignorar por el resto del vuelo después de nuestra deliciosa sesión de manoseo —Bromea mientras coloco mi computadora portátil frente a mí. Por supuesto, no quiero trabajar, pero tengo miedo de quedar en ridículo si sigo hablando con él.

—No necesariamente iba a ignorarte, pero debo intentar trabajar un poco entre nuestras conversaciones —respondo con una sonrisa.

—Buena respuesta, pero ¿a qué te dedicas exactamente para ganarte la vida que hace que trabajar en este momento sea tan importante?

—Soy dueña de un negocio de planificación de eventos, mi especialidad son las fiestas temáticas para niños. Creo las fiestas y luego las muestro en mi blog. También vendemos los productos que usamos en nuestro sitio web. —Saco un tablero de diseño con imágenes guardadas de nuestra reciente sesión de fotos de una fiesta de cumpleaños en una feria campestre para enseñárselo.

—Mi asistente y yo creamos una fiesta, la diseñamos con productos de los proveedores que usamos y luego la preparamos para una sesión de fotos. Después, subimos las fotos y creamos una publicación en el blog sobre esa fiesta. A veces, los clientes quieren el tipo de fiestas que ya presentamos en el blog o tenemos una reunión con ellos y diseñamos una fiesta personalizada. Las fiestas infantiles son mis favoritas, pero nuestro pan de cada día son las fiestas corporativas.

—No tenía idea de que las fiestas infantiles pueden ser tan detalladas. Muy impresionante. ¿Esto te da suficiente dinero para que sea tu trabajo de tiempo completo? —Me inmoviliza con una mirada escéptica, una ceja arqueada más que la otra.

—Sí, papá, gano suficiente dinero para mantenerme y pagar a un asistente —Bromeo, notando que suena igual que mi padre cuando le conté mi idea de negocio por primera vez—. La gente que tiene mucho dinero quiere tener fiestas únicas. Entendemos que la persona promedio tiene un presupuesto limitado y es posible que no pueda permitirse contratar a un planificador de eventos, por lo que también brindamos consejos en nuestro blog sobre cómo se puede organizar la fiesta con un presupuesto ajustado.

—¿Qué te hizo entrar en este tipo de negocio? ¿Tienes hijos?

—No, no tengo hijos, y simplemente me desanimé de hacer sólo reuniones y fiestas de corporativas. Todavía disfruto planeando ese tipo de eventos, pero para mí, no hay nada mejor que ver la alegría pura en el rostro de un niño cuando ve su fiesta de cumpleaños por primera vez. Me gusta crear ese mundo imaginario para ellos.

No hay necesidad de decirle que crear estas fiestas para los hijos de otras personas llena el vacío y el dolor que siento por no tener los míos. Probablemente esté tan lejos de tener hijos, y mucho menos de una relación seria.

—¿No tienes hijos y no veo un anillo en tu dedo? —No es una afirmación, sino más bien una pregunta. En realidad, es una respuesta simple, pero que todavía me hace tragar el nudo en la garganta.

—Estoy divorciada —digo en voz baja, sin dar más detalles.

—El divorcio es doloroso y lamento que hayas pasado por eso, pero debo admitir que me alivia un poco saber que no tengo que sentirme culpable por coquetear contigo.

—Sí, pero ¿debo sentirme culpable por coquetear contigo? —Sonrío con una mirada inquisitiva.

—Si lo que has estado haciendo es coquetear, entonces necesitas un mejor maestro —responde con una sonrisa diabólica.

Sorprendida, lo observo con una mirada de incredulidad en mi rostro, sin creer que en realidad me insultó. Pero ahora que lo pienso, probablemente tenga razón. Me he vuelto fría y probablemente tan aburrida y sosa en comparación con otras mujeres con las que se ha encontrado. *¿Me estoy esforzando demasiado por mantener la calma y actuar con calma a su alrededor mientras él hace que mis entrañas se conviertan en gelatina?* Me hace querer comportarme como una chica de secundaria, retorciéndose el cabello mientras habla con la persona que le gusta. Si las chicas de secundaria hicieran eso más. Solo soy una chica poco relajada, divorciada y tonta que tiene telarañas en la vagina por la falta de sexo.

Él echa la cabeza hacia atrás y se ríe.

—Es tan brillantemente divertido jugar contigo. —Se frota las manos como si tuviera más insultos bajo la manga. No puedo evitar reírme de él, y ahora puedo relajarme sabiendo que está bromeando.

El vuelo transcurre en un parpadeo mientras continuamos haciéndonos preguntas, riéndonos y coqueteando. Siento que estoy en una primera cita, el vértigo de conocer a alguien nuevo debería ser incómodo, pero le resulta fácil. Me entero de que, además de soltero, tiene dos hermanas, es de Broadstairs, Inglaterra, y vive en Londres cuando no está rodando su serie de televisión o una película. Comenzó a actuar porque un agente de exploración se le acercó mientras estaba en un descanso de la escuela y le preguntó si estaba interesado en convertirse en actor.

—Realmente creo que el destino jugó un papel ese día porque el agente no sólo me eligió a mí, sino también a mis dos mejores amigos, y fuimos los únicos de nuestro grupo de la escuela que estábamos contratados para un comercial. Todos estos años después y los tres seguimos actuando. Estaba destinado a ser.

—Es bastante sorprendente que los tres hayan sido elegidos y todavía estén actuando —coincido, preguntándome quiénes son sus amigos, pero no quiero preguntar.

—Mi amigo, Sean, es el que tiene la carrera más grande de todos nosotros. Es posible que hayas oído hablar de él si al menos vas al cine, ¿Sean Lindsey?

Me quedo helada. Por supuesto, incluso sé quién es Sean Lindsey. Es una gran estrella de cine, especialmente con comedias románticas. Se rumorea que podría ser el próximo James Bond.

—Sí, lo conozco. ¿Quién es tu otro amigo?

—Cora Gregory.

Cora Gregory es la chica con la que sueñan todos los hombres. Una mirada y probablemente se corren en sus pantalones. Es hermosa, con ojos de gato y cabello largo y negro. En las fotos, tiene un gesto de arrogancia innato o está haciendo el amor a la cámara con esos ojos hipnotizantes que hacen que los hombres se doblegue a su voluntad.

—Vaya, Cora Gregory, ¿eh? Ella es hermosa. ¿Por qué no estás saliendo con ella? —La pregunta se me escapa de la boca antes de que pueda mantener a raya mi curiosidad.

—Todos me preguntan eso porque asistimos juntos a eventos, pero para ser honesto, ella es parte de mi familia.

Mi rostro debe haber mostrado mi total incredulidad ante su declaración porque se ríe.

—¿Por qué todos piensan que son tonterías las que salen de mi boca? Soy muy consciente de su belleza. No sería un hombre si no me diera cuenta, pero incluso hasta el día de hoy, la veo como una de mis hermanas. La conozco desde que era una joven larguirucha y flaca que tenía una vida hogareña horrible. Sean y yo decidimos que íbamos a protegerla en la escuela de todos los gilipollas y chicas malas. Eso es todo lo que ha sido para mí.

Reflexiono en silencio sobre lo que acaba de decir. Mientras nos sentamos en un silencio compatible por una vez, el capitán elige este momento para anunciar que descenderemos a Las Vegas y que los auxiliares de vuelo se preparen para aterrizar. Cal y yo nos sonreímos mientras preparo mi bolso de mano con mis artículos, con mucho cuidado para asegurarme que no vuelva a caer sobre sus pies.

Mientras coloco la bolsa debajo del asiento frente a mí y espero a que aterricemos, me doy cuenta que este ha sido uno de los mejores vuelos en los que he estado, a pesar de las turbulencias del despegue. No porque esté sentada al lado de un hombre que es guapísimo, sino porque estoy sentada al lado de un ser humano que se preocupó lo suficiente por mi bienestar y tenía curiosidad sobre el tipo de persona que soy. Estuvo hablando conmigo durante todo el vuelo y realmente escuchó todo lo que dije. Esperaría que los actores se mantuvieran recluidos y hablaran con el extraño sentado a su lado a menos que se les hablara primero.

—¿Estás bien? ¿Necesitas aferrarte a mí para aterrizar? —Su rostro muestra una preocupación genuina cuando el avión está a punto de aterrizar.

—De hecho, me gusta el aterrizaje —digo con una risa.

—¿En realidad? ¡Esa es la parte más peligrosa!

—Lo sé, tonto ¿no? Pero para mí, aterrizar significa que hemos llegado y eso me hace feliz.

—Bueno, me asustan los aterrizajes y me debes un poco de apoyo emocional, así que toma mi mano. —Agarra mi mano y la apoya en su muslo muy apretado.

—Me cuesta mucho creer que tengas miedo de aterrizar.

—Me río de él.

—Los hombres pueden ser tan sensibles como las mujeres, nada más que de forma diferente —dice, manteniendo mi contacto visual. Me sonrojo ante los pensamientos sucios que entran en mi cerebro. *¡Consigue tu mente fuera de la cuneta, Jenna!*

—Gracias por ayudarme —le digo en voz baja, sin querer decir nada más, pero esperando que pueda ver mi sinceridad y gratitud en mis ojos.

—El placer ha sido todo mío —dice con sinceridad mientras el avión aterriza con un pequeño golpe. Le sonrío y palmeo su mano, rompiendo el contacto.

Alcanzamos nuestros teléfonos, los encendimos mientras la azafata nos da la bienvenida a Las Vegas y nos pide que nos quedemos sentados hasta que nos detengamos de manera segura en la puerta. Repaso mis mensajes de Robert y Layla, tratando de mantenerme concentrada y ocupada, mientras me doy cuenta de que probablemente nunca lo volveré a ver. Una realidad que es sorprendentemente decepcionante.

Llegamos a la puerta y tan pronto como el avión se detiene, los clics de los cinturones de seguridad desabrochándose llenan el aire. De repente me siento tímida, como si no tuviera idea de cómo despedirme de él. Decido ponerme de pie y estirar las piernas en su lugar. Como estamos en primera clase, no tenemos que esperar mucho para salir del avión. Me giro y noto que él también ha decidido ponerse de pie.

—Gracias de nuevo, realmente espero que la pases de maravilla aquí.

—Gracias, espero que tú también. ¿Cuándo comienza tu conferencia?

—Comienza oficialmente el miércoles por la mañana, pero tengo algo de trabajo de preparación que tengo que hacer antes de eso —digo, saliendo al pasillo para irme.

—¡Cal! ¡Cal! ¿Puedes esperar para que pueda tomarme una foto contigo? —Nos giramos para mirar hacia el pasillo y vemos a la cabezona tratando frenéticamente de pasar entre la gente para llegar al frente. Él le da un pulgar hacia arriba y seguimos caminando fuera del avión.

—Señor Harrington, ¿le importaría hacerse a un lado y tomar algunas fotos con nuestra tripulación de vuelo muy rápido? —una de las azafatas le pregunta también.

—Será un placer —dice, sonriéndoles. Siento que esta es la oportunidad perfecta para alejarme y dejar de sentirme tan incómoda al decir adiós.

—La mejor de las suertes, Cal Harrington. —Me despido con la mano y sin esperar una respuesta, doy la vuelta y camino por el pasillo.

# Capítulo 4

Los sonidos del timbre son débiles al principio, pero aumentan al caminar por el pasillo. El ruido se vuelve tan intenso que se siente como si un martillo golpeara tus tímpanos. La vibración hace que el corazón se acelere cada vez más. El ruido misterioso que proviene de la terminal sólo se puede identificar una vez que se llega al final de la pasarela.

Máquinas tragamonedas. Filas y filas de ellas. Un pasatiempo para que los pasajeros lo usen mientras esperan.

¡Bienvenidos a Las Vegas! Un lugar donde te encuentras entre los más opulentos y los más sórdidos. Observo con asombro mientras paso junto a las maquinitas para tomar el tranvía para recoger el equipaje. Nunca me ha gustado el juego, no entiendo cómo uno puede volverse adicto a algo que la mayoría de las veces te hará perder tu dinero. Ocasionalmente me he dado el gusto, pero nunca he gastado más de veinte dólares. Mi disfrute en Las Vegas proviene de los espectáculos y los hoteles temáticos a lo largo del *Strip*, que se ha convertido en un ícono. Aunque este es un viaje de negocios, espero tener tiempo para jugar y relajarme. Como la convención comienza el miércoles, planeo usar mis dos días y medio adicionales para ponerme al día con el trabajo, relajarme y disfrutar de las vistas.

Pensando en cosas agradables, mis pensamientos vagan hacia el excelente espécimen que es Cal Harrington. Me tomo mi tiempo para llegar al tranvía, tratando de parecer casual mientras echo un vistazo más alrededor, con la esperanza de verlo. Al darme cuenta de que estoy perdiendo el tiempo, me subo al tranvía lleno de gente.

*¿Cómo no sabía de él?* Sé que es un actor prometedor, pero nunca he visto a un ser humano más hermoso en mi vida. A pesar de mi falta de interés en la televisión, me sorprende no haberlo visto en la portada de las revistas que están en el quiosco justo afuera de mi edificio. Definitivamente habría elegido cualquiera de esas revistas para leer sobre él. *¿Cómo es un hombre así soltero?* Esos labios carnosos y sensuales... Me pregunto cómo se sentirían.

*¡Uf basta, Jenna!* Necesito detener mis pensamientos en seco. Sacarlo de mi mente, ya que no es la realidad, sino una completa fantasía. Y todos sabemos que la mayoría de las fantasías no se hacen realidad. Con esa charla de ánimo mental, empiezo a revisar mis correos electrónicos mientras el tranvía nos lleva al reclamo de equipaje.

Mientras el tranvía reduce la velocidad, marco los correos electrónicos que necesitan una respuesta inmediata cuando llegue al hotel. Me uno a la multitud que sale y busco el área designada para mi vuelo. Como nuestro equipaje aún no ha llegado, decido llamar a Robert.

—Hola, mi amore —responde.

—Me has maldecido.

—¿Cómo?

—Me senté al lado de Cal Harrington en el avión —susurro, mirando alrededor para asegurarme de que nadie esté parado cerca para escuchar mi conversación.

—¡En tus sueños! —se ríe, sin creerme.

—No, en serio, así fue. Y tienes razón, es completamente hermoso. Sé que realmente apreciaste su vista trasera, pero ni siquiera se acerca a la impresionante vista frontal.

—*¡Qué!* ¡En primer lugar, *por supuesto*, su vista frontal va a ser mejor que la vista trasera, porque ahí es donde está su gran y hermosa polla y, en segundo lugar, no puedo creer que haya puesto en el universo que tú podrías estar sentado al lado de él y realmente lo hiciste! ¿Conseguiste su número de teléfono? Lo juro, soy un maldito psíquico. Merezco un aumento por tu placentero vuelo de cinco horas. ¿Dime que te lo llevaste al baño? Te odio tanto en este momento.

Me río de su completa ridiculez.

—No, no hice nada en el baño ni le pedí su teléfono. ¿Por qué le daría a alguien como yo su número de teléfono? Y tú aumento depende de si superamos nuestra cuota de ingresos este año.

—Sí, sí, sí, vuelve a la parte de Cal Harrington. ¿De qué hablaron ustedes?

—Ya sabes, cosas básicas. De dónde somos, nuestras carreras, esto... —Me detengo a pensar en qué más hablamos.

—Dios, eso suena tan aburrido y soso. Tienes suerte de que no se durmiera contigo.

—Ah, sí, porque como te gusta recordarme, soy muy aburrida. —Pongo los ojos en blanco ante el teléfono para que vuelva a mencionar lo aburrida que puedo ser.

—Tú tranquila, Jens, tú tranquila —se ríe de lo divertido que se encuentra a sí mismo.

—Convenientemente, la cinta transportadora de equipaje ha comenzado a moverse, así que en ese sentido, terminé de hablar contigo. ¡Espero que tengas un día maravilloso de clima tormentoso y picazón en las bolas! —Le cuelgo mientras sigue riéndose de mí.

Niego con la cabeza, una sonrisa jugando en mis labios, en nuestra conversación. Creo que fue una sabia decisión que viniera sola a Las Vegas. La ciudad del pecado habría tenido mucha tentación para mi querido Robert, a quien no le gusta perderse una fiesta en la que no puede ser el centro de atención. Tengo cero interés en la atención personal o la fiesta. Tal vez me he vuelto aburrida, pero he trabajado demasiado para construir mi carrera. Una noche de tomar malas decisiones puede arruinarlo todo, y no estoy dispuesta a apostarlo todo.

El movimiento de personas a mi alrededor agarrando su equipaje me saca de mis pensamientos, e inmediatamente reconozco mi gran maleta roja doblando la esquina. Pongo mi teléfono celular de nuevo en mi bolso y me agacho para agarrar mi maleta.

—Eso parece pesado, déjame ayudarte.

Levanto la vista justo cuando Cal agarra mi maleta. No puedo evitar la sonrisa demasiado brillante que ahora está pegada en mi rostro.

—Muchas gracias por hacer eso. —Miro a mi alrededor en busca de su maleta, pero no veo nada con él— ¿Dónde está tu equipaje?

—Ya está en el carro. Tuvieron la amabilidad de sacarlo del avión primero mientras yo firmaba autógrafos. Te vi mientras salía, así que primero se lo entregué a mi conductor antes de volver para ayudarte.

—Fue muy amable de tu parte detenerte, gracias. ¿Mencionaste que tienes un conductor? ¿Reprobaste la prueba de su licencia de conducir estadounidense que no puede conducir aquí? —Por qué cuando trato de coquetear sueno tan mal. ¿Por qué alquilaría un automóvil cuando es una celebridad y tiene quien lo lleve y lo traiga? *¡Sueno tan estúpida!* Es tan guapo que me hace sentir incómoda hasta el punto de que sueno como un completo idiota cuando hablo con él.

—Me enorgullece informarte que no reprobé mi examen, pero el hotel me envió un automóvil, entonces, ¿por qué intentar conducir? Nunca antes había estado en Las Vegas, así que podría perderme o, peor aún, que me secuestren. —Ahí está esa sonrisa sexy otra vez que no puedo evitar mirar mientras él sigue hablando—. ¿Esperaba que me acompañaras para mantenerme a salvo y poder llevarte a tu hotel?

Ninguna palabra sale de mi boca mientras sigo mirándolo y parpadeo. *¿Quiere que vaya en su carro con él?*

—Lo siento, debería haber preguntado si estabas esperando a alguien en lugar de asumir que vendrías a rescatar a alguien a quien acabas de conocer.

—No hay necesidad de disculparse y no, no estoy esperando a nadie. Es muy amable de su parte ofrecerme un aventón, pero no me gustaría causarte molestias a ti y al conductor al tener que ir a hoteles separados.

—No es un inconveniente en absoluto ya que no soy yo quien conduce. ¿Dónde te estás quedando?

—Me quedo en el MGM Grand —confirmo, mirando rápidamente mi reserva de hotel en mi teléfono.

—Brillante, porque yo también. —Me lanza otra sonrisa maliciosa que hace que mi boca se seque por completo—. Vamos, vamos.

Agarra mi maleta y comienza a caminar hacia la salida. Acelero el paso para tratar de seguir el ritmo de sus largas piernas. Me detengo en seco mientras miro estupefacta mientras saluda al conductor de un Rolls Royce Phantom. Veo como el conductor pone mi equipaje en el maletero y ambos esperan a que me suba al carro.

—Estoy tan sorprendida de que el hotel te haya proporcionado un carro tan chatarra —digo con sarcasmo mientras me subo y observo el interior de este extraordinario vehículo.

—¿Cierto? Es una vergüenza conducir por Las Vegas en esto. —Nos reímos de su broma y seguimos admirando el carro.

Pensé que el Range Rover de mi exmarido sería el carro más bonito en el que me había subido, pero me equivoqué. El conductor nos dice que nos sirvamos las bebidas disponibles en la consola central y se mete en el tráfico hacia nuestro hotel.

—Entonces, ¿es esta su norma diaria, ser conducido en automóviles que valen más de lo que la mayoría de la gente gana en un año?

—Este lujo no es algo normal para mí. Sin embargo, aprecio el arte de un automóvil bien hecho —admite tímidamente—. Soy afortunado de que mi familia, especialmente mis hermanas, se aseguren de mantenerme bien conectado a tierra y de no permitir que el aspecto de mi carrera altere demasiado mi ego.

—Entonces, ¿dirías que los carros son una debilidad tuya?

—Carros y mujeres guapas. —Su hermosa mirada azul se encuentra con la mía y no puedo apartarme de su encanto.

*¿Qué estoy haciendo aquí con este hombre?* Es puro fuego: te atrae con su confianza y deja cicatrices al quemarte con su encanto. Estoy incómodamente caliente en lugares que no han estado vivos en mucho tiempo.

—Estoy segura de que no tienes ningún problema para conocer mujeres —digo, inquieta en mi asiento.

Se encoge de hombros ante eso y mira por la ventana antes de responder—: Sí, esta industria trae muchas mujeres hermosas en mi camino, pero la belleza exterior no significa belleza interior. Me gustan las mujeres fuertes y no me atrae nadie que quiera montarse en mis faldones.

—Eres joven, tienes mucho tiempo para encontrar a esa persona. No te apresures.

—Cierto, pero me gusta estar en relaciones. Me fascina explorar todo lo que pueda sobre esa persona, emocional y físicamente. —Trago saliva ante la idea de ser explorada físicamente por él y me niego a dejar que mis pensamientos continúen por ese camino.

—¿Qué es lo que más quieres hacer durante tu estadía en Las Vegas? —pregunto, esperando que el cambio de tema, y no mirarlo directamente a los ojos, también me ayude a calmarme.

40

—Estoy entusiasmado con la escritura en el guion de esta película, así que empezaré a filmar. Llegué antes porque me gusta prepararme mentalmente para mi papel y tener algo de tiempo para mí primero. Esta es también mi primera película importante con Sean, por lo que siempre es divertido hacer películas con tus amigos. ¿Tú qué tal?

—Soy nueva en todo lo de hablar delante de un público, y no estoy muy segura de si soy buena en ello. No es lo que me gusta hacer —digo con una sonrisa—. Honestamente, espero poder inspirar a alguien para que deje de tener miedo y siga adelante con sus sueños. Si una persona de todas las que están en la conferencia comienza su viaje, entonces consideraría que el viaje fue un éxito.

Vuelvo a mirarlo a los ojos, anticipando algún tipo de respuesta sarcástica a mi respuesta sincera. En cambio, me mira intensamente, haciendo que mis piernas se aprieten juntas mientras una ráfaga caliente de deseo se acumula en mi centro.

—¿Fue mi respuesta demasiado cursi para ti? —pregunto con una risita incómoda mientras continúa mirándome.

—Tu respuesta fue bastante sorprendente para mí —responde con seriedad, sosteniendo mi mirada. El sonido de un claxon rompe nuestra burbuja y nos damos cuenta de que ya estamos llegando a la entrada del hotel. Supongo que no hay tráfico cuando estás teniendo una conversación agradable con un hombre guapo.

El automóvil se detiene y el conductor sale de él. Cal también sale mientras agarro mi bolso y salgo por la puerta que el conductor me ha abierto. Cal mete la mano en el maletero para sacar mi maleta. Se da cuenta de mi mirada extraña cuando cierra el maletero con su maleta todavía dentro.

—Aparentemente, me estoy quedando en un lado del hotel que tiene una entrada privada por la que también tengo que conducir —dice con una mirada irritada hacia el conductor.

—¡Lo entiendo completamente, presumido! —Bromeo—. En serio, gracias por traerme. Espero que la película sea un gran éxito.

—Gracias y buena suerte con tu conferencia —sonríe y asiente mientras dejo que un empleado del hotel tome mi maleta para acompañarme a la recepción. Me despido con la mano, me doy la vuelta y camino hacia la entrada, obligándome a no mirarlo.

# Capítulo 5

Después de esperar en la fila durante treinta minutos para registrarme, finalmente me dirijo a mi habitación. Llego y encuentro una suite muy grande y espaciosa que tiene una sala de estar y un comedor separado del dormitorio y una estación de trabajo. Inmediatamente escribo una nota para recordarme agradecer al organizador de la conferencia por la suite. Empiezo a desempacar mi ropa en el armario y los cajones, queriendo ponerme cómoda ya que estaré aquí por casi una semana. Pongo algo de ropa que usé durante la conferencia en Nueva York en la bolsa de tintorería. La idea de dar a los servicios de tintorería mi ropa interior para lavarla me horroriza. Comprar ropa interior nueva para la semana es la máxima prioridad. Una vez que he terminado de desempacar, pongo mi maleta en el armario y miro mi reloj. Con el cambio de hora, acaba de pasar el almuerzo y me quejo al pensar en un día completo de trabajo por delante. Lo que no daría por una siesta. Miro con nostalgia a la cama, debatiéndome entre tomar o no una siesta de dos horas. Si quiero intentar ir al Gran Cañón mañana para hacer turismo, necesito saltarme la siesta. Con mi decisión tomada, agarro mi computadora portátil, pido servicio a la habitación para el almuerzo y empiezo a trabajar.

Cinco horas más tarde, me siento lo suficientemente segura como para terminar de trabajar por el día. Logré enviar todos mis correos electrónicos de agradecimiento a las personas de la conferencia en Nueva York, me puse al día con mis correos electrónicos pendientes, los toques finales del discurso están listos y trabajé en un par de publicaciones del blog para programar para la semana, están pendientes de la aprobación de revisión de Robert. Sintiéndome realizada, decido salir de esta habitación, cenar y dar un paseo antes de regresar para una noche de sueño reparador. Me cambio a un vestido largo con una chaqueta de mezclilla y unas cómodas alpargatas. Me recojo mi largo cabello castaño en una cola de caballo desordenada, me retoco el maquillaje, me pongo desodorante, un poco de perfume y mis arracadas. Satisfecha con mi apariencia, bajo las escaleras para encontrar un lugar para comer.

El hotel está repleto de gente paseando, preparándose para las actividades nocturnas. Con mi barriga rugiendo, decido quedarme en uno de los restaurantes del hotel. Me dirijo al mostrador de recepción y pido recomendaciones. Siendo que este es uno de los hoteles más grandes del mundo, las opciones parecen infinitas. Me alejo del escritorio, abrumada por demasiadas opciones y la cantidad de personas en mi camino. *¿Quizás debería caminar hasta otro hotel?* Pero mi apetito está empezando a afectarme. Saco mi teléfono de mi bolso y decido mirar la aplicación del hotel para ver cuál es la opción de comida más cercana a mi ubicación actual y esa será la ganadora. En este punto, ni siquiera me importa si es comida rápida.

—Nos encontramos de nuevo.

Levanto la vista de mi teléfono para encontrarme con la sonrisa radiante de Cal Harrington. Lleva una camisa azul claro de manga larga, pantalones azul marino con un cinturón marrón y zapatos a juego. Su cabello rizado está a la vista y se ha afeitado. Se ve tan delicioso que inconscientemente lamo mis labios.

—Me alegro de verte. ¿Qué estás haciendo aquí? —pregunto, gratamente sorprendida de volver a verlo.

—Quería hacer un recorrido por todo el hotel y ver los lugares de interés —dice, mirándome de arriba abajo con apreciación. Inmediatamente me sonrojo, chocando los cinco mentalmente por haber decidido intentar lucir linda en mi excursión en solitario por comida.

—¿A dónde vas? —pregunta, y ahí es cuando me doy cuenta que un empleado del hotel está de pie junto a él, escuchando nuestra conversación mientras mira a su alrededor para asegurarse de que otros huéspedes no molesten a Cal.

—Estoy tratando de encontrar la cena. —Levanto mi teléfono para mostrarle la aplicación del hotel—. ¿Es este tu nuevo guardaespaldas?

Señalando con la cabeza al empleado del hotel.

—No, hoy no, y en cuanto a la cena, Randall me llevará a uno de los restaurantes del hotel que tiene una cocina francesa increíble. Creo que necesitas venir conmigo.

Me toma un momento comprender que acaba de invitarme a cenar. *¿Puedo comer delante de él? ¿Es el tipo de chico que dice que le gusta una mujer con apetito cuando en realidad se horrorizaría si me viera comer algo más que una ensalada?*

—No hay necesidad de dudar en tu respuesta. *Sé* que quieres cenar conmigo —dice con una sonrisa confiada—. Randall, por favor muéstranos el camino.

Me agarra del brazo y me gira en dirección al restaurante mientras se ríe de mi expresión estupefacta ante su arrogancia.

—¿Estamos haciendo suposiciones? —Me volteo para verle, levantando una ceja, esperando sonar coqueta y no obvia el hecho de que tiene razón.

Se encoge de hombros ante mi pregunta.

—He disfrutado nuestras conversaciones hasta ahora y, egoístamente, me gustaría seguir conociéndote. Eres una mujer muy intrigante, Jenna. —Sus cumplidos fluyen con facilidad de esa boca fascinante—. Y seamos honestos, a nadie le gusta comer solo.

*Ah, entonces eso es todo. Quiere compañía y yo le soy algo familiar.* Decido simplemente ir con él, a pesar de la sensación de hormigueo que todavía tengo de que su mano estaba en mi brazo.

Llegamos a la entrada del restaurante y cuando miro a mi alrededor, me doy cuenta de que podría estar mal vestido. La decoración del restaurante es decadente y se inspira en los castillos franceses del siglo XIX. Me siento tan mal vestida aquí, todo mundo está muy elegante.

—Cal —susurro, mientras esperamos a que Randall termine de hablar con el maître—. Creo que necesito rechazar tu invitación. No estoy vestida adecuadamente para este lugar.

—Te ves perfecta. Todo estará bien. —Como si fuera una señal, el maître nos dice que nuestra mesa está lista, y con su mano en la parte baja de mi espalda, Cal me da un ligero empujón hacia adelante. Estamos sentados en una mesa privada. Nos entregan los menús y nos dejan solos hasta que llega nuestro mesero. Siento que todos los ojos están puestos en nosotros y cuando empiezo a mirar alrededor del restaurante, confirmo mis sospechas.

*¿Qué estoy haciendo aquí con un actor de Hollywood?*

—Jenna, mírame —Exige Cal, notando mi inquietud.

Finalmente alejo mi mirada de la gente alrededor de nosotros y lo miro a los ojos.

—No te preocupes por nadie más y deja de mirarlos. Solo concéntrate en ti, en mí y en lo que quieras para la cena, ¿de acuerdo? —dice suavemente con una sonrisa y vuelve a mirar su menú. Hago lo mismo y trato de concentrarme en mis opciones. Cuando finalmente me concentro, gimo por dentro. El estilo de la comida combina con la decoración: rico y exclusivo. Nunca he sido una "gourmet". Estoy perfectamente contenta con la comida de bar y este estilo de comida está fuera de mi liga de paleta de alimentos. Soy conocida por comer un tazón de cereal para la cena la mayoría de las noches. Busco incluso una ensalada pequeña, pero aparentemente, este lugar es demasiado bueno para servir eso. Doy la vuelta al menú, con la esperanza de que haya más en la parte de atrás, pero no tengo suerte.

En ese momento, el mesero pasa a tomar nuestra orden de bebidas y nos dice cuáles son sus especiales para la noche. Cal nos pide una botella de vino con algunos entremeses que no me suenan de nada. El mesero se va y me siento desesperada por algo de sustento.

*Tranquilízate, Jenna. ¡Mantén la mente abierta! ¡Intenta algo nuevo!*

Finalmente me decido por un platillo del que puedo entender dos de los tres ingredientes que contiene. Rezo en silencio para que pueda satisfacerme hasta que pueda estar sola en mi habitación, donde pueda ordenar servicio de habitaciones y nadie más que yo sabrá cuán glotona planeo ser.

—¿Todo bien por allá? Por las expresiones que han estado cruzando tu rostro durante los últimos dos minutos, parece que estás teniendo una batalla interna. —Estaba tan absorta tratando de decidir qué comer que no me di cuenta de que me estaba mirando.

—¡Todo está muy bien! —Miento con demasiado entusiasmo. Se ríe de mí mientras el mesero llega con nuestro primer aperitivo y nos sirve una copa de vino.

El entremés parece carne roja sobre pan francés. Tomo un gran trago de vino, haciendo una mueca por su amargura. La idea de tener que comer este aperitivo me hace vomitar un poco en la boca. Tomo un sorbo de agua para aclararme la boca mientras el mesero pregunta por nuestra orden para la cena. Diciendo buen provecho, nos deja para ir a la cocina.

—Brindemos. —Cal levanta su copa de vino hacia mí—. ¡Salud por hacer nuevos amigos!

Sonrío y toco mi copa con la suya, asegurándome de tomar un sorbo más pequeño que la última vez. Las palabras de su brindis son dulces, pero no tengo dudas de que esta será probablemente la última vez que nos veamos una vez que comience mi conferencia.

—¿Qué hiciste hoy? —pregunto, con la esperanza de distraerlo lo suficiente para que no se dé cuenta de que no me como el entremés que me sirve en un plato pequeño.

—Descubrí que todavía tenía mucha adrenalina del vuelo, así que fui a hacer ejercicio, me di un chapuzón en la piscina, tomé una siesta, me duché y me relajé. Ha sido un día relajante. ¿Tú qué tal? —pregunta antes de tomar un bocado de la carne de aspecto cuestionable.

Observo su rostro de cerca, esperando una mirada de disgusto o desdén, pero su expresión permanece en blanco mientras mastica.

—De hecho, trabajé todo el día. —Inmediatamente me rio de su mirada incrédula ante mi admisión—. Hay tanto que hacer y tan poco tiempo. Además, tengo muchas ganas de intentar tener algo de tiempo libre mañana y el martes. Cuando empiece la conferencia, estaré bastante ocupada.

—¿Qué hace uno en conferencias como esta que lo mantiene tan ocupado? —Se recuesta en su silla y cruza los brazos sobre el pecho, atrayendo mi atención hacia sus bíceps abultados.

Me aclaro la garganta y vuelvo a centrar mi atención en su rostro.

—Bueno, soy la primera oradora de la conferencia, lo que nunca había hecho antes, y estoy bastante nerviosa. Después del discurso, habrá talleres, seminarios, sesiones de preguntas y respuestas, y nos reuniremos con cualquier persona que desee treinta minutos de asesoramiento privado para ayudarlo a iniciar su negocio o ayudarlo con cualquier obstáculo que esté atravesando.

—¿Y todo eso en tres días?

—Sí, todo sucederá a partir del miércoles por la mañana y continuará hasta la tarde del viernes. Al organizador de esta conferencia le gusta así. Comienza un miércoles y termina un viernes en destinos divertidos para que las personas tengan tiempo personal. En realidad, es bastante inteligente de su parte hacerlo, ya que aumenta su asistencia. Por ejemplo, mi mejor amiga, Layla, llegará el viernes, aunque en realidad también tiene negocios que atender aquí. Saldremos el domingo para volver a casa en Chicago.

—¿Cuál es el marco de tiempo típico para las otras conferencias similares a las que ha asistido? —pregunta, pareciendo genuinamente interesado y no solo tratando de hacer una pequeña charla.

—La mayoría de las otras conferencias comienzan un domingo y terminan un miércoles.

—Muy interesante —dice, mientras reflexiona sobre mi respuesta—. Entonces, ¿cuándo te vas a comer eso en tu plato?

Me sonríe con un brillo peligroso en sus ojos, sabiendo muy bien que le estoy dando largas al asunto.

—Me hiciste preguntas, así que las respondí. Es de mala educación hablar con comida en la boca, ¿sabes? —Le sonrío—. Entonces... ¿qué es esto? —Pregunto mientras apuñalo la baba roja con mi tenedor.

Se inclina hacia adelante con los codos sobre la mesa, la luz ilumina sus rasgos faciales cincelados mientras se inclina más cerca de mí.

—Es jamón en salsa de tomate sobre pan.

—Ah —respondo, sin querer decirle que no soy fan del jamón. El jamón ni siquiera parece que esté cocido.

Con Cal mirándome atentamente, lo agarro, lo saludo con mi comida y le doy un gran bocado. Mis papilas gustativas inmediatamente le gritan a mi cerebro que esta cosa babosa no es bienvenida en esta boca, y todo lo que quiero hacer es escupirla en mi servilleta. Me niego a mostrar mi agonía, agarrando la servilleta en mi regazo con fuerza mientras mastico lentamente la baba, con la esperanza de que, si mis dientes la muelen en pedazos pequeños, podré tragarla. Cal tiene una mirada de satisfacción pura y engreída mientras llena mi copa de vino. Miro la copa, sabiendo que la voy a necesitar para empujar el contenido por mi garganta. Apoya la barbilla en la mano y espera mi próximo movimiento. Está disfrutando completamente de mi reacción.

No puedo soportarlo más, agarro mi copa de vino y me lo bebo de u trago, ahogándome con la comida que apenas se abre paso por mi garganta. Echa la cabeza hacia atrás y se ríe mientras me limpio la boca con la servilleta. No puedo ocultar la mirada amarga en mi rostro por más tiempo.

—Nunca me había entretenido más viendo a alguien comer como yo en este momento —dice después de dejar de reír.

—Eso es horrible —digo con un escalofrío—. Primera y última vez que pides mi comida.

—¿Es la primera vez que comes cocina francesa?

—¿Cuenta una panadería francesa? ¿Qué hay de las papas fritas? —Bromeo, sabiendo muy bien que las papas fritas ni siquiera se consideran francesas.

—Tienes que ir a Francia algún día, Jenna. Es un país tan hermoso, y la comida es deliciosa.

—Así me lo han dicho, y me encantaría hacerlo. Quiero ir a Europa. He estado en Italia y Grecia, y me encantaron ambos países. Ni siquiera puedo imaginar cómo es el resto.

—Cuando estuviste en Italia, ¿te fijaste en ciertos tipos de carnes que ofrecían en los menús de los restaurantes? —pregunta con un brillo en los ojos.

—Si te refieres a la carne conocida como caballo que sirven, entonces sí, me quedé muy, muy lejos de comer eso allí — Confirmo con toda seriedad.

Continúa riéndose mientras llega el mesero con nuestros platos principales. La mirada de sorpresa debe haber cruzado mi rostro, porque el mesero inmediatamente me pregunta si todo está bien.

—Bien, gracias —digo con otra voz falsa y ridículamente alta. La comida es cualquier cosa menos buena. El tamaño de la porción de mi plato principal no solo es más pequeño que mi mano, sino que parece un pequeño feto de camarón en un embrión. De ninguna manera voy a comer esto. Miro a Cal, que iguala mirar mi comida con una mirada cuestionable.

—Cal, estaré más que feliz de pagar mi comida, pero *no* me voy a comer esto. Lamento no poder entretenerte más.

Le da un mordisco a su bistec, cierra los ojos con felicidad y solo sonríe mientras mastica con la boca cerrada. No puedo evitar sonreírle. *Por supuesto este hombre se ve sexy incluso comiendo.*

—Te diré algo, Jenna. Después de que termine este bistec suculento, jugoso y que se deshace en la boca, te llevaré al bar a comer papas fritas y helado.

—No molestes a una chica con papas fritas, Cal. Podrías lastimarte si no entregas —advierto en broma, mientras las papas fritas suenan divinas en este momento.

—Siempre me aseguro de ofrecer la máxima satisfacción —dice con otra sonrisa maliciosa. Tomo mi copa y bebo el resto de mi vino, tratando de ignorar el calor que acaba de llegar a mi centro por sus palabras.

Él termina su carne y el mesero viene a recoger nuestros platos. Rechazamos el postre y Cal se niega a dejarme pagar. Nos levantamos para irnos e inmediatamente siento esas miradas sobre nosotros mientras caminamos por el restaurante. Cal me agarra del codo para guiarme fuera del restaurante al que no pienso volver a ir nunca más.

En algún momento, Randall regresa para preguntar si necesitamos ayuda para llegar a algún lado. Nos acompaña al pub y habla con la anfitriona. el lugar está lleno de gente viendo fútbol y rugby. Él nos acompaña a un cubículo rodeado de televisores, para deleite de Cal.

—¡Rugby y Guinness, Jenna! Eso es lo que me gusta. —Se frota las manos como lo hace un adorable niño cuando ve regalos de cumpleaños.

—Este lugar parece muy divertido —Concuerdo con él, emocionada de tener algo de comida de verdad y feliz de saber que prefiere este tipo de ambiente.

Pedimos algo de tomar, la comida y nos acomodamos. Cal me pregunta si sé de rugby y admito que no. Procede a explicarme las reglas, pero estoy demasiado distraída por lo atractivo que se ve para retener todo lo que me dice. Unos minutos más tarde, el mesero regresa con nuestra orden, y me sumerjo directamente en mi sidra y papas fritas. Tan feliz estoy que dejo escapar un pequeño gemido de pura felicidad.

—Si hubiera sabido antes que la sidra y las papas fritas te iban a hacer tan feliz, habríamos venido aquí primero —dice antes de llevarse una papa frita a la boca.

—No sabíamos que nuestra experiencia con el restaurante francés iba a ser tan interesante. —Me encojo de hombros como si no fuera gran cosa que no me gustara nada de la comida.

—Mi cena estaba deliciosa.

—Me alegra saber que alguien lo disfrutó —digo sarcásticamente antes de tomar un sorbo de mi bebida mientras él se ríe de mí. La multitud en el bar comienza a abuchear a uno de los televisores e inmediatamente le pregunto a Cal qué pasó.

—Hay una infracción —dice Cal mientras mira la televisión.

—¿Qué es una infracción? —Pregunto, confundida mientras tomo otro bocado de papa frita.

—¿No me prestaste atención cuando te estaba explicando las reglas?

—No. Tu buena apariencia me estaba distrayendo —digo audazmente, dándome cuenta que me estoy poniendo borracha si solo digo eso en voz alta.

—Ah, bueno, gracias. Me alegra saber qué piensas eso. —La mirada que me está dando me hace moverme en mi asiento. Tomo otro sorbo de mi bebida, dándome cuenta que probablemente debería ser la última. *No más bebidas, Jenna, o podrías estar diciendo y haciendo cosas que no necesitas hacer.*

Dos tragos más tarde, estoy bastante *relajada*. Finalmente decidimos dejar el pub después de que gana el equipo favorito de Cal. Randall vuelve a aparecer mágicamente para acompañarnos a través del hotel. El hotel parece estar aún más lleno que antes. Cal me ofrece su brazo mientras nos abrimos paso entre la multitud.

—La noche aún es joven. ¿Deberíamos ir por ese helado que te prometí?

—No puedo comer ni beber otra cosa —Me quejo mientras coloco mi mano sobre mi protuberante estómago. Voy a tener que hacer ejercicio mañana ya que me comí casi dos canastas de papas fritas sola.

—¿Qué tal si volvemos y vemos una película? —pregunta.

No puedo evitar reírme a carcajadas por esto y sacudir la cabeza hacia él.

—¡Lo siento amigo, pero *no* voy a tener sexo con alguien que acabo de conocer! —digo con suficiente volumen que Randall me mira con una sonrisa, la mayor emoción que le he visto en toda la noche.

Cal se ríe e incluso su risa es ronca y sexy.

—Tenía cero expectativas de eso esta noche. Estaba hablando en serio ya que tengo una sala de cine en mi suite.

*¿Cero expectativas? ¿Significa eso que no se siente atraído por mí ni siquiera para un revolcón?*

—Me atraes mucho, Jenna. Pero no asumo que todas las mujeres hermosas van a tener sexo conmigo —Se ríe de mi expresión de horror porque dije lo que estaba pensando en voz alta.

—Bueno, tal vez solo una película corta, ya que quiero levantarme temprano e ir al Gran Cañón mañana. —Ignoro las campanas de advertencia que suenan en mi cabeza, mi cerebro grita que no debería ir a su suite en absoluto.

—¿Vas a ir al Gran Cañón mañana? Yo también quería ir —dice, mientras nos alejamos del casino principal, pasando el cinema. No le respondo porque estoy tratando de averiguar a dónde nos lleva Randall. Llegamos a una puerta donde desliza su tarjeta de acceso y procedemos a caminar a través de hermosos y largos pasillos de mármol. Caminamos hasta una puerta de hierro forjado donde Randall saluda al guardia, desliza su tarjeta de acceso y nos abre la puerta.

El sonido del agua cayendo nos saluda, y jadeo cuando observo la belleza del patio de lo que parece una enorme mansión de estilo toscano, con balcones que dan a la fuente de agua central. Exuberantes árboles verdes y flores vívidas están por todas partes, lo que te hace sentir como si estuvieras en Italia. Miro hacia arriba para ver las estrellas, solo para encontrar que la ilusión de estar al aire libre es solo eso, y que en realidad estamos en un atrio.

Ni siquiera sabía que existía un lugar como este en la propiedad que, cuando miro a Cal, ahora tiene mucho sentido ya que este es un lugar para personas de su calibre. Entramos en otro pasillo de aspecto decadente donde Randall se detiene frente a una puerta de madera bellamente intrincada.

—Bienvenido a su villa, señor. —Hace una reverencia a Cal y se vuelve hacia mí—. Señorita, cuando esté lista para regresar a su habitación, avise al mayordomo y él le conseguirá un automóvil que la llevará a la entrada principal del hotel.

Decimos gracias y Cal le da una propina a modo de apretón de manos. Él mete su tarjeta de acceso y abre la puerta. Inmediatamente nos recibe el mayordomo.

—Buenas noches, señor, señorita. Mi nombre es Steven y los atenderé esta noche. ¿Les apetece un refrigerio y un cóctel? —Oigo vagamente a Cal hablar con él sobre ver una película mientras paso junto a ellos completamente asombrado por este lugar.

Esta villa de estilo toscano tiene techos abovedados de veinticinco pies con candelabros brillantes, cortinas preciosas y pisos revestidos de terracota cubiertos con hermosas alfombras.

—¿Te gustaría un recorrido? —Cal me pregunta con una sonrisa. Asiento y procede a mostrarme la sala de estar que contiene un piano de media cola, el comedor con una gran mesa circular con capacidad para ocho personas, el bar completamente equipado, la cocina, la sala de ejercicios, dos dormitorios grandes, y luego el dormitorio principal que es más grande que mi apartamento en casa. Por último, llegamos a la sala de cine.

—Vaya... este lugar... —Niego con la cabeza con asombro mientras tomo asiento en una de las sillas reclinables.

—Es hermoso —concuerda, al entregarme una botella de agua.

—Gracias. —Tomando un sorbo, miro a los alrededores de la habitación, sintiéndome repentinamente incómoda por estar a solas con él.

—¿Qué tipo de género te gusta? —Toma un iPad y comienza a desplazarse por los títulos de las películas.

—Me gusta todo excepto las películas de terror. —Espero sinceramente que mi revelación no le dé ideas para torturarme viendo una.

—¿Define terror en tu opinión? —Esa sonrisa traviesa está de vuelta y sé que no está tramando nada bueno.

—Gente, u objetos alienígenas, matando a los buenos con mucha sangre. No quiero ver nada de eso. —Me estremezco de pura repugnancia cuando tengo horribles pesadillas con ese tipo de películas. Entiendo que esas películas están lejos de ser reales, pero mi cerebro simplemente no puede con el morbo.

—Seré un caballero esta noche y no pondré nada que te moleste —dice con cierta burla—. ¿Qué tal el suspenso?

—Suena bien. —Me quito los zapatos y procedo a volver a la silla. Me debato si debo o no reclinar la silla. Si me reclino, entonces las posibilidades de que me quede dormida son altas. No le revelo a Cal a propósito que mis amigos se burlan de mí por ser siempre la primera persona en quedarse dormida cuando vemos una película en casa.

—Me voy a cambiar. Ponte cómoda y vuelvo enseguida. —Mientras se va, agarro una manta y miro a mi alrededor.

*¡Esto no es una buena idea, Jenna! Te vas a quedar dormida y estás indefensa. ¡No conoces a este tipo! No importa que sea un actor de Hollywood. Incluso los famosos pueden hacer cosas malas.*

—Pido disculpas por la demora. —Regresa cinco minutos después, vestido con una camiseta blanca y pantalones de chándal, que no ocultan su musculoso pecho y bíceps. Atenúa las luces a un nivel más bajo y comienza la película. Inclino la cabeza hacia atrás para sentirme más cómoda—. Sabes que puedes reclinar tu asiento, ¿verdad?

—Sí, pero tengo mucho miedo de que, si reclino este asiento, tendrás una invitada para pasar la noche y realmente no quiero que eso suceda.

—Está bien si te quedas dormida aquí. Te prometo que no comprometeré tu virtud mientras duermes. —Mueve las cejas hacia arriba y hacia abajo, lo que me hace reír.

—Es bueno saber que mi virtud está a salvo contigo. —Me rio y volvemos nuestra atención a la película.

—Creo que dejé mi teléfono en la otra habitación. Mantén la película en marcha y vuelvo enseguida. —Se levanta y se va.

Y eso es lo último que recuerdo antes de quedarme dormida.

# Capítulo 6

Un delicioso aroma impregna el aire y despierta mis sentidos. Una sonrisa se forma en mi rostro mientras inhalo el olor del café que se prepara y la comida que se cocina. Abro los ojos y me doy cuenta que todavía estoy en la sala de cine de Cal, una manta que me protege del frío del aire acondicionado. Rápidamente miro dentro de la manta, respirando aliviada al ver que toda mi ropa todavía está puesta.

Lo último que recuerdo de anoche es que Cal fue a buscar su teléfono. Cómo no lo escuché volver a entrar o ponerme una manta sobre mí muestra lo profundamente dormida que estaba. Saco la manta, me pongo de pie y la doblo para volver a ponerla en el sofá.

—¡Buenos días!

—¡Ah! —jadeo y me doy la vuelta, sorprendida de verlo de pie en la puerta. Está apoyado en el marco de la puerta, vistiendo su pijama de la noche anterior con una gran sonrisa en su rostro ante mi reacción—. ¡Me asustaste!

—Lo siento, no fue mi intención —ríe, empujándose del marco de la puerta y viniendo hacia mí. Doy un paso atrás y caigo en el sofá mientras se me acerca.

—Gracias por dejarme quedarme aquí anoche. Lamento haberme quedado dormida. —Me pongo de pie, sintiéndome incómoda porque me quedé dormida antes de que pudiéramos ver la película.

—No fue un problema. Eres bastante entretenida tanto dormida como despierta.

Entrecierro los ojos ante su sonrisa diabólica.

—¿Que significa eso? —pregunto, la vergüenza comienza a apoderarse de mí.

Gemidos, pedos, ronquidos... la lista es interminable de cosas que mi exmarido me ha dicho que ocurren en mi inconsciencia nocturna y me horrorizaría si hiciera alguna de esas cosas frente a Cal.

—¿Sabías que hablas en sueños?

—Me han dicho eso —Confirmo. Permanece en silencio con una sonrisa infantil todavía en su rostro—. Entonces, ¿vas a decirme lo que dije?

—Mmm, creo que no. Tal vez te dé pistas a lo largo del día. Por cierto, el desayuno está listo, espero que tengas hambre. —Se da la vuelta y se dirige hacia la puerta, su trasero firme se ve bien incluso en pantalones de pijama.

Mi estómago ruge como si respondiera a su pregunta.

—¿Dónde está el baño? —Llamo tras él. Señala hacia su ubicación y me dirijo rápidamente en esa dirección, mi vejiga me grita por liberación.

Una vez dentro del baño, descargo mi vejiga y ahogo un grito ante mis ojos de mapache en el espejo mientras me lavo las manos. Con razón se estaba riendo de mí esta mañana. *¿Por qué no puedo despertarme con el maquillaje perfecto de la noche anterior?* Noto que los artículos de tocador en el lavabo incluyen enjuague bucal y decido aprovechar para enmascarar mi aliento de dormir. Salgo del baño y me dirijo al comedor, donde me recibe el mayordomo, quien me pregunta qué me gustaría beber.

—El café y el agua serían maravillosos —digo, mirando a mi alrededor todas las opciones de comida disponibles. Huevos, gofres, frutas, bagels y bollos están todos alineados, listos para ser devorados.

—No sabía qué te gusta comer o si desayunas, así que pedí varias cosas. Por favor, adelante. —Cal me entrega un plato y procede a apilar comida en el suyo.

—Siempre desayuno, pero en realidad iba a tomar algo ligero y rápido ya que necesito ponerme en camino si no quiero estar en el Gran Cañón después del anochecer. —Miro mi reloj para ver que ya pasan de las siete de la mañana. Quiero estar en camino ya.

—Podemos irnos justo después de comer —dice Cal antes de meterse un bocado de huevos en la boca.

—¿Podemos? —Levanto mis cejas hacia él con sorpresa. Lo recuerdo diciendo que siempre había querido ir al Gran Cañón, pero nunca hablamos de que me acompañara.

—No tengo nada que hacer hoy, así que pensé que estaría bien acompañarte. ¿Te importa? —Toma un sorbo de su café mientras espera mi respuesta.

—No, por supuesto que no —digo, molesta por lo rápido que mi pulso comienza a acelerarse ante la idea de pasar otro día con él.

—Esperaba que dijeras eso. ¿Por qué no te sientas a comer y luego un carro te puede llevar de regreso a la entrada principal para que te prepares? —Le hace un gesto a Steven, quien asiente y se va para ir a hacer los arreglos para mi transporte.

—Gracias —digo en voz baja y pongo algo de comida en mi plato. Me siento y me concentro en mi comida, la sensación de confusión me abruma. Ha pasado mucho tiempo desde que alguien se ha ocupado de los detalles por mí. *¿Por qué quiere ir conmigo?* No debe gustarle estar solo. Le echo un vistazo rápido mientras se sienta y lee el periódico, luciendo como un supermodelo. Como si sintiera que lo observan, levanta la vista y me sonríe.

—¿Pasa algo interesante en el mundo hoy? —Hago un gesto hacia su periódico.

—No, parece que todos estamos al borde del apocalipsis. —Lo deja y sonríe.

Me río y dejo mi servilleta.

—Bueno, entonces será mejor que me prepare para ir al Gran Cañón con un extraño que puede empujarme por el acantilado y nadie lo sabrá —bromeo, poniéndome de pie para prepararme e irme.

Se ríe y me acompaña para hacer la puerta.

—¿Es suficiente una hora para que te prepares? —Asiento y Steven nos saluda en la puerta.

—Steven te acompañará al carro. Te recogeré en la entrada. Nos vemos pronto. —Me abraza fuerte, besa mi frente y vuelve a su habitación. Sigo a Steven hasta el carro, todavía medio aturdida por lo que ha pasado.

*¡Me acaba de besar en la frente!*

El carro me lleva a la entrada principal del hotel y camino rápidamente hacia los ascensores. Una vez que llego a mi suite, me ducho, me pongo loción, me seco el cabello, me pongo unos jeans, un lindo top y tenis. Mantengo mi maquillaje ligero ya que podríamos estar caminando y sudando. La idea de no saber lo que estamos haciendo me hace detenerme. Nunca he tenido el control de mis planes y no tener un carro alquilado o un itinerario me pone nerviosa.

Cuando quedan cinco minutos, me echo un poco de perfume, me meto dos barras de granola y varias botellas de agua en el bolso y me dirijo a los ascensores. Inmediatamente veo al mismo conductor que tenía antes y camino hacia él. Me abre la puerta del carro y dentro está Cal con el cabello todavía mojado, con un olor divino y un aspecto increíble. Lleva jeans azul oscuro, una camiseta negra que le aprieta el pecho y unos lentes de sol. Probablemente no haya nada en lo que este hombre no se vea bien.

—¿Estás lista para nuestra gran aventura? —pregunta con entusiasmo.

—¡Estoy lista! —Respondo—. Pero… ¿adónde vamos?

No tengo ni idea si ha hecho algún arreglo.

—Al Gran Cañón. —Cal me mira como si estuviera loca. Pongo los ojos en blanco ante su respuesta inteligente.

—Lo sé, pero ¿cómo vamos a llegar ahí?

—Oh no, eso tomaría demasiado tiempo. Tomaremos un helicóptero allí, donde un guía nos mostrará los alrededores.

No puedo evitar mirarlo y parpadear.

—¿Un helicóptero? —Mis palmas comienzan a sentir picazón y humedad al pensar en estar en cualquier medio de transporte que requiera estar en el aire—. ¿Cómo sabemos que esta es una compañía confiable? ¿Leíste críticas sobre ellos? ¿Verificaste cuántos accidentes han tenido?

Aprieta los labios para reprimir su sonrisa.

—No, personalmente no busqué ninguna reseña sobre esta empresa, pero confiaba en que, dado que el hotel los reserva para sus clientes con regularidad, son altamente recomendados.

Asiento y me muerdo el labio, no queriendo sonar aún más ridícula de lo que ya lo hago. Odio mostrar mi miedo a volar, pero es una emoción que he estado tratando de superar sin éxito.

*Déjalo ir, Jenna. Esta es una experiencia única en la vida. Confía en que todo estará bien.*

—¿Cuál es el nombre de la empresa? Los buscaré rápidamente en línea. —Abro Safari en mi teléfono para buscar reseñas, claramente no puedo dejar de lado mi miedo.

—Jenna —dice con voz tranquilizadora mientras cubre mi teléfono con la mano—. Incluso si supiera el nombre de la empresa, no te lo diría. No vamos a estrellarnos. Pensamientos positivos, todo está bien. ¡Nuestras vacaciones van a ser maravillosas!

Su tranquilidad me hace sentir un poco mejor.

Miro por la ventana y agradezco ver cielos despejados. Antes de que pueda pensar en más excusas, hemos llegado a la terminal del helicóptero.

—¿Ya estamos aquí? ¿Cómo llegamos aquí tan rápido? —Me rio nerviosamente, tratando de ocultar mi creciente ansiedad.

Nunca antes he volado en helicóptero, y la idea de algo con una hélice me asusta más que subirme a un jet. Nuestro conductor abre la puerta de mi carro y de mala gana me bajo. Miro hacia el helicóptero, su elegante diseño brillando a la luz del sol, y rezo en voz baja para mantenernos a salvo. El piloto está fuera del helicóptero, esperando para saludarnos. Cal agarra mi mano y prácticamente me arrastra con él, su emoción supera mi cansancio.

—Buenos días, señor Harrington, señorita Pruitt. Soy el capitán Michael Bowen y es un placer llevarlos hoy al Gran Cañón. Repasemos rápidamente algunas características de seguridad antes de subir al helicóptero.

Escucho atentamente a nuestro capitán, tomando notas mentales de todo lo que nos muestra dentro del helicóptero. Con su discurso de seguridad que termina demasiado rápido para mi gusto, abre la puerta del helicóptero. Con ambos hombres siendo caballerosos, subo primero con Cal detrás de mí. Nos ponemos los cinturones de seguridad, luego agregamos nuestros auriculares para poder escuchar al piloto. Respiro hondo mientras veo al piloto sentarse en su asiento para prepararse. Comienzo mis oraciones silenciosas para mantenernos a salvo y cierro los ojos cuando escucho que el motor se enciende y el rotor comienza a girar. Siento una mano cálida y fuerte que aprieta la mía y abro los ojos para mirar a Cal.

—Lo que sea que esté destinado a ser, será, Jenna. Vive el momento. Esto va a ser increíble. —Me besa en la frente y trata de acercarme a él tanto como le permiten los cinturones de seguridad.

Le doy las gracias y aprieto su mano, esperando que pueda sentir lo mucho que esto significa para mí. Tiene toda la razón: necesito vivir el momento y disfrutarlo.

*Mantén los ojos abiertos todo el tiempo, Jenna. ¡Puedes hacerlo!*

El piloto levanta el helicóptero del suelo e inmediatamente planto mi cabeza en el brazo de Cal por la inestabilidad del despegue.

*¡Eres una gallina, Jenna!*

Siento que giramos lentamente ciento ochenta grados y avanzamos hacia nuestro destino. Asomo los ojos cuando Cal me dice que estamos volando sobre el *Strip* de Las Vegas. Señala nuestro hotel, y es asombroso ver lo enormes que son todos los hoteles desde arriba.

El paisaje cambia, pronto el desierto se convierte en crestas y el lago Mead aparece en el horizonte. El verde azulado brillante del agua es tan impresionante que agarro mi teléfono para tomar fotos. Giramos a la derecha y nos dirigimos a la obra maestra estructural de la Presa Hoover, el piloto nos brinda información general sobre el aspecto arquitectónico mientras sobrevolamos. Nos abrimos paso sobre partes del desierto de Mojave, con un lado del helicóptero brindándonos vislumbres del lago Mead, el otro lado mostrándonos la inmensidad del desierto. Tomo más fotos, tratando de evitar que mi mente le diga a mis ojos que miren hacia abajo a las ventanas de vidrio debajo de mis pies, no queriendo poner más imágenes de accidentes dentro de mi cabeza. Cada pequeño movimiento me da ganas de volver a enterrar la cabeza en los fuertes brazos de Cal, pero la anticipación de estar en el Cañón pronto me hace comportarme.

El piloto anuncia que nos estamos acercando, y me quedo sin aliento ante la belleza pura cuando entramos en el Gran Cañón. Los colores y la magnitud parecen no tener fin. Nos quedamos en silencio mientras continuamos tomando fotos de las fascinantes vistas. Seguimos los giros y vueltas del río Colorado a medida que entramos en el cañón y descendemos.

A medida que avanzamos hacia el interior del cañón, el piloto nos informa que aterrizaremos en la orilla del río. Miro a

Cal con ojos inquisitivos sobre por qué haríamos esto, pero todo lo que hace es levantar las cejas y sonreír. Una rampa con un bote atracado en ella aparece cuando llegamos para aterrizar. Tocamos tierra y el piloto nos dice que esperemos hasta que el rotor se detenga para que podamos salir.

—¿Estamos a punto de subirnos a ese bote? —Lo señalo.

—Pensé que un recorrido desde el cielo no era suficiente —dice encogiéndose de hombros con una sonrisa sexy mientras un asistente abre nuestra puerta. Cal agarra mi bolso y nos dirigimos al bote.

Nos recibe nuestro guía turístico, que nos ayuda a subir al bote. Nos sentamos y nos relajamos mientras remamos por el río Colorado, tomando fotos de las capas de roca que se crean a partir de la erosión constante del río, revelando millones de años de la historia del planeta. El recorrido es increíble y cuarenta y cinco minutos después, llegamos de nuevo al muelle. Mientras regresamos al helicóptero, noto una mesa vestida con un mantel y sillas para dos personas.

—Espero que hayan disfrutado el paseo en bote, señor Harrington y señorita Pruitt. El almuerzo está listo para ustedes. Tendrán treinta minutos de tiempo privado hasta que comiencen a llegar los recorridos públicos. —Nuestro piloto nos hace un gesto para que nos sentemos y nos sirve un poco de champán antes de dejarnos almorzar.

—¡Un brindis por el Gran Cañón! —Cal choca su copa con la mía y tomamos un sorbo de la burbujeante.

—No puedo creer que estemos aquí —digo, todavía incrédula por la experiencia que he tenido hasta ahora.

—Recuerdo haber visto fotos del Gran Cañón cuando era un niño, pero las fotos ni siquiera le hacen justicia.

—¿Cómo eras de niño en la escuela? —pregunto antes de darle un mordisco a mi sándwich, tratando de imaginar cómo se vería.

—Era torpe y gordo —se ríe, sacudiendo la cabeza ante sus recuerdos—. Era popular porque cuando la gente se burlaba de mí, yo comenzaba a burlarme de mí mismo con ellos. Un día, mi hermana me arrastró al partido de rugby de su novio y me enamoré del deporte. Era la primera vez que me sentía parte de algo. Perdí peso rápidamente y tengo que ejercitarme mucho para no recuperarlo.

—Me cuesta creer eso —digo, mirando su cuerpo que parece no tener grasa corporal.

—La vida es demasiado corta como para privarte de pizza y Guinness —se ríe—. Estoy bajo régimen antes y durante una película, pero siempre me doy días de trampa. A veces un día a la semana, a veces semanas seguidas. ¿Cómo eras en la escuela?

—Era un empollona, pero no formaba parte de ningún grupo. Traté de hacerme amiga de todos, pero, por supuesto, eso nunca es posible en el bachillerato. Jugué softbol durante un año, pero no me gustaba mi entrenador. El anuario y el gobierno estudiantil fueron mi verdadera pasión durante esos cuatro años.

—Y aquí estaba imaginándote como una animadora— dice con otra de sus sonrisas diabólicas.

—Lamento desinflar tu fantasía. —La idea de que yo sea una animadora es para reírse.

—No hay necesidad, ya que la realidad está demostrando ser mucho mejor que la fantasía. —Me sostiene la mirada y no puedo apartar la vista. Una abrumadora necesidad de besarlo de repente se apodera de mí. Nuestro piloto interrumpe mis pensamientos para recordarnos que es hora de partir.

Tomamos un par de fotos más y subimos al helicóptero para despegar. Él vuelve a tomar mi mano y nos dirigimos hacia el río Colorado, avanzando hacia el borde sur del cañón.

Las vistas del Gran Cañón son completamente indescriptibles. El piloto toma el helicóptero hacia el norte, luego vuela hacia el oeste mientras regresamos a Las Vegas, pasando por el Valle del Fuego y el Lago Mead en nuestro camino. Las crestas del Cañón comienzan a desvanecerse lentamente y las afueras de Las Vegas aparecen a la vista. Hacemos un vuelo más sobre el *Strip* antes de dirigirnos hacia la terminal de helicópteros. La plataforma de aterrizaje aparece a la vista y nuestro piloto realiza un aterrizaje tranquilo.

Nos quitamos los auriculares y nos desabrochamos los cinturones de seguridad mientras esperamos que el rotor deje de girar para salir. Me dirijo a Cal, sin saber cómo podré pagarle por la increíble experiencia que no me habría regalado a mí mismo.

—Hoy fue uno de los días más memorables que he tenido en mucho tiempo. Gracias por un día tan especial. —Me inclino para abrazarlo y besar su mejilla, pero gira la cabeza, haciendo que mis labios aterricen en su boca. Me sostiene en el lugar para que no pueda apartarme, sus sensuales labios exigen que me quede.

Su boca es más de lo que imaginé: labios cálidos y firmes que saben tan bien que quiero más. Enrosco mis manos en su cabello y lo acerco. Acaricia su lengua contra mis labios, y los abro con un bajo gemido que se me escapa. Él profundiza el beso y todo nuestro entorno se desvanece, tan perdida estoy en el momento, en él. Un golpe en la ventana nos sobresalta y miramos hacia arriba para ver al piloto tímidamente dándonos una sonrisa.

—Lo siento —susurro al piloto cuando me abre las puertas y me ayuda a salir del helicóptero. Le damos las gracias y nos dirigimos al carro que nos espera para llevarnos de vuelta a nuestro hotel.

Tan pronto como el conductor cierra la puerta detrás de nosotros, nos abrazamos y continuamos besándonos. Cal devora mis labios, cada embestida de su lengua aumenta mi apetito por él. Permanecemos así durante todo el viaje en automóvil hasta que el conductor toca la bocina y nos separa. Trato de recuperar el aliento, mi pecho se mueve hacia arriba y hacia abajo con movimientos rápidos, pero estar en los brazos de Cal solo me da ganas de continuar donde lo dejamos.

—Cena conmigo esta noche —ordena mientras besa un costado de mi cuello.

—Está bien —acepto, temblando por el calor de sus besos.

—Te prometo que haré que valga la pena, nada de comida francesa. —Toca su frente con la mía mientras sonrío por su broma.

El carro se detiene en la entrada principal de nuestro hotel y se detiene para que el valet me abra la puerta.

—Te veré a las siete y media. —Cal me besa rápidamente antes de salir del carro.

Acerco las yemas de mis dedos a mis labios hinchados, sin creer lo que acaba de ocurrir y cómo reaccionó mi cuerpo ante él. No me he sentido tan viva en mucho tiempo y como un adicto, quiero sentir el subidón de nuevo.

Cuando entro en el hotel, inmediatamente me dirijo directamente a las tiendas. Tengo que conseguir algo sexy para ponerme, sobre todo algo de lencería.

# Capítulo 7

Termino mi excursión de compras con una hora de sobra. Vuelvo corriendo a mi habitación, me doy una ducha rápida y decido qué ropa interior nueva y qué vestido me pondré esta noche. Cal no me dio ninguna indicación de a dónde íremos, así que no tengo ni idea de cuál es el código de vestimenta. Decido ir a lo seguro con un vestido negro sin mangas que tiene un escote en V, que provoca mostrando un poco. El vestido es sexy, pero elegante. Lo combino con tacones de tiras, joyas doradas y un cárdigan magenta para mantenerme caliente. Aplico un maquillaje en los ojos y mantengo mis labios con un aspecto natural con brillo de labios color nude. Satisfecha con mi cabello, miro mi reloj para ver si es hora de irme. Agarro mi bolso y bajo las escaleras.

Mientras estoy en el ascensor, me doy cuenta de que Cal no aclaró dónde me recogería él o cualquier otra persona. Salgo del ascensor, sin saber en qué dirección debería ir. Decido dirigirme al vestíbulo principal hacia la entrada principal. El alivio se extiende sobre mí cuando veo a Steven esperándome en el escritorio de la recepción.

—Buenas noches, señorita Pruitt. El señor Harrington tuvo que responder a una llamada inesperada. Quiere que te acompañe al restaurante donde se reunirá con usted en breve. —Me hace un gesto para que lo siga y nos dirigimos hacia nuestro destino.

No puedo evitar reírme para mis adentros, recordando el comentario de Cal de que no hay comida francesa cuando nos acercamos a un restaurante japonés. Steven asiente a la anfitriona, quien nos acompaña a una mesa ya escogida. Steven me pregunta si necesito algo más y se marcha cuando me niego. Miro el menú mientras espero, con el estómago listo para llenarse.

—Siento mucho haberte hecho esperar. —Cal aparece detrás de mí y roza sus labios contra mi mejilla, enviando escalofríos por mi columna. No puedo evitar admirar mi nueva vista mientras pasa junto a mí hacia su asiento, notando cómo sus pantalones se adaptan perfectamente a su trasero. Esta noche lleva una camisa blanca impecable metida en unos pantalones de rayas azul marino mientras lleva un blazer a juego. Cuelga la chaqueta en el respaldo de su silla, se sienta y se arremanga, lo que muestra sus fuertes antebrazos.

—Te ves deslumbrante —dice con un brillo en los ojos. Estaba tan absorta en checarlo que no me di cuenta de que él estaba haciendo lo mismo conmigo.

—Al igual que tú —murmuro, mi cumplido es recompensado con una de esas sonrisas que tanto me gustan.

—¿Confío en que has encontrado algo adecuado a tu gusto en este menú? —bromea mientras examina su menú.

—Sí —Sonrío. No creo que vaya a desperdiciar nada de comida esta noche.

—Bien, porque quiero que estés completamente satisfecha.

La insinuación sexual subyacente hace que me sonroje y bajo la mirada hacia mis manos, rompiendo nuestro acalorado contacto visual. El mesero llega para tomar nuestro pedido, y no puedo evitar que mi mente se pregunte qué me espera esta noche.

—¿Estaba todo bien con la llamada telefónica que recibiste? —Mi curiosidad aumenta en cuanto a lo que lo mantuvo tanto tiempo, aunque no es asunto mío.

—Sí, era mi asistente, Valerie, que quería repasar mi agenda para los próximos días antes de que ella llegue. Trato de ser lo más organizado posible, pero ella me mantiene bajo control. Sinceramente, no sé qué haría sin ella.

—¿Cuánto tiempo ha sido tu asistente? —Pregunto casualmente antes de tomar un sorbo de mi vino con el que acaba de llegar el mesero. Me pregunto cómo se ve y si él se siente atraído por ella. *¿Por qué te importa, Jenna? Él no es tuyo para quedártelo.*

—Alrededor de cuatro años. Ambos estábamos juntos en clases de actuación y yo estaba teniendo oportunidades mientras su carrera se estancaba. Estaba teniendo dificultades para mantenerme al día con el aspecto administrativo, por lo que se ofreció a ayudarme y ha estado conmigo desde entonces.

—Es genial que tengas a alguien en quien puedas confiar, especialmente en tu industria.

Él asiente.

—Te horrorizaría el comportamiento de algunas personas y lo que hacen en Hollywood.

—Me siento así con las personas que no están en Hollywood.

Nos reímos antes de inspeccionar la comida que el mesero acaba de entregar frente a nosotros. Con Cal mirándome, pruebo mi comida y le doy una señal de aprobación. Se ríe y se sumerge directamente en la suya.

Mientras comemos, pedimos más vino y recapitulamos el increíble día que tuvimos en el Gran Cañón. Se necesita tan poco esfuerzo para entablar una conversación que, antes de que nos demos cuenta, el restaurante se está vaciando.

—¿Estás lista para el postre? —La luz del techo capta el brillo de sus ojos, lo que hace que me pregunte si se estará refiriendo a la comida.

—No, gracias —digo al mesero que le entrega la cuenta a Cal.

Mira al mesero alejarse y se acerca.

—No estaba hablando del tipo de postre comestible. —Antes de que pueda reaccionar, rápidamente firma la cuenta, se levanta, agarra su abrigo y me tiende la mano.

Lo miro, igualando el calor de su mirada con la mía, y coloco mi mano en la suya. Sus besos anteriores reavivan un fuego que pensé que se había extinguido y estoy lista para más.

*Mucho más.*

Caminamos en silencio de regreso a su habitación, la anticipación de lo que está por venir nos hace movernos rápidamente a través del hotel. Después de lo que parece una eternidad, finalmente llegamos a su villa. Abre y me hace un gesto para que entre. Tan pronto como cierra la puerta, me agarra del brazo, me hace girar y me empuja contra la puerta, devorando mis labios con los suyos.

Se equivocó al decir que no habría postre, ya que sus labios son lo más decadente que he probado. Paso mis manos por su pecho y en su cabello, dirigiendo sus labios a un lado de mi cuello. Sus besos comienzan a nublar mis pensamientos, pero no antes de que escuche un ruido y me dé cuenta de que Steven está cerca.

—Cal, tu mayordomo —susurro, empujándolo para que dé un paso atrás y haga que Steven se vaya.

—Ve a mi habitación —ordena, robando un beso más antes de alejarse para ir a hablar con Steven.

Me tambaleo mientras camino, mis rodillas débiles por sus besos. Entro en su habitación y, de repente, no estoy segura de qué hacer conmigo misma. *¿Debería quitarme la ropa y meterme en la cama? ¿Debería simplemente sentarme y esperar pacientemente por él? ¿Qué estoy haciendo aquí?*

Nunca he estado con un hombre que acabo de conocer, y mientras pienso más en lo que estoy a punto de hacer, la inquietud se apodera de mí. Decido pararme en la ventana y contemplar la piscina. Con el agua me tranquiliza, tanto que no escucho entrar a Cal. Solo lo siento contra mí mientras desliza su brazo alrededor de mi cintura para acercarme más. Cuando sus besos comienzan a enviar pequeñas ondas eléctricas por mi cuerpo, me doy cuenta de que no tengo fuerza de voluntad para detenerlo. En cambio, giro la cabeza hacia un lado para darle un acceso, no quiero que estos sentimientos se detengan. Comienzo a moler mi trasero contra su erección, sus gemidos de placer me mojan. Me doy la vuelta e inmediatamente reclama mis labios, exigiendo que los abra para recibir su lengua.

—Te deseo, Jenna —susurra, mientras me quita la chaqueta antes de comenzar a besarme el hombro derecho.

Continúa sus besos hacia mi cuello, bajando por mi pecho. Empuja a un lado los tirantes de mi vestido, haciendo que el vestido caiga en cascada por mis piernas. Me quedo de pie con mi sostén, tanga y tacones mientras continúa su asalto por mi cuerpo, dejando rastros de besos ardientes en mi piel. Se pone de rodillas, su boca haciendo su camino hacia mi entrada. Besa mis bragas, el calor de su aliento contra la tela me hace gemir. Muerde la tela y me baja las bragas por las piernas con los dientes. Jadeo mientras él besa su camino hacia mis pantorrillas, rodillas y muslos. Usando su cabeza, empuja mis piernas más separadas, besando tan cerca, pero tan lejos, de mi centro. Mi respiración es rápida, exhalaciones ásperas salen cada vez que su lengua entra en contacto con una parte de mi muslo. De repente, se detiene y miro hacia abajo para ver por qué.

—Mírame, Jenna —Exige con su voz ronca y sensual. Coloca sus manos en mi trasero, sus ojos nunca se apartan de los míos mientras se dirige a mi centro.

Gimo mientras lo observo, la anticipación me hace apretar por dentro. Hace un camino de ardiente destrucción con sus labios, tocando en todas partes menos donde necesito que toque. Con mi cuerpo vibrando de deseo, enredo mis manos en su cabello y tiro.

—Por favor, Cal —gimoteo y sonríe ante mi súplica. Con un gruñido bajo, comienza a lamerme lentamente, alternando entre lamer y chupar, enviando ondas de choque a través de mí como lo hace un desfibrilador en el corazón. Ver su larga y firme lengua tocarme solo aumenta las sensaciones, y apenas puedo mantener los ojos abiertos. Sintiendo que mis rodillas están a punto de doblarse, me acuesta contra la cama y abre más mis piernas.

—Sabes tan bien —gruñe antes de continuar su asalto a mi clítoris. Suelto mi agarre en su cabello y aprieto las sábanas en mis manos, mi cabeza se sacude de un lado a otro. Mis caderas comienzan a girar contra su boca mientras él lame más fuerte, más rápido. Envuelvo mis piernas alrededor de su cabeza, apretándolo hasta lo lograrlo, haciéndome gritar mi orgasmo.

Mientras mi cuerpo se relaja por la magnitud de la explosión de mi liberación, lucho por recuperar el aliento. Nunca había experimentado un orgasmo tan intenso con el sexo oral. Me pregunto si es porque ha pasado un tiempo o solo por sus talentosas habilidades. Ni siquiera mi exesposo me hacía correrme tan duro como lo hace Cal con su boca. Abro los ojos para encontrarlo de pie sobre mí, con una sonrisa de satisfacción en su rostro.

—Eso fue increíble —jadeo, observándolo desvestirse, su cuerpo definido es una obra de arte. Se deja los calzoncillos puestos, pero no hace nada para ocultar su enorme erección. Se pone a mi lado en la cama y me tira contra él, acurrucando mi trasero contra su dureza.

—Duérmete un rato, Jenna, porque eso fue un adelanto —susurra, antes de besar mi cabeza y abrazarme contra su pecho.

Pronto mis párpados comienzan a sentirse pesados y dejo de preguntarme si realmente estoy lista para irme a dormir o no. Por lo general, prefiero tener mi propio espacio cuando duermo, pero con la calidez de su cuerpo y sus fuertes brazos a mi alrededor, rápidamente caigo en un profundo sueño.

## *Capítulo 8*

Me toma un tiempo levantarme de la cama a la mañana siguiente, mi cuerpo está cansado pero relajado. Una sonrisa se dibuja en mi rostro al recordar a Cal despertándome con su boca. Al principio pensé que era un sueño, pero luego, a medida que se volvió más sensual y mi cuerpo comenzó a reaccionar, un hormigueo hizo que me diera cuenta de que no estaba soñando. Después de hacerme correrme una vez más, estaba bien despierta y lista para corresponder, pero él se negó y me dijo que durmiera. Nunca he estado con un hombre que ofrece tanto sin pedir nada a cambio. *¿Le pasa algo a su pene?* No puedo decirlo ya que mantiene sus calzoncillos puestos. Con suerte, tendré otra oportunidad de averiguarlo.

En ese momento, el objeto de mis pensamientos entra, vestido con una camisa de manga corta y pantalones chinos de color caqui. Su rostro está bien afeitado y su cabello húmedo se riza en las puntas. Para alguien que apenas ha dormido, se ve renovado, energizado y más bueno que el pan.

—Buenos días, hermosa. Esperaba que estuvieras despierta antes de que me fuera. —Se sienta en el borde de la cama y me besa en los labios.

—¿Adónde vas? —pregunto, tratando de ocultar la decepción que siento por no pasar el día con él.

—Hubo una nueva versión del elenco y el director quiere que entre y lea algunas líneas con el nuevo actor que contrataron. —Baja la sábana que tengo sobre mi cuerpo para jugar con mi pezón—. Espero estar de vuelta antes de la cena. Creo que deberías quedarte aquí, relajarte junto a la piscina, y cuando regrese, ¿podemos ir a comer algo y tal vez a un espectáculo?

Sus caricias nublan mi capacidad de pensar y tengo que concentrarme mucho en lo que dice.

—Yo, eh, no tengo un traje de baño aquí. —Aparto su mano de un golpe para poder concentrarme mejor. Se ríe y toma represalias jugando con el otro pezón.

—Mi piscina es privada, creo que deberías ir desnuda —susurra mientras se inclina y toma mi pezón en su boca. Alterna entre chupar y azotar con la lengua, la combinación me hace gemir en voz alta. Deja mi pezón, dejando un rastro de besos a través de mi pecho hasta el otro pezón, que luego toma dentro de su boca para llamar la atención. Arqueo mi espalda y coloco mis manos en su cabello para tratar de acercarlo más. Mis piernas se abren de par en par y trato de maniobrarlo entre ellas para envolverlo, pero él no se mueve y, en cambio, suelta mi pezón.

—Piensa en mí, Jenna, planeo continuar con esto esta noche. —Me da un último beso y se levanta para salir por la puerta.

—¿Estás jodiéndome? —Lo miro con incredulidad, mi voz tiene un octanaje más alto de lo normal debido al estado de frustración en el que me está dejando.

Se ríe de mi elección de palabras.

—No, y ese es el problema —dice con una mueca de dolor mientras mira el gran bulto que se tensa contra sus pantalones. Tengo una pequeña satisfacción al ver que él también está sufriendo.

—Espera —digo distraída mientras pongo mi mano en mi frente para recordar mis pensamientos—. Necesito tomar algunos artículos de mi habitación. ¿Cómo puedo volver a entrar?

—Steven te va a dar una llave extra para que entres y salgas cuando quieras a partir de ahora. —Mira hacia abajo mientras su teléfono suena—. Lo siento, pero debo irme. El desayuno te está esperando y espero verte más tarde.

Con eso, sale del dormitorio y cierra la puerta.

Me dejo caer contra la almohada y dejo escapar un lento suspiro. Si bien me encantaría acostarme todo el día y sumergirme desnuda en su piscina, la idea de que solo Steven y yo estemos cerca me hace sentir un poco incómoda. Tomar el sol no formaba parte de mi plan original, pero suena tentador. Tratando de decidir en qué tienda compraría un traje, me levanto de la cama, me visto y me dirijo al comedor.

—Buenos días, señorita Pruitt. ¿Qué le gustaría desayunar hoy? —Steven pregunta mientras señala la variedad de alimentos que pueden alimentar a diez personas.

Hago mi selección y él me trae agua y café. Desenvuelvo la servilleta de los cubiertos y cuando la coloco en mi regazo, de repente soy muy consciente de estar con la ropa de la noche anterior. *Sólo puedo imaginar lo que Steven piensa de mí.* Picoteo mi comida con mi tenedor, mi apetito disminuye con cada pensamiento de la imagen que estoy presentando de mí misma. *¿Cree que soy una puta? ¿Por qué me importa? No he hecho nada malo. ¡Soy una mujer fuerte e independiente!*

Queriendo distanciarme, le digo a Steven que volveré más tarde y me levanto de la mesa, mi comida apenas tocada. Voy a recoger mi bolso y me doy cuenta de que hay una llave extra junto a él. Dudo en tomarla, pero el deseo de ver a Cal gana, así que la guardo en mi bolso.

—Señorita Pruitt, un carro la está esperando para llevarla de vuelta al vestíbulo principal —dice Steven, pasando rápidamente junto a mí para abrir la puerta antes de que llegue.

—Lo siento, Steven, pero prefiero caminar. ¿Puedes cancelarlo? —pregunto, sin ganas de hacer el paseo vergonzoso por el vestíbulo principal por segunda vez. Insiste en acompañarme de regreso a mi habitación y me niego. Le deseo un buen día y me abro paso por el atrio hasta la puerta que conduce a la parte principal del hotel.

Para cuando llego a los ascensores que conducen a mi habitación, mis pies me gritan por rechazar el carro, mientras mi cabeza decide sacar el orgullo de mi corazón a golpes. Layla y Robert serían mis mayores animadores en lo que he estado haciendo estos últimos días. ¿Por qué de repente me siento tan culpable? Nunca juzgo a Layla por sus muchas aventuras, así que ¿por qué me juzgo a mí misma? Trato de pensar en la raíz de lo que realmente me hace sentir de esta manera cuando siento que mi teléfono vibra. Lo saco de mi bolso y veo tres llamadas perdidas y cinco mensajes de Robert. Espero hasta estar en mi habitación, luego enciendo mi computadora portátil para hablar de negocios antes de devolverle la llamada.

—Hola, ¿qué pasa? —Agarro el teléfono con nerviosismo, esperando malas noticias sobre por qué me llama y me envía tantos mensajes.

—¡Lo que pasa es que no he sabido nada de ti en casi dos días! ¡Estaba a punto de llamar a la policía! ¿Dónde has estado? —Hago una mueca por su tono de voz. Nunca es divertido estar en el lado receptor de un Robert Jordan enojado.

—Lo siento, Robert, por preocuparte. No me di cuenta de que perdí tus llamadas y mensajes. He estado, eh, distraída. — Todavía no estoy lista para tener esta conversación con él.

—¿Distraída? ¿Por qué, o debería preguntar, quién? Me debes detalles y mejor que sea jugoso y escandaloso —resopla al teléfono.

—Oh, ya sabes, distraída por Las Vegas. —Pongo los ojos en blanco ante mi patética respuesta mientras intento detenerme para pensar en alguna otra historia que contarle. Odio mentir y cuando intento decírselo a alguien inocente, siempre me llaman la atención. Nunca sale nada bueno de mentir, incluso de los más pequeños.

—No, Jenna, no sé lo que es distraerse con Las Vegas, ¡porque *alguien* no me llevó con ella! Además, no solo estaba preocupado por no tener noticias tuyas, sino que tampoco estaba preparado para tener que lidiar con la ira de Pamela, quien me llamó un millón de veces preguntándome por qué no la llamaste cuando aterrizaste. —Su referencia a mi madre me hace reír, ya que tampoco me gustaría tener que lidiar con ella—. Me debes dos días completos de tratamientos de spa por lidiar con ella.

—Nuevamente, me disculpo, Robert, y me aseguraré de reservarte dos días de spa. ¿Me perdonarás? —Uso mi tono de voz tranquilizador con él mientras escribo una nota para algunos días de spa para los dos.

—Te perdonaré una vez que me digas la verdadera razón por la que no has estado pegado a tu teléfono o computadora portátil para perder mis llamadas muy importantes. Nunca te distraes. Él tiene razón, por desgracia. Es muy raro si pierdo una llamada telefónica o un correo electrónico de él.

—Bueno, fui al Gran Cañón y eso ocupó la mayor parte de mi día, y luego regresé y salí a cenar.

Deliberadamente sueno lo más vago posible, no queriendo dar más detalles.

—¿Con quién estabas? —pregunta, con sospechas en su voz.

—Con gente.

—¿Cuánta gente?

—Tres. —Rápidamente cuento al piloto, al guía turístico y a Cal como mis otras tres personas.

—¿Gente de la conferencia o gente nueva?

—¿Gente nueva? —pregunto mientras mi voz se apaga, sin saber cómo responder. Sabiendo que mi incertidumbre de una respuesta lo convencerá aún más de que estoy mintiendo, tendré que darle algo más para detener la línea de preguntas—. Está bien, bien, un hombre. ¿Feliz?

—¡Ah! ¡*Lo sabía*! —grita emocionado al teléfono—. ¿Quién es él? Será mejor que estés haciendo cositas divertidas.

—Nada de eso, ¿quién crees que soy? —Lo desafío por ser presuntuoso.

—Oh, por favor, si te conozco. Sé que eres una aburrida —Se ríe.

—Bueno, eso es cierto, pero no todo se trata de sexo. —Niego con la cabeza cuando acabo de confirmar su declaración. Necesito cambiar este tema rápido—. Suficiente de esto, ya te dije la verdad. Perdóname y sigamos adelante.

Continúa riéndose y comienza a hacerme ruidillos.

—Oh, Jenna, no estás perdonada, porque trataste de mentirme y aun así dejaste fuera los detalles pertinentes, como su apariencia y el tamaño de su pene. Dejaré pasar esta información por hoy, ya que es imperativo que hablemos de negocios, pero mañana será un nuevo día y si quieres mi perdón, entonces debes contármelo todo. —Acepto su indulto e inmediatamente cambio de marcha a los negocios para evitar cualquier conversación sobre Cal.

Paso el resto del día trabajando, respondiendo correos electrónicos, escribiendo artículos y contenido para nuestro blog y preparándome para el primer día de la conferencia eligiendo mi atuendo. Configuro mi alarma en mi teléfono para asegurarme de levantarme temprano mañana para no tener prisa y tener mucho tiempo en la mañana para prepararme mental y físicamente.

Sintiéndome bien con todas las tareas que completé, decido hacer ejercicio y dirigirme al gimnasio del hotel. Está repleto de mujeres atractivas y hombres musculosos y guapos. Me subo a la máquina elíptica, me coloco los auriculares en la oreja e ignoro a todos durante una hora. Una vez que pasa esa hora, es hora de subir las escaleras para prepararme para la noche.

Me meto en la ducha y me froto bien el cuerpo, asegurándome de que huele bien en todos los lugares correctos. Una vez hecho esto, envuelvo mi cabello y mi cuerpo en toallas y empiezo a elegir mi atuendo para la noche. Cal dijo algo de salir a cenar y a ver un espectáculo, me decido por un vestido cruzado azul real cuya tela se adhiere tan fuerte a mi cuerpo que me pregunto si puedo usar ropa interior. Me pruebo el vestido y vuelve a aparecer la duda que tenía antes. No es que no esté contenta con mi aspecto, pero empiezo a preguntarme por qué me esfuerzo tanto para asegurarme de que me veo lo suficientemente sexy para que un hombre que acabo de conocer y que quiere acostarse conmigo. ¿Por qué me siento culpable por querer acostarme con él ya? Entonces la realización me abruma. Es porque incluso después haberme besado con mi ex por primera vez, no me acostaría con él de inmediato. Pero estoy lista para dormir con Cal. Pensé que la química sexual entre mi ex y yo era la mejor que había tenido, pero no hay comparación en cuanto a los sentimientos que estoy experimentando con Cal. Trabajaba y era amiga de mi ex, así que, por supuesto, quería que nuestra relación fuera más que sólo sexo, ya que había más que perder. Con Cal, sé que no voy a volver a verlo después que esto termine.

Nunca me he dado un chute, pero la única droga a la que me he vuelto adicta es la boca de Cal Harrington. Ha despertado sentimientos que han estado enterrados desde que mi ex salió de mi vida. Necesito sentir de nuevo y si tener sexo con Cal evoca esos sentimientos, entonces estoy lista y dispuesta. Con eso en mente, aplasto cualquier resto de culpa y continúo preparándome.

Treinta minutos después, salgo de mi habitación y me dirijo a la de Cal. Sacando la llave que me dio, entro por la puerta VIP y camino por el atrio hasta su villa. Una vez que llego a su puerta, dudo antes de usar la llave, sin saber si debo tocar o no. Decido llamar primero y luego entrar.

Débilmente escucho música, así que sigo la melodía hasta la sala de cine solo para encontrarla vacía, con los créditos rodando en la pantalla de la película que se estaba reproduciendo. Vuelvo a la sala de estar y miro por la ventana a la piscina. Al no encontrar a Cal afuera, me doy la vuelta para dirigirme al dormitorio principal para saltar al verlo de pie en el pasillo, observándome.

—¡Es la segunda vez que me haces eso! —exclamo, mi corazón se acelera por el susto. Paso del miedo a excitarme en un segundo al ver su cuerpo mojado y duro solo envuelto en una toalla, lo que indica que acaba de salir de la ducha.

Se dirige hacia mí, sus ojos recorriendo mi cuerpo de pies a cabeza. Se me corta el aliento cuando mis ojos se fijan en la pequeña cantidad de vello de su pecho y recorren más allá de su abdomen definido hasta las V en sus costados que desaparecen debajo de su toalla. Veo una sola gota de agua deslizarse por su estómago hacia la tela, haciéndome tragar saliva ante la idea de lamerlo. Vuelvo a mirar su rostro, hipnotizada por el deseo en sus ojos.

—Este vestido —admira con su mirada acalorada. Coloca su dedo índice en la parte superior de mi esternón y acaricia la piel entre mis senos.

—Estás todo mojado —Me atraganto, sus caricias me vuelven loca.

—Y tú lo estarás más tarde. —Pasa su dedo por mi pecho, levanta mi barbilla con él y me abrasa con un beso. Se aleja antes de que el beso se profundice, dándome una sonrisa maliciosa antes de darse la vuelta para alejarse—. Volveré enseguida. Siéntete como en casa.

Solo me quedo allí y parpadeo mientras observo su espalda musculosa retirarse a su habitación para vestirse. Niego con la cabeza, sin saber cómo voy a sobrevivir a la cena si sigue mirándome de esa manera. Decido que una bebida es para ayudar a calmar mis nervios.

Voy al bar y me sirvo un vodka tonic con una lima y me siento en el sofá, jugando en mi teléfono mientras espero. No me hace esperar mucho cuando aparece cinco minutos después, luciendo hermoso con una camisa azul de manga larga con pantalones oscuros y zapatos negros.

—¡Seamos cursis y usemos atuendos a juego! —Aplaude, como si fuera un plan maestro. Me río de él, disfrutando completamente de ver su lado tonto.

Va al bar, se sirve un whisky con hielo y se sienta en el sofá conmigo.

—¿Crees en la magia, Jenna? Porque eso es por lo que estamos brindando esta noche. —Choca su vaso con el mío y toma un sorbo.

—¿Magia? —Levanto mis cejas en forma interrogativa.

—Vamos a tener una cena mágica, luego iremos a ver al mayor ilusionista del mundo. Después de eso, vamos a hacer algo de magia tú y yo.

La cursilería de su broma me hace sacudir la cabeza de la risa. Mira su reloj y deja su bebida.

—Debemos ponernos en marcha si vamos a comer antes del espectáculo.

Se pone de pie y me tiende la mano. Lo acepto y él me empuja hacia su pecho, reclamando mis labios en cuanto estoy frente a él. Sus labios exigen que los abra para él, a lo que obedezco inmediatamente antes de perderme por completo en sus besos. Agarro la parte de atrás de su camisa con más fuerza, tratando de acercarme lo más posible por más. Lentamente retira sus labios, tocando su frente con la mía mientras recuperamos el aliento.

—Vámonos antes de que te devore para la cena. —Me sonríe maliciosamente mientras toma mi mano y nos conduce fuera de su suite para cenar.

No quiero nada más que ser devorada por este hombre.

*Capítulo 9*

Fiel a su palabra, la cena es mágica.

Cal hizo reservas en el restaurante de cortes finos en el hotel. Nos acompañan a una mesa bien escondida en la parte trasera del restaurante, lo que ayuda a aliviar mi incomodidad de todos los ojos que nos miran cuando llegamos. Estamos sentados e inmediatamente pedimos algo de tomar y la comida. A medida que analizamos los detalles de nuestro día, no pierdo de vista el hecho de que nuestros mundos son completamente diferentes.

—¿Te pones nervioso con tu trabajo? —Le pregunto después de que describe cómo le fue en su lectura de guion con el nuevo actor. No creo que pudiera manejar la presión de ser actriz. Siempre siendo observado, siempre siendo escudriñado, siempre teniendo que mirar de cierta manera. ¿Cómo puede eso no meterse con tu psique?

—Cuando comencé, las audiciones eran bastante abrumadoras. Ahora diría que las partes más tediosas del trabajo son las escenas de sexo —dice, riéndose de mi expresión de sorpresa—. La escena de sexo real está muy lejos de ser íntima debido a la cantidad de personas que te observan. Te están diciendo cómo pretender tener relaciones sexuales. Luego te preocupas si tu aliento huele mal, si estás cubierto en los lugares correctos, si estás siendo respetuoso con la actriz o incluso si pareces tener química sexual con esta persona. No hay nada natural en ello.

—¿Cómo no te excitan los besos y, esto… todo ese manoseo? —Me sonrojo un poco al ver cómo me habría visto tratando de manosear a Cal esta mañana.

—Lo cierto es que no. —Se inclina y apoya los antebrazos sobre la mesa—. Aunque las escenas me ponen nervioso, mentiría si no dijera que no son divertidas. Muchos actores se quejan de lo horribles que son esas escenas, eso es una completa tontería. Dicen eso para no meterse en problemas con sus parejas. Si realmente quisieran ser respetuosos con sus parejas, harían películas sin escenas de sexo o pedirían cambios en el guion para que la escena sea solo un beso y la escena se desvanezca, aludiendo a la ilusión de que van a tener sexo. —Su honestidad es refrescante, ya que nunca hubiera pensado que el actor podría siquiera pedir que se reescribiera la escena.

—¿Estás nerviosa por mañana? —pregunta, cambiando de tema mientras nuestro mesero nos sirve la comida.

—Un poco —digo con una pausa—. Normalmente, me pongo más nerviosa el día antes. Confío en el contenido de mi discurso, solo me aseguro de que mi presentación sea efectiva y significativa.

—Estoy seguro de que vas a ser la estrella del evento. Tal vez venga a verte —bromea con una sonrisa.

—Idea perfecta, ya que no estaría nerviosa sabiendo que todos los ojos estarán puestos en ti en lugar de mí —digo con una risa.

Ni siquiera puedo imaginar el caos que causaría entre los cientos de mujeres que estarán allí.

—En serio, serías una gran distracción, por lo que probablemente sea mejor que no aparezcas.

—Ni siquiera sé si puedo, en todo caso. Tengo una cita con los de vestuario y todavía no estoy seguro de a qué hora es. —Saca su teléfono y comienza a enviar mensajes—. Pero en serio, realmente me gustaría verte hablar.

—Por lo general, la conferencia graba a los oradores principales. Tal vez pueda conseguir una copia, si realmente quieres verla. No esperes que lo vea contigo. —Niego con la cabeza ante la idea, sabiendo que estaría realmente avergonzada de verme a mí misma, especialmente con Cal.

—A mí tampoco me gusta ver mi trabajo. Cometí el error de hacerlo una vez y nunca lo volveré a hacer. —Termina su mensaje y guarda su teléfono.

—¿Quieres decirme que no ves tus propios programas de televisión o películas? —pregunto con escepticismo, sin creer realmente lo que estoy escuchando. ¿Cómo pueden los actores no observar su propio trabajo para ver dónde necesitan mejorar?

Él niega con la cabeza.

—No, no lo hago. Así es como lo veo. Trabajo duro en mi oficio, cuido mi cuerpo, llego temprano al set y me aseguro de saber todas mis líneas. No pierdo el tiempo de la gente. Soy respetuoso con todos los que merecen mi respeto. Sé que soy guapo, pero me enorgullezco de mi ética de trabajo y eso se nota. Y es por eso por lo que me ofrecen papeles. No hay necesidad de ver mi trabajo si al final del día sé que lo he dado todo. —Su confianza es tan excitante que tengo que cruzar las piernas para ayudar a aplastar el pulso entre ellas.

Terminamos nuestra cena y nos levantamos para salir e ir al espectáculo, Cal toma mi mano y salimos del restaurante. Nos paran en nuestro camino para pedir autógrafos y fotos, que me ofrezco como voluntaria para tomar fotos con sus fans. Las mujeres se asustan y me miran mal, mientras que los hombres actúan de manera más respetuosa. A pesar de algunas de las cosas escandalosas que le dicen, él es encantador con todas y cada una de las personas, siempre agradeciéndoles su apoyo.

Llegamos al espectáculo justo cuando las luces se apagan y nos acompañan a una mesa privada a un lado, lejos de las otras mesas. Me han entretenido los ilusionistas antes, pero creo que es un poco ridículo cuando intentan convencer a la gente de que pueden hacer desaparecer la Estatua de la Libertad.

El ilusionista comienza a crear una historia, y pronto te atrapa por su mundo de magia durante una hora y media. Le damos una ovación de pie al final del espectáculo y esperamos hasta que todos los demás se vayan antes de partir.

—¿Qué te pareció? —Cal pregunta mientras caminamos hacia la salida.

—Fue realmente bueno. Me gustó el aspecto narrativo del show.

—Estoy de acuerdo. El espectáculo fluyó muy bien sin puntos lentos. ¿Hay algún otro lugar al que quieras ir? —Cal se detiene y me mira.

—Creo que estoy lista para ir a la cama —digo sofocando un bostezo. Tengo que levantarme muy temprano y no quiero acostarme demasiado tarde, especialmente si Cal planea acompañarme. Solo necesito ser honesta conmigo misma: estoy más que excitada por este hombre, y estoy lista para continuar donde lo dejamos esta mañana.

—Pues entonces, vamos a arroparte —dice maliciosamente, agarrando mi mano y llevándonos a su lugar.

Caminamos rápidamente a través del casino hacia la puerta VIP en silencio, nuestros pensamientos enfocados en una sola cosa. Muy pronto, llegamos a su puerta y saca su tarjeta de acceso para dejarnos entrar. Todas las luces están encendidas y suena una música suave. Le envío a Cal una mirada burlona y él simplemente se encoge de hombros.

—Steven todavía debe estar aquí. —Como si fuera una señal, Steven entra en el pasillo.

—Buenas noches, señor Harrington, señorita Pruitt. Espero que tu noche esté yendo bien. ¿Quieren que les pida comida o les prepare una bebida? —pregunta, mirándonos.

—Me gustaría un vodka tonic con limón, por favor —le pido a Steven, mi boca de repente se siente muy seca al pensar en lo que va a pasar esta noche. De repente, un trago suena como una necesidad para ayudar a calmar mis nervios inesperados.

—Puedo hacer la bebida de Jenna en el bar, Steven. ¿Por qué no te vas a casa?

Cal le da una propina, le da la mano y lo acompaña hasta la salida. Cierra la puerta detrás de Steven, se da la vuelta y me mira.

—¿Realmente quieres ese trago? —pregunta, sus ojos ardientes sosteniéndome cautivado.

Lentamente niego con la cabeza mientras él camina hacia mí como un león a punto de abalanzarse sobre su presa. No hay vuelta atrás, de repente me siento tranquila con mi decisión.

Se para frente a mí, coloca sus manos a cada lado de mi cara para inclinar mi cabeza hacia él. Mi mirada desciende hasta esos tentadores labios antes de volver a mirar brevemente a sus ojos mientras sus labios descienden sobre los míos.

Su beso es suave y vacilante al principio, haciéndome preguntarme qué está pensando. Se aleja para mirarme, su nariz tocando brevemente la mía antes de dar otro beso. Con los labios entreabiertos, comienza a jugar con mi labio superior primero con su lengua, atrapándolo entre sus labios cuando cierra la boca. Repite este patrón con mi labio inferior, enviando sensaciones de hormigueo por mi columna. Paso mi lengua a través de sus labios y gime, encontrando mi lengua con la suya.

A medida que profundizamos el beso, envuelve un brazo alrededor de mi torso, con su otro brazo me aplasta contra su cuerpo. Me aferro a él mientras exige que siga el ritmo de los latigazos que su lengua me está dando. Nos separamos lentamente para recuperar el aliento y él me levanta, mis piernas lo envuelven inmediatamente mientras me lleva al dormitorio.

La habitación está oscura y solo se reflejan tenuemente las luces de su piscina privada. Cierra la puerta de una patada mientras sigo besando su cuello, deteniéndome por un momento en sus labios antes de bajar por el otro lado de su cuello. Se detiene justo delante de la cama y me deslizo lentamente hacia abajo, disfrutando de la sensación de su dura erección contra mí.

Empiezo a desabotonar su camisa, tomándome mi tiempo para revelar su glorioso y musculoso pecho. Una vez que llego al último botón, coloco mis manos debajo y acaricio mi camino hacia arriba, sus músculos se ondulan contra mis manos. Agarro los bordes de cada lado, extiendo su camisa y la bajo sobre sus esculpidos brazos hasta que queda en el suelo.

Fascinada por verlo, comienzo un camino de besos en su esternón y me dirijo a su pezón derecho. Él sisea y tira de mi cabello con sus manos mientras rozo su pezón con mis dientes y lo chupo. Alterno entre lamer y chupar, sus ruidos son todo el estímulo que necesito para continuar. Al final subo y bajo besando abdomen, antes de darle a su pezón izquierdo la atención que merece. Coloca sus manos en mi cabello, sosteniendo mi cabeza lo más cerca posible de su pezón. Cuando empiezo a chuparlo, mueve sus manos a mi cintura para tratar de desatar el nudo de mi vestido.

—Quítate esta maldita cosa —gruñe frustrado después de numerosos intentos fallidos de desatar el nudo. Dejo su pezón y lo miro fijamente a los ojos mientras desato el nudo, desenvuelvo el vestido de mi cuerpo y lo dejo caer al suelo. Su boca se abre ligeramente mientras sus ojos beben mi sostén de satén negro y la tanga negra que está unida a un liguero negro a juego enganchado en mis medias negras.

—Maldita sea, Jenna, eres tan bonita. —Coloca sus manos sobre mis hombros y los frota, trayendo los tirantes de mi sostén con él. Me estremezco del toque de sus cálidas manos mientras se inclina, dejando un rastro de besos calientes desde mi cuello hasta mi clavícula. Muevo mi cabeza hacia un lado para que pueda tener un mejor acceso mientras agarro ciegamente la hebilla de su cinturón. Me las arreglo para desabrochar su cinturón, desabrochar sus pantalones, y empujándolos fuera de sus caderas. Deslizo mis manos en sus calzoncillos y las envuelvo alrededor de su pene, apretando ligeramente. Él gime contra mi cuello mientras acaricio mis manos arriba y abajo de su longitud. Es redondo y grueso y, por un momento, me doy cuenta de que el sexo con Cal podría doler si realmente es tan grande como se siente. Mis pensamientos se disipan cuando su boca caliente y húmeda se engancha en mi pezón, haciéndome jadear. Su lengua asalta el capullo sensible, enviando chispas directamente a mi centro. Retiro mis manos de su pene, agarro su cabeza y lo acerco mientras arqueo mi espalda y gimo de placer. Envuelve sus brazos alrededor de mí, me levanta sobre la cama y se acuesta encima de mí, su boca continúa con su ataque mortal.

Envuelvo mis piernas alrededor de él y empiezo a frotarme contra él, la fricción hace que la necesidad de que esté dentro de mí sea más fuerte. Sus manos acarician mi estómago hasta que alcanzan la parte superior del liguero, sus dedos se deslizan por debajo y continúan hacia mis bragas.

—Me encanta lo mojada que te pones para mí —susurra, sus dedos rozando arriba y abajo contra mi clítoris. No puedo evitar frotarme contra su mano, apretándola con mis muslos para tratar de llevar sus dedos más adentro de mí. Mis gemidos se vuelven más fuertes a medida que mi deseo por él se intensifica.

—No te detengas —suplico cuando sus dedos dejan de frotarme. Besa mi estómago, agarra la parte superior de mi liguero y tanga, y lo desliza por mis muslos. Sus labios continúan bajando por mis muslos mientras sus manos bajan todo por mis rodillas y pantorrillas hasta que estoy libre de todo.

Abre más mis rodillas y se acomoda entre mis piernas. Observo su cabeza inclinarse lentamente hacia abajo y siento su cálido aliento soplando sobre mi clítoris como una pequeña advertencia antes de chasquear su lengua contra él. Gimo más fuerte y enredo mis manos en su cabello, posicionándolo para que su lengua pueda profundizar. Entre su aliento caliente y las fuertes embestidas de su lengua, no hay forma de que dure mucho. Este hombre sabe cómo dominar mi cuerpo y ya estoy empezando a tener espasmos por las deliciosas olas de deseo que está creando.

—Cal, por favor —gimoteo—. Te necesito dentro de mí.

Debo tenerlo dentro de mí ya mismo, antes de que explote contra su boca.

Con una última succión, levanta su cuerpo de encima de mí y me dice que me mueva hacia la cabecera. Me deslizo hacia atrás mientras él le da la vuelta a la cama. Abre el cajón de la mesita de noche y toma un preservativo. Observo con los ojos entornados mientras lo saca del envoltorio, pellizca la parte superior y lo envuelve lentamente sobre su punta reluciente y hacia abajo por su magnífico eje. Mis ojos suben por su cuerpo hasta su rostro para encontrarlo observándome. Nos miramos el uno al otro mientras vuelve a la cama, se sienta sobre sus rodillas y coloca sus manos debajo de mi trasero para moverme sobre sus muslos. Con mis piernas separadas, agarra su polla y la coloca en mi entrada. Toma la punta y frota mi capullo de arriba abajo, y luego baja hasta mi abertura. Abro la boca con asombro y entierro mis uñas en sus antebrazos, sin saber cuánto más puedo soportar esta burla de tenerlo tan cerca pero no dentro de mí.

—Cal —suplico con frustración—. ¡Por favor!

Entrecierra los ojos y me da una sonrisa maliciosa mientras entra lentamente en mí y se abre paso más profundo. A pesar de mi humedad, mi cuerpo se tensa por el shock de tener a alguien tan grande dentro de mí.

—Joder, estás tan apretada —gime antes de echar la cabeza hacia atrás y apretar la mandíbula mientras se retira lentamente.

Él deja de moverse cuando escucha mi brusca inhalación.

—¿Estás bien? —pregunta cuando me ve estremecerme por el dolor que ahora ha reemplazado al placer.

—Por alguna razón, duele. No sé si es porque ha pasado mucho tiempo o porque eres así de grande. —Él echa la cabeza hacia atrás y se ríe mientras sale de mí. Me alegro de que esté un poco oscuro aquí para que no pueda ver el rubor de vergüenza que se ha apoderado de mi rostro al revelar cuánto tiempo ha pasado desde la última vez que tuve sexo.

Se mueve sobre mí, manteniendo la mayor parte de su peso sobre sus codos mientras desliza sus manos debajo de mi cabeza y me besa. Pronto me vuelvo a engullir de deseo cuando su boca caliente ataca mis sentidos. El deseo corre por mis venas y no puedo evitar que mi cuerpo se mueva contra el suyo. De repente empuja de nuevo dentro de mí y jadeo ruidosamente, esta vez por el inesperado placer. Comienza a moverse hacia adentro y hacia afuera y mi cuerpo se ajusta a su alrededor. El movimiento hacia arriba y hacia abajo comienza a crear una deliciosa fricción, haciéndome gemir más fuerte en mi deseo por él.

—Joder, te sientes como en el cielo —dice antes de agacharse y reclamar mis labios en un beso caliente y húmedo. Nuestras lenguas imitan sus movimientos y él comienza a empujar más rápido, sus gemidos se vuelven más fuertes y frecuentes. Ambos estamos cada vez más cerca de explotar. Mis paredes se aferran con más fuerza a su alrededor y la presión interior comienza a aumentar. Un par de embestidas más profundas dentro de mí y estoy gritando mi orgasmo, con él siguiéndome con el suyo solo un par de segundos después.

Se siente como si mi cuerpo saltara de un acantilado y soy tan ligera como una pluma, mi cuerpo sufre espasmos mientras floto lentamente hacia la realidad. Cuando bajo de mi altura, envuelvo mis brazos alrededor de él, disfrutando de lo increíble que se siente tenerlo todavía dentro de mí. Siento que su respiración comienza a nivelarse y cuando puede reunir la fuerza, levanta la cabeza y me da un beso lento y sensual que hace que vuelva a sentir un hormigueo en los dedos de mis pies.

—Eres increíble —me alaba, mirándome a los ojos como si estuviera empapándose en mi alma. Empiezo a sentirme abrumada por una emoción no deseada, así que me quedo en silencio y solo le sonrío. Se inclina para besarme de nuevo y mientras lo hace, lentamente se aleja de mí. Gimo ante la pérdida contra su boca, no me gusta la sensación de vacío. Lo veo levantarse para ir al baño y cuando la puerta se cierra, exhalo el aliento que no me di cuenta que estaba conteniendo.

Me muerdo el labio y sonrío mientras repaso los últimos diez minutos mentalmente. No he tenido muchas parejas sexuales, pero la primera vez con ellas ni siquiera se acerca a lo increíble e intenso que sentí cada minuto con Cal. Mi núcleo se contrae ante la idea de que él esté dentro de mí otra vez y rápidamente me doy cuenta de que probablemente me ha arruinado la sola idea de tener sexo con cualquier otro hombre.

## Capítulo 10

El sonido de las campanas me despierta del profundo sueño en el que estaba. Al darme cuenta de que el molesto sonido proviene de mi teléfono, lo recojo de la mesita de noche y apago la alarma. Las seis en punto, desafortunadamente, llegaron demasiado pronto. Con Cal tomándome dos veces más durante la noche, apenas dormimos. Aparto las sábanas, me siento y trato de ponerme de pie, pero inmediatamente tengo que volver a sentarme debido a que mis piernas se tambalean.

—¿Qué fue ese ruido espantoso? —Miro por encima del hombro para ver a Cal acostado boca abajo, su hermoso rostro vuelto hacia mí con los ojos aún cerrados.

—Lo siento, ese fue mi despertador. Tengo que ir a arreglarme —digo con un suspiro y empujo mi cabello detrás de mis orejas.

—No trajiste tus cosas, ¿verdad? —pregunta con los ojos aún cerrados.

—No, no lo hice. Vuelve a dormir. Lamento haberte despertado. —Lo beso en la mejilla y me levanto de la cama.

Él rueda sobre su espalda y finalmente abre los ojos.

—Lamento no tener el desayuno listo para ti esta mañana. No me di cuenta de a qué hora tendrías que irte. ¿Quieres que te pida un carro?

—No, puedo caminar. Gracias por la oferta. —Estoy a punto de alejarme de la cama cuando, de repente, se abalanza sobre mis muñecas y me empuja hacia atrás sobre la cama. Me acuesta y se inclina sobre mí, sujetándome las muñecas con las manos por encima de mi cabeza.

—Realmente no me gusta que camines sola con ese vestido por el hotel. Te conseguiré un carro. —Exige, sus ojos azules y su cálido cuerpo me dificultan concentrarme.

—¿Estás olvidando que todavía tendría que caminar desde la entrada principal a través del vestíbulo y el casino para llegar a mi habitación? —Le recuerdo en un tono burlón.

Me mira con los ojos entrecerrados, sabiendo que tengo razón.

—Sigue sin gustarme. ¿Qué tal un escolta? —Niego con la cabeza, entonces agrega—: Tal vez haga que te sigan sin tu conocimiento.

Abro la boca ante su sonrisa de comemierda y no tengo ninguna duda de que haría que me siguieran.

—Sé que tienes que irte, pero quiero que sepas que hoy todo va a ser maravilloso. Buena suerte, y celebraremos esta noche. —Me besa con fuerza antes de soltarme para recostarme de lado.

Me quedo allí durante unos segundos, tratando de recuperar mi cordura y calmar mi pulso porque él había puesto un aleteo. Después de unos segundos de sentirme más yo misma, me levanto de la cama y me dirijo hacia la puerta.

—Diviértete probándote ropa hoy. —Le sonrío, secretamente deseando verlo modelar ropa. El hombre probablemente se veía atractivo en un saco de papas.

Después de que dejo su suite y me dirijo hacia el hotel principal, no puedo evitar mirar por encima del hombro para ver si me están siguiendo por su amenaza. Sacudiendo la cabeza cuando no veo a nadie, sigo mi camino, aprendiendo que esta hora de la mañana es un buen momento para caminar de regreso a tu habitación ya que casi nadie está en el casino y el lobby es un pueblo fantasma. Sin preocuparme de que alguien se dé cuenta de mi ropa desaliñada, sonrío cuando los recuerdos de la noche anterior comienzan a ocupar mi mente. No puedo esperar para

96

pasar más tiempo con él esta noche y empiezo a preguntarme qué habrá planeado. Disfruté de él cuidando todos nuestros planes para nosotros las últimas dos noches.

*No te acostumbres, Jenna. Sólo te quedan un par de días aquí.* Con ese pensamiento bajándome el ánimo, decido que es mejor que me concentre en mi discurso y la conferencia.

Cuando llego a mi habitación, inmediatamente busco el menú y pido servicio a la habitación para el desayuno. Una vez realizada la llamada, me desnudo y me meto en la ducha. El agua hirviendo despierta mis sentidos, hago una mueca de delicioso placer mientras froto la toallita sobre mis pezones adoloridos, por mi estómago y sobre las áreas sensibles entre mis piernas. No puedo evitar que mis pensamientos vuelvan a Cal y sonrío ante la idea de que quiere volver a verme esta noche. Con mi confianza en mí misma aumentada por esto, hago un pequeño baile de felicitación por finalmente tener sexo desde mi divorcio y me río de mí misma por ser tan idiota.

Termino de ducharme, me pongo la bata blanca grande y esponjosa que proporciona el hotel y envuelvo mi cabello en una toalla. Agarro mi teléfono para ver la hora solo para ver que tengo una llamada perdida de Robert. Rápidamente reviso mi correo electrónico para ver si hay algún correo electrónico pendiente que olvidé responder antes de devolverle la llamada.

—Perdona, me perdí tu llamada, estaba en la ducha — digo cuando contesta.

—¿Tenías compañía? —pregunta mientras lo escucho teclear en su teclado.

—Solo yo, yo y yo —confirmo, poniéndolo en el altavoz del teléfono para que pueda aplicarme loción en la cara y el cuerpo.

—Puaj, esa es una imagen que no quiero tener. De todos modos, ¿cómo nos sentimos hoy?"

Saco la lengua al teléfono antes de contestar.

—Me siento genial, lista para terminar la mañana. —Repasamos el resto de mi agenda para la conferencia y para la semana siguiente antes de finalizar la llamada.

—Eso es todo lo que tengo en la agenda esta mañana para hablar. Buena suerte hoy, arriba el poder femenino, y que sepas que te odio por no llevarme contigo. ¡Sé que hoy va a ser épico!

—Yo también te quiero, Robert. Te llamaré más tarde. —Cuelgo el teléfono justo cuando suena un golpe en mi puerta, lo que indica que ha llegado el servicio de habitaciones. Mi estómago comienza a rugir cuando mi nariz huele los deliciosos aromas que provienen del carrito que está trayendo. Firmo la cuenta, cierro la puerta después del repartidor y empiezo a leer el periódico mientras como.

Una hora más tarde, estoy completamente vestida, con el cabello y el maquillaje listos. Coloco todas las pertenencias que necesito en mi bolso de mano y salgo de mi habitación para ir al centro de conferencias. Repaso mentalmente mi lista de verificación para checar el diseño de la sala y pruebo el equipo audiovisual para mi discurso. Estoy agradecida de que la caminata hasta el centro de conferencias sea de menos de diez minutos porque mis pies ya me están gritando por usar estos altísimos tacones negros, de esos de la suela roja. Sé que al final del discurso mis pies estarán ardiendo, pero estos zapatos son una necesidad con lo bajita que soy. Además, me hacen sentir más segura y Dios sabe que necesito toda la confianza que pueda conseguir, ya que esta será la multitud más grande frente a la que he hablado.

Uno de los organizadores me saluda al frente del salón de baile y me indica por dónde prefieren que entre y salga. Le entrego mi unidad USB que contiene mi música de entrada, mi discurso y la presentación en *Power-Point* al director audiovisual. Revisamos todo, asegurándonos que todo el equipo esté funcionando y listo para funcionar.

Con el ensayo terminado, me acompañan a una de las salas de espera. Como estoy allí antes de que se abran las puertas, aprovecho el silencio para repasar la copia de mi discurso por última vez. Comienzo a escuchar murmullos de voces en el pasillo que pronto escalan a cientos de voces esperando para entrar al salón.

Quince minutos después, un asistente viene a escoltarme hasta la salida. La acompaño hasta las puertas laterales del salón de baile, más de cuatrocientas personas adentro me esperan para inspirarlas y motivarlas con nuevas prácticas que pueden usar en sus negocios. Cuando escucho al Maestro de Ceremonias decir mi nombre y comienza mi música, respiro profundamente, digo una pequeña oración y sonrío cuando las puertas se abren para que entre.

*Sé la inspiración de alguien, Jenna*, me digo a mí misma y sonrío a todos mientras camino pavoneándome hacia adentro.

—¡Estuviste increíble! —Una de las organizadoras susurra en mi oído cuando las puertas detrás de mí se cierran para bloquear el aplauso atronador y la ovación de pie que recibí con tanta gracia.

He terminado con mi discurso, dejando fluir las emociones de mi viaje, mostrándoles mi aprecio y sinceridad de que no estaría aquí sin ellas. Luego me sumergí directamente en el análisis de mi negocio y cómo pueden aplicar algunos de mis métodos generales a los suyos. Fue, con mucho, uno de mis discursos más exitosos, y mientras miro a los extraños que me felicitan, me pongo un poco caprichosa por el hecho de que estoy aquí sola. *Tal vez debería haber traído a Robert*, pienso para mí y sonrío sabiendo que nunca puedo revelarle eso. *Al menos tengo a Cal para celebrar conmigo esta noche.* Regreso a la sala de espera y miro las fotos en mi teléfono que el asistente tomó para mí mientras pronunciaba mi discurso. Se las envío a Robert para que las publique en nuestras páginas de redes sociales, pero me interrumpen cuando mi teléfono muestra que me está llamando.

—¿Como te fue? —inmediatamente pregunta cuando respondo.

—*¡Arrasé!* ¡Me fue muy bien! —grito de emoción, agradecida de que no haya nadie más en la sala de espera en ese momento—. Robert, fue realmente increíble. Estaban bailando con la música que elegiste, asintiendo con la cabeza de acuerdo con las cosas que les estaba enseñando, muchas de ellas estaban tomando notas. ¡La mayoría de ellas incluso se rieron de mis chistes!

—Eso en sí mismo es increíble, ya que ni siquiera eres tan graciosa —dice, riéndose de su propia broma—. ¡En serio, estoy muy orgulloso de ti y no puedo esperar para ver la repetición!

—¡Gracias, Robert! Tengo que irme. Solo tengo una hora de descanso y tengo que quitarme estos zapatos. Te llamaré más tarde—. Cuelgo con Robert y agarro mi bolso.

Normalmente habría traído un par de chanclas para usar entre sesiones, pero con tanta gente alrededor, no sentí que sería profesional. Rápidamente me dirijo a mi habitación, recordándome mentalmente tomar una barra de proteínas en caso de que no sea una fanática de la comida que ofrecen para el almuerzo. Abro la puerta, entro al dormitorio y abro las puertas del armario para encontrarlo completamente vacío. *¿Dónde están todas mis cosas?* Empiezo a entrar en pánico, abro los cajones de la cómoda para encontrarlos también vacíos. Vuelvo a la sala de estar y miro a mi alrededor con completa incredulidad de que mis cosas se han ido. *¿Cómo puede suceder esto en un hotel tan famoso?* Agarro el teléfono para denunciar el robo de mis artículos, cuando de repente me doy cuenta de que Cal podría haber tenido algo que ver con esto y ha llevado mis pertenencias a su suite. Con la esperanza de que este sea el caso, pero todavía enojada con la idea de que él no dijese sobre eso, cuelgo el teléfono y me voy tan rápido como mis tacones me lo permiten.

Me dirijo a su casa y entro una vez que llego. Escucho ruidos provenientes de la sala de cine y me detengo en la puerta para ver a Cal jugando un videojuego.

—¿Sacaste mis pertenencias de mi habitación? —pregunto, con mi voz sorprendentemente tranquila.

—¡Oye, regresaste temprano! ¿Cómo te fue? —pregunta, sus ojos todavía en su videojuego.

—Cal, responde a mi pregunta. ¿Sacaste mis cosas de mi habitación? —Mi tono de voz llama su atención y detiene el juego para mirarme.

—Sí, lo hice. Todo está en el dormitorio principal. ¿Qué ocurre?

Ignoro su pregunta y corro al dormitorio. Efectivamente, mi ropa está colgada en el vestidor, mi ropa interior y pijamas en los cajones, artículos de tocador en el baño con mi joyero. Abro el estuche para asegurarme de que todas mis joyas estén contabilizadas y suspiro con alivio al ver que así es. Vuelvo al dormitorio, donde Cal está apoyado en el marco de la puerta con los brazos cruzados.

—¿Cuál es el problema, Jenna? —pregunta de nuevo, levantando una ceja hacia mí.

—El problema es que no me *preguntaste* si estaba de acuerdo con que completos extraños pusieran sus manos en mis artículos personales. ¡que no lo estoy! Gente extraña tocando mis joyas, mi ropa interior. —Me estremezco al pensar en manos en todas mis pertenencias.

—En primer lugar, usaban guantes al empacar tus cosas y, en segundo lugar, hablamos de trasladar tus cosas aquí y, dado que has estado ocupada, pensé que sería útil que lo hicieran por ti. Nunca tuve la intención de molestarte, pero te dije que no me

101

gustaba que caminaras sola por el hotel, yendo y viniendo entre mi villa y tu habitación. Esta fue una solución más fácil.

—Creo que esta solución fue más fácil para ti, así que puedo estar a tu entera disposición cuando quieras follar —afirmo enojada sin pensar con claridad.

Se aleja rápidamente del marco de la puerta y, con dos zancadas largas, está frente a mí, agarrando mis bíceps con fuerza.

—No hagas eso. No te degrades a ti misma ni a lo que hemos estado haciendo. Somos dos adultos que disfrutan de su mutua compañía. ¿Me equivoco? —Me mira intensamente a los ojos, desafiándome a replicar.

Por supuesto que tiene razón, lo que me irrita aún más. Me libero de su agarre y le doy la espalda para mirar hacia la piscina. Los problemas no tienen nada que ver con él, sino con mi culpa por acostarme con alguien que acabo de conocer y perder ese sentimiento de control. No he tenido a nadie que me cuide desde mi exmarido y tengo una relación de amor/odio con él. Me encanta, porque no hay nada más sexy cuando un hombre puede tomar el control sin dirección y cuidar de su mujer. Lo odio, porque cuando mi esposo dejó de cuidarme, me dejó sintiéndome completamente inútil. Un sentimiento que prometí no volver a sentir nunca más. Estos son mis problemas, no los de Cal, y mi reacción fue injusta con sus buenas intenciones. Cuento hasta diez, respiro hondo y me giro para mirarlo.

—¿Podemos empezar de nuevo, por favor? —le pregunto.

Me da una mirada cuestionable y asiente.

—Cal, ¿moviste mi ropa de mi habitación sin preguntarme?

—Sí —responde con los ojos entrecerrados, preguntándose si se trata de una pregunta capciosa.

—Muchas gracias por pensar en mi bienestar y organizar la mudanza. Si hay algún caso de que algo similar vuelva a suceder en los próximos días, por favor pregúntame qué pienso primero. —Me muevo hacia él, me pongo de puntillas y le beso la mejilla.

—¿Y listo? —pregunta con escepticismo, sin creer que voy a abandonar la conversación.

—Eso es todo, a menos que sientas que necesitamos hablar más sobre eso.

—Lo único de lo que siento que tenemos que hablar es de lo sexy que te ves cuando te enojas. —Sus ojos me recorren y se detienen para apreciar mis piernas en este vestido corto—. ¡Necesito esas piernas con tus tacones todavía puestos, envolviéndome ahora!

Me levanta, y no tengo más remedio que obedecer su mandato. Me besa con fuerza, hundiendo despiadadamente su lengua en mi boca. Le devuelvo el beso con la misma exigencia, nuestras emociones de nuestra discusión se vierten en nuestros besos.

—Espera —jadeo, eventualmente rompiendo nuestro beso mientras él me acomoda en la cama. —No sé si tengo tiempo para esto. Se supone que debo estar en una sesión de panel en diez minutos. El tiempo entre ir a mi habitación y venir a la tuya consumió la mayor parte de mi hora del almuerzo.

—Terminaremos en cinco —dice con confianza y no puedo evitar sonreír ante su arrogancia.

Mete la mano por debajo de mi vestido para agarrar mi tanga y bajarla por mis piernas. Tiene cuidado de pasar mi tanga alrededor de mis tacones para que no se rompan y permanezcan en su sitio. Una vez que deja caer mi ropa interior al suelo, rápidamente se desabrocha los jeans para liberar su enorme erección. Mi boca se seca, mi hambre de comida se disipa ya que todo lo que quiero en este momento es a él. Se acerca a la mesita de noche por un condón y se lo pone. Agarra mis caderas para acercarme al borde de la cama y luego se sumerge en mí. Jadeo por el ligero dolor de no estar lo suficientemente mojada para acomodarlo, pero eso pronto se disipa cuando lentamente comienza a entrar y salir de mí mientras toca mi clítoris. La combinación de sus manos ásperas con el empuje lento aumenta mi deseo en segundos.

—Más fuerte —gimo mientras pongo mis manos en su trasero para atraerlo más profundo. Quita sus dedos de mí y agarra mis caderas, llevándome adelante y atrás contra su polla. Reemplazo sus dedos con los míos y sigo frotando, igualando el ritmo más rápido de sus embestidas. Me encanta ver el deseo en su rostro mientras observa cómo nuestros cuerpos se unen.

—Joder, Jenna, me voy a correr —dice mientras me mira a los ojos. Verlo echar la cabeza hacia atrás y gritar su liberación hace que me deshaga por completo de mi propio orgasmo. Se derrumba sobre mí y lo rodeo con mis brazos, sin darme cuenta de que está aplastando mi vestido. Cuando los latidos de nuestro corazón comienzan a disminuir a su ritmo normal, él se levanta sobre sus antebrazos y me quita el cabello de la cara.

—Si así es como se sentirá cada vez que nos echemos uno de reconciliación, entonces vamos a discutir todo el tiempo. —Me río de él, sin saber de qué discutiremos después de esto. Lentamente sale de mí, se levanta y se sube los pantalones hasta las caderas.

—Mira, cinco minutos —dice con una sonrisa maliciosa. Señala su reloj y me guiña un ojo, haciéndome reír otra vez. Me ayuda a levantarme y me entrega mi tanga.

—Gracias por ese pequeño *refrigerio*, pero ahora tengo que irme —digo antes de correr al baño para refrescarme. Me miro en el espejo y gimo por el estado arrugado de mi vestido. Decido no preocuparme por eso ya que mi discurso ha terminado. Salgo corriendo del baño y le doy un rápido beso de despedida antes de agarrar mi bolso y regresar al centro de conferencias.

# Capítulo 11

Cinco horas más tarde y finalmente he terminado con el primer día. Regreso a la villa de Cal para encontrarla vacía, una nota en la cama que dice que lo llamaron para otra prueba de vestuario. Me siento, me quito los zapatos y me recuesto en la cama, pensando que una siesta podría ser una buena idea. Mis párpados se vuelven pesados y estoy a punto de quedarme dormida cuando recuerdo que se supone que debo devolverle la llamada a Robert. Con un gemido, me siento, saco mi teléfono de mi bolso para llamarlo y me vuelvo a acostar después de marcar su número. Contesta al segundo timbre, pero todo lo que escucho es música y voces fuertes.

—¿Hola?

—¡*Jen-na*! —Aparto el teléfono de mi oído mientras Layla y Robert gritan en el auricular por encima del ruido de fondo.

—¿Que están haciendo, chicos? —pregunto, tratando de sofocar mi bostezo para que puedan escucharme.

—¡Es la noche de Malley! Vamos a salir con el cantinero más atractivo de Chicago, bebiendo whisky y comiendo alimentos que obstruyen las arterias.

Malley es nuestro apodo para O'Malley's, nuestro bar irlandés favorito del vecindario en el que nos congregamos todos los miércoles para pasar el rato y ponernos al día.

—¿Qué vas a hacer *tú*? —Robert pregunta con una risita.

—Acabo de regresar de la conferencia. ¡Estoy agotada! —Bostezo de nuevo, luchando por mantener los ojos abiertos.

—Salir con ese nuevo hombre misterioso puede ser agotador —dice inteligentemente Robert.

—¿Qué nuevo hombre misterioso? —Escucho a Layla preguntar de fondo.

—¿Alguna vez pensaste que podría estar exhausta porque me levanté temprano preparándome para una de las multitudes más grandes ante las que he hablado y tuve que estar en mi juego atenta todo el día? —pregunto, omitiendo a propósito la parte de todo el sexo que he tenido.

—Ooooh, ¿aún no le has dicho a Layla? —Robert se ríe y Layla inmediatamente le quita el teléfono.

—¿De qué está hablando, Jenna? Estoy a punto de ponerme *realmente* celosa si Robert sabe algo que yo no sé —dice en tono enojado. Escucho la risa malvada de Robert de fondo y sé que solo está alimentando el fuego.

—Lo siento, Layla, he estado preocupada y él está haciendo un gran problema de la nada. —Le aseguro, no queriendo ni siquiera hablar de Cal con ellos en este momento.

—¿Preocupada por qué? ¿La conferencia?

—¡Ella ha estado preocupada por la polla! —Robert grita de fondo y rápidamente me tapo la boca para ocultar mi risa.

—¿De verdad? ¿Por qué no nos has enviado ninguna foto de dicho pene? Estoy tan decepcionada de ti —responde Layla, indicando que está como loca.

—¿Cuándo he participado en el envío de fotos como esas? ¡Nunca! Eso es lo que les gusta hacer a ustedes dos le recuerdo, sacudiendo la cabeza por su pasatiempo favorito.

Me sorprende cuántas veces al día estos dos se envían fotos de penes de hombres de uno a otro. Nunca me ha gustado recibirlas, ni me interesa buscar en Internet para siquiera enviar una.

Escucho muchas risas ruidosas de fondo y niego con la cabeza.

—Ustedes están destrozados, ¿no es así?

—No tenemos a Mamá Ganso Pruitt aquí para reinarnos. En serio, ¿voy a conocer a este hombre misterioso?

—Es sólo un hombre y posiblemente —digo lentamente, considerando la idea. Cal y yo realmente no hemos discutido lo que sucederá una vez que lleguen nuestros amigos, así que no quiero prometerle nada.

—Ja, Robert, ¡puedo conocerlo y tú no! —Layla se burla de Robert.

—Eso es una mierda. Layla, emborracha a los dos y cuando Jenna se desmaye, ¡toma la foto de la polla y me la envías! —Ambos se ríen histéricamente de su idea traviesa y no puedo evitar poner los ojos en blanco.

—Muy bien niños, voy a colgar el teléfono. Los amo a los dos y hablaré con ustedes mañana. Por favor, cuídense y traten de comportarse —les digo antes de colgar en su risa.

Siempre estaré agradecida por la estrecha amistad que se ha formado con ambos. No creo que se den cuenta de que mientras recogían los pedazos de mi corazón destrozado, los necesitaba.

Conecto mi cargador a mi teléfono y configuro mi alarma para mañana por la mañana para no quedarme dormida. Abro mi computador portátil para ponerme al día con mis correos electrónicos mientras espero a Cal, pero pronto las palabras comienzan a desdibujarse y me quedo dormida.

♥♥♥

—Despierta, Bella Durmiente.

Gimo ante el sonido de la voz ronca de Cal y me acerco a él, mis brazos se envuelven alrededor de su fuerte torso. Inhalo sobre su camisa, sonriendo ante su aroma embriagador. Abro los ojos y lo miro. Sus ojos parecen zafiros oscuros en la habitación en penumbras. De repente me doy cuenta de cuánto he echado de menos los pequeños momentos de intimidad compartidos entre dos personas. Lo aprieto más fuerte, tratando de ignorar la tristeza que me invade ya que solo nos quedan un par de días más juntos.

—¿Qué hora es? —pregunto, queriendo distraerme de mis pensamientos actuales.

—Casi las nueve. —Me besa en la frente y me abraza más fuerte.

—¿De verdad? No puedo creer que haya estado durmiendo tanto tiempo. —Le doy una mirada incrédula, casi sin creer que sea tan tarde.

—Tuviste un gran día y no dormiste mucho anoche. Creo que deberíamos pedir algo para cenar, jugar billar y continuar la exploración de nuestros cuerpos en la villa —sugiere con una sonrisa malvada mientras retira las sábanas, agarra mi pierna y la envuelve alrededor de su cadera para que pueda sentir su creciente erección.

—Eso suena celestial. —Bajo su cabeza para besar sus labios. Estoy encantada de que no quiera salir esta noche porque quedarme con él es exactamente lo que quiero.

—Iré a buscar el menú del servicio de habitaciones. Vuelvo enseguida.

Sale de la habitación y decido levantarme para ir al baño. Después de que termino de refrescarme, vuelvo al dormitorio y lo encuentro sentado en el borde de la cama con un menú. Me indica que me siente en su regazo y revisamos las opciones juntos. Con nuestra decisión tomada sobre la ensalada y la pizza, levanta el teléfono para llamar al servicio de habitaciones. Mientras habla por teléfono, comienza a desabrochar la parte trasera de mi vestido con el que me quedé dormida. Le doy una sonrisa traviesa por encima del hombro mientras me besa la espalda mientras hace nuestro pedido. Cuelga y frota sus manos sobre mi espalda y hombros, procediendo a darme un masaje. No puedo contener los gemidos de placer mientras trabaja en los nudos entre mis omoplatos.

—Tomará unos cuarenta y cinco minutos hasta que llegue nuestra comida. Es hora de tomar una ducha —Exige con una ceja levantada juguetonamente.

Me levanta suavemente de su regazo y me lleva al baño. Me deja en el suelo, abre el agua y comienza a desvestirme, sus ojos nunca dejan los míos. Levanto su camisa por encima de su cabeza, mis manos inmediatamente atraídas a sus abdominales duros como rocas. Muevo mis manos sobre ellos y hasta sus pezones, frotándolos con las yemas de mis pulgares. Tan pronto como ambos estamos desnudos, agarra mis manos y me lleva a la ducha.

La ducha es enorme, con varios cabezales de ducha y un banco. Suspiro, contenta mientras el agua caliente cubre mi cuerpo y me relaja. Cal agarra una toallita, le echa gel corporal y se arrodilla frente a mí. Se me escapa una risita nerviosa cuando se inclina para empezar a lavarme. Comienza con mi pie izquierdo, enjabonando su camino hasta mi espinilla, pasando por mi pantorrilla, subiendo por mi rodilla y muslo. Coloco mis manos sobre sus hombros para estabilizarme, su toque hace que mis rodillas se debiliten. Alcanza detrás de mi muslo y lava mi trasero. El deseo me inunda.

Necesitando más de sus caricias, acerco su cabeza a mi pecho y automáticamente toma mi pezón en su boca. Grito de placer mientras él chupa con fuerza, sus manos aún ocupadas lavándome mientras se dirige hacia mi pierna derecha. Mientras lava mi pierna, su boca continúa causando estragos en mi pezón. Cuando termina con mi pierna, su boca se dirige hacia mi otro pezón, sus manos lavan el seno que acaba de devorar. Después de que termina, me lava el estómago y se abre paso entre mis piernas, donde lava suavemente mi área más sensible. Gimoteo su nombre, mis sentidos completamente sobrecargados por sus manos y boca. Lentamente se pone de pie y comienza a dejar un rastro de besos por mi cuerpo, su mano reemplaza la toallita pasándola de un lado a otro sobre mi clítoris. Se pone de pie en toda su altura, sus labios finalmente alcanzan los míos, y lanzo mis brazos alrededor de su cuello, aplastándolo contra mí. Hunde su lengua dentro de mi boca, convirtiendo mis entrañas en lava líquida. No puedo tener suficiente de él, cada embestida de su lengua me calienta más y más.

—Siéntate en el banco —Ordena y tan pronto como lo hago, se arrodilla, toma mis caderas y las lleva al borde. Levanta una de mis piernas por encima de su hombro y se inclina hacia mi centro. Su boca continúa donde lo dejaron sus manos, dejándome marchita de deseo. Mis manos buscan algo para sostener mientras mi cuerpo comienza a temblar con anticipación. Al no poder soportar más el ataque de su lengua en mi clítoris, arqueo la espalda contra su boca y grito mi liberación. Tengo que apartar físicamente su cabeza de mí para recuperar el aliento y calmarme, mi sexo es demasiado sensible para su contacto continuo.

—Quiero más de ti —dice seductoramente, besando el interior de mi muslo, subiendo por mi caja torácica y de regreso a mi boca. Detengo nuestros besos para encontrar la toallita y verter más gel corporal sobre ella. Lo enjabono y lo miro a los ojos.

—Ahora es mi turno —digo seductoramente, dándole una sonrisa coqueta.

Sigo besándolo mientras empiezo a lavarle la espalda. Muevo la toallita sobre su hombro derecho, hacia abajo y hacia arriba por su brazo. Continúo moviéndolo entre nuestros cuerpos para lavar su pecho, cambiando la toallita a mi otra mano mientras lavo su hombro y brazo izquierdo. Continuamos besándonos, y luego su boca se mueve a través de mis oídos y baja por mi cuello. Llevo la toallita de regreso a su pecho, donde lavo sus pezones y con mi mano libre, pellizco ligeramente el otro que no estoy lavando. Me muerde el cuello y gime—: Me estás volviendo loco.

110

Le sonrío, encantada por el hecho de que lo hago sentir de la misma manera que él a mí. Sigo lavando entre sus dos costados y luego arrastro mis manos hasta su erección. Envuelvo la toallita alrededor y aprieto ligeramente. Él deja caer su frente contra la mía y gime, empujando sus caderas contra mis manos. Muevo la tela sobre sus bolas y las ahueco suavemente. Dejo caer la toallita al suelo y me arrodillo. Lo miro con una sonrisa maliciosa mientras agarro su pene con ambas manos y lo tomo en mi boca. Toma aire y enreda sus manos en mi cabello cuando lo tomo más profundo. Lentamente lamo su eje, girando mi lengua alrededor de su punta y empiezo a chupar. Cuando pruebo su líquido preseminal, lo muevo dentro y fuera de mi boca más rápido.

—Joder, Jenna —sisea, empujando sus caderas más rápido. Lo miro para ver su cabeza echada hacia atrás, con la boca abierta como si estuviera a punto de llegar al clímax. Froto su eje más rápido mientras lamo y chupo con más fuerza, disfrutando del poder que tengo sobre él.

—Me voy a correr —advierte, y lo llevo tan lejos como puedo hasta el fondo de mi garganta. Cuando su cuerpo comienza a sacudirse con su liberación, agarro su trasero y lo aprieto mientras chupo, tragando su semen mientras termina en mi boca.

Tan pronto como termina, lo suelto y se apoya contra la pared de la ducha para apoyarse. Me pongo de pie, tomo el champú y empiezo a lavarme el cabello, sonriendo mientras lo veo recuperar el control sobre sí mismo. Me enjuago el cabello y cuando abro los ojos, Cal me está mirando, sus ojos recorren mi cuerpo, y veo que se está poniendo duro de nuevo. Echo un poco más de champú en mis manos y le hago señas para que me deje enjabonar su cabeza.

—Probablemente deberíamos terminar y salir ya que la comida debería estar aquí pronto sugiero —besándolo una vez más antes de ponerme acondicionador en el cabello.

Terminamos y salimos de la ducha para vestirnos. Se pone una camiseta blanca y unos pantalones de pijama, luciendo tan sexy con ellos como con un traje. Reviso mi pijama y me doy cuenta que, aunque compré ropa interior nueva y sexy, no hice nada para mejorar el aspecto de mi pijama. Al escuchar un golpe en nuestra puerta, me acomodo en una camiseta sin mangas con pantalones de pijama. Me visto y me reúno con Cal en el comedor para la cena.

♥♥♥

—Eres realmente malo en este juego —bromeo, dos horas más tarde mientras jugamos air hockey, le he dado una paliza.

Después de atascarnos con pizza y cerveza, intentamos jugar una ronda de billar, pero el juego terminó más rápido de lo esperado con Cal tomándome por detrás, alegando que verme agacharme con un palo de billar era una distracción demasiado grande para él. Pensarías que estaríamos cansados, pero el sexo solo ha alimentado nuestras endorfinas, así que lo reté a un juego de air hockey. Marqué seis goles rápidamente y ahora Cal parece distraído otra vez.

—¿Echas de menos a tu exmarido? —pregunta de repente, su tono indiferente como si fuera una pregunta normal para él.

Estoy tan sorprendida por la pregunta que bajo mis defensas y le permito marcar su primer gol. Grita con satisfacción, levantando el puño en el aire.

—Parece que no será tu turno de gritar —Bromea con una sonrisa.

—¿Hiciste esa pregunta intencionalmente para tratar de anotar? —Estrecho mis ojos hacia él.

—En realidad, no, pero me alegro de que haya funcionado —dice con su característica sonrisa sexy que hace que mi interior se deshaga.

Sacudo la cabeza para aclarar mis pensamientos lujuriosos por él.

—¿Por qué me preguntas eso?

—Solo estoy tratando de entender cómo alguien como tú todavía está disponible —dice encogiéndose de hombros.

—¿Qué quieres decir con alguien como yo? —pregunto a la defensiva, sin saber realmente si quiero continuar con esta conversación.

—Una mujer hermosa, sexy e independiente que es inteligente, autosuficiente, cariñosa e ingeniosa. —Me mira seriamente ahora, los cumplidos fluyen de su boca con facilidad.

Siento que me sonrojo ante sus amables palabras y su intensa mirada.

—Me conoces desde hace cuatro días. Todo esto podría ser una fachada —bromeo.

—Dudo eso.

Tomo una respiración profunda y decido ser brutalmente honesta con él.

—Tengo una personalidad única. A veces puedo ser fría y distante. Cuando me haces daño, tiendo a no perdonar tan fácilmente. —Miro hacia abajo y juego con el mazo—. Pero estoy tratando de trabajar en mí misma. Para responder a su pregunta original, si extraño a mi exmarido, no, en realidad no lo extraño. No extraño que me ignoren, ni extraño caminar sobre cáscaras de huevo. Lo único que extraño es compartir mi vida con alguien.

Lo miro con una sonrisa triste. Nadie te dice lo solitario que puede ser el divorcio. Te acostumbras a compartir tu vida con alguien, sin importar si esa vida juntos es buena o mala, y cuando eso termina, el silencio es ensordecedor. Al principio no lo sientes porque estás enojada y herida, mientras sigues diciéndote a ti misma que tomaste la decisión correcta. Cuando esas emociones finalmente se calman, el silencio llena el vacío. Para lidiar con eso, trabajo lo más tarde que puedo para evitar sentirme desolada.

Camina hasta mi lado de la mesa, me acerca y me obliga a mirarlo a los ojos levantando la barbilla.

—Jenna, te decepcionó alguien a quien amabas mucho. Es comprensible estar en guardia. Simplemente no dejes que te impida volver a encontrar la felicidad.

Me besa suavemente en los labios. Cierro los ojos y disfruto la sensación de tener fuertes brazos alrededor, haciéndome sentir protegida.

—Vamos a la cama. —Toma mi mano y me lleva a la habitación. Me hace el amor esta vez, pero algo ha cambiado. Hay algo más. Después me abraza con fuerza y cuando se queda dormido, no puedo evitar esperar que algún día vuelva a sentir esta euforia.

# *Capítulo 12*

Los siguientes dos días pasan volando con mi mente ocupada en negocios durante el día y mi cuerpo deleitándose en Cal por la noche. Las ceremonias de clausura han terminado y, una vez que me despido de todos, me dirijo de regreso a la villa de Cal, con la esperanza de pasar un par de horas con él antes de que llegue Layla. No tengo ni idea de si iremos por caminos separados esta noche y, si es así, me gustaría hacer las maletas y volver a mi antigua habitación antes de que ella llegue.

A pesar de múltiples sesiones de sexo en las primeras horas de esta mañana, Cal parecía distante en el desayuno. No lo presioné al respecto, porque una parte de mí no quiere creer que nuestro tiempo juntos casi se acaba. Sabía que esto solo iba a durar una semana y he disfrutado cada minuto. *Tal vez sea mejor si termina hoy*, pienso para mis adentros. Layla merece toda mi atención ya que no hemos tenido un viaje de chicas en mucho tiempo.

Abro la puerta de su suite y me recibe una risa profunda y masculina. Con mi curiosidad al máximo, sigo el sonido hasta la sala de prensa. Miro hacia adentro y encuentro a Cal participando en un juego de billar con el infame Sean Lindsey, mega estrella internacional y su mejor amigo. Famoso por sus penetrantes ojos verdes, su encantador acento irlandés y su sonrisa traviesa que hace que las mujeres se le caigan las bragas en público, ha tenido mucho éxito siendo el chico del que te enamoras en las películas de comedia romántica.

—Bueno, ¿a quién tenemos aquí? —Sean me ve primero y me lanza una de sus famosas sonrisas.

—Jenna, has vuelto. Deja que te presente a mi mejor amigo, Sean. —Cuando Cal viene hacia mí, me doy cuenta de que, a pesar de la buena apariencia de Sean, palidece en comparación con Cal.

Ambos hombres rezuman atractivo sexual, pero Cal es más primitivo. Me besa con fuerza en los labios, su estado de ánimo es mucho mejor que el de esta mañana. Me sacudo del trance en el que sus besos siempre parecen ponerme y dejo que me lleve a conocer a Sean.

—Sean, esta es Jenna, y antes de que tengas ideas, está fuera de tu alcance —Advierte Cal con una mirada seria. Sean se ríe de él y toma mi mano en su fuerte agarre.

—Encantado de conocerte, Jenna. Ahora puedo ver por qué ha sido tan difícil hablar con él por teléfono toda esta semana, ya que también ignoraría el mundo si me estuvieras honrando con tu presencia. —Sus ojos recorren mi cuerpo con aprecio mientras se inclina para besar mi mano, pero Cal intercepta y quita mi mano del agarre de Sean con una mirada amenazadora. No puedo evitar reír al verlos a los dos.

—Ya que normalmente no estamos juntos durante las horas de trabajo, él no tiene excusa para no devolverte la llamada —le digo a Sean mientras le doy a Cal una sonrisa burlona, reprendiéndolo por no haberle devuelto la llamada a su amigo. Me identifico porque he sido igual de mala con Layla y Robert.

—Eso es todo, ya eres una de nosotros. Necesito un cómplice para denunciar las tonterías de Cal. —Sean me guiña un ojo y yo me río de él.

—Buena suerte con eso, ya que se niega a darme su número de teléfono —dice Cal con una mirada intencionada en mi dirección.

—Técnicamente, ni siquiera me lo has pedido —Le recuerdo y esa es la verdad. Si bien dudo mucho en dárselo para mantener las cosas informales, tampoco lo ha necesitado ya que nuestros horarios han estado sincronizados.

—Espera, ¿cómo se contactan entonces? —Sean pregunta, el escepticismo entrelazando su voz.

—Fácil, trajo mis pertenencias aquí sin mi permiso, así que no tuve más remedio que regresar.

Sean echa la cabeza hacia atrás y se ríe, lo que hace que Cal sonría satisfecho. Pongo los ojos en blanco aunque también estoy sonriendo, ya que ahora puedo reírme de la situación sin enojarme con el recuerdo.

—Sí, pero aquí las dejaste, lo que significa que has elegido seguir aquí conmigo. —Señala Cal.

Su voz se vuelve ronca mientras envuelve sus brazos alrededor de mí y se inclina más cerca de mi oído.

—Lo que me hace *muy* feliz —susurra antes de besarme suavemente en los labios.

—Gracias por hacerme saber que tendré que dormir con mis auriculares con cancelación de ruido puestos —bromea Sean con sarcasmo y no puedo contener mi sonrojo por sus palabras, así que miro hacia abajo para estudiar mis tacones en lugar de mirar hacia atrás, a él.

—Incluso los mejores auriculares no amortiguarán el volumen de lo fuerte que hago que se corra —responde Cal, su voz rebosante de arrogancia.

No puede ser, ¿por qué ha dicho eso? Ambos se ríen mientras Cal me abraza con más fuerza. Entierro mi cara en mis manos, me tambaleo por la vergüenza.

—¡No puedo creer que acabes de anunciar eso! —Me quejo en su camisa, lo que hace que su pecho retumbe más fuerte con la risa—. ¿No hay nada que ustedes no compartan entre ustedes?

—Todavía no hemos compartido una mujer, pero eso se puede negociar si estás dispuesta a hacerlo —Sean mueve las cejas hacia mí e inmediatamente niego con la cabeza—. Eso fue sólo una prueba. Cal nunca te compartiría y nunca ha compartido en el pasado.

El alivio se extiende a través de mí ante esta revelación. Algunas personas pueden encontrar eso sexy, pero me incomodaría saber que habían compartido una mujer.

—¿En qué tipo de travesuras nos meteremos esta noche? —Sean pregunta mientras busca entre Cal y yo una respuesta.

—Mi mejor amiga, Layla, llega esta noche. Me reuniré con ella en el vestíbulo y la llevaré de regreso a mi antigua habitación. Si quieren una noche para ustedes solos, ella y yo podemos ir a cenar —sugiero y contengo la respiración, el temor comienza a llenarme al pensar que estos podrían ser mis últimos momentos con Cal.

—De ninguna manera saldrás *sin* nosotros —Exige Cal—. Podemos pedir la cena y quedarnos aquí en la villa, ¿verdad, Sean?

El alivio y la felicidad llenan mi alma al saber que Cal todavía quiere pasar más tiempo conmigo, incluso con su amigo aquí. Rápidamente beso sus labios como recompensa y observo sus ojos oscurecerse de deseo mientras me mira.

—Esto… bueno, *estamos* en Las Vegas. —Sean se frota la nuca, luciendo insatisfecho con la idea de pasar la noche en casa.

—Podemos salir mañana. Vamos a quedarnos en casa esta noche. Tenemos todo a nuestra disposición. Además, tenemos que levantarnos temprano para entrenar —le recuerda Cal y Sean asiente lentamente en respuesta.

—¿Por qué no esperamos a ver qué quiere hacer Layla antes de decidir? —Sugiero, sintiéndome mal porque estamos tomando decisiones sin ella. Conociendo a Layla como yo, querrá salir, pero tal vez Sean pueda ser una buena distracción para ella.

—Sean y Layla pueden salir. Tú y yo nos quedaremos aquí —dice Cal firmemente con una mirada acalorada que hace que mi interior se estremezca. Nada me encantaría más que quedarme aquí con él, pero tampoco puedo deshacerme de mi mejor amiga.

—Jenna, creo que a Cal le faltan las pelotas y es posible que estén en tus manos —Bromea Sean y me río de la mirada de disgusto de Cal.

—Mis bolas están justo donde deben estar y están listas para volver a patearte el trasero en este juego de billar. Jenna, estás a cargo de los tragos, por favor. —Regresan a la mesa de billar y me quedo sacudiendo la cabeza por lo rápido que cambió el tema. Decido hacer lo que me dijeron y me dirijo al bar.

Dos horas más tarde, estoy un poco ebria y esperando a Layla en el vestíbulo del hotel. No puedo contener la sonrisa tonta que no deja de formarse en mi rostro ante los recuerdos de las últimas horas. Nunca me había divertido tanto viendo a dos personas jugar al billar como lo hice con Cal y Sean. Recordaron historias divertidas sobre sus años en el internado, historias sobre cosas que sucedieron en los sets, incluidas algunas de las bromas que les hicieron a sus compañeros de reparto y directores. Cada vez que escuchaba la risa profunda y sexy de Cal, mis bragas parecían mojarse más. Debe haber sentido cómo mi cuerpo estaba reaccionando a él, porque no dejaría de molestarme en cualquier oportunidad que tuviera. Cuando Sean se concentraba en hacer su tiro de billar, Cal me miraba con los ojos entornados, acariciando el palo de billar lentamente de arriba abajo. Si necesitaba caminar a mi lado, me acariciaba el muslo. Me estaba excitando tanto que seguía levantándome para hacerme más tragos, evitando que mi cabeza se entretuviera en pensar cómo se siente dentro de mí. Me estaba poniendo tan incómoda, que antes de irme a buscar a Layla, tuve que cambiarme la ropa interior y los pantalones. Cuando salí con mi nuevo atuendo, sus ojos se iluminaron, y esa maldita boca suya me dio una sonrisa lenta y diabólica.

En poco tiempo, este hombre se ha apoderado de mi mente y cuerpo. Es bueno que esto esté a punto de terminar, porque me consumiría por completo si lo dejo.

Y yo no tendría fuerza de voluntad para detenerlo.

—¡*Jenna*! —El sonido de mi nombre me saca de mi trance y veo a Layla moviéndose hacia mí con su equipaje rodante. Nos abrazamos fuerte y chillamos como niñas de la emoción de estar juntas.

—Maldita sea chica… estás resplandeciente —dice con admiración y deja de reír para mirarme.

—Claro que lo estoy. ¡Estoy en Las Vegas con mi mejor amiga!

—No, te ves diferente —dice mientras se acerca a mí. Me mira de arriba abajo y luego me huele.

—¿Qué estás haciendo? —Me inclino lejos de ella, tratando de recuperar mi espacio personal.

—Esa es una interesante mezcla de perfume que tienes en marcha, Jenna. ¡Mezcla de tu perfume habitual de Tory Burch, mezclado con algo de alcohol y *sexo*! —Prácticamente grita la última palabra y se pone las manos en las caderas con una mirada acusadora.

—No es posible, me duché desde mi última sesión de sexo. —Me río cuando veo que su boca se abre por la sorpresa de mi respuesta. Huelo mi blusa y huele igual que Cal. Su colonia debe haberme contagiado cuando nos abrazábamos—. Vamos, hablemos de esto en la habitación. Enlazo mi brazo con el de ella y la guio hacia los ascensores.

—No puedo creer que Robert supiera todo sobre esto y yo no —dice con un puchero, su voz mezclada con una genuina decepción.

—Él no sabe nada. Esperaba que lo que estaba adivinando fuera cierto. Lo único que confirmé fue que conocí gente nueva.

Layla se pone extremadamente celosa si Robert sabe algo sobre mí que ella no sabe. Robert trabaja conmigo, así que no puedo ayudar si él aprende cosas antes que ella.

—Bonita habitación —dice Layla cuando entramos en mi antigua suite. Ella rueda su maleta a través de la sala de estar y en el dormitorio—. Me encanta cómo el dormitorio está separado. ¿Es un sofá cama? Porque vas a necesitar un lugar para dormir si traigo un pedazo de culo ardiente al cuarto.

—Ja, sí… esto… hablando del tema… —tartamudeo, sin saber cómo empezar el tema de que yo me quedo con Cal mientras ella se queda sola en esta habitación.

—Jenna, no estoy siguiendo esa estúpida regla que creaste en nuestro último viaje de chicas. ¡Esto es Las Vegas, donde toda la gente guapa sale a jugar! —Entra al baño antes de que responda, pero vuelve a salir con una mirada perpleja en su rostro.

—¿Dónde están tus cosas, Jenna? —pregunta con los ojos entrecerrados. Antes de que pueda responder, camina hacia el armario, abre la puerta y luego me mira con una mirada cuestionable cuando lo encuentra vacío.

—Puedes traer a quien quieras aquí este fin de semana, porque no voy a dormir aquí contigo. ¡Sí es todo para ti! —Mis palabras salen rápidamente antes de contener la respiración, esperando la explosión de su temperamento ya que sé que se va a enfadar.

—Entonces, básicamente, ¿estás abandonando a tu hermana por un pene? —pregunta en voz alta mientras coloca sus manos en sus caderas.

—Nada de eso de hacerse la víctima, ya que ambos sabemos que, si los roles se invirtieran, harías exactamente lo mismo. ¡De hecho, lo *has* hecho!

—No es un verdadero viaje de chicas si una de nosotras no puede escuchar a la otra conviviendo —responde mientras cruza los brazos sobre el pecho. Tan delirante es su definición de un verdadero viaje de chicas que me echo a reír.

—Estoy segura que la mayoría de los viajes de chicas no involucran a amigas que traen extraños al azar a su habitación para tener sexo. La última vez que te escuché con alguien, tuve pesadillas durante días debido a los ruidos de animales que salían de tu habitación.

Me encontré con ella en Miami el año pasado y fue uno de los peores viajes que hemos tenido juntas. Estuve sola todo el fin de semana mientras ella decidió quedarse en la cama con un chico que conoció en una fiesta. Es por eso por lo que tuve que inventar una regla de no traer más hombres a nuestras habitaciones si alguna vez íbamos a hacer otro viaje juntas.

—Necesito conocer a tu hombre misterioso primero antes de decidir cómo sentirme acerca de esto. ¿Cuándo me reuniré con él?

—Él y su amigo nos están esperando en su villa.

—¿Tiene un amigo? —pregunta emocionada, sus ojos se iluminan al pensar en una perspectiva para ella. Ella regresa al baño para refrescarse y yo la sigo.

—Escucha, necesito que seas calmada cuando los conozcas —digo mientras la veo aplicar un poco de lápiz labial. La última vez que Layla conoció a una celebridad, fueron dos estrellas de telenovelas en un bar de Nashville y se volvió completamente loca, hablándoles como si todavía estuvieran en el personaje.

—¿Por qué me dices que sea calmada? ¡Soy la reina de la calma! —Pongo los ojos en blanco mientras agita el brazo en el aire y chasquea los dedos.

—No quiero que te vuelvas loca si los reconoces —Advierto, esperando que recuerde cómo fue su comportamiento la última vez.

Deja caer su lápiz labial en su bolso y se vuelve hacia mí.

—Jenna, si este hombre resulta ser tu exmarido, te encerraré en esta habitación y te haré entrar en razón.

Arrugo mi ruido con disgusto ante la idea.

—Tranquila, te juro que este hombre definitivamente no es mi exmarido.

Después de esta semana, me doy cuenta que mi vida sexual con mi exmarido no estaba ni cerca del nivel de intensidad que tiene con Cal, lo que me sorprendió. Pensé que nuestra vida sexual era genial, pero no hay comparación. ¡No dudes en querer volver a eso!

—Tal vez los reconozcas porque ambos son actores. —Layla ve más televisión que yo, así que podría reconocer a Cal. Sé que reconocerá a Sean desde que vimos su última película juntas. Espero completamente que ella se arroje sobre él.

—¿De verdad? ¿Te estás tirando a un actor? —pregunta con una mirada de asombro en su rostro.

—En serio, estoy teniendo sexo con un ser humano cuya ocupación resulta ser actor.

Siempre trato de señalarles a Layla y Robert que las celebridades también son seres humanos normales, sólo que más populares que la persona promedio. Es casi como si todo el planeta estuviera en el bachillerato y las celebridades fueran la camarilla genial que todos conocen, pero con las que no son amigos.

—¡Ya basta de este suspenso! ¿Quién es el hombre misterioso? Si no quieres que te avergüence, es mejor que me lo digas por adelantado —dice y lo considero ya que no creo que quiera repetir el comportamiento que mostró con los actores de la telenovela.

—Tienes razón, no quiero que me avergüences a mí, ni a ti misma —Confirmo y respiro profundamente—. El hombre misterioso es Cal Harrington.

Ella inclina la cabeza hacia un lado con una mirada perpleja en su rostro.

—¿Cal Harrington? —Parece que su cerebro solo necesita que las palabras salgan de su propia boca, porque su expresión facial cambia a reconocimiento y luego a incredulidad—. ¿El vikingo?

—Sí.

—¡Cállate! —grita emocionada—. Espera un minuto, ¿es este el tipo que Robert dijo que conociste en el avión? Estaba medio escuchándolo cuando contabas esa historia.

—Sí, nos sentamos uno al lado del otro en el avión. Tuvimos un incidente aterrador con turbulencias, y sabes que les tengo pánico.

—¿Te arrojaste sobre él mientras el avión se balanceaba de un lado a otro?

—No, no me lancé sobre él. La turbulencia fue mala, la peor por la que he pasado. Vio mi angustia y me ofreció aferrarme a él. Fue muy amable de su parte.

—¿Y luego qué pasó?

—Me ofreció llevarme al hotel, y nos fuimos por caminos separados, pero nos volvimos a ver más tarde esa noche en el vestíbulo. Luego me pidió que lo acompañara a cenar.

—¿Y luego qué pasó? —La mirada en sus ojos comienza a volverse lejana y soñadora.

—Y aquí estamos, cinco días después —digo con una sonrisa brillante, con la esperanza de seguir adelante con la conversación.

—¿Has pasado todos los días con él? ¡So zorra! —exclama con emoción mientras salta arriba y abajo.

—¡No dormí con él la primera noche! Fue en la tercera noche —revelo, mis mejillas sintiéndose calientes por la vergüenza.

—Vaya manera de hacerlo esperar, Jenna —dice con sarcasmo—. Se lo habría dado la primera noche.

Layla siempre ha tenido más seguridad sexual que yo. Nunca se preocupa por lo que la gente piensa de ella cuando se trata de su vida sexual. Ella siempre dice que no es justo que los hombres tengan sexo con quien quieran, pero las mujeres reciben insultos si lo hacen. Tiene razón, es injusto, pero Layla siempre ha sido mejor apagando emocionalmente sus sentimientos y el sexo es solo eso para ella: sexo. El sexo siempre ha sido algo íntimo para mí y hasta esta semana nunca había tenido sexo casual.

—Mejor amiga orgullosa aquí. Nuestra pequeña Jenna ya no es una mojigata —dice mientras se limpia una lágrima imaginaria.

—Técnicamente, todavía lo soy porque no ha sido una aventura de una noche —Corrijo, porque por alguna razón, no quiero etiquetar esto como una aventura de una noche.

—¡Tú sabes lo que quiero decir! —Resopla—. ¡No puedo esperar para conocerlo! Haré todo lo posible para no mirar su gran polla. Es grande, ¿verdad?

Ella imita a un perro sacando la lengua y me echo a reír.

—Tengo la sensación de que vas a estar ocupada con su amigo —bromeo, preguntándome si debería mantenerlo en secreto.

—¿Quién es su amigo?

Bromeo con ella con silencio durante un par de segundos antes de revelar quién es.

—Sean Lindsay.

Ella me mira, sin habla, lo cual es una rara ocasión para Layla.

—No me jodas.

—Hablo en serio —digo con la mejor cara seria que puedo mostrar, ya que es realmente difícil no reírse de la expresión histérica en su rostro.

Ella agarra sus senos en un puñado y comienza a frotarlos.

—Bueno, señoritas, ¡es hora de que salgan y jueguen con los nuevos chicos esta noche! —Con eso, busca en su maleta un atuendo más revelador.

# *Capítulo 13*

—Creo que hay algo muy malo con este vestido —digo a Layla mientras tiro de las mangas del vestido de lentejuelas de color cobre que eligió para mí. Después de que los hombres se fueran a su sesión de entrenamiento esta mañana, fuimos a nuestra cita en el spa y decidimos que necesitábamos un poco de terapia de compras después de declarar que nuestros atuendos para esta noche no eran los más adecuados.

—Te mostraré el mío si me muestras el tuyo. ¡Abre! — Layla llama a la puerta del vestidor y le abro. Vaya si es que se ve preciosa.

—¡Bueno, hola, señorita melones! ¡Si eso apenas te tapa los pezones! —exclamo con una risa. Layla lleva un vestido azul cielo de manga larga, con un escote en V muy pronunciado que deja ver sus voluptuosos pechos. Luego, el vestido se ensancha más allá de sus caderas y baja hasta los tobillos. Se ve angelical, de una manera muy traviesa y sexy.

—Te ves hermosa —digo sinceramente, deseando que me crea, sabiendo que no lo hará. Los extraños siempre se han acercado a ella, diciéndole que piensan que es hermosa, pero debido a sus curvas, Layla rechaza todos los cumplidos que recibe. Solo las personas de su círculo íntimo conocen su falta de confianza en sí misma en cuanto al mundo exterior, lleva la máscara de una mujer fuerte y segura de sí misma.

—Si este vestido no hipnotiza a Sean para que me folle, entonces es que camina por la otra acera —Sonríe mientras empuja sus senos hacia arriba. Después de que la conmoción inicial de estar en presencia de Sean se desvaneció anoche, Layla hizo todo lo posible para tenerlo en sus garras. Pero todos nos quedamos dormidos viendo una película después de disfrutar de la comida y el alcohol.

—Cal cree que Sean ha encontrado a alguien, pero por alguna razón, no entra en detalles con él sobre ella. —Cal me lo dijo esta mañana después de que me preguntara en voz alta si Layla y Sean estaban teniendo algo desde que ella durmió en su cama con él. No quiero que se decepcione si no obtiene una respuesta sexual de él.

—Eso explicaría cómo no se puso duro conmigo tratando de hacerle una paja entonces. Ya basta de Sean, ¿qué le pasa a tu vestido? —Me hace darme la vuelta para ver por qué el vestido sigue cayéndose de mis caderas. Le sube el cierre, que se detiene justo en la parte baja de mi espalda y me mira en el espejo—. ¡Maldita sea, Jenna, te ves sexy!

El color del vestido resalta mis ojos y los reflejos dorados de mi cabello castaño. Si bien el vestido es corto y muestra muchas de mis piernas, la parte de atrás del vestido es la parte más reveladora.

—No sé acerca de este vestido. Es súper corto, y ni siquiera puedo usar sostén. ¿No parece un poco de los ochenta?

—La ropa de los ochenta está de moda, pero esto no tiene hombreras. Viene con un sostén incorporado, así que salta hacia arriba y hacia abajo para ver si tus senos pasan la prueba de baile.

Obedezco y empiezo a saltar, provocando que nos riamos de lo ridícula que me veo.

—¡No te pinchaste a ti ni a mí en los ojos, así que pasas! Este es el vestido, Jenna. Tus piernas se ven fabulosas en él y una mirada a la espalda y Cal querrá follarte por detrás.

*Ya lo hizo esta mañana.* Me sonrojo ante el recuerdo y desvío mis ojos de su mirada.

—No sé cómo ustedes dos lograron levantarse de la cama esta mañana con la forma en que se estaban mirando. Por favor, dime que planeas mantenerte en contacto con ese excelente espécimen de hombre. —me dice mientras me baja la cremallera del vestido para que pueda volver a ponerme mi ropa habitual.

—No tengo idea de lo que estoy haciendo —suspiro—. Ni siquiera hemos intercambiado números de teléfono, la verdad creo que es mejor que no lo hagamos.

—Esa es la cosa más estúpida que he escuchado. ¿Por qué no le darías tu número de teléfono? —Me mira como si estuviera completamente loca.

Me encojo de hombros y me miro las manos.

—¿Cuál es el punto? Es un actor que está trabajando en su carrera y nunca está en un lugar por mucho tiempo. Sin mencionar que se gana la vida besando a mujeres hermosas. No quiero competir con eso.

Espero que discuta, y me sorprende gratamente cuando no lo hace. Pensé largo y tendido sobre esto después de otro orgasmo alucinante que me dio y no podía entender cómo mantendríamos una relación a larga distancia, que es algo que ni siquiera quiero, sin mencionar si él querría. Me ha ido tan bien estos últimos meses trabajando para hacerme más fuerte, tanto mental como físicamente, que entablar una relación con alguien como Cal, y no funcionar, arruinaría por completo todo mi arduo trabajo.

—¿Podrías al menos empezar a salir de nuevo, porque la felicidad se ve realmente increíble en ti? —dice en voz baja y me aprieta los hombros con una mirada de esperanza en sus ojos.

—Lo haré si tú quieres —digo y le doy una mirada mordaz, a lo que ella pone los ojos en blanco. Ella siempre se desvía de su propia soltería, afirmando que está feliz de ser una "devoradora de hombres" en lugar de estar casada nuevamente.

—Vamos, es hora de encontrar los zapatos perfectos para combinar con nuestros vestidos —dice sin responderme. No queriendo molestarla, decido dejarlo pasar. Nos vestimos, pagamos nuestras compras y continuamos visitando otras tiendas.

♥♥♥

Seis horas después, nos estamos preparando para nuestra gran noche con los chicos. Nos detenemos en la habitación de Layla para buscar sus cosas para que podamos arreglarnos juntas.

—¿Recuerdas a ese tipo en Fort Lauderdale que trató de coquetear contigo diciendo que era un jugador de béisbol, sólo para que lo llamaras porque en realidad sabías del jugador que se estaba haciendo pasar? —Layla pregunta, recordando algunos de nuestros momentos más salvajes juntas. Empezamos a reírnos histéricamente al recordar la expresión de asombro del tipo cuando dije su mentira.

—¿Qué hay del chico en Cancún que se corrió por la paja que le diste en la pista de baile en Señor Frogs? Tuvo que caminar con esa mancha mojada en sus pantalones caqui por el resto de la noche —recuerdo, lo que nos hace reír a carcajadas.

—Deja de hacerme reír o me orinaré por todo el piso. —Layla deja de rizar mi cabello para inclinarse y ayudar a evitar orinarme. Me rio cuando escuchamos un golpe en la puerta. Sean entra con otra botella de champán para rellenar nuestras copas vacías.

—Señoritas, ¿cuánto tiempo más creen que les falta? Ambas se ven preciosas —Afirma. Sean se ve atractivo con una camisa blanca ajustada y jeans que moldean sus piernas a la perfección. Nos sonríe con esa infame y deslumbrante sonrisa, su encanto fluye tan rápido como el champán en las copas.

—¿Por qué sigues intentando emborracharnos antes de la cena? ¡Sabes que ya soy toda tuya, cariño! —Layla le guiña un ojo y toma un sorbo de su copa. Sean se ríe y niega con la cabeza.

—Deberíamos tardar unos veinte minutos más. —Miro mi reloj para ver que tenemos cuarenta minutos antes de nuestra reserva para la cena, lo que significa que probablemente podamos agregar otros diez minutos a nuestro tiempo itinerario.

—Bien, porque Cal se está impacientando por verte después de escuchar todas estas risas y algo sobre pajas. —Nos guiña un ojo mientras nos reímos y sale del baño.

Veinticinco minutos después, estamos listas para partir. Estoy a punto de salir de la habitación con Layla, pero recuerdo que olvidé ponerme mis aretes nuevos. Le digo que me reuniré con ella en la sala de estar y vuelvo al baño para encontrarlos. Me los pongo y me giro para mirarme en el espejo cuando veo a Cal observándome desde la puerta.

—¡Oye! —Salto y me doy la vuelta para mirarlo—. Tienes suerte estar tan bueno, de lo contrario, esto de asustarme sería espeluznante.

Esta noche, se ve peligrosamente sexy vestido con un ajustado suéter gris carbón con pantalones negros que no hacen nada para ocultar sus musculosos muslos. La oscuridad de su ropa combinada con su barba sin afeitar hace que sus ojos se vean como el azul de la parte más caliente de una llama.

No dice una palabra mientras se dirige hacia mí, su mirada comienza en mis botines, sube por mis piernas, pasa el vestido y se mira en el espejo para ver el escote revelador que muestra mi espalda. Cuando sus ojos alcanzan los míos, están tan calientes por el deseo que inmediatamente aprieto mis muslos por la necesidad que se está acumulando. Me toma en sus brazos, coloca sus manos en mi espalda expuesta y las desliza hacia abajo. Me ahueca el culo y me atrae hacia él para que pueda sentir lo duro que está.

—¿Puedes sentir lo que me haces? —susurra y se me corta el aliento mientras veo sus labios descender lentamente sobre los míos. Su beso comienza lento, tentador. Provoco sus labios con la punta de la lengua y soy recompensada con la entrada en su boca. Nuestras lenguas continúan chocando y no puedo evitar el gemido que se escapa cuando empiezo a frotarme contra él. Mantiene una mano en mi trasero y mueve la otra mano por mi columna hasta mi cabello, sosteniendo mi cabeza para poder empujar su lengua más profundamente. Tan perdida estoy en su beso que no siento que mis piernas se muevan hacia atrás mientras nos empuja hacia el mostrador. Me levanta e inmediatamente envuelvo mis brazos y piernas alrededor de él, acercándolo lo más que puedo a él. La mano que antes estaba en mi trasero sube por mi muslo y empuja mi tanga a un lado para jugar con mi clítoris con sus dedos. Muerdo ligeramente su labio cuando pellizca mi capullo. Gruñe y me besa con más fuerza, mientras introduce uno de sus dedos dentro de mí. Cuando comienza a mover el dedo hacia adentro y hacia afuera, escucho vagamente la voz de Layla tratando de interrumpirnos.

—¡Muy bien ustedes dos, *suficiente*! Tenemos que irnos. Puedes terminar esto en el baño del club —Me reprende desde la puerta del baño.

Cal rompe nuestro beso para mirar por encima de su hombro y darle a Layla una sonrisa maliciosa. Escondo mi cara en su pecho, mortificada porque mi mejor amiga acaba de atraparnos, pero necesito algo para amortiguar mi jadeo cuando Cal empuja su dedo más adentro de mí, sin importarle que ella esté allí.

—Para que sepas, Layla, Jenna no se va a quedar despierta hasta tarde esta noche. —Lentamente quita su dedo de mí y vuelve a poner mi tanga en su lugar. Gimoteo en su suéter mientras él toca mi clítoris con su pulgar por última vez.

Tomo un par de respiraciones profundas y volteo para verle. Su mirada es tan intensa que tengo que morder mi labio para contener el gemido que quiere escapar, mi cuerpo deseando que él estuviera de vuelta dentro de mí.

—Bueno, calma tu pene y empecemos entonces. Dos minutos y si no estás fuera, enviaré a Sean aquí para que te lleve —Amenaza Layla antes de darse la vuelta y dejarnos.

—Si no dejas de morderte el labio así, no iremos a ninguna parte —Advierte y rápidamente le sonrío. Me da un último beso fuerte antes de ayudarme a bajar del mostrador. Me aliso el vestido mientras él se lava las manos y se moja la cara con agua fría. Se seca las manos mientras agarro mi bolso para volver a aplicarme el lápiz labial. Una vez que estamos listos, toma mi mano y nos vamos para unirnos a Sean y Layla.

♥♥♥

Para cuando terminamos de cenar y entramos al club, la pista de baile está repleta de gente moviéndose al ritmo de la música del famoso DJ invitado. Nos acompañan a la zona VIP en el segundo piso, donde la mesera se apura a servirnos el alcohol proporcionado por la compañía de Layla. Con el permiso de Layla, Sean invita a un par de personas más de la película a nuestra mesa, llenando nuestro stand de hombres atractivos. Estoy entre Cal y Sean, tomando sorbos de mi trago y mirando a la gente. Cal está hablando con su doble de acción, que no se parece en nada a él. Cuando nos presentó, no pude evitar la expresión de perplejidad que apareció en mi rostro.

—No se trata de la cara, sino del cuerpo —me dijo Cal con una sonrisa. Tiene razón en que sus tipos de cuerpo son casi idénticos, pero ahí es donde terminan las similitudes. El doble de acción de Sean se parece más a él que el de Cal, ya que ambos son guapos a su manera.

Miro a la multitud para encontrar a Layla y noto a todas las mujeres que caminan lentamente por nuestra mesa, con la esperanza de llamar la atención de los famosos actores de Hollywood que ahora están reconociendo. Los hombres sentados en el borde de nuestra cabina comienzan a darse cuenta y deciden ponerse de pie para hablar con las damas. Cal y Sean parecen ajenos a las miradas. Algunas de estas mujeres son increíblemente hermosas y mi mente se pregunta cuántas aventuras de una noche ha tenido Cal si todas las mujeres con las que se encuentra se ven así.

*Deja de pensar así ya que ni siquiera importa, Jenna.*

Sacudo la cabeza para aclarar mis pensamientos y noto que la música cambia a algunas canciones de baile que reconozco. Me levanto para buscar a Layla, quien ha estado hablando con el gerente del club desde hace bastante tiempo.

—¿Adónde vas? —pregunta Cal, tirando de mi mano para tirarme hacia su regazo.

—Voy a buscar a Layla para que baile conmigo —digo, inclinándome hacia su oído para que pueda escucharme por encima de la música a todo volumen.

—No vas a ir a ninguna parte sin mí —gruñe antes de inclinarse para besarme.

—¿Por qué? —pregunto aturdida, tratando de concentrarme en mi pregunta, pero sus besos a lo largo de mi cuello me distraen.

—Porque eres hermosa y los hombres van a estar sobre ti —dice entre besos.

—Lo dudo mucho con el calibre de las mujeres que están en este club esta noche. Es que no te has dado cuenta todavía.

—No necesito darme cuenta cuando tengo a la más sexy de todas. —Deja de besar mi cuello y captura mi boca antes de que pueda responder.

Ahueca mi rostro con una de sus manos y comienza a penetrar mi boca con su lengua. Nos besamos como adolescentes, sin importarnos quién nos está mirando. Finalmente rompo nuestro beso cuando escucho silbidos de sus amigos. Me encuentro con la mirada de Cal en la mía, mi mente tratando de salir de la niebla en la que me pusieron sus besos.

—Sigue mirándome de esa manera, Jenna, y aceptaré la sugerencia de Layla de follarte en el baño del club —Advierte con esa sonrisa diabólica que está empezando a derretir el hielo alrededor de mi corazón. Sus dedos acarician mi espalda desnuda y tiemblan de la necesidad de desearlo tanto.

—¡Jenna, están tocando mi canción! Vamos a bailar. — Escucho la voz de Layla y veo que ha vuelto a la mesa.

Agarro la cara de Cal con ambas manos y lo beso una última vez antes de levantarme para reunirme con ella. Tomo su mano para alejarme y me atrevo a mirar por encima del hombro a Cal. Me mira fijamente, sin escuchar una palabra de lo que Sean intenta decirle. Le sonrío y le hago un guiño antes de darme la vuelta para seguir a Layla hasta la pista de baile.

La pista está repleta, así que tomamos un lugar al borde y empezamos a bailar. Miro hacia donde está nuestra mesa y veo a Cal, Sean y sus dobles de pie y observando a la multitud. Layla y yo los saludamos con la mano y veo que el rostro de Cal se suaviza un poco por su intensa mirada al tratar de encontrarme entre el gentío. Mientras seguimos bailando y disfrutando de nuestra música de baile de la vieja escuela, no nos damos cuenta que estamos siendo forzadas a estar en medio de la pista. Cuando el DJ toca una canción de Britney y Will.i.am, la multitud se vuelve loca y más personas entran. Layla y yo ahora estamos empujadas la una contra la otra y cuando miro a mi alrededor, de repente me doy cuenta de que estamos rodeadas de hombres, mirándonos como buitres que vuelan en círculos sobre su presa. Miro hacia atrás para pedir ayuda, pero no veo señales de Cal o Sean.

—Parece que estamos rodeadas —grito al oído de Layla, ya que aún no se ha dado cuenta porque está tan absorta en la música. Siento una mano en mi cadera y me giro para mirar al hombre detrás de mí. Levanta las manos y dice "lo siento" con los labios antes de alejarse bailando.

—Busquemos otro lugar para bailar —Sugiero, ya que no me gusta nuestra ubicación.

—¿Donde? —Layla pregunta y miramos a nuestro alrededor para ver gente bailando hasta el borde de la pista de baile.

—No lo sé, pero tienes a una jauría detrás de ti — Advierto, sin gustarme las miradas que estos hombres le están dando a Layla mientras ven sus senos rebotar hacia arriba y hacia abajo mientras baila.

—Veo refuerzos detrás de ti, así que estamos bien. —Tan pronto como dice esto, me agarra por la cintura y me golpea contra un pecho duro. No necesito mirar atrás para saber que es Cal. Sean camina a mi alrededor y se pone detrás de Layla, mientras sus dobles nos flanquean a cada lado para hacer nuestra propia cajita.

Todos empezamos a cantar con la letra y a balancearnos juntos con la música. Empujo mi trasero contra Cal y deliberadamente empiezo a frotarme contra él. Cal sigue mis movimientos, lo que me excita aún más. Comienzo a deslizar mis manos por sus muslos y las envuelvo alrededor de sus músculos, acercándolo más a mí. Su brazo permanece envuelto alrededor de mi cintura, mientras que su otra mano envuelve mi cabello y tira, trayendo mi cabeza contra su pecho para que sus labios puedan reclamar los míos.

Me giro en sus brazos para profundizar el beso, mi cuerpo exige que lo acerque más. Deslizo mis manos en los bolsillos traseros de sus pantalones y aprieto su delicioso trasero. Nuestro baile se ralentiza hasta el balanceo y, finalmente, nuestros cuerpos dejan de moverse mientras nuestras lenguas continúan bailando el tango entre sí. Sus manos han retomado su posición anterior de estar en la parte de atrás del vestido, alternando entre frotar y apretar mi trasero. Pongo mis manos entre nuestros cuerpos para frotar contra su dura erección.

—Nos vamos ahora o te follo aquí mismo frente a todos —Me gruñe al oído. Asiento y me vuelvo hacia Layla, quien me da un pulgar hacia arriba, lo que indica que sabe exactamente a dónde vamos y está bien con eso.

—No te preocupes, la tengo —grita Sean, y le digo gracias con los labios mientras me despido con un abrazo.

—Nos vemos en la mañana —Le digo al oído y ella me besa en la mejilla—. Por favor, cuídate y no hagas nada demasiado loco.

Me despido mientras Cal toma mi mano y comienza a sacarme de aquí.

Nos dirigimos directamente hacia el estacionamiento y tomamos uno de los carros del hotel de vuelta. Nos sentamos muy juntos, haciendo como si solo estuviéramos mirando el tráfico por la ventana. Lo que el conductor no puede ver en su espejo retrovisor es dónde están nuestras manos, acariciándose y haciendo promesas de lo que está por venir.

Quince minutos después, estamos de vuelta dentro de la suite. No se dicen palabras mientras Cal me lleva a su habitación, cierra la puerta y le pone llave. Nuestra ropa no puede salir lo suficientemente rápido, nuestras manos y labios chocan entre sí hasta que estamos completamente desnudos. Nuestra hambre el uno por el otro es tan insaciable que no es necesario ningún juego previo mientras me acuesta en la cama. Tan pronto como envuelvo mis piernas alrededor de él, está dentro de mí en un rápido movimiento. Me folla duro, cada embestida me lleva más alto a mi propia estratosfera. Lo miro a los ojos mientras me deshago, mi orgasmo es tan intenso que siento que estoy explotando por dentro. Envuelvo mis brazos alrededor de él para abrazarlo más fuerte mientras vuelvo lentamente a mi cuerpo, queriendo que este sentimiento nunca termine.

# Capítulo 14

La noche parece durar para siempre, el tiempo avanza lentamente para que podamos pasarlo hablando, riendo, tocándonos. Finalmente cerramos los ojos cuando el cielo se vuelve rosa, la promesa de la luz del sol es inminente. Mi alarma suena a última hora de la mañana y Cal ordena el almuerzo mientras hago las maletas. Tomamos una última ducha juntos, nos quedamos allí tanto tiempo que nuestro almuerzo se enfría. Una vez que salimos, comemos en silencio, charlando aquí y allá. Lo dejo en la mesa una vez que termino para terminar de prepararme para mi vuelo a casa.

Layla y Sean durmieron en mi antigua habitación para que Cal y yo tuviéramos privacidad, así que le envío un mensaje para avisarle que Cal nos acompañará al aeropuerto y la recogeremos en el lobby del hotel. Cierro la cremallera de mi maleta, echo un último vistazo alrededor y salgo de la habitación. Entro en la sala y me detengo en seco ante la presencia de una mujer joven sentada a la mesa, revolviendo unos papeles. Ella mira hacia arriba y me sonríe.

—Hola, tú debes ser Jenna. Soy Valerie, la asistente de Cal —dice alegremente. Se levanta para caminar alrededor de la mesa y estrecharme la mano.

Es hermosa, con su cabello rubio rizado hasta los hombros, ojos marrones que se acentúan con el maquillaje perfectamente aplicado y una sonrisa amistosa.

—¡Cal me ha dicho tantas cosas bonitas sobre ti! Lamento que no tengamos la oportunidad de conocernos mejor.

—Él ha dicho cosas maravillosas sobre ti —digo con una sonrisa y le devuelvo el apretón de mano, tratando de aplastar la pequeña pizca de celos que siento hacia ella.

Cal y Sean entran en la habitación y Sean me envuelve en un abrazo.

—Realmente espero verte de nuevo, Jenna. Gracias a ti y a Layla por su espléndida compañía. Me besa en la mejilla, da un paso atrás y le da una palmada en la espalda a Cal mientras camina hacia su dormitorio.

Cal le dice a Valerie que volverá, toma mi mano y toma mi equipaje con la otra mano.

—Encantada de conocerte, Valerie —le digo con un gesto de despedida antes de seguir a Cal por la puerta.

Subimos al carro que nos espera y recogemos a Layla en la entrada del hotel. Nuestro corto viaje en automóvil al aeropuerto está lleno de su charla entusiasta, contándonos cómo ella, Sean y el resto de los muchachos terminaron en el pub y cómo Sean intentó enseñarles a todos en el bar a cantar canciones irlandesas.

—¡Me divertí mucho anoche! Menos mal que no me dejaron sola, porque quién sabe en qué tipo de problemas podría haberme metido. —Ella me mira y me sonrojo.

—Gracias por permitirme colarme en el fin de semana de chicas —dice Cal, apretando mi mano mientras habla con Layla.

—Puedes colarte cuando quieras siempre y cuando la hagas lucir así de feliz. —Ambos se ríen mientras mi cara se pone más roja por la atención.

Demasiado pronto, nos estamos acercando a las salidas y se me cae el estómago al pensar en dejar a Cal.

—Layla, ¿te importa si tengo un par de minutos a solas con Jenna? —Le pregunta a Layla. Ella mira su reloj, asiente y sale del vehículo.

139

Cal agarra mi barbilla y me obliga a mirarlo a los ojos. Le sonrío con tristeza y decido quitarme la tirita.

—Muchas gracias por una semana increíble —digo débilmente, tragando el nudo que se ha formado en mi garganta.

—Este no tiene que ser el final, Jenna. Deja de ser terca y dame tu número de teléfono —dice con firmeza, sus ojos buscan en los míos una respuesta de por qué estoy tan indecisa.

—Cal… —suspiro, mirando mis manos inquietas mientras el calor de su mirada convierte mis entrañas en papilla.

—Los amigos comparten sus teléfonos. ¿Por qué nosotros no podemos? —pregunta, inclinándose más hacia mí, así que me veo obligada a mirarlo. Me muerdo el labio, tratando de encontrar alguna excusa, pero todas suenan estúpidas.

¿Cómo puedes simplemente ser amigo de alguien después del tipo de semana que tuvimos? No puedo ser una amiga casual con Cal. No quiero que seamos solo amigos. Quiero más y la realidad de eso no es realista. Cuando le doy a alguien mi número de teléfono, espero que me llame. No quiero sentir la decepción de saber que lo tiene y no llama. No necesito las emociones que vienen con promesas vacías.

—Vas a estar ocupado con tu carrera, viajando a diferentes países y trabajando en horarios extraños mientras yo estoy ocupada con la mía. Creo que sería mejor si dejamos las cosas como están —digo, mi voz no suena muy convincente.

—¿Mejor para quién? —pregunta, empujando un mechón de mi cabello detrás de mi oreja y besándome suavemente en la mejilla.

—Mejor para mí —susurro justo antes de que él reclame mis labios en un beso hambriento que me deja suspirando de satisfacción. Tiene la capacidad de hacer que todo lo que me rodea deje de existir. Le devuelvo el beso, emparejando cada embestida de su lengua con la mía. Nuestro beso está a punto de tomar su habitual giro acalorado, pero el golpe en la ventana de Layla nos saca de nuestro infierno.

—Correo electrónico —jadeo, tratando de recuperar el aliento y recuperar la compostura—. Te daré mi correo electrónico personal. Comencemos con eso.

—Tomaré lo que estés dispuesta a darme, cariño —dice con ternura, acariciando mi mejilla mientras me mira a los ojos.

Agarro mi bolso y saco un pedazo de papel para escribirle mi dirección de correo electrónico. Él en cambio, me pasa una tarjeta con su celular.

—Llámame cuando los correos electrónicos empiecen a no ser suficientes. —Me da su característica sonrisa maliciosa, la que sé que perseguirá mis sueños, antes de abrir la puerta del carro.

Él sale y toma mi mano para ayudarme. Le da a Layla un abrazo de despedida antes de girarse y tirar de mí a sus brazos. Lo aprieto con fuerza, deseando no sentir este dolor en mi corazón. Retrocedo y lo miro a los ojos, rezando para que mi cerebro memorice cada detalle de su hermoso rostro.

—Deja de mirarme como si esto fuera un último adiós, porque está lejos de serlo. No te rindas conmigo —dice con fiereza y me besa por última vez antes de soltarme—. Tendrás un correo electrónico para cuando aterrices. Te veré más tarde.

Me guiña un ojo, se despide de Layla y vuelve al carro.

Camino con Layla hacia el aeropuerto, mi cerebro le grita a mi corazón que ignore la esperanza que él ha encendido en él.

Mientras nos instalamos en nuestros lugares de regreso a Chicago, reflexiono sobre lo maravillosa que ha sido la semana. Profesionalmente, asistir a esta conferencia ayudará a lanzar mi marca a nivel nacional. Ya me invitaron a hablar en tres conferencias más y una de las estaciones de noticias locales de Chicago llamó a Robert, solicitando una reunión para discutir un posible segmento mensual sobre ideas para fiestas temáticas. Esto realmente podría catapultar mi negocio en el área local con clientes de alto nivel. Estoy tan llena de energía por las nuevas posibilidades que tomo mi bloc de notas del bolsillo del asiento frente a mí y empiezo a escribir ideas para fiestas que creo que les interesarán a los espectadores.

—Necesito que dejes de hacer lo que estás haciendo y me hables sobre este fin de semana, de hermana a hermana —dice Layla, interrumpiendo mis pensamientos. Me giro para mirarla, esperando que tenga su habitual sonrisa de comemierda en su rostro, pero me sorprende su expresión seria.

—Está bien… ¿qué quieres saber? —Dejo mi pluma para darle toda mi atención.

—Quiero saber qué está pasando en ese cerebro tuyo. No has dicho ni una palabra sobre lo que sientes con respecto a Cal.

Me encojo de hombros, momentáneamente sin palabras sobre mis emociones.

—Honestamente, no sé qué sentir al respecto. Siento que debe dejarse como está: dos adultos, que se sintieron atraídos el uno por el otro, eligieron actuar en consecuencia, y eso es todo.

—Tonterías, Jenna. No me ocultes lo que sientes —dice Layla con dureza, con la ira brillando en sus hermosos ojos azules. No puedo evitar sonreír por la suerte que tengo de tenerla como mi mejor amiga.

Miro a mi alrededor para asegurarme que ninguno de los otros pasajeros nos esté mirando antes de responderle.

—Está bien, está bien, te contaré todo, pero no puedes interrumpirme y debes esperar para hablar hasta que termine. ¿Trato? —Asiente ansiosamente en acuerdo y no puedo evitar reírme de su expresión de anticipación.

—Sabes cómo me destrozó mi divorcio. Pensé que había encontrado a la persona perfecta para mí. Resulta que no lo era. Por fin estoy en paz con eso y estoy tratando de trabajar en cómo me ha cambiado. Cómo la amargura y el escepticismo están ahora más presentes en mis pensamientos sobre la vida. Confía en mí cuando digo que definitivamente no es como solía sentirme. No es que quiera estar sola, simplemente no quiero sentirme rota de nuevo. —Tomo un tembloroso respiro antes de continuar—: Pero esta semana, conocí a alguien que me hizo *sentir* de nuevo. Me consumió por completo y no quería luchar contra eso. Quería que me abrumara porque se sentía tan bien. Él me hizo sentir especial. Me hizo sentir hermosa. Hizo desaparecer el mundo exterior cuando me miró y el realismo de todo eso me asusta. ¿Cómo una persona que acabo de conocer expulsa este tipo de emociones de mí? ¿Es real o me siento así porque me siento sola?

Niego con la cabeza con una sonrisa triste.

—Aunque la mayor parte del tiempo era fácil olvidar quién era Cal, la realidad es que es un actor que sube por la montaña rusa de su carrera. Nosotros vivimos en diferentes lugares. Él viaja todo el tiempo. Su vida, y con quién está, siempre estarán bajo el escrutinio público. No podríamos ser más opuestos con nuestras propias trayectorias. No sé por qué me eligió para pasar esta semana. —Levanto mi mano para evitar que me interrumpa—. Pero no me arrepiento de nada de esta semana. En todo caso, creo que estaba destinado a ayudarme a sentir de nuevo. Y siempre estaré agradecida por eso.

—Pero Jenna, ¿qué pasaría si ustedes dos continúan comunicándose y él quiere más?

—No puedo pensar en qué pasaría si, Layla. No puedo comenzar a preocuparme por si me envía un correo electrónico o no. Porque si lo hago, me distraerá. Si soy honesta conmigo misma, basándome en cómo me hizo sentir, probablemente me descarrilaría. Es una distracción que no puedo manejar, así que

143

no me permitiré soñar despierta caprichosamente con una vida ficticia con Cal Harrington. Es una completa fantasía. Necesito vivir el presente y el presente soy yo y mi carrera —Concluyo con firmeza y me siento en mi asiento.

Ella me estudia en silencio antes de asentir lentamente con la cabeza.

—Entiendo lo que estás diciendo y probablemente estaría pensando de la misma manera. —Asiento, feliz de saber que ella está de acuerdo conmigo—. ¿Al menos empezarás a salir de nuevo?

—Como dije antes, lo haré si tú quieres. —Le sonrío con ojos interrogantes.

—No sé si estoy lista —susurra, sus ojos llorosos revelan los miedos de su pasada experiencia con el amor.

—No tenemos que intentar activamente, podemos estar más abiertas a la idea —Sugiero suavemente y le doy un apretón en la mano para animarla.

—Sí, me gusta ese plan. —Ella sonríe lentamente mientras piensa en ello y aprieta mi mano con afirmación.

—Gracias por apoyarme. Gracias por ser una amiga tan increíble —digo antes de inclinarme y abrazarla con todas mis fuerzas.

—Sabes que el sentimiento es mutuo. ¡Ahora trabajemos juntas para crear algunas ideas de fiesta fabulosas para ti! —Me río de su entusiasmo y empezamos a hacer una lluvia de ideas.

♥♥♥

Cinco horas más tarde, abro la puerta de mi apartamento y doy un suspiro de alivio por estar en casa. Dejo mi equipaje junto a la puerta y me siento un momento en mi sofá. Tengo una vista espectacular del lago Michigan, cortesía de mi Nana, quien me dejó esta increíble propiedad inmobiliaria cuando falleció.

Compró este condominio en los setenta y está ubicado en un edificio alto con vistas al lago Michigan. Ella fue lo suficientemente astuta como para pagarlo y ahora, si quisiera venderlo, ganaría al menos diez veces la cantidad que pagó por él o más. Nunca me veo vendiéndolo. No solo por el valor sentimental que tiene, sino también porque es perfecto para mí y donde necesito estar en la ciudad.

Estaba exhausta cuando aterrizamos, pero ahora estoy sentada con la adrenalina bombeando, mi cuerpo todavía en la hora de Las Vegas. El debate conmigo misma comienza sobre si debo o no revisar mi correo electrónico personal mientras pienso en Cal y lo que está haciendo en este momento.

*¡No deberías haberle dado tu correo electrónico, Jenna!*

Esta es exactamente la razón por la que no quería mantenerme en contacto con él. Debería irme a dormir, no extrañarlo a él y sus caricias tanto como lo hago. Con un gemido de frustración por mi falta de fuerza de voluntad, me rindo y reviso mi correo electrónico. Para mi sorpresa, encuentro tres correos electrónicos suyos.

*Para: Jenna Pruit*
*De: Cal Harrington*
*Asunto: te extraño*

*Tu delicioso aroma está en todas partes… en el carro, en mi habitación, en mis sábanas. Esto es tortura. Por favor, escríbeme cuando llegues a casa.*

*Cal*

*Para: Jenna Pruit*
*De: Cal Harrington*
*Asunto: ¿Dónde estás?*

*Acabo de revisar el status tu vuelo y dice que has aterrizado.*
*Esta es la razón por la que el correo electrónico es una estupidez y deberías*
*llamarme para decirme que estás bien.*

*Cal*

*Para: Jenna Pruit*
*De: Cal Harrington*
*Asunto: Llámame…*

*Sabes que quieres. :)*

No puedo evitar la risita que se me escapa de su último correo electrónico. Por supuesto que quiero, pero no debo. *¿Debería siquiera molestarme en enviarle un correo electrónico de vuelta? Sería muy grosero de mi parte no contestarle.* Ignoro las señales de advertencia que mi cabeza envía a mi corazón y le envío un correo electrónico.

*Para: Cal Harrington*
*De: Jenna Pruit*
*Asunto: Llámame… ¿Quizás?*

*Lo siento por mi retraso en la respuesta. Estoy sana y salva, metida en la cama, sin nada puesto y pensando en ti.*
*Dulces sueños húmedos Cal…*
*Jenna*

Sonrío de forma malvada mientras presiono enviar y me levanto para prepararme e ir a la cama, mi corazón late con emoción ante la anticipación de su respuesta. Ya estoy cayendo por la madriguera de la distracción.

# Capítulo 15

Me toma más tiempo de lo que espero volver a mi rutina de trabajo y le echo toda la culpa a la aventura por correo electrónico que tengo con Cal. Nuestros correos electrónicos han comenzado a ser más frecuentes y largos. Su película comenzó a filmarse, así que me explica en detalle cuáles son sus actividades diarias y lo que le espera. Incluye fotos en el set o simplemente descansando en su habitación, lo que intensifica mi deseo por él. Siempre termina sus correos electrónicos preguntándome qué estoy haciendo, cómo estuvo mi día, cómo está Chicago y por qué no he agarrado el teléfono todavía. Tan pronto como le conté a Robert lo que sucedió en Las Vegas, se sumó al equipo Cal e incluso me ayuda a tomar fotos cuando estamos en la ciudad para enviarlas a mis correos electrónicos. Cree que estoy loca por no llamarlo, pero aún me mantengo firme en mi decisión de mantener el contacto por correo. Esos mensajes se han convertido en lo más destacado de mi día y tengo que reprenderme mentalmente para no revisarlo constantemente en busca de su respuesta. La única vez que mi determinación se quiebra es cuando estoy acostada en la cama por la noche, sola. El deseo de escuchar su voz es tan fuerte que ahora he comenzado a poner mi teléfono en la otra habitación para evitar la tentación de llamarlo.

—¿Ya se dicen cositas subidas de tono en los correos? —Layla pregunta con una sonrisa malvada mientras nos sentamos en nuestra cabina normal en O'Malley's tres semanas después. Parece que, últimamente, mi relación con Cal es el tema favorito de discusión cuando los tres nos reunimos.

—No, porque su asistente revisa sus correos electrónicos. De hecho, recibí uno de ella hoy en su correo electrónico para informarme que es posible que no tenga noticias suyas durante un par de días, ya que solo les quedan un par de días más en Las Vegas hasta que la producción se traslade a Hong Kong, por lo que está trabajando doce horas al día.

—Es espeluznante que revise sus correos electrónicos —dice Robert, antes de pedirnos otra ronda de bebidas.

—Entiendo por qué lo hace y realmente aprecio que me avise —digo encogiéndome de hombros. Si ella no me advirtiera sobre él trabajando tanto, nunca lo sabría y probablemente estaría un poco amargada por no tener noticias de él sin ninguna explicación.

—¿Entonces nada de correos calientes y no lo llamarás para tener sexo telefónico? ¡Que aburrido! Estás siendo estúpida, Jenna. —Robert niega con la cabeza, recordándome por millonésima vez sus sentimientos sobre la situación. Le doy mi sonrisa característica mientras tomo un sorbo de mi bebida, no vale la pena responder a sus comentarios.

—Creo que está siendo inteligente —Interviene Layla, enviando una mirada de advertencia a Robert que no pasa desapercibida.

—Gracias, Layla, porque creo que también estoy siendo inteligente. Me niego a que me lastimen de nuevo —digo con firmeza, que es lo que sigo diciéndome cuando me pregunto si estoy haciendo lo correcto al no llamar a Cal.

—Por supuesto que pensarías eso. Ustedes dos amargadas van a envejecer juntas si siguen pensando así.

Nos reímos de su elección de palabras y trato de recordar si alguna vez mencionó su propia angustia en el pasado.

—¿No te han roto el corazón antes, Robert?

—Por supuesto, mi corazón ha sido sacrificado. Una vez. Y sí, fue brutal. Pero estoy enamorado del amor y creo que puedes encontrar el amor varias veces. Recuerda los buenos momentos con esa persona. Recuerda las razones por las que no están juntos. Repites el ciclo hasta que encuentras aquel cuya idiosincrasia es vivible y no puedes imaginar la vida sin él.

Él hace que suene tan simple. Como si chasquear los dedos pudiera apagar tus emociones para continuar con la vida. El cerebro no funciona de esa manera. Estoy convencida de que quiere que le importe que te jodan si lo dejas. He terminado de darle el poder de mis sentimientos a otra persona. Yo tengo el control y decidiré quién será el destinatario digno.

—Muy bien, Yoda, entonces, ¿qué nos sugieres que hagamos a las amargadas para cambiar nuestras costumbres? —pregunta Layla sarcásticamente. La miro con las cejas levantadas, sorprendida de que haga una pregunta que producirá una respuesta que todos sabemos que no le gustará.

—¿Crees que puedes manejar mi respuesta, Layla? Porque sabes que digo lo que creo y lo hago con cariño. —Robert la mira con los ojos entrecerrados, estudiándola para ver si habla en serio.

—¡Suéltalo! No nos conocemos desde hace mucho tiempo. Apenas arañarás la superficie —dice con una sonrisa confiada. Mi mirada vuelve a Robert, que toma un gran sorbo de su bebida.

Layla piensa que Robert está siendo arrogante, y cuando lo hace, nada le gusta más que llamarlo y demostrar lo equivocado que está. Este es el lugar y el momento equivocado para este desafío y me preparo para la posibilidad de que esto se ponga feo, ya que las heridas de Layla son más profundas que las mías. Cualquier tema relacionado con ella se descarta rápidamente.

—Lo que voy a decir viene desde mi corazón, aunque pueda sonar fuerte. Todas las declaraciones son solo mi opinión: un extraño mirando hacia adentro. Las quiero mucho a las dos y solo quiero que todos seamos felices. —Se aclara la garganta antes de continuar—. Layla, usas tus curvas como excusa. Has empezado a creer la mentira que te dices a ti misma de que un hombre muestra interés por ti significa que tiene curiosidad sobre cómo sería el sexo con una chica con curvas. Bueno, ¡eso es una mierda! Tenías un hombre que te amaba por ti, curvas y todo. Murió y sí, eso apesta y es injusto. También le sucede a millones de otras personas. ¡Deja de usar su muerte como excusa para no vivir plenamente! Todavía estás viva, rodeada de personas que te aman y quieren verte feliz. ¡Eres hermosa! Eres inteligente, y hay muchos otros hombres por ahí que te querrán tal como eres, exactamente como lo hizo tu marido. Deja de mentirte a ti misma, pensando que estamos satisfechos con tus excusas, porque vemos a través de todo. ¿Crees que a él le gustaría cómo estás viviendo actualmente? Si quieres llamarlo así.

Robert la mira de arriba abajo antes de tomar un sorbo de su bebida.

Abro la boca, completamente sorprendida por lo brutalmente honesto que acaba de ser con ella. Robert es nuevo en nuestro círculo: nunca conoció a Layla antes de la muerte de su esposo. Pero Robert es un alma vieja a pesar de su juventud y estoy aprendiendo que su juez de carácter es acertado. Tiene toda la razón sobre Layla. Ella va de fiesta y tiene sexo con hombres al azar para adormecer su dolor. He intentado hablar con ella al respecto, pero se niega a hablar y me dice que está bien. Tomo su mano debajo de la mesa y la aprieto. Sé que quiere correr en este momento, su instinto natural lo hace cuando las cosas se ponen demasiado emocionales para ella.

Su expresión permanece sin emociones, sus ojos fríos mientras mira a Robert.

—¿Ya terminaste? —pregunta con voz dura.

—Solo si quieres que lo haga.

—Creo que he terminado de escuchar tu evaluación.

—No pretendo lastimarte, Layla. Nada más estoy siendo sincero. Por favor, créanme cuando les digo que no quiero decirles estas cosas, pero ¿qué clase de amigo sería si continuara en silencio? —Él le ruega suavemente que comprenda y que no se enoje, pero ella solo asiente y mira hacia otro lado.

—Vale, me toca a mí —digo, queriendo cambiar de tema para que Layla se calme y el foco ya no esté en ella. Aunque ciertamente no quiero que me presten atención, estoy intrigada por escuchar lo que va a decir.

Su mirada cambia a la mía y me da una sonrisa triste.

—Jenna, pensaste que tenías el matrimonio, el esposo y la vida perfecta. Eso era un espejismo. Aparte, la perfección no existe. La gente tiene defectos. Los matrimonios son defectuosos y así son las cosas. Todavía tienes a tu exesposo en un pedestal y lo usas como ejemplo de por qué no debes seguir adelante. Automáticamente asumes que todos los hombres no querrán estar contigo después de un tiempo. Que debes ser sosa o aburrida. Tú no eres ninguna de esas, a pesar de mis bromas. Estás tan lejos de eso. ¡Eres brillante, hermosa y divertida! Tu ex no cambió de la noche a la mañana: ambos se conocieron en el mundo laboral, donde ambos trabajaban muchas horas. Era tu día a día normal. Permitiste que continuara porque estabas enfocada en tu nueva carrera y no te sentiste culpable por no estar prestándole atención a él, porque él no te estaba prestando atención a ti. Ambos dejaron de involucrarse en su matrimonio, usando el trabajo como excusa para no pasar tiempo juntos. Todavía trabajas horas locas y no te detendrás para convertirte en una prioridad. Ni siquiera tratas de ver qué más hay por ahí. Y entonces, alguien sí muestra interés en ti y ¿qué haces? Juegas con él.

Robert me da una leve mirada de disgusto y la culpa comienza a irradiar por todo mi cuerpo cuando me doy cuenta de que tiene razón.

—Oh, sí, Jenna, sin duda estás jugando con Cal Harrington —dice, reconociendo la incrédula mirada de sorpresa

151

en mi rostro—. Él quería seguir persiguiéndote y tú vienes le das tu dirección de correo electrónico. ¿Qué carajo es eso? ¿Cómo proteger tu corazón al darle tu dirección de correo electrónico? Sé honesta, estás emocionalmente involucrada con cada correo electrónico que escribe y recibes. No te mientas diciendo que no te sentirás decepcionada cuando esos correos electrónicos se detengan, porque lo estarás. ¿Crees que seguirá enviándote correos electrónicos después de un par de meses más, si es así? Lo estás colgando de una cuerda. Estás haciéndole perder el tiempo, se dará cuenta de eso y los correos electrónicos se detendrán por. Y luego será demasiado tarde para tomar ese teléfono y llamarlo. Mucha gente hace que sus relaciones a larga distancia funcionen. ¿Y qué si es actor? Es un ser humano y si continúas con este juego, nunca sabrás si sus intenciones son ciertas o no.

Toma otro trago y se recuesta en su silla con los brazos cruzados.

—Lo siento, Jenna, y no pretendo que mis palabras te lastimen porque yo también te amo. —Mira de un lado a otro entre Layla y yo—. Ambas deben dejar que el pasado se quede en el pasado y no defina su futuro.

Todos nos sentamos allí en silencio, mirando a todos lados menos a nosotros mismos. Siento que Layla toma mi mano y la miro. Sus ojos me preguntan si estoy bien, y le doy una pequeña sonrisa en respuesta. Todos miramos hacia arriba cuando nuestro cantinero favorito, Nico, se detiene en nuestra mesa y coloca tragos de whisky frente a nosotros.

—No sé lo que está pasando aquí, pero ustedes se ven deprimentes. ¡Anímense, mis personas favoritas! ¡Agarren esos tragos y brindemos! —De mala gana hacemos lo que nos ordena y agarramos los tragos mientras Nico nos da una serenata con uno de sus brindis irlandeses favoritos:

*"Que tus problemas sean menos*
*Y tus bendiciones sean más.*
*Y nada más que felicidad*
*Entre por tu puerta."*

Brindamos y nos tomamos los tragos, haciendo muecas mientras el whisky nos quema la garganta. Agradecemos a Nico mientras retira los vasos y nos deja de nuevo en nuestro silencio.

—No fue mi intención arruinar la noche —dice Robert mientras coloca algo de dinero en efectivo sobre la mesa y se prepara para irse.

—Robert, no arruinaste nada. —Me pongo de pie y le doy un abrazo—. Gracias por ser honesto conmigo… con nosotras. Sé que vienes de un lugar de amor y estoy muy agradecida por eso. Sé que no voy a cambiar mañana, pero puedo prometerte que pensaré largo y tendido sobre lo que dijiste y trataré de encontrar formas de mejorar.

Miro a Layla.

—Layla, ¿qué piensas?

Ella nos mira, suspira y se levanta de la mesa para abrazarnos.

—Los adoro a ambos, incluso cuando su honestidad es como un cuchillo en mi corazón. Sé que necesito trabajar en mí misma. Todo lo que puedo decir es que lo intentaré.

Terminamos nuestra noche con promesas que rezamos para poder cumplir.

# Capítulo 16

El discurso de Robert en O'Malley's resuena conmigo una semana más tarde cuando tomo la ruta escénica en Riverwalk para reunirme con él y mi madre para un almuerzo de negocios. Los correos electrónicos de Cal se detuvieron y en su lugar hay respuestas de disculpa de su asistente. Valerie siempre se disculpa por su falta de respuesta y me ha actualizado sobre su llegada a Hong Kong. Si bien aprecio lo buena que ha sido conmigo, no es de ella de quien quiero saber. No puedo evitar pensar que tal vez Robert tenga razón con el desvanecimiento del interés de Cal.

*Tal vez él no estaba tan interesado en ti, Jenna.*

Pongo los ojos en blanco. Ni siquiera sé qué me decepciona más: Cal, por no esforzarse más en enviarme un correo electrónico, o lo molesta que estoy por una situación que casi predije que iba a suceder. De cualquier manera, me odio por mirar mis correos electrónicos, con la esperanza de que cada vez que actualice haya uno de él. ¡La locura tiene que parar! Necesito tomar una decisión de lo que voy a hacer. O lo descarto y disfruto de mis recuerdos con él en Las Vegas o intento contactarlo por última vez, pero esta vez por teléfono.

Dejo a un lado la situación de Cal cuando entro en el restaurante favorito de mi madre. Todos los años, por esta época, nos reunimos para analizar la estrategia de mi empresa para planificar la gala benéfica anual del hospital infantil donde trabaja mi padre. Mi madre es la presidenta de su comité de eventos y, aunque estoy agradecida de que me haya conseguido el trabajo, ya que es uno de mis mayores generadores de ingresos, trabajar con ella tiene un precio: mi cordura. No tenemos ese vínculo dulce y blando de mi madre es mi mejor amiga que tienen otras familias. La mayor parte del tiempo, no soporto ni siquiera estar cerca de ella. Es materialista, pretenciosa, crítica y bebe más de lo que me gustaría que bebiera. No tengo nada en común con ella y prefiero la compañía de mi padre a la de ella cualquier día de la semana. Está locamente celosa de la relación que tengo con mi padre, pero ella es la creadora de esta. Él es el padre amoroso y confiable. Cuando les dije que me iba a divorciar, mi padre me abrazó y me dijo que merecía algo mejor. Mi madre me dijo que fuera tras mi ex porque era lo mejor que iba a tener. Cada visita con ella es una crítica sobre mi apariencia, mi peso, mi negocio y ahora, mi soltería.

—Jenna, querida, estoy tan contenta de que finalmente estés aquí. ¿Qué te tomó tanto tiempo? —pregunta, haciendo un puchero con sus labios falsos como si fuera una niña. Su cabello está recogido en su característico moño, uñas y labios que combinan perfectamente con el rojo de su cabello. Lleva una blusa de seda metida en una falda lápiz y tacones. Los diamantes brillan en sus orejas y manos. Las apariencias lo son todo para Pamela Pruitt, y ni siquiera se asociará contigo si siente que no estás en su liga.

—Hola, madre. —Saludo con falso entusiasmo y la beso en la mejilla, su perfume es tan fuerte que hago una nota mental para cambiarme de ropa cuando llegue a casa—. Te ves hermosa, como siempre.

—Pues gracias, cariño. ¿Está todo bien?

—Todo está bien, madre. Tomé Riverwalk ya que es un día hermoso.

—Una caminata es una excelente idea ya que parece que tus pantalones se están ajustando un poco en tu trasero. ¿Divirtiéndote demasiado, cariño? —Me guiña un ojo para tratar de suavizar el golpe de su insulto. Robert comienza a toser, sin duda ahogándose con su propia saliva que inhaló accidentalmente por la sorpresa de sus comentarios.

—Qué amable de tu parte darte cuenta, madre. Pensé que me veía medio decente hoy —digo sarcásticamente y empiezo a examinar el menú para evitar mirarla. Mi ropa es más ajustada, pero lo atribuyo a mi falta de ejercicio y mis recientes malas elecciones de alimentos debido al estrés. Por supuesto, nunca le admitiría a mi madre que tiene razón.

—Ahora, Jenna, nunca dije que no te veías bien. Solo dije que parece que has ganado algo de peso. ¿Por qué no pedimos nuestra comida para que podamos empezar a hablar de negocios, de acuerdo? —Asiento, agradecida por el cambio de conversación. Le hace señas al mesero para que se acerque a tomar nuestro pedido. Le contamos al mesero nuestras selecciones de comida y procedemos a hablar de negocios.

—Estoy muy emocionada de anunciarles nuestro tema para la gala de este año —dice emocionada y toma un sorbo de su vino antes de continuar—. ¡Redoble de tambores por favor!

Pide y Robert la ilumina golpeando contra la mesa.

—El tema de la gala de este año es… ¡Cabaret! —Se ríe y aplaude con emoción.

—¡Oh, Cabaret! Todavía no hemos hecho ese tipo de fiesta, ¿verdad, Jenna? —Robert pregunta y puedo decir que está tan emocionado como un niño en una tienda de dulces. Saca su cuaderno y rápidamente comienza a escribir.

—No, no lo hemos hecho y ese es realmente un gran tema, mamá —digo, pensando en toda la increíble decoración que podemos hacer con ese tema—. ¿Sin duda tu idea, por supuesto?

—¡Por supuesto cariño! ¿De dónde crees que sacas tu creatividad? —Me mira como si hubiera dicho la cosa más tonta y tengo que contenerme para no poner los ojos en blanco. No hay nada por lo que mi madre no se atribuya el mérito, especialmente cuando se trata de mi carrera—. La junta aprobó la idea por unanimidad y tenemos una reunión la próxima semana para repasar nuestro presupuesto. Entonces, cuanto antes pueda obtenerme cotizaciones, más rápido podremos poner las cosas en marcha.

El mesero llega con nuestra comida y seguimos escuchando las ideas de mi madre para la fiesta mientras seguimos discutiendo al respecto. La hora pasa rápido, y cuando termina el almuerzo, mi entusiasmo por la fiesta refleja el de ella.

—Creo que tenemos suficiente información para comunicarnos con nuestros proveedores y posiblemente obtener una cotización para fines de esta semana. —Le doy a Robert una mirada inquisitiva y él asiente.

—¡Excelente! ¡Ya quiero que llegue la noche de la víspera de Año Nuevo! Va a ser un evento increíble y con suerte recaudaremos mucho dinero. Basta de negocios, quiero saber qué está pasando con ustedes dos —pregunta cuando llega la cuenta. Todos sabemos que esta es su forma de tratar de obtener nueva información sobre mí, proporcionada por Robert, ya que me niego a contarle sobre mi vida. Agarro la cuenta para pagar y trato de responderle lo más vagamente posible.

—Todo está bien, Madre. Grabamos nuestro primer segmento de noticias para el Canal Tres en unas pocas semanas, lo que anticipamos traerá más clientes nuevos y aumentará la actividad del sitio web.

—¿Has hablado con Tyler? —Me interrumpe, sin importarle en absoluto la nueva y emocionante oportunidad para mi negocio.

—No, madre. Estamos divorciados. Espero no volver a hablar con él nunca más —digo con una sonrisa forzada. Finjo concentrarme en firmar la cuenta, no queriendo mirar a mi madre con el disgusto que le tengo ahora mismo por haberlo mencionado.

—Pero Jenna ha comenzado a salir de nuevo. —Jadeo en sorpresa, mirando a Robert antes de patearlo con fuerza debajo de la mesa para su revelación. Él gruñe y me dispara dagas.

—¿Qué? ¡Jenna! ¿Por qué no me has dicho? ¿Con quién estás saliendo? —Mi madre en realidad parece que sus sentimientos están heridos porque no la involucro en mi vida personal.

—Robert está equivocado, no estoy saliendo con nadie. Lo estuve durante una semana, pero parece que no va a funcionar. —Robert me mira con una ceja interrogante ante esta noticia.

—¿Una semana? Jenna, eso apenas es salir y es demasiado pronto para determinar si funcionará o no.

—Ni siquiera vive aquí, madre —digo con exasperación, cansada ya del tema.

—Oh Dios, ¿lo conociste en línea? ¡Así es como consigues que te maten, Jenna Lynn! —Mi madre me regaña y ella dice mi segundo nombre me trae recuerdos de estar en problemas.

—Ella lo conoció en primera clase de camino a Las Vegas. —Robert empuja su silla hacia atrás para ponerse de pie, evitando mi segunda patada en las espinillas.

—¿Primera clase? ¡Oh, me encanta la primera clase! —Mi madre nos mira de un lado a otro, sus ojos se agrandan con anticipación para escuchar más de la historia.

—Sí, organicé la primera clase para ella, por lo que ni siquiera lo habría conocido si no fuera por mí.

—Oh Robert, cuidas tan bien de mi Jenna. ¡No sabríamos qué haríamos sin ti! —Pongo los ojos en blanco, queriendo vomitar mi almuerzo.

—¡Bueno, ella es la mejor jefa que he tenido! ¿Te dijo que me dará un aumento la próxima semana? —Coloca su mano sobre su corazón y agita sus párpados. Me río a carcajadas con toda la falsedad que puedo reunir, ya que no hay ninguna intención de que nadie obtenga un aumento de salario en el corto plazo.

—¡Felicidades! Entonces, ¿suena como que el negocio va bien? —pregunta con una ceja levantada.

—Sí, madre, va muy bien. De hecho, necesitamos regresar para una conferencia telefónica con nuestra compañía de software para prepararnos para el aumento potencial en el tráfico del sitio web. —Me pongo de pie y beso al aire cada lado de su mejilla, indicando que la conversación de mi vida personal ha terminado.

—¿Vendrás a cenar el domingo, Jenna? Tu padre quiere reanudar nuestras cenas semanales ya que ahora estás demasiado ocupada para siquiera vernos —pregunta, dejando en el viaje de culpa mientras salimos del restaurante y esperamos su carro en el valet.

—Ya veremos, madre. Déjame revisar mi calendario.

No hemos hecho cenas familiares los domingos en meses debido a que deliberadamente no estoy disponible los domingos. No es que no quiera ver a mis padres, simplemente no quiero verlos con tanta frecuencia. Me salvo de tener que decir más con la llegada de su carro.

—¡Adiós, mis amores! ¡Nos hablamos pronto! —Nos lanza besos de despedida mientras se sube a su carro y se aleja del estacionamiento hacia el tráfico.

—Esa mujer es un desastre. ¡Ustedes dos son la mejor telenovela de todos los tiempos, *cariño*! —Robert bromea mientras regresamos a mi apartamento.

—Seguro que haces todo lo posible para ayudar a instigar el drama —digo, dándole una mirada de complicidad.

—¡Me ofende eso ya que solo estaba cuidando de ti sacándola de tu trasero por tu ex! —Pongo los ojos en blanco cuando él se hace la víctima cuando está lejos de serlo.

—Lo que sea, Robert. No te hagas el inocente cuando sabías exactamente lo que querías decirle.

—Honestamente, Jenna, me enferma y me cansa escucharla decir que quiere que vuelvas con el idiota. Esperaba que supiera que estás saliendo de nuevo le pusiera fin. Te pido disculpas, ya que tienes razón, eso no me corresponde a mí contarle sobre tu vida personal. —Asiento hacia mí porque veo cuáles eran sus intenciones, pero no es asunto suyo discutir esos detalles con mi madre—. Por favor, no te enfades conmigo, Jenna. Soy gay y sabes cómo nos encantan los chismes y el drama. No puedo evitarlo si está en mi ADN.

Niego con la cabeza y me rio, entrelazando mi brazo con el suyo mientras seguimos caminando.

—Ya que estábamos hablando de Cal sin revelar quién era, ¿qué está pasando con él? —pregunta después de un par de minutos de silencio.

—No he sabido nada de él en casi dos semanas. Odio admitirlo, pero creo que tienes razón —suspiro con resignación.

—No quiero tener razón, Jenna. Quiero que tengas un final feliz —dice con tristeza en su voz y envuelve su brazo alrededor de mis hombros y aprieta.

—Gracias, pero mi intuición siempre me decía que no era él. Nunca debí haberle dado mi dirección de correo electrónico.

—Pero si no lo hicieras, entonces estarías sentada aquí preguntándote qué pasaría si. —Robert me conoce bien y asiento en acuerdo con él.

—Es hora de pasar a alguien que te va a dar la atención que te mereces —dice con convicción. Y sí, necesito hacerlo. Pero es mucho más fácil decirlo que hacerlo cuando alguien te hace sentir como lo hizo Cal.

Después de nuestra conferencia telefónica, le digo a Robert que se vaya a casa temprano y disfrute el resto de la noche. Termino el resto de mi trabajo, sirvo una copa de vino, me siento en mi sofá y contemplo los colores de la puesta de sol sobre el lago Michigan. Mis pensamientos se vuelven hacia Cal y no puedo deshacerme de la persistente sensación de que simplemente no parece que él de repente deje de hablarme. Sostengo su tarjeta en mi mano y miro su número de teléfono. Hong Kong está trece horas por delante, poniendo su tiempo en las primeras horas de la mañana. Mi debate interno continúa sobre lo que debo hacer:

*No llames, sería de mala educación despertarlo.*

*Es posible que tenga el teléfono apagado para que no lo despiertes.*

*Probablemente se levanta temprano para ir a trabajar.*

*¡No tiene que levantar el teléfono si no quiere!*

*Llámalo mañana en horario normal.*

*¡Llámalo ahora, necesitas un cierre!*

—¡Puaj! —grito y empiezo a marcar su número. Me levanto al paso, la anticipación de su respuesta hace que mi corazón se acelere. Estaría perfectamente feliz de escuchar su correo de voz para poder dejar un mensaje y volver a poner la pelota en su cancha.

—¿Hola? —Una voz femenina contesta el último timbre y me siento cuando de repente empiezo a sentir náuseas.

—Esto... ¿Valerie? —pregunto, esperando que sea ella y no una mujer al azar con la que ahora se está acostando.

—¿Sí? —El alivio se extiende a través de mí cuando confirma su identidad.

—Hola, soy Jenna. Jenna Pruit. ¿La amiga de Cal de Las Vegas? —Lo planteo como una pregunta, esperando que recuerde quién soy.

—Hola, Jenna. ¿Cómo estás? —Su voz se vuelve entusiasta cuando reconoce recordarme.

—Yo estoy bien gracias por preguntar. Lo siento si sueno confundida, pero no esperaba que contestaras su teléfono. ¿Estás en Hong Kong con Cal?

—Oh no, estoy en Los Ángeles. ¿Cal no te envió un correo electrónico para avisarte que se rompió su teléfono? Literalmente acabo de regresar de la tienda con su nuevo teléfono para enviárselo. ¡Tu sincronización es perfecta! —Ella se ríe y me siento un poco mejor sabiendo que la realidad no es lo que mi mente estaba imaginando.

—No, no he sabido de él en unos días.

—¿De verdad? —Su tono de voz suena sorprendido por su falta de comunicación—. Jenna, lo siento mucho. Te prometo que le he recordado que te responda por correo electrónico.

—Realmente aprecio eso, Valerie. Entiendo que está ocupado, pero tal vez esto sea lo mejor de todos modos —digo, con la decepción en mi voz.

—Escucha, Jenna, me agradas y voy a ser honesta contigo. La carrera de Cal está en ascenso y con eso viene gente que le da cualquier cosa y todo lo que quiere. Es un muy buen actor y su encanto es extremadamente convincente. Digamos que se ha vuelto muy confiado desde nuestros días en la clase de actuación. —Escucho cada palabra que dice, comprendiendo completamente lo que está insinuando—. Sé que tus sentimientos probablemente estén heridos por que no te ha contestado, pero créeme cuando te digo que quieres seguir adelante. Desafortunadamente, no eres la primera mujer a la que le hace esto. Por favor, no repitas lo que estoy diciendo. Estoy cansada de verlo hacerle esto a la gente buena y siempre me deja para recoger los pedazos de los corazones de estas mujeres. Es realmente repugnante y si continúa, voy a encontrar a alguien más para quien trabajar. Me he quedado con él lo suficiente como para construir mi propia reputación de ser una asistente confiable y digna de confianza. Sé que no tendría problemas para encontrar a alguien más para quien trabajar.

—Estoy segura de que sí, Valerie, y aprecio tu sinceridad. No te preocupes por mi corazón, todavía está completamente intacto. —No solo la tranquilizo a ella, sino también a mí misma. Si bien mi corazón aún está intacto, no puedo evitar la punzada de dolor que siento al saber que yo fui solo otra muesca en su cinturón.

—Estoy muy feliz de escuchar eso, Jenna. Lo siento mucho. Tal vez él me probará que estoy equivocada y se pondrá en contacto contigo después de que él regrese de Hong Kong —suspira con lo que suena como una completa sinceridad.

—Tal vez sea así, pero no hay necesidad de disculparse, Valerie. ¡Gracias de nuevo por todo y la mejor de las suertes para ti!

—¡Lo mismo para ti, Jenna!

Cuelgo el teléfono y me siento en silencio para reflexionar sobre la conversación. Si bien una pequeña parte de mí está enojada con él por usarme, me alivia saber la verdad y obtener el cierre que necesito para seguir adelante. Aun así, no puedo evitar estar triste porque me gusta mucho. Probablemente más de lo que uno debería tener por solo conocer a alguien durante una semana. Si estoy dispuesta a volver a ponerme en el grupo de citas, sé que esta no será la última vez que quede decepcionada.

—¡Otro que muerde el polvo! —digo en voz alta con un brindis por mí misma y tomo un gran trago de mi vino.

*Ten una fiesta de lástima esta noche y mañana, ya no tendrás que pensar en Cal Harrington.*

Tomo la botella de vino y decido compadecerme de mí misma en un agradable y largo baño caliente.

# Capítulo 17

Las siguientes dos semanas son tan ocupadas que no tengo tiempo de pensar en mi decepción por Cal. Esta época del año es fundamental para que podamos asegurar Halloween y fiestas navideñas. Nuestros días consisten en reuniones y contestación de propuestas y conferencias telefónicas. Es emocionante y agotador, pero Robert y yo lo disfrutamos. Por lo general, no me gusta viajar durante los meses de abril a mayo ni aceptar ningún proyecto nuevo que no esté cerca de nuestra norma, pero no puedo rechazar el segmento de noticias destacado mensual y las oportunidades que podrían surgir de él. El trabajo adicional ha sido una distracción bienvenida, ayudándome a empujar los recuerdos de Cal a un segundo plano de mi mente.

Hoy fue mi última reunión con el Canal Tres antes de transmitir en vivo mañana nuestro primer segmento. Discutimos los conceptos de la fiesta de primavera de los que hablaré y traje toda la decoración para combinar con cada concepto de fiesta. Con Robert enfermo por un virus estomacal, Layla pudo ayudarme a llevar todo al estudio y configurarlo.

—¿Que te vas a poner mañana? —pregunta mientras cargamos mi carro para salir del estudio por el día.

—No tengo idea y todo está apretado para mí en este momento. —Estoy tan hinchada por el estrés que mi guardarropa se ha vuelto limitado. Tengo que volver al gimnasio… y tal vez cerrarme la boca durante mis meses estresantes, ya que el chocolate y el vino han sido mi alimento reconfortante últimamente.

—¡Me parece que esta es la mejor excusa para ir de compras! —dice con entusiasmo y yo asiento. Vamos hasta el centro comercial más cercano para encontrar el atuendo perfecto para salir al aire.

Ir de compras con Layla siempre es la mejor terapia y nos lo pasamos bien poniéndonos al día y riéndonos de algunos de los conjuntos que nos probamos. Tres horas y cinco tiendas más tarde, tengo un vestido, zapatos y accesorios nuevos. La invito a cenar como agradecimiento por toda su ayuda hoy.

—¿Qué vas a hacer si Robert está demasiado enfermo para mañana? —Layla pregunta antes de tomar un sorbo de su margarita.

—Puedo hacerlo sola, pero lo quería allí y en cámara conmigo ya que es mi mano derecha. —Estoy tan enamorada de la idea de estar en la televisión que eligió su atuendo hace tres semanas—. No es gran cosa si se pierde este primero. Tendremos dos pruebas más y, si los comentarios son buenos, lo extenderemos por un año.

—¿No te encanta cómo pones todo este trabajo en solo un segmento de cinco minutos? Es casi como tener sexo. Todos esos juegos previos por los que tienes que pasar para un orgasmo que dura solo un minuto. —Nos reímos a carcajadas de su analogía precisa.

Levanto mi margarita hacia ella en un brindis—: ¡Salud por eso y que trabajemos duro por muchos más! —Chocamos nuestras copas y bebemos.

—Tal vez conozcas a algún reportero de noticias o camarógrafo atractivo para comenzar a salir. —Sugiere y me encojo de hombros, porque la idea de salir con alguien en este momento es tan atractiva como probarme un traje de baño nuevo en mi estado hinchado: una tortura.

—¿No se supone que debemos darle una segunda oportunidad a las citas? —pregunta mientras observa a dos hombres que pasan junto a nuestra mesa. Solo sonrío y levanto las cejas hacia ella ya que ella ha sido la más reticente.

—Esta es exactamente la razón por la que el sexo sin ataduras es más fácil —dice y llama la atención de uno de los chicos que estaba mirando, dándole su mejor sonrisa de fóllame.

—Tiene su atractivo, pero incluso eso se vuelve solitario después de un tiempo —digo y lo veo saludarla con su botella de cerveza. Se vuelve para decirle algo a su amigo, que nos mira. Si Layla se sale con la suya, estos chicos aparecerán pronto en nuestra mesa.

—¿Cómo te ha ido con la situación de Cal? —pregunta, volviendo su atención hacia mí.

—No hay ninguna situación de Cal. Se terminó. —Rompo su contacto visual, no queriendo que vea que me ha afectado más de lo que quería.

—Él parecía tan interesado en ti. No sé, estoy un poco sorprendida por su comportamiento. —Asiento porque pensé lo mismo—. Es difícil conocer realmente el carácter de alguien en una semana. Él podría estar haciendo lo mismo con alguien nuevo en este mismo momento.

Pensar en eso me revuelve el estómago y niego con la cabeza, con la esperanza de sacar los pensamientos de mi cabeza.

Miro mi reloj y veo que se está haciendo tarde. Mañana tengo un gran día y necesito dormir bien. Le hago una señal a nuestro mesero para que nos traiga la cuenta para que podamos irnos.

—Jenna, creo que estamos a punto de tener compañía —susurra Layla y sonríe lentamente a los hombres que se dirigen a nuestra mesa.

—Esta noche no, Layla. ¡Nos vamos, *juntas*! —Digo la última palabra con algo de fuerza, esperando que vea que hablo en serio. Firmo la cuenta y me levanto de mi asiento. Agarro nuestros abrigos y le entrego el de ella. Lo mira fijamente durante unos segundos antes de volver a mirarme.

—Vamos, Jenna. Estos hombres podrían ser nuestros futuros novios. —Los miro y veo el brillo en sus ojos, la falsedad en sus sonrisas. Son dos depredadores sexuales acechando sus próximas conquistas.

—Estos hombres sólo quieren follar, Layla, y no vas a hacer eso esta noche. —La miro fijamente hasta que los hombres llegan a nuestra mesa, desafiándola a desafiarme.

—Señoritas, ¿les importa si nos sentamos con ustedes? —pregunta el más alto de los dos y comienza a sacar los asientos vacíos de nuestra mesa como si dijéramos que sí.

—Lo siento, muchachos, pero ya nos vamos. —Agarro la mano de Layla y la arrastro hacia la puerta mientras ella les lanza un beso y se despide de ellos.

Me despierto temprano a la mañana siguiente, mis anteriores sentimientos de emoción ahora son reemplazados por nerviosismo. Me tomé el día libre en el trabajo para mimarme con un masaje y una manicura/pedicura antes de presentarme en la estación de noticias a las cuatro en punto. Llamo a Robert para ver cómo se siente, con la esperanza de que esté lo suficientemente mejor como para aparecer.

—El vómito ha cesado, pero la actividad de mi trasero no se ha detenido. Estoy tan enojado con el cuerpo humano en este momento —dice miserablemente y me río a pesar de la asquerosidad de todo y le digo que se quede en casa—. Realmente quiero estar allí hoy, Jenna. ¡Lo siento! Envíame los teléfonos ya que todavía puedo trabajar desde casa, incluso si es mientras estoy en el baño.

Suena tan patético que realmente me siento mal porque se perderá nuestro debut en televisión.

—No te preocupes, Robert, habrá otras oportunidades para que estés. Esperemos que pronto te sientas mejor y no traigas esa porquería a ningún lado cerca de mí.

—No hay garantías de que no te haya infectado ya. ¡Te lo advertí! Realmente espero que no entiendas esto, ya que no le desearía esto ni a mi peor enemigo. Bueno, podría desearle esto a mi ex —dice riéndose. Me alegra saber que no ha perdido el humor. Una señal de que se está recuperando.

Después de colgar con él, continúo con mi día de mimos y, antes de darme cuenta, es hora de irme a la estación. Me visto y conduzco hasta allí. Una vez que paso la seguridad, me saluda Layla esperándome afuera.

—¡Viniste! —grito de emoción. Corro y la abrazo, tan agradecida de que haya estado en la ciudad esta semana para estar aquí conmigo.

—¡No me perdería esto por nada del mundo! —Me sigue a la estación, donde nos escoltan a un vestidor. Me reúno brevemente con la reportera de entretenimiento que presentará mi segmento y repasamos las preguntas que planea hacer para tener mis respuestas listas. Con solo cinco minutos, debemos llegar a tiempo con nuestras pistas y mantener nuestras respuestas cortas y al punto. Después de que ella se va, los peluqueros y maquilladores entran y me arreglan. Entre su trabajo y el atuendo que Layla eligió para mí, luzco elegante y profesional. Con mi confianza en alza, aplasto mis miedos mientras nos escoltan al set y me paro en el marcador indicado. Respiro hondo cuando comienza la cuenta regresiva y pongo una sonrisa genuina en mi rostro una vez que la luz en la parte superior de la cámara se vuelve roja para indicar que estamos en vivo.

Pasan cinco minutos y antes de darme cuenta, el segmento ha terminado. Tan pronto como se apaga la luz roja, todos comienzan a aplaudir y mi nerviosismo comienza a disminuir.

—¡Buen trabajo, Jenna! Tengo la sensación de que vamos a recibir muy buenos comentarios sobre este segmento. Programaré una conferencia telefónica contigo la próxima semana para discutir el segmento del próximo mes y los resultados que obtengamos —Me dice la productora, Mandy, antes de estrecharme la mano y salir del estudio.

—¡Estuviste increíble! —Layla chilla mientras me abraza fuerte. Ella me ayuda a empacar mi decoración y la volvemos a cargar en el carro. Una vez que haya terminado, nos dirigimos a la cena para celebrar.

—Oh, Dios mío, estoy tan feliz de que haya terminado —digo con una risa cuando finalmente nos sentamos.

—¿Cómo te sientes acerca de todo esto? Te veías hermosa y sonabas tan profesional.

—De hecho, me siento muy bien y creo que fue genial. Los temas de la fiesta que elegimos tenían suficientes detalles para captar la atención de la audiencia y despertar su curiosidad sobre qué hacer a continuación. Anunciaron nuestro sitio web al final, así que analizaremos el tráfico en línea mañana —Le comento a Layla mientras miro el menú. Robert se aseguró de que la página estuviera actualizada con el contenido del nuevo segmento cuando yo terminé. No puedo esperar para ver si esas cifras aumentaron durante el período de tiempo en el que estuve.

Miro mi teléfono mientras llegan mensajes de felicitación de Robert, mis padres y algunos otros amigos que vieron el segmento. Estoy en la nube nueve en este momento y no puedo creer cómo el trabajo duro puede dar sus frutos con tantas oportunidades. Miro a Layla y agarro su mano de la mesa.

—Muchas gracias por ser mi mejor amiga y por preocuparte lo suficiente como para estar aquí conmigo esta noche. No hay otra persona con la que preferiría estar celebrando —digo, las lágrimas comienzan a picar en mis ojos por lo feliz y agradecida que me siento en este momento. Aprieto su mano y me inclino para abrazarla.

—Chica, me maquillé profesionalmente. ¡No malgastes mi dinero haciéndome llorar! —Ella sonríe mientras parpadea para quitarse la humedad de los ojos—. Tenemos que hacer un brindis.

Levantamos las copas de champán que ordenó y sonrío anticipando el épico brindis que sé que está a punto de ofrecer.

—¡A ti, triunfadora! Que tu éxito continúe brindándole mucha felicidad, mucho dinero y más ¡Vamos a tu cama! —Nos reímos de su brindis y chocamos nuestras copas con la esperanza de que los buenos deseos se hagan realidad.

*Que Dios te oiga*, rezo.

# Capítulo 18

—Jenna... *Jenna*! ¿Necesito que abras los ojos, Jenna?

Me sorprenden las voces fuertes que se sienten como si estuvieran gritando en mi oído. Trato de abrir los ojos, pero mis párpados se sienten como si tuvieran pesos sobre ellos. Abro la boca para responderle a esta persona, pero un dolor agudo me sube por la garganta y la cierro rápidamente.

—Jenna... ¿puedes oírme? —La voz suena como la de Layla. *¿Por qué está Layla aquí?* Mi cuerpo comienza a temblar y aunque siento frío, el temblor parece provenir de las manos que me sostienen.

—¡Deja de sacudirme porque estoy a punto de vomitar sobre ti! —grito, me duele tanto la garganta que no quiero volver a hablar.

—¡Aquí hay un balde! —Recibo la voz aguda de Robert. Me las arreglo para abrir los ojos un poco para ver sus rostros preocupados sobre mí. Gimo y trato de levantar mi brazo para cubrir mi cara, pero mi brazo no se mueve.

—Jenna, tenemos que llevarte al hospital. Creo que estás extremadamente deshidratada por la gastroenteritis. —Empiezo a negar con la cabeza, pero me mareo, así que detengo cualquier movimiento.

—Robert, quédate con ella mientras llamo abajo para que recuperen su carro. Jenna, tengo un vaso de Gatorade con pajita. Necesito que lentamente trates de beber un poco. —Observo a Layla poner el vaso en mi mesita de noche y salir de la habitación. Robert me sienta y me entrega la taza. Me las arreglo con dos pequeños sorbos y eso es todo lo que puedo manejar.

—¿Qué día es? —pregunto, incapaz de recordar. Lo único que recuerdo es ir a cenar con Layla para celebrar el éxito de mi primer segmento de noticias e inmediatamente sentirme mal una vez que llegué a casa. Supuse que mi estómago no estaba de acuerdo con la comida asiática grasosa que consumíamos, pero a medida que avanzaba la noche, comencé a sentirme peor. Eso fue el jueves.

—Es sábado por la tarde.

—¿De verdad? ¿Qué pasó con el viernes? —Trato de recordar lo que pasó ayer, pero el fuerte dolor de cabeza martillando detrás de mis ojos hace que sea difícil pensar en algo. Recuerdo vagamente numerosos viajes al baño debido a que ambos extremos de mi cuerpo estaban en uso.

—Me enviaste un mensaje diciendo que no te sentías bien, que crees que tienes lo que yo tenía, pero lo mío no fue tan grave. Cuando no contestaste tu teléfono ni respondiste a mis numerosos mensajes esta mañana, me preocupé y decidí ver cómo estabas. Me asustaste muchísimo cuando no te despertabas. Empezaste a gemir, así que llamé a Layla y ella vino corriendo. ¿Has estado bebiendo agua? —pregunta Robert, mientras trae mi bebida de vuelta a mis labios para que intente tomar otro sorbo.

—No sé, no puedo recordar. —Trato de recordar los últimos dos días, pero mi cerebro se siente borroso. Por lo general, soy buena bebiendo agua y siendo lo suficientemente consciente como para no deshidratarme, pero cada viaje al baño parecía agotar mi energía. Tomo un sorbo más de mi bebida y me estremezco por el sabor.

—El carro está abajo. ¡Vamos! —Layla regresa a la habitación y ambos me ayudan a levantarme. —¿Quieres cambiarte o ir al hospital usando eso?

Miro hacia abajo para ver que estoy en pantalones de pijama y una camiseta sin mangas delgada que deja poco a la imaginación de cómo se ven mis senos.

—¿Puede alguien por favor tomar una sudadera de mi último cajón? Solo necesito cubrir a las chicas. —Trato de bromear, pero gimo en lugar de las náuseas que me invaden. Robert recupera mi sudadera y me ayuda a ponérmela. Salimos a mi sala de estar donde estoy completamente cegada por la luz de la tarde. Layla agarra mis gafas de sol y mi bolso y bajamos lentamente las escaleras.

Una vez que llegamos al carro, Robert ajusta el asiento del pasajero para reclinarlo y me ayuda a subir. Sostengo un balde mientras Layla conduce la corta distancia hasta el hospital. Después de darle las llaves al valet, me lleva a la sala de emergencias con la silla de ruedas que me proporcionaron y le da al empleado de registro administrativo mi información y mi seguro para registrarme. Una enfermera viene para tomar mis signos vitales y registra cualquier respuesta que pueda darle. Afortunadamente, debido a la hora del día, nuestra espera es breve y me llevan de regreso al área de tratamiento. Me atiende el médico tratante que me hace preguntas mientras me examina. Respondo todas las que puedo, y Layla completa más detalles por mí.

—Parece que tienes un virus estomacal o una intoxicación alimentaria junto con una deshidratación severa. Quiero hacer algunas pruebas para descartar otras opciones. Sin embargo, primero comencemos con los líquidos intravenosos. Vuelvo enseguida. —Sale de la habitación para ir a hablar con las enfermeras.

—¿Puedes conseguir otra manta? No deja de temblar — pregunta Layla a la enfermera que llega, quien agarra uno del fondo de un carrito y lo tira sobre mí. Le sonrío débilmente a Layla, tan agradecida de que esté aquí conmigo, ya que no me gustaría estar aquí sola con extraños.

—Mi nombre es Jackie y soy una de las enfermeras de guardia. Voy a comenzar con una vía intravenosa para ayudarla con su deshidratación. Tendré que sacarte un poco de sangre para hacer algunas pruebas. ¿Está bien? —Asiento y mantengo los ojos cerrados, sabiendo que la vista de la sangre me hará vomitar. Me sube la manga y saca rápidamente la cantidad que necesita.

—¿Crees que me puedes dar una prueba de orina? —pregunta y yo niego con la cabeza ya que no tengo ganas de orinar o tratar de ponerme de pie debido a mi mareo.

—¿Puedes decirme cuál fue el último día de tu ciclo menstrual?

—Creo que actualmente estoy en eso. —Imagínate que vomitar y defecar mis sesos no sería suficiente para que mi cuerpo lo maneje.

—¿Qué quieres decir con que "crees"?

—Ha sido irregular. —Procedo a contárselo y ella lo registra todo en mi expediente.

—Voy a llevar esto al laboratorio. Están ligeramente retrasados, por lo que podría tomar un poco de tiempo. Deberías comenzar a sentirte mejor pronto desde la IV. ¿Por qué no tratas de relajarte y volveré en breve? —Asiento hacia ella y la veo irse. Ni dos minutos después, me quedo dormida.

Layla me despierta cuando llega el médico. No sé cuánto tiempo estuve dormida, pero inmediatamente me siento mejor que antes.

—Parece que la IV está haciendo su magia ya que ha recuperado algo de color en su piel y claridad en sus ojos. ¿Cómo te sientes? —pregunta el médico mientras vuelve a examinarme.

—Mejor. —A pesar de que todavía siento frío, los escalofríos han cesado y mi dolor de cabeza ha disminuido. Puedo concentrarme más sin marearme.

—Bien. Dado que estuvo expuesta a otra persona con gastroenteritis, descartaré una intoxicación alimentaria. Pero no estoy completamente segura de si es gastroenteritis viral o hiperémesis gravídica.

—¿Hiper qué? —pregunto, sin entender una palabra de lo que acaba de decir.

—Náuseas matutinas severas.

Gruño y niego con la cabeza hacia él, queriendo descartar rápidamente la opción de un bebé.

—No. Imposible. Mi médico me dijo que no puedo quedar embarazada debido a mi útero anormal. Entonces, ¡gripe estomacal es! —Miro a Layla, que está observando al doctor de cerca.

Él frunce el ceño y mira mi historial.

—Bueno, eso es interesante, porque según tu análisis de sangre, tus niveles de hCG indican que estás embarazada. ¿Ha sido sexualmente activa recientemente?

—Sí, pero nos cuidamos con condones. —Comienzo a buscar cualquier excusa que ayude a demostrar que no estoy embarazada, aunque sé que los condones no son cien por ciento efectivos.

—Desafortunadamente, los condones pueden rasgarse o romperse, y la probabilidad de que sepas que no son efectivos es pequeña. ¿Por qué no hacemos una ecografía para confirmar? —Asiente a la enfermera, que se va y vuelve con un ecógrafo portátil—. ¿Puedes recordar el último día de tu ciclo menstrual?

—Pensé que estaba teniendo mi período actualmente.

—Eso podría deberse a que el bebé se implantó en tu útero, o en tu cuello uterino, ya que la sangre adicional se acumula allí y podría estar saliendo. Digamos que actualmente no estás en tu ciclo, ¿recuerdas la fecha anterior a este?

Trato de recordar la última vez que tuve mi período e inmediatamente contengo el aliento, dándome cuenta de que fue antes de mi viaje a Las Vegas. El estrés hace que tenga períodos irregulares, por lo que no tener mi período cuando estoy estresada no suele alarmarme. Señalo mi bolso de Layla, saco mi teléfono para mirar el calendario.

—Dieciocho de marzo —trago saliva y miro a Layla, cuyos ojos se abren como platos.

—¿Y cuándo fue la última vez que tuvo actividad sexual?

—La última semana de marzo. —Vuelvo a mirar mi calendario para confirmar las fechas en las que estuve en Las Vegas.

—Está bien, entonces si estás embarazada, estarías de más o menos siete semanas. La ecografía lo confirmará todo.

Mientras la enfermera me prepara para el ultrasonido, mis ojos están pegados a la pantalla, esperando que todo esto sea un error. La pantalla comienza a mostrar lo que parece agua. A medida que el médico procede a mover la varita, aparece de repente un agujero negro con algo pequeño en el medio.

—¡Allí estamos! —Me mira con la emoción de demostrar que tenía razón.

—Parece un agujero. ¿Estás seguro de que eso no es un órgano? —pregunto en voz baja. Al no entender cómo puede ser esto un bebé, no me convence que sepa hacer funcionar la maquinaria.

Toma un bolígrafo y señala la pantalla.

—Este es el saco gestacional que está lleno de líquido amniótico y esa cosita gris es el bebé. Escuchemos para ver si podemos escuchar un latido del corazón. —Se estira para girar un dial y un fuerte golpe llena el aire.

—¿Qué… qué es eso? —Tartamudeo, no queriendo creer lo que estoy viendo o escuchando.

—Ese es el latido del corazón del bebé y está latiendo con fuerza, lo cual es muy bueno. —Procede a escribir todo, desde la pantalla hacia abajo en mi gráfico y apaga la máquina. Miro la pantalla negra, las palabras 'EMBARAZADA' en letras rojas de advertencia destellan en mi mente.

—No entiendo. ¿Por qué mi médico me diría que era imposible para mí embarazarme?

—¿Estás segura de que dijo la palabra 'imposible'? Con los milagros que hemos visto de mujeres que superan las probabilidades y quedan embarazadas, me sorprendería si esas fueran las palabras exactas.

Pienso en ese doloroso día hace años.

—Tienes razón, esas no fueron sus palabras exactas. Sus palabras exactas fueron que sería 'difícil'.

—Bueno, como ahora puedes ver, los médicos son humanos y, a veces, se equivocan. —Él sonríe y extiende su mano—. ¡Felicidades! Espero que estas sean buenas noticias para ti. Tienes que ir a comprar vitaminas prenatales y empezar a tomarlas hoy. Continúa descansando y bebe muchos líquidos para mantenerte hidratada. El lunes, llama a tu obstetra para que puedas obtener una cita de inmediato para ser atendida y programar sus citas futuras. Si sigues vomitando y te deshidratas de nuevo, vuelve a vernos."

—Gracias. —Susurro débilmente y observo mientras se va para completar mis papeles de alta. El pánico comienza a aparecer e inmediatamente empiezo a sentir claustrofobia.

—¿Jenna? —Escucho la voz de Layla y me vuelvo para mirarla con ojos interrogantes.

—No… No… ¡esto no puede estar pasando! —digo en negación, sacudiendo mi cabeza con incredulidad. *¿Cómo puedo estar embarazada ahora y no cuando estaba casada?*

—Está bien, Jenna. Todo va a estar bien —Me tranquiliza Layla y tira de mí para darme un fuerte abrazo. Las lágrimas comienzan a rodar por mi rostro mientras siento que todo mi mundo se está derrumbando sobre mí.

La enfermera entra y me limpio las mejillas, avergonzada de que vea mis lágrimas de tristeza. Ella revisa mis documentos de alta y repite las instrucciones que me acaba de dar el médico. Firmo los papeles y somos libres de irnos.

♥♥♥

El viaje en automóvil a casa es silencioso mientras observo el mundo exterior en trance. Layla debe haberle enviado un mensaje a Robert porque está allí para saludarnos cuando nos detengamos en mi edificio, su expresión es sombría. Me ayudan a salir del carro y caminan lentamente conmigo hacia los ascensores, el ascensor hasta mi piso dolorosamente silencioso. Cuando entramos en mi apartamento, miro a mi alrededor como si lo estuviera viendo por primera vez, notando todas las cosas que le faltan y que antes no importaban. ¿Puede un bebé vivir aquí? Hay niños en el edificio, así que claramente estoy exagerando.

—¿Por qué no tenemos un día de chicas? ¡Podemos ver películas, comer comida chatarra y tener una fiesta de pijamas! —Robert aplaude, su voz demasiado entusiasta.

—No tengo hambre —murmuro, el mero pensamiento de la comida me hace querer vomitar—. Creo que quiero estar sola, chicos.

—¡Me gusta la idea de la película! —Layla responde rápidamente y puedo decir que dejarme tener tiempo a solas no es una opción.

—Genial, elijamos una película. —Robert camina rápidamente hacia el televisor y enciende Netflix. Comienza a revisar películas y se ríe—. Oh, Dios mío, ¿no sería gracioso si viéramos *Embarazados*?

Jadeo y lo miro, sin creer lo que acabo de escuchar. La expresión de Layla debe haber imitado mi propia mirada de horror porque inmediatamente deja de reír.

—¿Demasiado pronto para hacer una broma al respecto? —pregunta, mirando entre los dos. Robert suele estar a punto de insertar sus comentarios cómicos para aligerar el ambiente. Esta vez falló.

—¿Qué diablos te pasa? —Layla grita y furiosa acecha hacia él—. ¡Dame ese control remoto!

—¡Lo siento! Sólo estaba tratando de aligerar el estado de ánimo. No quise decir nada con eso.

—Voy a vomitar ahora —Les digo con calma—. Vuelvo enseguida. Elige una película de suspenso.

Me retiro al santuario de mi dormitorio y cierro la puerta mientras Layla sigue criticando a Robert por su insensibilidad. Entro en mi baño y me echo agua fría en la cara, con la esperanza de despertarme de este sueño. Me seco la cara y decido acostarme en la cama. Me pongo de lado y abrazo mi almohada tan fuerte como puedo cuando mi visión comienza a nublarse con las lágrimas que necesitan ser liberadas mientras mi nueva realidad se asimila.

*Voy a tener un bebé… un bebé que nunca pensé que tendría.*

*Voy a estar a cargo de la vida de otro ser humano. Apenas puedo hacer un seguimiento de mi propia vida en este momento.*

*Voy a ser madre soltera.*

Pierdo el concepto del tiempo mientras lloro mis penas en mi almohada. Siento que la cama se mueve y fuertes brazos me envuelven mientras Layla se acuesta frente a mí y me sostiene. Siento unas manos que me quitan el cabello de la cara y me doy cuenta de que Robert se ha puesto detrás de mí. Tener a ambos amigos aquí para consolarme hace que no me sienta tan sola y mis lágrimas comienzan a disminuir. Intento recuperar el control de mi respiración y finalmente los tres nos quedamos en silencio, abrazados.

—¿Qué voy a hacer, muchachos? —susurro, rompiendo el silencio comunicando mis pensamientos en voz alta.

—Vamos a tener un bebé y eso es todo. No estás sola, Jenna. Estaremos aquí contigo en cada paso del camino. —Siento que Robert asiente ante las palabras de Layla.

—Los quiero mucho a los dos, y aunque les agradezco por eso, no creo que entiendan el compromiso de un bebé.

—No importa, lo haremos juntos —dice con firmeza. Dejo que sus palabras penetren, sabiendo que no cumpliré su promesa ya que necesitan vivir sus propias vidas y no preocuparse por ayudarme.

—¿Qué hay de Cal? ¿Vas a decirle? —Robert pregunta suavemente. Estoy tan absorta en mis propias emociones que no he pensado en él. Teniendo en cuenta que no hemos hablado en semanas, ¿Él querría ser parte de la vida del bebé?

—Me comunicaré con él después de que termine el primer trimestre. No hay motivo para decírselo ahora, en caso de que suceda algo. —No dicen nada a esto, y tomo su silencio como una afirmación de que lo estoy haciendo es lo correcto por no decirle todavía.

—Dejemos esto entre nosotros por ahora, ¿de acuerdo? —Les suplico, necesito más tiempo para pensar y estar en negación por un poco más de tiempo.

—Está bien —dicen al unísono y volvemos a abrazarnos en silencio. Solo puedo rezar para que este bebé fortalezca nuestro vínculo y no lo divida.

—Nunca pensé que estaría acostada en la cama con dos mujeres heterosexuales. ¡Esta es la peor pesadilla de un trío para un hombre gay! —Robert rompe el silencio y todos comenzamos a reírnos incontrolablemente ante la imagen de cómo debemos lucir en este momento.

—Vamos chicos, vamos a ver una película —sugiere Layla una vez que nuestra risa se apaga. Dejo que Layla y Robert me lleven a la otra habitación para distraerme un par de horas.

# Capítulo 19

Mi reacción a mi embarazo podría reflejar cuál sería la reacción de uno ante la noticia de que tiene una enfermedad terminal: negación. Me niego a creer que estoy embarazada y exijo que Layla y Robert ni siquiera me hablen de eso, y mucho menos a nadie más. Paso mis días fingiendo que todo está bien en mi mundo, pero luego me horrorizo cuando no puedo ponerme ninguno de mis pantalones. Ya puedo decir que mi guardarropa consistirá en vestidos hasta el invierno. Las náuseas han comenzado a remitir, pero el cansancio constante me obliga a dormir siestas diurnas, que son completamente inconvenientes para mi vida profesional.

¿Es ridícula mi reacción a todo esto? *¡Absolutamente!*

¿Debería estar agradecida de que incluso puedo quedar embarazada cuando pensé que no podría? ¡Sí!

¿Me siento culpable cada vez que me avergüenzo de estar embarazada? *Cien por ciento.*

Camino a casa después de mi cita médica de las doce semanas con la foto de ultrasonido de recuerdo de lo que parece un pequeño extraterrestre escondido de forma segura en mi bolso. Hoy me hizo darme cuenta de que necesito empezar a enfrentar mi futuro. Necesito comenzar a hacer un plan para mí y para mi hijo por nacer. Todavía es difícil para mí estar emocionada por el hecho de que seré madre soltera, pero necesito aceptar mi destino. También tengo que decidir cuándo se lo voy a contar a mis padres. *Ah, sí, y al padre de mi hijo.* Gimo en voz alta y decido hacer lo que mejor hago en este momento: ignorar la situación.

Es un día de verano demasiado hermoso para volver a entrar, así que me dirijo directamente a la playa para tomar un poco de vitamina D y observar a la gente. Me siento en las escaleras, me quito los zapatos e inhalo el aire fresco del lago. Cierro los ojos y sonrío, disfrutando del calor de los rayos del sol. *Ah, esto es exactamente lo que necesitaba en este momento.* Casi empiezo a quedarme dormida cuando escucho a un bebé chillar de risa. Abro los ojos para ver al niño más lindo corriendo en la arena, sus padres persiguiéndolo. Se tambalea sobre sus adorables piernecillas regordetas, su sonrisa revela dos dientes superiores e inferiores. Su padre lo alcanza, lo levanta y lo lanza por los aires, haciendo que el niño se ría aún más fuerte. Ambos padres lo miran con adoración, besándolo cada vez que pueden. Son la imagen perfecta de cómo debe ser una familia.

*¿Miraré así a mi hijo?*

*¿Cal estará feliz de saber que va a ser padre?*

Aunque todavía no puedo responder a la primera pregunta, puedo obtener la respuesta a la segunda pregunta. Al mal paso darle prisa, ha llegado la hora de llamarlo. Miro mi reloj para ver que es temprano en la tarde. Si está en Los Ángeles, entonces es la hora del almuerzo. Si está de vuelta en Londres, entonces es de noche. De cualquier manera, este sería el momento perfecto para hacer la llamada. Con un suspiro, me vuelvo a poner los zapatos y miro una vez más a esa familia perfecta que estaba viendo antes. El niño ahora está sentado sobre los hombros de su padre mientras la madre pasea junto a ellos por la orilla. Necesito darle a Cal la opción de querer estar en la vida de su hijo. Me levanto y vuelvo a mi apartamento.

Cuando llego, Robert está empacando su bolso para irse.

—¡Ahí estás! Estaba empezando a preocuparme por ti. ¿Todo bien?

—Sí. Pasé un par de minutos extra pensando en la playa.

—¿Qué dijo el doctor?

—Dijo que estoy embarazada —digo sarcásticamente, pero con una sonrisa. Robert solo pone los ojos en blanco mientras apaga su computadora portátil—. Dijo que todo se ve bien hasta ahora, y tengo que verlo una vez al mes durante los próximos cuatro meses para un ultrasonido y para revisar mi cuello uterino debido a mi útero anormal. Después de eso, no necesitaré ningún ultrasonido hasta el último mes para asegurarme de que el bebé esté en posición de parto. Ah, y me dieron mi primera foto del bebé.

Saco la foto de mi bolso y se la paso a Robert.

—Aparentemente es del tamaño de una ciruela.

Mira la foto, mira mi vientre y luego coloca la foto contra mi vientre y niega con la cabeza.

—Eso es tan raro. Cómo puedes ver que está empezando a parecerse a un ser humano real y no a un renacuajo. ¿Qué vas a hacer con esta foto?

—No sé. ¿Guardarla? ¿Por qué lo preguntas? ¿Necesitas quedártelo para recordarte no dejar embarazada a nadie? —Bromeo, sin entender realmente su pregunta.

—Creo que deberías ponerlo en tu refrigerador.

Lo miro extrañado.

—¿Por qué querría hacer eso?

—Así finalmente lograrás que tu cabeza te diga que esta mierda es real. Jenna, ¡tenemos que empezar a planificar el futuro! —dice con exasperación y levanta las manos en el aire.

—Sé que esto es real, Robert. Sólo necesitaba algo de tiempo. De hecho, iba a llamar a Cal ahora mismo.

—¿De verdad? —Su expresión se llena de sorpresa—. ¡Bien! Es como si tuvieras una ETS, tu pareja tiene derecho a saber. Él realmente necesita saber sobre el bebé, Jenna.

Parpadeo y miro fijamente mientras mi cerebro trata de digerir lo que acaba de decir.

—¿Acabas de comparar un bebé con una ETS? —Niego con la cabeza hacia él cuando él asiente en confirmación y frota mi frente, la preocupación se apodera de mi confusión.

—¿Hay algo que no me estás diciendo, Robert? ¿Alguien te contagió una ETS?

—¡No, estoy limpio! Pero soy un desastre con las analogías. —Un rubor colorea sus mejillas por la vergüenza—. En ese sentido, desearía poder quedarme para esta conversación fascinante, pero tengo que pasar por la bodega para recoger las decoraciones para el segmento de noticias de la próxima semana. Y tengo una cita ardiente esta noche.

Me sonríe con picardía y levanta una ceja.

—¿En serio? ¿Con quién? —pregunto y una punzada de celos me sacude, deseando tener lugares a donde ir y gente a quien conocer.

—Oh, un tipo que conocí en el gimnasio. —Agita su mano hacia abajo como si esto no fuera gran cosa.

—¿El gimnasio? ¿Desde cuándo vas al gimnasio? —Lo miro de cerca y noto que su rostro se ve más delgado, su ropa más suelta sobre él.

—Desde el día que volviste del hospital diciendo que estabas embarazada. Necesito estar saludable para poder estar presente por mucho tiempo para nuestro bebé —dice con sinceridad y empiezo a llorar por sus palabras. Camino hacia él y lo abrazo con fuerza.

—Gracias amigo. ¡Te quiero! —Beso su mejilla antes de alejarme.

—Yo también. Te dijimos que no vas a estar sola y Layla y yo lo decimos en serio. Ahora ve a llamar a Cal, luego llámame después para decirme qué sucede. ¡Buena suerte! —Aprieta mis brazos y luego sale del apartamento.

Tomo una respiración profunda, cuadro mis hombros y camino hacia mi habitación. Me siento en mi cama junto a mi mesita de noche y saco su tarjeta del cajón. Me preguntaba por qué sentí la necesidad de conservar su tarjeta después de que dejamos de hablar, y ahora estoy agradecida de haberlo hecho. Cierro los ojos y rezo para que todo salga bien.

Marco su número y una vez más siento decepción cuando la voz de Valerie llega al otro lado.

—Hola, Valerie, soy Jenna Pruitt —digo con un tono serio.

—Hola, Jenna, ¿cómo estás? —Su voz se mezcla con desgana y sorpresa al saber de mí.

—¿Está Cal por ahí? Realmente necesito hablar con él.

—No, él no está disponible en este momento y Jenna, realmente odio decirte esto, pero Cal ha comenzado a salir con alguien y van en serio. ¿Pensé por nuestra última conversación telefónica que tú también lo estabas intentando? —pregunta, su voz ligeramente condescendiente, lo que solo agrega combustible a mi ira.

—Está bien. Puede salir con quien quiera porque no me importa. Ha sucedido algo de lo que realmente necesito hablar con él.

—Jenna, con el debido respeto, ¿por qué te devolvería la llamada cuando tiene una nueva novia? Yo simplemente no…

—Valerie, estoy embarazada, ¡por eso necesito hablar con él ahora! —Me coloco en el teléfono, mi temperamento estalla ante sus excusas para él.

—¿Q…qué? —tartamudea en voz alta, la conmoción se registra en su voz.

—Tengo doce semanas de embarazo y sólo llamo para avisarle —digo con calma, recordándome que ella no tiene la culpa de sus acciones y que no debería descargar mi enojo con ella.

—Sin ofender, pero ¿cómo sabemos que es suyo? Los actores de Hollywood siempre tienen mujeres que afirman falsamente que están embarazadas de su hijo.

Me río amargamente de ella e ignoro el hecho de que está insinuando que podría estar mintiendo. —Estoy cien por ciento segura de que es suyo, ya que no he tenido sexo con nadie más desde entonces.

—No podemos probar eso hasta que se haga una prueba de paternidad, que exigiremos que se haga una vez que nazca el niño. ¿No usaste protección? ¿No estabas en control de la natalidad? —me pregunta, su voz mezclada con disgusto.

—No es que nada de esto sea asunto tuyo, Valerie, pero usamos protección. Los condones pueden romperse sin su conocimiento. Y no tenía ninguna razón para tomar anticonceptivos en ese momento —digo con amargura, deseando más que nunca que esto se discutiera con Cal y no con su asistente. Tomo una respiración profunda para calmarme antes de continuar—. Valerie, estaré más que feliz de hacer una prueba de paternidad cuando nazca el bebé. Esto también ha sido un shock para mí, y estoy siendo sincera cuando te digo que no quiero *nada* de Cal. No quiero su dinero, no quiero estar en los tabloides, nada. Pero pensé que lo correcto era hacerle saber para que pueda decidir si quiere estar en la vida de este bebé o no. Eso es todo lo que quiero de él.

Se queda callada unos segundos antes de responder.

—Lo entiendo y lo siento, Jenna.

—Sí, yo también —digo en voz baja, cansada por las emociones y el dolor de cabeza que golpea mis sienes.

—Hablaré con él tan pronto como lo encuentre. Deberías tener noticias de él pronto.

—Gracias, Valerie. —Cuelgo el teléfono y me recuesto en la cama, completamente agotada por esa llamada telefónica. Si esta llamada telefónica fue emocional para mí, no quiero imaginar cómo será cuando Cal me devuelva la llamada.

Un día después:

*Para: Cal Harrington*
*De: Jenna Pruit*
*Asunto: ¡Por favor llámame!*

*Cal,*
*Espero que te esté yendo bien. Ayer hablé con Valerie sobre algo muy importante que necesito discutir contigo. Por favor, llámame lo antes posible.*

*Te deseo lo mejor,*
*Jenna Pruitt*

Dos días después:
*Para: Cal Harrington*
*De: Jenna Pruit*
*Asunto: ¡DE VERDAD NECESITO QUE ME LLAMES!*

*Cal,*
*POR FAVOR… te lo ruego… es IMPE RATIVO que me devuelvas la llamada.*
*Jenna*

Tres días después:
*Para: Cal Harrington*
*De: Jenna Pruit*
*Asunto: ¡EMERGENCIA! ¡POR FAVOR LLAMA!*

*¡Deja de ser un cobarde y llámame ya!*

Mensaje de Valerie al día siguiente del último correo electrónico:

*Valerie: ¡Hola Jenna! Cal ha recibido tus correos electrónicos y me dice que planea devolverte la llamada hoy. ¡Lo siento mucho, Jenna! Está siendo un completo imbécil. Nunca lo he visto así. Estoy pensando en ti y espero que te sientas bien.*

Correo electrónico al día siguiente después del mensaje de Valerie:

*Para: Jenna Pruit*
*De: Cal Harrington*
*CC: Valerie Lewis*
*Asunto: Situación Actual*

*Jenna,*
*Mi asistente ha discutido conmigo las razones detrás de tus correos electrónicos y llamadas telefónicas. Si bien espero que no trates de engañarme para obtener ganancias monetarias, no estoy en condiciones de estar presente en la vida del niño. Mi enfoque actual debe permanecer en mi carrera. Se realizará una prueba de paternidad y, si el ADN coincide, se realizará un arreglo financiero.*
*Por favor, ponte en contacto con mi asistente una vez que nazca el niño.*
*La mejor de las suertes para ti,*
*Cal Harrington*

Miro su correo electrónico y me quedo helada. Lo leo una y otra vez, cada palabra es como una cachetada con la mano abierta. No porque me esté rechazando, sino porque está rechazando a su propio hijo. No puedo entender cómo alguien no querría ser parte de la vida de su propio hijo. Recuerdo que me mencionó su deseo de tener hijos en el futuro, ¿era todo mentira?

Me limpio bruscamente las lágrimas, decidida a no volver a derramar una sola lágrima por este hombre. Mi angustia se convierte en un odio inmenso y prometo nunca más perder un momento, un pensamiento o incluso un aliento en Cal Harrington.

*Para: Cal Harrington*
*De: Jenna Pruit*
*CC: Valerie Lewis*
*Asunto: re: Situación actual*

*¡VETE A LA MIERDA!*

# Capítulo 20

*Seis meses y medio después*

—Todas estas mujeres que dicen que se sienten hermosas estando embarazadas son unas mentirosas —resoplo, tratando de recuperar el aliento mientras camino por el centro comercial. Es la víspera de Año Nuevo, un día antes de mi fecha de parto, y estoy más que lista para que llegue este bebé. Estoy muy por encima de kilos que el médico me dijo que sería lo esperado. No he tenido una buena noche de sueño en siete meses y me duele todo. Siento que me han mentido por completo cuando se trata del embarazo. Todos pintan esta imagen de que todas las cosas son gloriosas después del primer trimestre. *¡MENTIRAS!*

Nadie te habla del dolor de ligamentos.

Nadie te informa acerca de la presión constante sobre su vejiga.

Nadie te habla del dolor de espalda.

Nadie te habla de las hemorroides.

Nadie te habla del acné.

Nadie te cuenta que los sueños húmedos son tan vívidos que te despiertas gritando tu orgasmo.

*De acuerdo, entonces eso no es algo malo.*

¿Cada mujer es diferente cuando se trata de sus síntomas de embarazo? Por supuesto. ¿Estoy siendo demasiado dramática? Sí. Pero cuando llegué a la marca de los siete meses, ya estaba harta de estar embarazada. Ni siquiera empecé a parecer embarazada hasta los seis meses, la infame barriga redonda apareció un día y me asustó. No me importaba si la gente pensaba que estaba aumentando de peso, pero parecer embarazada era una historia diferente. No quería que nadie fuera de mi círculo cerrado supiera que iba a tener un hijo fuera del matrimonio. Me quedé encerrada la mayor parte del tiempo y contraté coordinadores de eventos adicionales para que fueran gerentes en el lugar para nuestras fiestas reservadas, ya que Robert no podía manejar todo eso solo. Me escondí detrás de las mesas de decoración durante nuestros segmentos de noticias para ocultar mi barriga. Afortunadamente, el productor fue comprensivo con mi deseo de mantener mi embarazo en privado.

Durante el día, trato de actuar confiada sobre mi inminente maternidad, pero sola en la cama por la noche, siento todo lo contrario. Si bien debería haber querido ser la imagen de las mujeres exitosas que lo hacen todo solas, me sentía más como Hester Prynne con la A escarlata en el pecho. La reacción de mi madre a mi embarazo tampoco ayudó a mi confianza.

Fui a cenar a casa de mis padres un domingo por la noche durante mi cuarto mes de embarazo. A pesar de mis mejores esfuerzos, ella no pudo evitar notar mi aumento de peso y no detuvo su charla incesante sobre lo preocupada que estaba y que algo podría estar mal conmigo, *bla, bla, bla*. Entonces, decidí en ese momento callarla y salir de mi miseria emocional de contarles.

—Algo me pasa, madre. Estoy embarazada —dejé escapar antes de tragar mi agua mientras el silencio llenaba el lugar y ambos me miran.

—Oh, Jenna, ¿por qué tienes que hacer una broma de todo? ¡Esto no es gracioso! —Ella me miró con fastidio y continuó cortando su bistec. Mi padre dejó los utensilios, cruzó los brazos sobre el pecho y siguió mirándome. Nuestro vínculo es tan estrecho que sé que él puede sentir que estoy diciendo la verdad.

—No estoy bromeando, madre. Estoy embarazada de dieciocho semanas. El bebé nacerá el día de Año Nuevo. —La boca de mi madre se abrió y su mirada va y viene mirando entre mi padre y yo, esperando que alguien dijera algo. Mi padre apretó la boca en una fina línea y miró su plato para evitar mostrar la decepción que ahora ha entrado en sus ojos.

—¿Quién es el padre, Jenna? —preguntó en voz baja mientras jugueteaba con su copa de vino.

—El padre no quiere tener nada que ver con el bebé, así que lo criaré yo sola. —Me limpié las comisuras de la boca con la servilleta, la coloqué sobre la mesa y me levanté, decidiendo que era hora de irme.

Mi padre levantó y me miró, la ira brillando en sus ojos.

—¡No lo harás, Jenna! Ese hombre debe asumir la responsabilidad y al menos pagar la manutención de su hijo. —Golpeó la mesa con la mano y la fuerza empujó los cubiertos y las copas de vino.

—No quiero tener nada que ver con él, papá. —Sonreí con tristeza cuando mi padre cerró los ojos y los puños.

—¿Cómo pudiste, Jenna? ¿Como pudiste hacer esto? —Mi madre gritó mientras las lágrimas corrían por su rostro y yo sonreí con tristeza, sacudiendo la cabeza con disgusto hacia ella.

—Oh, es cierto, madre, porque deliberadamente hice agujeros en el condón que usamos para poder arruinar *tu* reputación. —Mi voz estaba mezclada con un fuerte sarcasmo—. Lo siento por seguir siendo una decepción para ti.

—¡Cuidado con tu tono, jovencita! —Mi padre me advirtió y me miró mientras mi madre se levantaba y se movía detrás de su silla, colocando sus manos sobre sus hombros.

—No te preocupes, madre, mi pequeño secreto estará a salvo conmigo. No necesito la ayuda de nadie. Siéntete libre de mantener tu distancia para que tu reputación permanezca intacta. —Me di la vuelta para irme y caminé hacia la entrada principal, cerrando la puerta de golpe ante sus súplicas para que regresara.

Al día siguiente, mi padre apareció solo en mi puerta, diciéndome que nunca me abandonaría y que todo iba a estar bien. Mi madre parece necesitar un poco más de tiempo porque no he sabido nada de ella desde entonces.

Fieles a su palabra, Layla y Robert han estado ahí para mí todos los días. Acudieron a mi cita con el médico de las veinte semanas y quedaron fascinados con la posibilidad de ver al bebé a través de una ecografía. Me convencieron de que no averiguara el género para que fuera una sorpresa. No soporto las sorpresas y el suspenso ha sido una lucha constante entre los tres por mis ganas de querer decorar el cuarto del bebé.

Planearon un viaje de escapada cuando yo tenía veintiocho semanas de embarazo a Fort Lauderdale para los tres, ya que rechacé un baby shower. Hacen todo lo posible para asegurarse de que no tenga días de trabajo estresantes. Incluso vinieron conmigo a todas mis clases para el parto, lo cual fue divertido debido a la expresión de horror de Robert al ver el video. Su entusiasmo por este bebé me ha ayudado a disipar mis dudas acerca de hacer esto sola.

Así que aquí estoy, lista para tener este bebé, y probando todos los cuentos de viejas para ver si puedo hacer que llegue antes. La idea de que este bebé nazca después de la fecha prevista me da ganas de llorar, así que trato de caminar más rápido, pero andar como un pingüino como lo hago ahora hace que sea mucho más difícil.

—¡Jenna, más despacio! Vas a tirar de esos delicados ligamentos. ¿Cuánto tiempo más vamos a seguir caminando? Ya hemos caminado más de una milla y necesito comenzar a prepararme para la fiesta de tu madre —Se queja Robert y mira su reloj—. Ya has comido comida picante en el almuerzo y ahora estás caminando como una loca. ¡Nada va a pasar! ¡Y lo siento, pero ni siquiera te atrevas a pedirme que tenga sexo contigo para tratar de obligar a ese bebé a salir!

La expresión de su rostro es tan horrorizada ante la idea que no puedo evitar reírme de él.

—Robert, no estoy tan desesperada por que nazca el bebé. —Miro mi reloj para ver que se está haciendo tarde para él—. Bien, podemos irnos, pero primero debemos pasar por la farmacia para poder comprar aceite de ricino.

—¿Aceite de ricino? Dios mío, Jenna, eso es casi tan malo como estar lo suficientemente desesperada como para tener sexo con un hombre gay. ¡Te vas a cagar los sesos! ¡No, trazo la línea en esto! —Corta su mano en el aire como si realmente tratara de trazar una línea.

Me estremezco ante lo visual, pero estoy decidida a intentarlo.

—Mi madre lo usó para mí y salí bien.

—¡Tu madre está completamente loca y probablemente tiene un trato con el diablo! Tuvo suerte ya que no funciona en todos y leí que puede ser peligroso para el bebé. Por favor, no lo hagas, Jenna. —Agarra mi mano y la aprieta para que mire su rostro y vea su preocupación.

—Qué tal esto, tomaré la mitad de la dosis recomendada, ¿de acuerdo? Tal vez incluso menos que eso. Y lo tomaré una vez que llegue Layla para cuidarme —Bromeo porque los dos no me han dejado sola en las últimas tres semanas. Layla vendrá a pasar la víspera de Año Nuevo conmigo mientras Robert está en la recaudación de fondos de mi madre que coordinamos para ella. El plan es tener una buena cena, ver caer la pelota y tomar un sorbo de champán.

*¡Estoy embarazada de nueve meses, un sorbo no le hará daño al bebé y me lo merezco!*

—Está bien —Se queja—. ¡Pero todavía no me gusta esta idea!

Nos detenemos en la farmacia y compro el aceite de ricino, una pequeña botella de soda, y luego regresamos a mi apartamento.

Cuatro horas más tarde y me siento como una mamá orgullosa viendo a su hijo ir al baile de graduación cuando Robert sale de mi habitación de invitados, luciendo impecable en un esmoquin negro de tres piezas. Mis ojos lloran por lo orgullosa que estoy de él. Si bien me encantaría culpar de estas lágrimas a mis hormonas del embarazo, creo que tendría esta reacción incluso si no estuviera embarazada. Realmente él ha dado un paso al frente, tanto personal como profesionalmente, para ayudarme a hacer malabares con lo que será mi nueva vida. Se ha convertido en el hermano pequeño que nunca tuve. Literalmente sería un desastre sin él.

Layla silba y camina lentamente en círculos a su alrededor.

—¡Mírate! ¡Te ves maravilloso!

—Realmente lo haces, Robert. ¡Te ves increíble! El bebé también lo cree, ya que no deja de patear desde que volviste a entrar.

Robert coloca su mano sobre mi vientre y observamos cómo mi vientre ondea como una ola baja en el lago. Esta es la mejor parte de estar embarazada: sentir que el bebé patea y se mueve dentro de ti.

—Todavía estoy esperando que una pequeña mano salga de tu vientre y me golpee con el puño. Se ríe y niega con la cabeza.

—Oh, y deja de llamar a mi princesa él. Sabes que vas a tener una nena para que la consienta.

Gimo ante la idea, realmente esperando un bebé que se parezca a mí con lo único heredado de su padre que es su altura y sus magníficos ojos azules.

—Si es una niña y se parece a mí, ¡tendré canas antes de los cuarenta! —Todos nos reímos al pensar en otra chica atrevida de Pruitt en este mundo.

Robert deja de reírse y su rostro se pone serio.

—No sé si puedo manejar a Pamela sin ti. —Me agarra las manos y las aprieta con verdadero miedo y me muerdo el labio inferior para no reírme.

—Estarás bien. Todo está listo. Además, a ella siempre le has gustado más que yo. Mamá tal intentará emparejarte esta vez con alguien ya que no estaré allí —digo con una sonrisa esperanzada. A mi madre le encanta hacer de casamentera y se ha encargado de presentarme a todos los solteros elegibles y exitosos en sus fiestas.

—Con los gustos de tu madre, definitivamente regresaré solo a casa.

—Será mejor que vuelvas a casa solo ya que vas a dormir aquí —Advierte Layla y yo asiento, realmente esperando que no haga eso.

—Layla, a diferencia de ti, no tengo ningún deseo de que ambos me escuchen ponerme manos a la obra. Entonces, antes de irme, quiero verte tomar ese aceite de ricino para asegurarme de que hagas lo que acordamos. —Me da una mirada mordaz y sé que habla en serio sobre verme beberlo.

Me dirijo a la cocina y saco el aceite de ricino y la cerveza de raíz. Las instrucciones en el paquete dicen de una a cuatro cucharadas, así que decido hacer solo una. Robert y Layla leen el empaque y me ven verter una cucharada en mi vaso lleno de cerveza de raíz.

—¡Salud! —Brindo por ellos, tomo un trago e inmediatamente empiezo a sentir arcadas por el horrible sabor y la textura del cóctel.

—¡Eso es lo que obtienes por querer sacar a mi bebé temprano! —Robert se ríe de mí mientras hago ruidos de arcadas.

—¡Solo es un día antes y esto es repugnante! ¡No puedo terminar esto! —Vierto el líquido restante por el fregadero, lamentando mi decisión de tomarlo.

—¿Puedes hacerme un favor y tratar de no hacer caca en ningún otro lugar además del baño? Te quiero, pero realmente no tengo ningún deseo de limpiar cochinadas. —Layla me dice, sacudiendo la cabeza ante la idea.

—No creo que suceda nada, ya que tomé la dosis más baja y ni siquiera la terminé —digo, creyendo que no sucederá nada.

Dos horas más tarde, Layla y yo estamos cenando cuando de repente siento una oleada de náuseas y empiezo a sudar. Siento un dolor agudo y jadeo en voz alta, sosteniendo mi vientre.

—Jenna, ¿qué pasa? ¡Estás cblanca como un fantasma! —Layla dice con pánico, agarrando mi mano con preocupación.

Me levanto de un salto y corro al baño, teniendo que sostenerme la barriga y el trasero mientras llego justo a tiempo para hacer mis necesidades. En serio, es exactamente como la escena con Jeff Bridges en *Dos tontos muy tontos*.

—¿Estás bien? Has estado allí un tiempo terriblemente largo. —Layla dice a través de la puerta del baño para ver cómo estoy.

—Sí, estoy bien, además de estar traumatizada por el poder del aceite de ricino. —Oigo reír a Layla y sale de mi habitación. Tomo una ducha, termino mi cena y me acomodo en el sofá con ella para comenzar a ver las festividades de Nochevieja.

♥♥♥

Grito en voz alta mientras duermo mientras un calambre intenso me recorre la espalda hasta el abdomen. Me siento en mi cama y me agarro el vientre, rezando para que no sea otra avalancha de los efectos del aceite de ricino. El dolor disminuye lentamente y miro mi reloj para ver que son las tres de la mañana. Decido levantarme para ver si Robert ya llegó a casa. Miro a Layla, que duerme a mi lado, para asegurarme de no molestarla.

Salgo de puntillas al pasillo y veo que la puerta del dormitorio de invitados sigue abierta, lo que indica que no ha llegado a casa. Vuelvo a mi habitación y me vuelvo a acostar. Estoy a punto de quedarme dormida cuando otro dolor agudo se apodera de mi abdomen. Me siento y empiezo a hacer mis ejercicios de respiración mientras cuento para ver cuántos segundos dura el dolor. Tan pronto como termina, respiro hondo y miro mi teléfono. Han pasado diez minutos y se sentía igual que el primero.

Me levanto de la cama, tomo mi teléfono y voy a mi baño a buscar en Internet para verificar si estas son verdaderas contracciones. Tan pronto como entro al baño, siento una tensión, luego escucho un chasquido y el agua corre por mis piernas hasta el suelo.

*¡Mierda, se me acaba de romper la fuente!*

Miro hacia abajo en estado de shock cuando nos dijeron en nuestra clase de maternidad que la fuente de agua de la mayoría de las mujeres no se rompe como lo hace en las películas. Tomo algunas toallas para limpiar el desorden y voy a despertar a Layla.

—Layla, se me acaba de romper la fuente. ¡Es hora! —La sacudo para tratar de despertarla de su sueño.

—¿Qué? —Se queja, claramente no disfrutando que la despierten.

—Hora de irnos. Mi fuente acaba de romperse. —Enciendo las luces y la veo protegerse los ojos del brillo.

—¿Se te rompió la fuente? —pregunta con una mirada confundida en su rostro.

—Sí, es hora de vestirme e ir al hospital —digo mientras abro las puertas de mi armario para ir al hospital y empezar a vestirme.

—¡Oh, mierda! —Layla grita y tira hacia atrás las sábanas. Ella corre por la habitación para vestirse y finalmente comprende lo que está sucediendo.

Estamos listas para irnos en cinco minutos y justo cuando estamos a punto de irnos, Robert entra por la puerta, luciendo exhausto.

—Vaya, ¿por qué están despiertas, señoritas? —La conmoción se registra en su rostro cuando lo saludamos en la sala de estar.

—¡Es hora de tener el bebé! —dice Layla, la emoción brillando en sus ojos ahora despiertos.

—¿Qué, *ahora*? —Robert me mira en busca de confirmación y yo asiento. Agarro mi bolso y de repente me detengo cuando otra contracción me golpea. Me apoyo contra la pared, agarro mi vientre y respiro rápidamente. Robert y Layla solo me miran, sus ojos se abren mientras miran. El dolor finalmente disminuye y mientras respiro profundamente, miro alrededor de mi apartamento, sintiendo que me estoy perdiendo algo.

—¿Dónde están la sillita del carro y la bolsa del hospital? —Abro el armario del pasillo y no los veo allí.

—Los puse en el carro antes de irme hoy en caso de que esa loca idea tuya con aceite de ricino funcionara. No puedo creer que haya funcionado, por cierto. ¡Será mejor que ese bebé esté bien, Jenna! —Robert me señala con el dedo a modo de advertencia.

—Bueno, vamos a averiguarlo —Les digo y bajamos las escaleras, nos subimos a mi carro y hacemos el corto viaje al hospital. Tengo otra contracción en el carro antes de que me lleven al hospital. Robert se registra por mí y después de tener que pasar dos contracciones más en la sala de espera, finalmente conseguimos una en el área de ginecología.

—¿Cuándo me ponen la epidural? —Jadeo mientras otra contracción me atraviesa. La doctora y la enfermera de guardia están monitoreando mis contracciones y la frecuencia cardíaca del bebé mientras respiro a través del dolor.

—Tus contracciones son fuertes, así que podemos continuar y comenzar con eso. Revisemos tu cuello uterino.

—¡Oh, gracias a Dios! —Respiro mientras el dolor disminuye lentamente.

—Estás al cien, pero tu cuello uterino está a mitad de camino. Démosle una hora más para ver si progresas, y si no, te pondremos Pitocin.

Cinco minutos después, entra el anestesiólogo y analiza la epidural, la inserción, lo que sucederá y los efectos secundarios. Espera a que pase otra contracción antes de insertar la epidural. Una vez que ha terminado, respiro aliviada y me recuesto en la cama del hospital. Las enfermeras y el anestesiólogo salen de la habitación y por primera vez, Layla, Robert y yo estamos solos.

—No puedo creer que estemos aquí —digo mientras miro alrededor de la habitación del hospital.

—¿Tienes miedo? —Layla pregunta y la miro en silencio antes de responder.

—Todavía no —Sonrío, no queriendo ponerme nerviosa por lo desconocido—. Ni siquiera lo pensemos. ¡Robert, cuéntame todo sobre la fiesta!

Robert entra en detalles sobre la fiesta, cuánto dinero recaudaron y cómo mi madre trató de ponerlo en contacto con alguien.

—Era calvo y arrugado, ¡pero tenía mucho dinero, me dijo! —Se ríe y niega con la cabeza—. Sin embargo, se veía triste. Ella no tenía ese brillo diabólico normal de Pamela Pruitt en sus ojos. Creo que realmente te extraña.

Trago el nudo en mi garganta y me encojo de hombros. A pesar de todas sus locuras, no puedo negar que extraño a mi madre. Según mi padre, ella cree que debería ser yo quien se disculpe por mi comportamiento esa noche. Heredé la terquedad de mi madre ya que no planeo disculparme pronto porque creo que ella es la que me debe una disculpa. He llegado a un acuerdo de que esta es su pérdida y ella tiene el poder de corregirlo.

Pasa una hora y la doctora vuelve a verme.

—No parece que se haya avanzado mucho. Sigamos adelante y comencemos con Pitocin. —La enfermera asiente al médico y sale de la habitación—. Va a ser un largo día siendo este tu primer bebé. Trata de dormir un poco mientras esperamos.

Ella mira a Layla y Robert.

—¿Por qué no van ustedes dos a comer algo o tomar un café mientras la señorita Pruitt trata de descansar?

—Robert, vete a casa. Estás exhausto. Layla te llamará si algo cambia —le digo, deseando que descanse un poco. Robert mira de mí a Layla con preocupación en sus ojos.

—¿Está segura? —pregunta y yo asiento—. Está bien, pero Layla, ¡mejor llámame o ya no somos amigos!

—¡Deja de ser tan dramático, sabes que lo haré! Voy a sacar esta silla cama y me iré a dormir. —Asiente hacia la silla que se convierte en una cama doble.

Robert nos da a cada uno un abrazo de despedida y se va. Las enfermeras ayudan a sacar la cama de Layla y le proporcionan sábanas y una manta.

—¿Cómo te sientes? —pregunta la enfermera mientras revisa la impresión del monitor de contracciones.

—Las epidurales son asombrosas —digo con voz somnolienta, mis ojos listos para cerrarse por el agotamiento. Ella se ríe de mi respuesta y me dice que descanse. Miro a Layla para ver que ya está profundamente dormida. Cierro los ojos y me quedo dormida.

Rápidamente aprendo que dormir en un hospital es un poco una broma. Me despiertan para comprobar mi progreso cada hora. Después de la tercera vez, estoy verde de envidia de que Layla esté durmiendo durante todo esto.

—Estás progresando muy bien —responde la doctora después de revisarme—. Estoy pronosticando que tal vez otras dos o tres horas y podemos comenzar a apagar la oxitocina, bajar la epidural y comenzar el proceso de pujar.

Sale de la habitación y cierro los ojos para intentar volver a dormir.

No han pasado ni veinte minutos, cuando escucho que la puerta se abre de nuevo, y no puedo contener mi exasperado suspiro de molestia por haber interrumpido mi sueño. Abro los ojos para encontrar a mis padres mirándome. Mi padre está al lado de mi cama, sonriendo, mientras que mi madre está a los pies de la cama, sosteniendo un jarrón con hermosas flores. Su mirada es vacilante mientras espera mi reacción ante su llegada.

—Hola cariño, ¿cómo te sientes? —Mi padre pregunta mientras quita mi cabello de mi frente. Robert debe haberlos llamado y estoy inmensamente agradecida de que lo haya hecho.

—Estoy cansada. Me pusieron oxitocina y piensan que dentro de las próximas dos o tres horas, debería estar lista. —Le digo antes de mirar a mi madre—. Hola, madre.

La veo secarse una lágrima y aclararse la garganta.

—¡Oh, Jenna, lo siento mucho! No estaba pensando con claridad esa noche y debería haber sido más comprensiva. Esta situación simplemente no era lo que quería para ti. —Suspira y niega con la cabeza—. No importa, no debería haberte culpado y me disculpo.

Viene a mi otro lado, deja el jarrón de flores y me agarra la mano.

—Mi bebé va a tener un bebé y eso es algo tan hermoso. Si lo piensas bien, esto es un milagro ya que antes tenías muchas dificultades. Robert nos llamó y nos dijo que estabas aquí y que no podía soportar la idea de perderme el nacimiento de mi primer nieto. ¿Te importa que estemos aquí?

—No, madre, estoy muy feliz de que estés aquí —le digo, y lágrimas comienzan a formarse en mis ojos. Aprieto su mano y ella se lanza hacia mí, abrazándome tan fuerte como puede. Ella se aparta y me mira con sus propias lágrimas en los ojos y coloca su mano sobre mi vientre.

—Seguro que no puedo esperar para ver a este pequeño. —Ella mira hacia atrás y jadea sorprendida, no vio a Layla cuando entró por primera vez—. ¿Cómo es que Layla duerme con todo esto?

—No lo estoy, solo estoy disfrutando del brillo de la reconciliación —dice Layla con los ojos aún cerrados. Finalmente abre los ojos y todos nos reímos de su cara de sueño.

Mis padres se sientan y me cuentan sobre la fiesta y el maravilloso trabajo que hizo Robert. Me enorgullezco al escuchar esto, porque mi madre es una dura crítica, así que, si está feliz, entonces debe haber sido maravilloso.

—Realmente hizo un trabajo maravilloso, Jenna. Se merece un aumento. —Asiento, pensando en todo lo que él ha hecho en los últimos meses. Seguro que sí.

La doctora elige ese momento para volver a entrar. Después de que se la presento a mis padres, ella revisa mi progreso.

—Vaya, bueno, parece que vamos a estar listas más rápido de lo que pensaba. Estás dilatada. Te quitaremos la oxitocina y te bajaremos la epidural para que pueda volver a sentir las piernas.

—¿Volveré a sentir esas horribles contracciones? —pregunto con pavor al recordar lo dolorosas que fueron.

—Sentirás mucha tensión, pero nada como el dolor que tienes sin una epidural. Te daremos otra hora para que el medicamento comience a hacer efecto. Puedes elegir a dos personas para que estén aquí contigo. ¿Están presentes esas dos personas? —pregunta, mientras mira a todos alrededor. Todos en la habitación me miran fijamente, esperando mi respuesta.

—Me gustaría que mi madre y mi mejor amiga estuvieran aquí. —Vuelvo los ojos inquisitivos hacia mi madre, que se lleva las manos a la boca en estado de shock y asiente.

—Será mejor que llame a Robert. Señor Pruitt, ¿quiere venir conmigo a buscar café para usted y su esposa? —Layla le pregunta a mi padre. Él asiente y se va con ella. Mi madre me sonríe y retrocede para que las enfermeras puedan comenzar a preparar el nacimiento de mi bebé.

Dos horas más tarde, se escucha un chillido mientras doy a luz a una niña saludable. Todos se abrazan y lloran mientras la enfermera se la lleva para registrar sus signos vitales y limpiarla. Layla toma fotos del bebé mientras las enfermeras la atienden y yo estoy ansiosa por abrazarla.

—Ella es hermosa como su mami —dice mi madre mientras observa cómo limpian a la bebé. La bebé continúa llorando hasta que la enfermera la envuelve en una manta y me la trae.

Cuando la pone en mis brazos, todos en la habitación se desvanecen y miro a mi hija. Estoy completamente asombrada por su diminuta nariz perfecta, sus pequeños y perfectos labios y su perfecto diminuto mentón. No me doy cuenta que estoy llorando hasta que una lágrima cae sobre su rostro, haciendo que su hermoso rostro se aplaste, lista para gritar ante la intrusión. La hago callar en silencio y ella abre los ojos hacia mí. Se siente como si estuviera mirando dentro de su alma y en ese momento, estoy más que agradecida de que ella sea mía.

—Entonces, así es como se siente el verdadero amor —susurro y le sonrío. Beso su frente, lista para comenzar este nuevo capítulo de mi vida con ella.

# *Capítulo* 21

*Cuatro años después*

Escucho que la puerta de mi habitación se abre lentamente, el golpeteo de pies contra la alfombra. La cama se mueve ligeramente y siento una mano apartarme el cabello de la oreja.

—Mami —mi hija, Avery, me susurra al oído—. Es hora de que te despiertes.

Gimo suavemente, fingiendo estar dormida ya que tengo curiosidad por escuchar lo que va a decir. De hecho, he estado despierta durante una hora, mirando al techo, tratando de trazar un mapa del ajetreado día que tengo por delante.

—¡Despierten, huesos perezosos! —Su pequeña voz se hace más fuerte y empuja sus manos contra mi pecho. Lanzo mi brazo sobre mis ojos y muerdo mi labio para evitar la sonrisa que quiere formarse en mi rostro.

—¡Mamá! —dice tan severamente como puede—. ¡Tienes que levantarte y hacer el desayuno! Necesito ir a la escuela a ver a mi novio.

—¿Qué? —Me quito el brazo de la cara y golpeo la cama, el movimiento la sobresalta. Ella comienza a reírse y la estrujo en mis brazos y procedo a hacerle cosquillas, deseando poder embotellar ese dulce sonido para siempre.

—¿Novio? ¿Qué novio? ¡No puedes tener novio! —Continúo haciéndole cosquillas, sus pies casi me patean la cara mientras cae contra mis piernas en un ataque de risa. La levanto y la abrazo hacia mí. Esto solo dura brevemente antes de que ella se empuje fuera de mis brazos.

—¡El tío Robert lo conoció y dice que lo aprueba! No sé qué significa esa palabra, pero estaba sonriendo, así que eso debe significar que es bueno. Entonces, ¿puedo quedarme con él? —pregunta, con los ojos muy abiertos.

—Necesito conocerlo primero antes de decidirme por eso. ¡Y no 'nos quedamos' con la gente, tontita! —Ella no me presta atención mientras corre a su habitación para arreglarse.

La ayudo a vestirse y luego empiezo a preparar el desayuno en la cocina. El desayuno es mi comida favorita con Avery. Me encanta ver las expresiones que cruzan su rostro mientras mira televisión mientras come. El dicho cliché de que el tiempo pasa más rápido cuando tienes hijos es cierto. Parece que fue ayer cuando estuve en esa sala de partos. *¿Cómo han pasado cuatro años?* Miro a mi bebé, que cada día está más grande. Y todos los días el mismo pensamiento cruza mi mente mientras la miro fijamente:

*Ella se ve exactamente como él.*

Cabello oscuro, piel pálida y esos famosos ojos azules. Tiene mi estructura ósea, por lo que la gente tiende a decir que se parece a mí. Pero si supieran quién es su padre, estarían cantando una melodía diferente. No estoy sorprendida por la ironía y ciertamente no altera el hecho de que estoy irrevocablemente enamorada de ella. Trato de no pensar en Cal Harrington, pero no puedo ignorar su imagen cuando me mira fijamente desde la portada de una revista en la fila del pasillo del supermercado. Su carrera ha ascendido y se ha convertido en uno de los actores de élite. Estoy segura de que no piensa dos veces en el hijo que tiene en este mundo y cada vez que veo una imagen de él, la rabia se asoma. Desearía poder dejar de lado mi odio hacia él, pero parece que no puedo. Miro a Avery mientras anuncia que ha terminado con el desayuno y ni siquiera puedo imaginar que no quiere ser parte de su vida.

Devuelvo mis pensamientos a la realidad y nos alistamos para llevarla a la escuela. Tuve la suerte de encontrar un centro de cuidado infantil altamente calificado a poca distancia de nuestro apartamento y nos encanta, incluso si quiero vomitar cada vez que pago el cheque de mensual escandalosamente caro. Profesionalmente, mi empresa ha estado haciendo lo mejor que ha hecho nunca. Los segmentos de noticias mensuales han sido un éxito y hemos obtenido nuevos clientes de alto perfil de esos segmentos. Pero con más publicidad viene más demanda y con Avery ahora en mi vida, tengo que pensar en formas de trabajar de manera más inteligente mientras me niego a ser una madre ausente.

Dejamos de aceptar nuevas fiestas corporativas para los meses de noviembre y diciembre y pusimos toda nuestra atención en las fiestas de nuestros clientes actuales. Convertí mi comedor en una pequeña oficina para Robert y nuestro nuevo asistente de medio tiempo. He reducido mis viajes y solo acepto compromisos para hablar en conferencias que me paguen la mayor cantidad de dinero. Cuando mi jornada laboral termina a las 5 p. m., toda mi atención está en Avery hasta que se acuesta y luego me quedo despierta y trabajo en publicaciones de blog para las fiestas temáticas de nuestros niños. Me he hecho amiga de algunos de los otros padres en la escuela de Avery y, a menudo, utilizo a Avery y sus compañeros de juego como mis modelos para las fotos que publicamos en el blog de nuestras fiestas temáticas. Algunas de esas publicaciones de blog incluso han aparecido en revistas familiares nacionales, lo que ha aumentado las ventas de nuestra tienda en línea que vende la decoración para estas fiestas.

Mi vida profesional se cruzó con mi vida personal cuando conocí al hombre con el que estoy saliendo actualmente. La esposa del capitán del equipo de hockey profesional local vio uno de nuestros segmentos de noticias y llamó para contratarnos para la fiesta de cumpleaños de su hijo. Fue allí donde conocí a Jax

Morrow. No estaba buscando ni interesada en salir con nadie, pero no pude resistir su encanto o persuasión para salir con él. No es solo por su buena apariencia, sino que me gusta la forma en que me mira y cómo me hace sentir. Estar cerca de Jax me hizo empezar desear hombres de nuevo, un sentimiento que no había sentido desde Cal. Jax está divorciado, tiene una hija y está en sus últimos años jugando al hockey para el equipo de ligas menores de Blackhawk. Al principio, nuestra relación fue casual porque él juega la mayor parte del tiempo en Rockford, que está a dos horas de distancia, y pasa los veranos con su hija en Canadá. Nuestra relación consiste principalmente en llamadas telefónicas y vernos los fines de semana cuando estoy disponible para ir a sus juegos o si él tiene un fin de semana libre para venir a Chicago. Esto ha estado funcionando perfectamente para mí, pero como pasamos más tiempo juntos, siento que Jax quiere más y, sinceramente, no sé si estoy lista para dárselo todavía. Avery es mi mundo y no dejaré que ningún hombre aparte mi atención de ella. Mientras la tenga a ella, nada más importa.

Miro a mi hija mientras caminamos a la escuela y me doy cuenta de lo bendecida que soy en todos los aspectos de mi vida.

Rezo para que siga así.

Después de dejarla y salir a correr, voy a casa y me visto para mi ajetreado día de trabajo. Robert y yo acabamos de salir de una reunión con un cliente actual cuya fiesta navideña estamos empezando a planificar. Con una hora de sobra antes de que tengamos que recoger a Avery de la guardería, decidimos tomar una taza de café en nuestra cafetería local favorita. Hacemos nuestro pedido y encontramos un asiento mientras preparan nuestras bebidas.

—Esa reunión salió muy bien. Me encantan las fiestas invernales en el país de las maravillas —Suspira Robert y yo asiento.

También son mis fiestas favoritas. El tema es tan fácil y puede ser tan elegante y majestuoso.

—Lástima que el CFO esté casado —murmura Robert, refiriéndose al CFO de la empresa con la que acabamos de reunirnos.

—Hablando de vidas amorosas, ¿qué está pasando con la tuya? —pregunto, ya que no ha mencionado a nadie nuevo o viejo recientemente.

—Oh, ya sabes, solo conozco a personas que sólo quieren sexo —dice encogiéndose de hombros—. A diferencia de Layla, obtengo sus nombres y, a veces, tengo clientes habituales. Pero el negocio ha sido lento recientemente.

Sonrío, pero me distrae su referencia a Layla. Ella parece haber empeorado con los hombres. Volvió a las citas en línea, lo que duró un segundo. Ella afirma que no tiene tiempo para salir en citas y que es más fácil conocer hombres y hacer lo que sea que esté de humor para esa noche con ellos. Estoy a favor de que las mujeres se liberen sexualmente, pero Layla lo está haciendo por las razones equivocadas. Especialmente cuando a propósito no quiere saber los nombres de sus parejas. Ella usa esto como su motivo para proteger su corazón. Entiendo completamente su razonamiento, pero no puedo evitar estar muy preocupada por eso.

Siento mi teléfono vibrar cuando la mesera trae nuestras bebidas. Saco mi teléfono de mi bolsillo para ver que Jax me está llamando. Es muy inusual para mí saber de él a esta hora del día, así que decido contestar el teléfono para ver si está bien.

—¿Hola? —respondo mientras Robert me mira para ver quién es.

—¡Hola, preciosa! —Jax dice—: ¿Qué estás haciendo?

—Estoy tomando un café con Robert, ¿y tú? —Le digo quién es a Robert—. Apenas puedo oírte con todo el ruido de fondo. ¿Dónde estás?

Pongo mi mano sobre el teléfono para que pueda oírme mejor.

—Estoy almorzando con algunos de los muchachos, pero quería que supieran que me llamaron para el juego de esta noche. Uno de los muchachos se lastimó en la práctica de hoy y como muchos chicos están enfermos, nos llamaron a mí y a un defensa como reemplazos. —Mi estómago se contrae un poco mientras anticipo lo que va a decir a continuación—. ¿Puedes asistir al juego de esta noche si te dejo un boleto?

—Bueno, con tan poca anticipación, no sé si podré conseguir una niñera tan rápido. Además, es una noche de escuela y el juego termina demasiado tarde para que Avery asista —digo rápidamente antes de que pueda sugerir que venga conmigo. A pesar de que solo está en la guardería, trato de no programar nada durante una noche de escuela. Ese tiempo es para ella y para mí.

—Puedo cuidar a Avery —sugiere Robert lo suficientemente alto como para que Jax lo escuche, con un brillo en sus ojos mientras me mira.

—Robert se ofreció tan amablemente a cuidarla, así que supongo que estaré allí. —Le doy una mirada a Robert indicando que no estoy feliz de que haya hecho la oferta sin que yo lo pensara.

—Dile a Robert que gracias, estoy loco por verte, nena —dice, su voz se vuelve baja y sensual.

—Yo también. Maneja con cuidado. —Le digo adiós y cuelgo. Miro a Robert, que sigue mirándome raro—. Si bien realmente aprecio que te hayas ofrecido a cuidar a Avery, habría sido bueno pensar en eso si quisiera ir esta noche. Tengo mucho trabajo que hacer y sabes cómo me siento por estar lejos de ella entre semana.

—Oh, Jenna, ya veo tu juego —dice con una sonrisa astuta jugando en sus labios.

Estrecho mis ojos hacia él.

—¿De qué estás hablando? Yo no juego. —Soplo el café caliente, curiosa de por qué diría eso.

—Ese hombre está tan enamorado de ti y le vas a aplastar la cabeza en un millón de pedazos. —Se inclina hacia atrás y se cruza de brazos, sacudiendo la cabeza hacia mí.

—¡Estás loco! ¿Por qué crees que está enamorado de mí? Le doy cero razones para estarlo. Puse mi carrera y mi hija antes que él y lo he dejado muy claro desde el primer día. —Lo miro con escepticismo mientras tomo un sorbo de mi café.

—Porque él ve lo que todos nosotros vemos. Una mujer hermosa, trabajadora, independiente y económicamente estable. Eres exactamente lo que los hombres están buscando, especialmente con ese coño tuyo mágicamente apretado.

Escupo mi café por toda nuestra mesa ante su declaración y sigo ahogándome con los restos que quedan en mi garganta. Riendo, Robert se pone de pie y golpea mi espalda para ayudarme. Lo sacudo y se va a buscar unas servilletas. Levanto la vista y me doy cuenta de que los compañeros de mesa que nos rodean me miran con disgusto.

—Lo siento, el café me quemó la lengua —murmuro completamente avergonzada. Robert regresa con servilletas y un vaso de agua. Agarro el agua, tomo un gran trago y ayudo a limpiar mi saliva de café. Una vez que terminamos, la mesera se acerca y quita las servilletas usadas y las reemplaza por otras nuevas. Me siento en silencio, mirando a Robert y preguntándome adónde va su mente a veces.

—¿Qué? —pregunta con exasperación—. Es la verdad.

Sonríe, se encoge de hombros y toma un sorbo de su café.

—Espero que no hayas vomitado nada de tu café en mi bebida. —Mira su taza con curiosidad.

—¡Si lo hice, te lo mereces! —Hago una pausa antes de decir mi siguiente pensamiento—. Entonces, ¿por qué crees que es apretado y mágico?

Lo miro con una sonrisa en mi rostro, ahora siendo capaz de reírme de su terminología.

—Tuviste una hija Jenna, y has estado obsesionada con hacer ejercicio y cuidarte desde entonces. Antes de Jax, no habías tenido sexo desde Cal. Todos esos años sin sexo y haciendo ejercicios de Kegel todos los días para no orinarte en los pantalones cada vez que te ríes y estornudas equivale a un coño mágicamente apretado...

—Está bien, está bien, ¡no es necesario que digas la palabra de nuevo! —Le siseo, comprendiendo por completo su significado para que no vuelva a decir mi nombre menos favorito para la anatomía femenina en público. Él sabe que odio esa palabra.

Echa la cabeza hacia atrás y se ríe de mi reacción.

—Oh, Dios mío, ¡esta ha sido la mejor charla de café que he tenido! —Continúa riéndose mientras le miro mal—. ¡Oh, vamos, Jenna! Seamos honestos con nosotros mismos, ¿de acuerdo? No has salido con nadie tanto tiempo desde tu exmarido. ¿Por qué crees que de todos los hombres que se han puesto en tu camino, le das una oportunidad a un jugador de hockey? Veamos.

Hace una pausa y golpea su dedo contra su boca mientras mira hacia arriba en un interrogatorio fingido.

—¿Es porque no es local, viaja todo el tiempo y nunca está en un sólo lugar? Me parece que ese es tu boleto de oro para no tener que poner ningún esfuerzo en la relación. Y como no lo haces, si decide follar con una de las muchas conejitas que se cruzan en su camino, no pestañearás ni derramarás una lágrima al despedirte de él. Ni siquiera lo has mencionado a ninguno de tus otros amigos y la única forma en que tus padres saben de él es porque Avery les dijo que mamá tenía un niño que no era yo para cenar. —Se inclina más cerca de mí para hacer su punto final—. Lo estás utilizando. Obviamente por sexo, porque si no, ¿por qué seguirías atendiendo sus llamadas? Solo deja de negar que no juegas con la gente, porque hasta que le digas exactamente por qué está en tu vida, tú, querida, eres una hipócrita.

Con eso, se sienta y continúa bebiendo su café.

Me recuesto en mi silla y sigo mirándolo mientras asimilo sus palabras. Para que Robert sienta la necesidad de llamarme la atención debe significar una cosa: le gusta Jax Morrow más de lo que deja ver.

—No creo que lo esté usando para el sexo. Me gusta mucho. Me gusta que no tengamos que estar juntas todo el tiempo. Me gusta no tener que responderle a nadie. Me gusta que todavía tengo mi tiempo a solas, especialmente con Avery. Él no está pidiendo nada más en este momento, así que, si todo va bien, ¿por qué necesito hacer cambios en nuestra relación?

—El verano llegará pronto, ¿y si te pide que vayas a Canadá? ¿O se queda aquí este verano y le pregunta a su exesposa si su hija puede venir aquí? ¿Estás lista para eso?

—Él sabe que no pasaré un verano entero en Canadá. ¿Y por qué necesito pensar en cosas que tal vez ni siquiera sucedan?

Robert niega con la cabeza hacia mí.

—No lo engañes, Jenna.

—¡No estoy tratando de engañarlo intencionalmente! —digo con exasperación—. No creo que esté enamorado de mí. ¡Tú lo crees! Además de disfrutar llamándome en cualquier oportunidad que se te presente, digamos que lo estoy usando para el sexo, lo cual no es así, ¿por qué te importa? El burro hablando de orejas, ¿no crees?

Lo miro con una ceja levantada, recordándole deliberadamente sus muchas aventuras de una noche.

—¿No ves el pedestal en el que te tengo? Nadie se arriesgó conmigo como lo hiciste tú. Eres mi mentor, mi ídolo. Protegeré tu honor con todo lo que tengo. ¡En realidad me gusta Jax! Creo que podría ser bueno para ti. Y quiero que seas feliz, amiga mía. —Suspira, toma mi mano y la aprieta.

Coloco mi mano sobre la suya y le devuelvo el apretón.

—Todos nos merecemos felices para siempre, Robert —digo con lágrimas en los ojos mientras sus palabras tocan mi corazón—. Gracias, querido amigo, por tu honestidad y por amarme como lo haces. Siento que soy la afortunada por tenerte conmigo, no solo como tu jefe, sino como tu amiga loca. ¡Y aguantas a mi hija, y todos sabemos que está tan loca como su mamá! —digo con una risa, limpiando la lágrima desbocada que cayó de mi ojo.

—Ese pequeño monstruo loco me tiene comiendo de su mano —dice mientras parpadea para quitarse la humedad de los ojos—. Al igual que su mami. Pero hablando en serio, debes pensar en el futuro y si incluye a Jax. Por cierto, ¿va a tu casa cuando está en la ciudad?

—No, el equipo tiene una habitación de hotel para él cada vez que lo llaman. Se queda allí hasta que le digan que lo mantendrán por el resto de la temporada, entonces luego busca un apartamento o lo enviarán de vuelta.

—Así que sexo en el hotel, ¿eh? ¡Pervertida! —Mueve las cejas hacia arriba y hacia abajo.

—Lo siento, chico, no me estás sacando ningún detalle gráfico. —Me río de la decepción en su rostro.

—Vamos, Jenna, es tan lindo y ahora tengo que vivir mi vida sexual indirectamente a través de ti, lo que nunca pensé que sucedería —Se queja, lo que me hace reír aún más porque no pensé que tendría que hacerlo. cualquiera.

Sin muchas ganas de hablar de mi vida sexual, decido cambiar de tema.

—¿Vas a ir con Layla a Las Vegas este fin de semana? —
Al igual que yo, Layla se ha negado a volver a Las Vegas desde
nuestro último viaje y ha logrado encontrar a alguien más para ir
por ella desde entonces. Desafortunadamente para ella, su jefe
exige que vaya esta vez y le pidió a Robert que la acompañe.

—Le prometí a mi amigo agente inmobiliario que lo
ayudaría con una jornada para mostrar casas este fin de semana.
A pesar de que todavía quiero ir a Las Vegas, no creo que quiera
ir con Layla y que me dejen solo mientras ella besuquea a los
hombres.

Asiento y no puedo culparlo por sentirse así.

—Necesitamos una intervención con ella, pero
honestamente no sé lo que se necesitará. —Niego con la cabeza,
molesta por cómo Layla está eligiendo vivir su vida.

—Hablemos de esto mientras caminamos para ir a buscar
a Avery. —Miro mi reloj para ver que es hora de irme,
especialmente porque necesito prepararme ahora para mi velada
con Jax.

# Capítulo 22

Corro de un lado a otro entre las habitaciones, buscando en las camas, los sofás, hurgando en mi escritorio, tratando desesperadamente de encontrar mi teléfono.

—¡Recuérdame que nunca deje que Avery toque mi teléfono! —Le grito a Robert mientras me ve destruir mi apartamento.

—Dices eso cada vez que no puedes encontrarlo. Déjame enviarte una alerta con la aplicación Encuentra mi teléfono —dice con una expresión de aburrimiento en su rostro.

—¿Por qué no hiciste eso? —Exijo con una mirada exasperada en mi rostro. Ya he estado buscando durante unos buenos cinco minutos. Íbamos a caminar a nuestra reunión, pero ahora tendremos que tomar un taxi para llegar a tiempo. Escucho el sonido de alerta y lo sigo hasta la habitación de Avery, donde encuentro el teléfono en el fondo de su baúl de juguetes. Vuelvo a salir y lo agito delante de él, pero está distraído.

—¿Qué ocurre? —pregunto, la expresión en su rostro se llena de preocupación mientras mira su teléfono.

—Layla dijo que estaría en Nueva York esta semana, ¿verdad?

Me detengo a pensar que ella ha estado viajando mucho por trabajo estos últimos días y no he hablado con ella desde entonces. Primero estuvo en Las Vegas el fin de semana pasado, luego llegó a casa el domingo por la noche y voló de regreso el lunes a Nueva York.

—Sí, ahora debería estar en Nueva York. ¿Por qué?

—Bueno, su teléfono está apareciendo en su apartamento. —Gira su teléfono para que lo vea, confirmando que se está registrando en vivo en su apartamento—. Ella no nos mentiría, ¿verdad?

Observo su pantalla y parpadeo, con la esperanza de que la tecnología nos esté jugando una mala pasada. Todos tenemos el mismo operador telefónico y aceptamos la invitación de los demás para rastrearnos en caso de emergencias.

—Reinicia tu teléfono, tal vez sea un problema técnico —digo, rezando para tener razón. Él apaga y enciende su teléfono, pero el estado en su ubicación actual sigue siendo el mismo después de que se reinicia. Decido llamarla, donde suena una vez y luego va al buzón de voz, lo que indica que rechazó mi llamada. Voy a mis mensajes para ver uno nuevo.

**Layla: No puedo hablar ahora mismo, en una reunión. Te llamare luego.**

**Yo: ¿Sigues en Nueva York?**

**Laila: Sí.**

—Llama para reprogramar nuestra reunión —le digo a Robert y corro a mi habitación para agarrar la llave de repuesto de su casa del cajón de mi mesita de noche. Mientras Robert llama a nuestro cliente para reprogramar, el miedo y la ansiedad comienzan a apoderarse de mí. Layla no tiene motivos para mentirme y la última vez que lo hizo fue catastrófico.

Bajamos las escaleras y salimos para encontrar un taxi parado en la esquina exterior de mi edificio. Le damos al conductor su dirección y le pedimos que se dé prisa. A pesar de que el viaje solo nos lleva diez minutos, se siente como una eternidad. Los recuerdos vienen de hace años cuando recibí la llamada de su ama de llaves para que viniera, que algo andaba mal con Layla. Cuando llegué allí, ya había llegado la ambulancia y ella estaba inconsciente, acostada en una camilla debido a una sobredosis deliberada. Me esfuerzo por contener las lágrimas, rezo para que no regrese a su oscuro calabozo del infierno al que fue forzada tan injustamente cuando murió su esposo. Ella solo miente cuando está de vuelta en su lugar oscuro.

El taxi se detiene en su edificio y le digo al conductor que se quede con el cambio mientras, sin darme cuenta, le arrojo dinero para salir del taxi rápidamente. El portero nos recibe con una sonrisa, sabiendo quiénes somos y a quién estamos viendo. Él no se molesta en llamarla para preguntarle si debería enviarnos arriba ya que estamos en su lista de invitados aprobados. No damos indicios de nada malo, simplemente le devolvemos la sonrisa y nos dirigimos a los ascensores. Robert aprieta mi mano cuando el ascensor llega a su piso. Salimos y caminamos rápidamente hacia su apartamento, la alfombra amortigua el sonido de nuestros pasos. Nos detenemos frente a su puerta y estoy a punto de poner la llave en la cerradura cuando Robert me detiene.

—¿Qué pasa si ella está con alguien? —susurra y hago una pausa por un momento para pensar porque eso ni siquiera se me pasó por la cabeza.

—Entonces saldremos en silencio y esperamos que no nos vean —susurro. Giro lentamente la llave para abrir la puerta y empujo suavemente para abrirla. Nos quitamos los zapatos antes de entrar para que los pisos de madera no anuncien nuestra llegada. Cerramos la puerta en silencio detrás de nosotros y nos detenemos en la entrada para escuchar cualquier sonido. Todo lo que nos saluda es el silencio. Avanzamos de puntillas para encontrar la cocina y la sala de estar contigua llenas de cajas vacías de pizza, envoltorios de dulces y botellas de vino. Nos miramos y caminamos hacia el dormitorio principal. La puerta está abierta, por lo que podemos ver que las luces están apagadas dentro, no hay sonidos que indiquen que podría estar teniendo relaciones sexuales. Robert comienza a avanzar hacia su habitación.

—¡Vete! —Layla grita y salta por la puerta, blandiendo un bate de béisbol.

—¡*Ah*! —Robert y yo gritamos cayendo al suelo para evitar que nos golpeen.

—¿Qué diablos están haciendo ustedes, acercándose sigilosamente a mí de esa manera? ¡Casi los lastimo! —Layla grita, bajando el bate de béisbol y frunciéndonos el ceño.

—¿Qué diablos estás haciendo aquí y no en Nueva York como dijiste que hacías? —Robert jadea mientras nos levantamos del suelo y tratamos de recuperar el aliento. Todo este escenario habría sido cómico si no hubiera pasado algo más.

—¿Cómo supieron que estaba aquí? —Evita mirarnos directamente y se mete en su habitación para dejar el bate de béisbol debajo de la cama.

—Eso no importa. Lo que importa es por qué sentiste la necesidad de mentirnos. —pregunto mientras la seguimos a su dormitorio. Cruzo mis brazos sobre mi pecho, esperando una explicación. A una parte de mí ya ni siquiera le importa, ya que todo lo que quiero hacer es abrazarla fuerte, aliviada de ver que está bien—. ¿Qué está pasando, Layla?

Enciende las luces, se sienta en su cama y suspira. Parece que no ha dormido en días. Aparecen bolsas moradas debajo de sus ojos y su cabello está recogido en un moño aceitoso y desordenado. Lleva pantalones de chándal holgados con una camisa de gran tamaño. Me mira, se muerde el labio para que no le tiemble y se mira las manos que se retuerce en el regazo.

—Hice algo malo —susurra e inmediatamente me arrodillo frente a ella y agarro sus manos. Robert se sienta a su lado en la cama y la rodea con el brazo.

—Layla, sea lo que sea, va a estar bien. Estamos aquí y superaremos esto juntos —Le aseguro, desesperada por que me crea para poder luchar contra cualquier batalla interna con la que esté luchando. Mi mente se acelera mientras trato de pensar en lo que ella podría haber hecho para que reaccionara de esta manera.

—No podemos ayudarte a menos que nos lo digas, cariño —Le dice Robert con voz suave, dándole un apretón tranquilizador en el hombro. Ella mira de un lado a otro entre nosotros y traga. Nos sentamos juntos en silencio antes de que ella decida continuar.

—Le dije a alguien. —Ella me mira cuando dice esto, conteniendo la respiración por mi reacción. Al principio, no entiendo a qué se refiere y solo puedo pensar que tal vez está hablando de su sobredosis. Entonces me doy cuenta de su significado cuando las lágrimas comienzan a caer de sus ojos. Layla nunca habla con nadie sobre su sobredosis y se niega a derramar lágrimas frente a la gente sobre sí misma.

Me levanto lentamente, su agarre en mi mano se aprieta para que no la suelte. Nos miramos la una a la otra, sus ojos me comunican en silencio mi mayor miedo.

—¿Le dijo a alguien qué? —Robert pregunta, la confusión escrita en su rostro mientras mira entre nosotros en busca de una respuesta.

—Sobre… sobre… Avery —tartamudea, sus hombros comienzan a temblar por contener los sollozos.

—Está bien —digo lentamente, tratando de mantener la calma—. ¿Cómo apareció ella en la conversación y a quién le dijiste?

Mi cerebro quiere todos los detalles sangrientos mientras mi corazón grita que no y que corra.

—Como saben, volví a Las Vegas el pasado fin de semana para otra fiesta patrocinada. Bueno, conocí a este tipo allí. Parecía muy agradable y, por supuesto, era guapo. Me preguntó si estaba casada y tenía hijos y le dije que no, solo una hermosa ahijada—. Respira hondo antes de continuar—. Estábamos bebiendo grandes cantidades de alcohol y pasándolo muy bien juntos. Le pregunté por qué estaba en Las Vegas y cómo se metió en la fiesta, y me dijo que su trabajo lo enviaba ya que es un fotógrafo de celebridades. Le pregunté qué celebridades había fotografiado y uno de los nombres que mencionó fue el de Cal.

Hace una pausa para medir mi reacción hasta el momento y todo lo que puedo hacer es asentir con la cabeza hacia ella.

—Continúa —le ordeno.

—No recuerdo mucho de la noche porque estábamos tomando muchas fotos, pero aparentemente, le dije que odiaba a Cal y me preguntó por qué y bueno, supongo que luego le conté todo lo que pasó entre tú y él. —Ella hace una pausa y mira hacia abajo—. Incluso la parte en la que dijo que no tenía tiempo para estar en la vida de su hijo.

La miro fijamente, el aliento que ni siquiera me di cuenta de que estaba conteniendo sale lentamente.

—Tal vez estaba tan borracho como tú y no recuerda tu historia —sugiero dócilmente, aferrándome a la esperanza de estar en lo cierto.

Ella niega con la cabeza, se levanta y se dirige a los cajones de su tocador. Saca una nota doblada y me la entrega. Desdoblo la nota para leer sus breves líneas:

*Gracias por el gran momento y el increíble sexo.*
*Lo mejor de todo, gracias por la historia que me va a hacer ganar mucho dinero.*
*Besos.*

Cierro los ojos y rompo el trozo de papel en mi puño antes de dejarlo caer al suelo. Robert lo toma y lo lee. Él jadea y se tapa la boca.

—¿Qué significa eso, ganar mucho dinero con la historia? —pregunta, a pesar de saber la respuesta.

—Él va a vender la historia a los tabloides —gime Layla, con la voz temblando de miedo.

Tengo miedo de abrir los ojos para mirarla, la rabia me consume con su traición involuntaria.

—Él no tiene pruebas. La historia no llegará muy lejos —afirma Robert, pero incluso él no parece muy convencido.

—Jenna, lo siento mucho. Yo…

—Tienes que llamarlo y decirle que te inventaste la historia —digo con calma antes de abrir los ojos para mirarla.

—No puedo —susurra—. No tengo su número de teléfono.

Ella comienza a llorar más fuerte, su desmoronamiento me corta el corazón.

—¿Cuál es su nombre? Podemos buscarlo en Google ahora mismo. Con suerte, podemos encontrarlo y llamar a su oficina.

—Jenna… —ella se apaga y ni siquiera puede mirarme mientras su voz se llena de desesperación—. Sabes que no presto atención a los nombres —susurra, su rostro se sonroja hasta un rojo intenso.

El hecho de que no supiera su nombre rompió el hilo muy delgado que estaba frenando mi temperamento y me rompí.

—*¿Cómo diablos no recuerdas los nombres de los hombres cuyas pollas han estado dentro de ti?* —Le grito con disgusto, mi ira estalla como fuegos artificiales.

—¡Jenna! —Robert grita en estado de shock por mi arrebato—. ¡Fue un accidente!

—Tengo que salir de aquí. —Ya no tengo control de mis emociones, me doy la vuelta y camino hacia la puerta.

—¡Jenna, por favor no me dejes! —Layla gime mientras viene detrás de mí, me agarra del brazo y me da la vuelta. Agarro sus bíceps y miro sus ojos angustiados.

—Escúchame, Layla. Sé que esto fue un accidente. Sé qué si estuvieras sobria, el tema nunca habría surgido, pero tienes que dejarme ir ahora mismo. ¡Acabas de poner todo mi mundo patas arriba! Necesito algo de aire, algo de tiempo para procesar lo que está pasando. Te amo, pero por favor, déjame en paz por ahora.

Me suelta y deja caer sus manos en señal de derrota.

—No me sigas —Le advierto y señalo a Robert—. Quédate aquí con ella esta noche.

Salgo corriendo de su apartamento hacia los ascensores. Tan pronto como entro, trato de recuperar el aliento, pero me duele el pecho por el dolor del cuchillo imaginario que acaba de hundirse en mi corazón. Lágrimas comienzan a nublarme la visión y corren por mis mejillas mientras salgo corriendo del edificio, los gritos de preocupación del portero de Layla que corre detrás de mí se vuelven más débiles a medida que corro. El instinto natural de mi cuerpo me lleva a la escuela de Avery. La saco, sin importarme que ni siquiera haya tomado su siesta todavía, ya que todo lo que importa en este momento es ella.

# *Capítulo* 23

Han pasado dos días desde la revelación de Layla y hoy me siento un poco mejor, que tal vez todo va a estar bien. La primera persona a la que llamo es mi abogado, quien me pone en contacto con uno de los mejores abogados de custodia infantil del estado. Después de esa llamada telefónica, llamo a mis padres.

—¿Cal Harrington, el actor? —pregunta mi madre, mientras mi papá se queda callado en la línea, tratando de digerir todo lo que les acababa de decir.

—Sí, madre.

—¿Tuviste sexo con Cal Harrington? —Cuestiona, el escepticismo enlazando su voz.

—¡Sí, madre! —digo exasperada, cerrando los ojos y respirando hondo ya que mi paciencia se está deteriorando con cada palabra que sale de su boca.

—Jenna, querida, sabes que no tienes que mentirnos si fue un extraño con el que tuviste sexo borracha y olvidaste su nombre. —Inmediatamente le cuelgo, preguntándome una vez más cómo podemos estar relacionados. Si bien mi relación con mi madre ha sido mucho mejor desde el nacimiento de Avery, todavía tiene momentos en los que quiero estar en cualquier otro lugar que no sea su presencia.

Mi padre vuelve a llamar desde su celular y discutimos para qué estar preparados y cómo mantener a mi madre alejada de hablar con las columnas de chismes. Mi padre siempre sabe cómo hacerme sentir mejor y me asegura que todo estará bien. Sin embargo, todavía no me ayuda a dormir bien.

Al día siguiente, estoy lista para ver a Layla y le pido a Robert que la traiga. Lloramos, nos abrazamos y elaboramos estrategias sobre los escenarios hipotéticos.

—¿De verdad crees que esto va a ser una gran historia? —pregunto mientras vemos a Robert finalizar la configuración de la alerta de Google en Cal.

—Ahora es una gran estrella de cine, Jenna. Si los reporteros informan la historia correctamente, no se verá bien a su favor que no quería a su propio hijo. Te contactará para salvar su carrera —dice Layla con confianza. Miro a Robert, quien asiente en acuerdo. La idea de tener que verlo hace que me duela el estómago.

—No quiero ni tratar con él —suspiro y me cubro la cara con las manos.

—Sí, pero vas a tener que enfrentarlo en algún momento. —Robert me mira con una sonrisa triste en su rostro. Tiene razón y entiendo que algún día volvería a estar en mi vida. Solo esperaba que fuera cuando Avery preguntara sobre quien es su padre, preferiblemente cuando sea adolescente o adulta, y podía verlo sin mí. Pero la vida una vez más me ha lanzado una bola curva y al final del día, todo lo que importa es que mi hija esté a salvo, feliz y está conmigo.

Estoy caminando de regreso a mi departamento después de ver a Robert, quien es el administrador del sitio para el evento de esta noche que estamos planeando. Originalmente se suponía que yo debía hacerlo, pero Robert accedió a tomar mi lugar en el último minuto para que pueda ir al partido de hockey de Jax.

Jax, quien todavía no sabe quién es el padre de Avery. Han pasado cinco días desde ese día en el departamento de Layla y hasta ahora, las cosas están en silencio. La anticipación me está matando y una parte de mí desea que la historia ya se haya publicado para poder continuar con nuestras vidas, mientras que la otra mitad desea que permanezca en secreto. Necesito decírselo a Jax y tuve la oportunidad de hablar por teléfono anoche, pero no pude apagar su entusiasmo cuando le dijeron que iba a jugar el último mes de la temporada aquí. Sinceramente, ni siquiera sé qué decir. Todo lo que le dije fue que el padre de Avery no estaba en la ecuación y nunca lo estaría. Ahora, no solo existe la posibilidad de que su padre entre en su vida, sino que es un actor de fama mundial. Mi estómago comienza a dolerme de nuevo al pensar en su reacción, ya que sé que no será buena. Decido llamarlo, esperando que su voz me haga sentir mejor.

—Hola, nena. —Contesta al tercer timbre, sonando muy atontado.

—¿Estabas durmiendo? Lo siento, ¿por qué contestaste?

—Siempre contesto cuando veo que eres tú —dice dulcemente—. ¿Estás caminando?

—¡Sí! —grito mientras un cuerno suena con fuerza—. Estoy caminando a casa y quería ver cómo iba tu día, pero podemos hablar más tarde después del partido.

—No, hablemos ahora porque no quiero dejar de escuchar esa voz sexy tuya. De hecho, ¿por qué no tenemos sexo telefónico para que esté tan emocionado por verte esta noche que marque cuatro goles para sacar mi frustración hasta que esté dentro de ti?

Me río, sabiendo que habla completamente en serio.

—Creo que necesito torturarte un poco más y esperar, ya que podrías obtener algo real esta noche.

—¿Puede qué? Será mejor que me des esa cosita deliciosa esta noche además de una mamada.

—Si marcas cuatro goles esta noche, definitivamente recibirás una mamada —confirmo, dándole más incentivos para jugar bien.

—Maldita sea, nena, estoy tan duro y completamente despierto ahora. Creo que tienes que desviarte a mi hotel ahora mismo. Será bueno para el equipo y para el resultado del partido de esta noche. —Me río y miro mi reloj para ver qué hora es, entreteniendo la idea de ir a verlo ahora ya que sería bueno distraeme. Levanto la vista antes de responder y me detengo en seco. Mi respiración se queda atrapada en mi garganta cuando veo una lente gran angular apuntando directamente hacia mí. El fotógrafo mira hacia arriba desde detrás de la lente, vuelve a bajar para tomarme algunas fotos más y luego vuelve a guardar la cámara en su bolso. Lentamente comienza a caminar hacia mí. Tiene dos bolsos, uno en cada hombro. Tira de la solapa sobre la abertura superior para ocultar discretamente la cámara que estaba usando. Si no lo hubiera atrapado antes y lo hubiera visto en su estado actual, se vería como cualquier otro joven profesional caminando afuera. Lleva una camisa ajustada de manga larga de color carbón con jeans ajustados negros y converse negros. Su ropa no hace nada para ocultar su cuerpo bien tonificado. Su cabello color caramelo es largo y está peinado justo debajo de sus orejas. A medida que se acerca, me sorprende ver lo guapo que es.

—¿Jenna? ¿Hola? ¿Sigues ahí? —Débilmente escucho a Jax hablándome.

—Yo… lo siento Jax, pero tengo que irme. Te veré esta noche. —Termino la llamada y miro a mi alrededor. Desafortunadamente, no hay nadie más en la calle para ayudarme si lo necesito. Reflexiono sobre si debería retroceder en mis pasos, ya que no quiero que este hombre me siga a casa. Abro mi bolso y busco en él para tratar de encontrar mis gafas de sol para protegerme los ojos, pero me quedo corta porque las dejé en casa. En su lugar, agarro la pequeña botella de gas pimienta para protegerme. Antes de que tenga tiempo de decidir cuál es mi próximo movimiento, se detiene justo frente a mí.

—Veo que me han atrapado —dice y me lanza una hermosa sonrisa—. Hola, Jenna Pruitt, soy Chase.

Me tiende la mano para que se la estreche. Lo miro fijamente, sin creer que sabe mi nombre o que piensa que alguna vez le daría la mano. Sus ojos verdes brillan divertidos cuando se da cuenta de que no corresponderé a su apretón de manos.

—No me ofende que no me des la mano. De hecho, no deberías empezar a confiar en nadie que se cruce en tu camino.

—Consejos sabios viniendo de gente como tú —digo con disgusto y empiezo a caminar junto a él, sin saber si quiero continuar en la dirección en la que iba o desviarme a otro lugar para alejarme de él.

—¿De dónde eres, Chase? —pregunto, tratando de distraerlo con una pequeña charla para que no preste atención al camino que acabamos de tomar.

Piensa en esto antes de responder.

—Soy de Victoria, Columbia Británica.

—Estás bastante bronceado para ser canadiense. —Lo miro de arriba abajo con confusión en mi rostro porque no esperaba esa respuesta.

—¡Pero bueno, gracias!

—Eso no pretendía ser un cumplido —me burlo, molesta de que me esté sonriendo. Dejo de caminar y me giro hacia él—. Escucha, Chase, creo que Canadá es un lugar fantástico y probablemente sea hora de que regreses a tu patria antes de que presente cargos contra ti por acoso.

Él echa la cabeza hacia atrás y se ríe como si hubiera dicho la cosa más divertida del mundo.

—Jenna, nos acabamos de conocer y tú y yo sabemos que no tienes pruebas de que te esté acechando o acosando. Somos dos personas dando un paseo, charlando en este hermoso día.

Aprieto los dientes, tratando de contener mi temperamento que está a punto de explotar.

—Te agradecería mucho que respetaras mi privacidad y me dejaras en paz.

—Ojalá pudiera, Jenna, pero desafortunadamente, tu historia está circulando y las fotos tuyas están a punto de generar mucho dinero. Simplemente no puedo dejar pasar esa oportunidad. —Se quita las gafas de sol de la cabeza y se las baja sobre los ojos, como si fuera un modelo recién salido de la pasarela—. Solo quería presentarme rápidamente ya que me verás mucho. Estoy siendo sincero contigo cuando digo que no quiero hacerte daño y que no tienes ninguna razón para tenerme miedo.

Me río amargamente de sus mentiras y empiezo a caminar, girando rápidamente a la izquierda en una calle diferente, con la esperanza de que siga derecho.

—Hay mucha gente mala a punto de venir a la ciudad para tomarte una foto. Y cuando digo malo, no me refiero a la calidad de su trabajo. Son hombres malos, sin importarles que seas un ser humano. Solo quieren dinero y harán lo que sea necesario para conseguirlo.

Hago como que no lo escucho para que no vea el pánico que me empiezan a causar sus palabras. Giro por otra calle, esta menos concurrida y más residencial, y acelero el paso para tratar de dejarlo atrás. En su lugar, también acelera el paso, se coloca frente a mí y se da la vuelta para caminar hacia atrás para asegurarse de que lo estoy mirando.

—Jenna, necesito que me escuches con mucha atención y sigas mi consejo. Deja que estos tipos tengan su oportunidad. No te tapes la cara ni intentes disfrazarte. Esas tácticas los enfadarán y te perseguirán aún más. Dirán cosas horribles para sacarte de quicio. Quieren que les eches tu gas pimienta —asiente hacia el bote que estoy sosteniendo—. Mejor aún, les encanta cuando la gente se pone violenta con ellos. No hagas nada de eso. Quédate callada y déjalos tomar su foto. Cuantas más fotos de calidad de ti puedan vender, cuanto más dinero ganen, y más te dejarán en paz. Eventualmente se irán cuando surja el próximo gran escándalo. Hagas lo que hagas, no te involucres con ellos. Particularmente un hombre llamado Danny Salari. Irá tras de ti y de tu hija.

Me detengo en seco ante la mención de Avery y cerro mis manos en puños.

—¡No te acerques a ella! —Le grito en la cara. Levanta las cejas ante mi reacción y levanta las manos para tratar de evitar que me acerque.

—Nunca vendo fotografías de niños, ni lo haré nunca. Solo te advierto sobre Danny, ya que es un cabrón. —Baja las manos una vez que me alejo de él.

—¿Y tú no lo eres? —Me burlo, deseando que me deje en paz.

—A pesar de cuál es tu opinión actual sobre mí, se me considera uno de los fotógrafos de mayor reputación en la industria. Mantengo mi distancia y nunca voy a ser violento. La mayor parte del tiempo ni siquiera notarás que estoy cerca.

—Eso es espeluznante —digo, sintiéndome repentinamente exhausta por las emociones que me atraviesan.

Llegamos al siguiente cruce y nos detenemos a esperar que el semáforo se ponga en verde para caminar.

—¿Por qué me cuentas todo esto? ¿Qué es lo que te importa? —pregunto, sintiéndome derrotada por lo inevitable que he tratado de evitar durante los últimos cuatro años.

—Es obvio que no buscas a Harrington por su dinero, de lo contrario habrías hecho público todo esto hace años. Eres inocente y, desafortunadamente, no tienes idea de lo que está a punto de suceder. —Se pasa la mano por el cabello y parece frustrado—. Toda relación de confianza que hayas tenido está a punto de ser probada. No importa si es con un familiar, tu asistente, amigos o incluso tu novio. El dinero y el poder sacan los demonios de dentro de la gente. ¡No confíes en nadie, Jenna! Sobre todo, no confíes en Cal Harrington.

Sin otra palabra, asiente y se aleja, dejándome reflexionar sobre sus palabras.

# *Capítulo 24*

Veinticuatro horas más tarde, el resto de los paparazzi descienden sobre Chicago. Son como una manada de lobos, se sientan afuera de mi edificio, con la esperanza de obtener una foto de Avery y mía. Nos tomaron una foto esta mañana cuando estábamos a punto de caminar a la escuela. Uno de los porteros trató de protegernos, pero los destellos nos cegaban. Avery y yo volvimos al ascensor y nos metimos en la seguridad de nuestro apartamento. Sus preguntas eran entonces interminables.

*¿Por qué nos quedamos en casa, mami?*

*¿Quiénes son todas esas personas?*

*¿Por qué nos toman una foto?*

Tan abrumada estaba que ignoré sus preguntas y le dije con falso entusiasmo que íbamos a tener un día de mamá e hija en casa.

No solo los paparazzi han invadido mi vida, sino todas las demás personas que me importan. Sabían quién era Robert y lo acosaron con preguntas cuando llegó aquí esta mañana. Afortunadamente, tiene ropa de repuesto en el armario de Avery y planea dormir en el sofá durante los próximos días hasta que las cosas se calmen. Layla está en Los Ángeles por trabajo, pero su portero la llamó y le dijo que había algunos hombres afuera haciendo preguntas. Ella llama o envía mensajes cada dos horas para mantenernos informados sobre cómo fue la historia en todas las noticias, ya que no encenderemos la televisión con la excepción de una película para Avery.

Le conté todo a Jax anoche después de su juego. No hace falta decir que su reacción fue exactamente lo que pensé que iba a ser: conmoción, ira y dolor. Salió del restaurante en el que estábamos comiendo y no me devolvió las llamadas, lo que ha sido frustrante y decepcionante. Cuando le envié un mensaje para preguntarle si todavía quiere que lo acompañe al evento benéfico anual del equipo mañana por la noche, su única respuesta fue que sí y que estaría listo a las siete. No me sorprendería si rompe conmigo después de que termine el evento.

La única persona que disfruta de esta nueva atención es mi madre, pero eso no es sorprendente. Se asegura de estar vestida de punta en blanco y agradece la idea de que su foto aparezca en revistas y periódicos de todo el mundo.

Observo el lago Michigan, con la esperanza de que la tranquilidad del lago me ayude a inspirarme para pensar en formas de lidiar con el caos exterior. No podemos quedarnos aquí para siempre, especialmente no con un niño que se aburrirá. Vimos dos películas, almorzamos y solo son las dos. Nuestros días de caminar a todas partes pueden ser limitados, pero aún puedo sacarnos de aquí ya que tenemos nuestro propio estacionamiento en el edificio. Juego con la idea de quizás quedarme en la casa de mis padres, pero no quiero atraer a los paparazzi a su vecindario.

—Oye, ¿deberíamos ir a nadar hoy? —Le pregunto a Avery con emoción cuando recuerdo que tenemos una piscina cubierta en el edificio.

Sus ojos se agrandan de emoción.

—¡Sí, mami! —grita fuerte y empieza a reír.

Sonrío ante su felicidad y me levanto para buscar su traje de baño y cubrirme. Corre hacia la sala de estar y la escucho decir—: ¡Tío Robert, vamos a nadar! —Corre de vuelta a la habitación para que pueda vestirla. Después de que termina, me dirijo a mi habitación para prepararme cuando veo a Robert hablando por mi teléfono celular, con el rostro pálido.

—Sí, está bien —dice al teléfono y cuelga.

—¿Qué ocurre? —pregunto, mi corazón comienza a latir con fuerza en mi pecho por la severidad de la mirada en su rostro.

—Cal está aquí.

Lo miro fijamente, sin querer creer lo que acaba de decir.

—¿Qué? ¡No! ¿Como puede ser? ¿Cómo podría siquiera saber dónde vivo? —grito, el pánico se apodera de mí. Esperaba tener noticias de tal vez su abogado, no de él apareciendo sin previo aviso en mi casa.

—Cualquiera puede averiguar dónde vives. Todo lo que necesitan es tu nombre y ciudad.

—¡Pero ni siquiera llamó para preguntar si podía venir! —Me quejo, mi visión se nubla por las lágrimas cuando empiezo a caminar.

—Jenna, él no sabe tu número de teléfono —me recuerda, su voz suave y tranquilizadora. Se acerca a mí y agarra mis manos para detener mi paseo—. Mírame, Jenna.

Me detengo y lo miro, una lágrima solitaria cae por mi mejilla, el dique que está frenando mis emociones está a punto de estallar.

—No estoy preparada para esto, Robert. No era así como imaginé que sería nuestro primer encuentro. No tengo a mi abogado aquí y ciertamente no quiero que vea a Avery todavía —digo, frenéticamente—. ¿Por qué lo dejaste subir?

—Lo dejé subir porque es mejor enfrentarlo más temprano que tarde y en un ambiente seguro. Tienes que tratar de mantener esto amistoso, Jenna.

—¡Él no puede quitármela, Robert! No dejaré que me la quite —susurro ferozmente, sin creer que esto finalmente esté sucediendo.

Robert agarra mis manos con fuerza y las aprieta.

—No lo hará. No lo dejaremos, Jenna. Los tribunales suelen favorecer a la madre y tienes su correo electrónico que demuestra que no quería ser parte de su vida. Tienes tantas personas que testificarán a tu favor si se trata de eso.

Escuchamos el golpe en mi puerta y mis ojos se abren como platos. Agarro las manos de Robert con más fuerza y empiezo a negar con la cabeza.

—¡Contrólate, Jenna! Eres una guerrera. Has estado haciendo esto sin él y estás más que bien. No dejes que te intimide. ¡Puedes hacerlo! Todo va a estar bien —dice tranquilizadoramente y tira de mí para darme un fuerte abrazo.

—Está bien, está bien, está bien —murmuro y me limpio las lágrimas de los ojos—. Por favor, ve con Avery y trata de no dejarla salir.

Él asiente y va a su habitación y cierra la puerta.

Empiezo a caminar lentamente hacia la puerta, peinándome el cabello con los dedos. Miro mi ropa deportiva, deseando estar usando algo más elegante. Llego a la puerta y respiro hondo.

*¡Tú puedes hacer esto, Jenna!*

Abro rápidamente la puerta sin mirar por la mirilla. De pie frente a mí hay una hermosa mujer mayor y lo primero que noto en ella son sus ojos. Son ese azul familiar que veo cuando mi hija me mira. Luego miro al otro par de ojos detrás de ella, los que han estado rondando mis sueños.

—Hola, Jenna —dice Cal con su voz ronca y sexy. Esa voz que trae recuerdos íntimos. Los años han sido amables con Cal, en todo caso, haciéndolo aún más guapo. Su cabello rizado está cortado y peinado con gel. Su rostro bien afeitado ha madurado, su mandíbula aún más cincelada de lo que recuerdo. Aparecen líneas tenues alrededor de sus ojos, que parecen resaltar su belleza. Lleva un chaquetón gris ajustado, un suéter azul cobalto debajo y jeans. No puedo evitar que mis ojos viajen a lo largo de su cuerpo, ni puedo creer que después de todo este tiempo y todo lo que ha pasado, todavía lo encuentre tan sexy.

—Cal —digo secamente con un movimiento de cabeza, tratando de mantener la calma—. Qué amable de tu parte aparecer sin llamar.

—Mi abogado trató de llamar a tu línea de trabajo, pero nadie respondió. —Su tono es frío, sus ojos como glaciares, fríos y duros mientras se turnan para evaluarme de arriba abajo. Esta información no me afecta ya que los reporteros han estado obstruyendo nuestra línea telefónica para obtener cualquier información sobre mí.

—Hemos sido bombardeados con llamadas de reporteros, por lo que esa línea va directamente al buzón de voz. Sin embargo, es bueno ver que finalmente estás haciendo tu propio trabajo sucio al presentarte en persona. —Hago el primer pinchazo, sin poder contener mi resentimiento hacia él. Cuanto más miro su rostro, me más enojo con él y conmigo misma por cómo reacciono ante él.

Finalmente miro a la mujer parada frente a mí para distraerme de Cal.

—Hola, soy Jenna. ¿Supongo que es la madre de Cal?

—Oh, sí, Rosalind Harrington, pero por favor llámame Rose —dice con su acento británico igualmente gutural, pero femenino. Extiende su mano para que la estreche—. Gracias por aceptar vernos en tan poco tiempo, Jenna. He visto tantas fotos tuyas en los últimos dos días, y debo decir que eres aún más bonita en persona.

Sorprendida por su cumplido ya que acabo de insultar a su hijo, le ofrezco la mano y estoy a punto de agradecerle sus amables palabras cuando Cal me interrumpe con rudeza.

—¿Te estabas preguntando si ibas a tener noticias mías? Déjate de tonterías, Jenna, ¿cómo *no* pudiste saber de mí? Esta historia está en todas partes, y el momento en que la plantaste es brillante. Traje a mi madre aquí para que sea testigo en la prueba de paternidad y luego nos iremos. Mi abogado se comunicará contigo una vez que tengamos los resultados.

—Disculpa, pero ¿acabas de acusarme de vender esta historia a los medios? —pregunto con incredulidad. Estoy tan sorprendida por sus acusaciones que ni siquiera me doy cuenta de que todavía estoy sosteniendo la mano de su madre.

—¡Maldita sea, no mientas sobre eso! Sé que a tu negocio le ha ido bien y que esta información puede llevar a tu empresa al centro de atención que has estado esperando. Una semana juntos nunca sacó a relucir tu lado calculador y manipulador. —Sus ojos recorren mi cuerpo de arriba abajo con repugnancia.

—¡Cal! No hay necesidad de ser grosero hasta que aclaremos los hechos —lo reprende su madre, realmente horrorizada por su comportamiento. Suelto su mano como si me hubiera quemado. Lo miro con malicia, su comentario desatando mi furia reprimida hacia él.

—¡Cómo te *atreves*! —Siseo, mi ira crece con cada respiración que tomo—. ¡Cómo te atreves a venir a mi casa, acusarme de mentir y sembrar esta historia para impulsar mi negocio! ¡Nunca usaría a una niña inocente así! A diferencia de ti, no quiero ser el centro de atención y nunca quise que la historia se hiciera pública. Una vez que te negaste a ser parte de su vida, terminé contigo y tus juegos. ¡No quería volver a escucharte o verte nunca más!

—¿De qué mierda estás hablando? —gruñe—. Nunca supe de un bebé hasta que fuiste a los tabloides. Nunca me negaría a ver a mi propio hijo.

—¡Mira quién miente ahora! —grito—. Qué conveniente que hayas olvidado el correo que me escribiste diciéndome que, si el bebé era tuyo, no tenías tiempo en tu vida para eso. Incluso copiaste a tu asistente en él.

—¿Valerie? ¿Cuándo hablaste con Valerie? —pregunta con los ojos entrecerrados, su rostro se ve confundido como si tuviera amnesia.

—¿Cuándo *no* hablé con Valerie? Siempre estaba hablando con Valerie, porque nunca agarraste el teléfono tú mismo. ¿Olvidaste que me dijiste que ella maneja tus llamadas telefónicas cuando estás trabajando en el set? Cada vez que te llamé, ella descolgó el teléfono. Incluso comenzó a responder a mis correos electrónicos cuando dejaste de hacerlo. Fuiste demasiado cobarde para hablar conmigo.

Escupo con ira, mi temperamento a punto de explotar con cada recuerdo de cómo me ignoró.

—¡Nunca más, Cal! ¡Terminé con tus tonterías y mentiras! Puedes hablar con mis abogados —grito finalmente, preparándome para cerrarles la puerta en la cara a ambos.

—Jenna, parece que hay un malentendido. —Planta su pie entre la puerta y la carcasa, evitando que les golpee en la cara. El color ha desaparecido de su rostro y su madre tiene su mano sobre su boca, mirándolo con desesperación. Normalmente habría preguntado qué le pasa, pero me importa una mierda cómo se siente este hombre. Necesita sentir algo del dolor que me ha infligido.

—Apuesto a que ha habido un gran malentendido, y es que crees que puedes entrar en nuestras vidas cuatro años después solo porque la historia se ha hecho pública, ¡y ahora todos saben que eres un mal padre! —Él se estremece ante mis palabras y mi confianza se eleva—. No permitiré que me quites a mi hija. ¡Lo he estado haciendo muy bien sin ninguna ayuda de ti! No quiero tu dinero ni a ti en nuestras vidas. Una cosa es no quererme, pero ¿no querer a tu propia hija? ¿Y luego finalmente aparecer cuando la historia afectará tu carrera? ¡Eres repugnante! Nunca me habría acostado contigo si hubiera sabido lo despreciable que eres. ¡Quiero que te largues de mi vida, *maldito imbécil*!

Mi pecho se agita y estoy conteniendo el aliento como si estuviera bajo el agua. Estoy tan furiosa que no me importa que lo maldije y lo insulté frente a su madre.

Comienzo a recuperar el control de mí misma y espero a que él me devuelva el golpe. Entonces me doy cuenta de que ya ni siquiera me miran. Están mirando hacia abajo, a mi lado derecho. Su madre tiene lágrimas en los ojos y Cal solo tiene una mirada de total asombro en su rostro. Me doy cuenta de a quién están viendo. No tengo que mirar hacia abajo para saber que ella está allí. Cierro los ojos y puedo sentir su mano en la parte posterior de mi muslo. Alcanzo su mano y la miro. Su rostro confirma que ha escuchado los gritos: sus labios hacen pucheros y tiemblan, como si estuviera a punto de llorar. Esos hermosos ojos azules llorosos. Le doy una sonrisa tranquilizadora y le aprieto la mano. Esto la hace sentir mejor y dirige su mirada hacia Cal y Rose. Ella los está mirando al igual que ellos le devuelven la mirada.

¿Puede ella decir que tiene los mismos ojos que ellos?

¿Se ve a sí misma en su rostro?

—Lo siento, Jenna, traté de mantenerla en su habitación, pero escuchó los gritos y se puso inquieta. —Me doy la vuelta para mirar a Robert, que parece impotente.

—Mami, tienes que prepararte para ir a nadar —dice Avery y comienza a tirar de mi mano hacia el interior del apartamento—. Vamos a tomar un poco de té primero ya que te hace sentir mejor.

De repente se detiene y coloca sus pequeños puños en sus caderas. Ella mira a Cal y grita tan fuerte como su voz de cuatro años le permite—: *¡Deja de gritarle a mi mami, maldito imbécil!*

# Capítulo 25

Por supuesto que la primera vez que ella repite malas palabras, es frente a Cal y su madre. Puedo imaginármelos testificando en la corte en mi contra, diciendo que mala madre soy por enseñarle groserías a mi hija. Estoy tratando de no reírme de lo escandaloso de todo mordiéndome el labio y sacudiendo la cabeza.

—Avery —digo, arrodillándome a su nivel y mirándola a los ojos—. Mami no tuvo la intención llamar a su amigo con esas malas palabras que acabas de decir. Por favor, no repitas después de mí, ¿de acuerdo?

—¿Qué malas palabras, mami? —Avery pregunta, luciendo confundida, lo cual tiene sentido ya que en realidad no entendió lo que acaba de repetir.

—Las malas palabras que mami acaba de decir que tú repetiste —Le digo gentilmente. Tratar de hacerla entender sin decir esas palabras exactas de nuevo es más complicado de lo que esperaba.

—¡Mami, no dije malas palabras! Solo lo estaba llamando por su nombre. Dijiste que su nombre era maldito imbécil —dice con su dulce vocecita. Escucho una risita y miro hacia arriba para ver la mano de Rose sobre su boca, sofocando su risa.

—Ese no es realmente su nombre, Avery. —¡Ha sido mi nombre para él durante estos últimos cuatro años!

—¿Llamaste a tu amigo con malas palabras, mami? —susurra con una mirada de asombro en su rostro, sin creer que hice algo malo.

—Sí, lo hice. Mami estaba un poco molesta y no debería haber dicho esas malas palabras. Fue un accidente y haré todo lo posible para no volver a hacerlo.

—Mami, tienes que decirle a tu amigo que lo sientes —dice con los ojos grandes y redondos. *¡Maldición!* Una disculpa es lo último que quiero decirle a este hombre. Para empeorar las cosas, Cal está de pie allí con un brillo en los ojos y una sonrisa jugando en esos malditos labios sexys, disfrutando completamente de este escenario. Se merece cada mala palabra que elegí para llamarlo. Quiero quitarle esa mirada de suficiencia de su cara.

—Sí, Avery, mamá se disculpará con su amigo —digo con un gran suspiro.

Me pongo de pie y miro a Cal con el ceño fruncido.

—Cal, lo siento por llamarte esas malas palabras —murmuro, no queriendo darle a este hombre una disculpa.

—Disculpa aceptada. —Él se encorva y le sonríe a Avery—. Hola, Avery, mi nombre es Cal y esta es mi madre, Rose.

—¿Rose? ¡Ese es mi segundo nombre, Avery Rose Pruitt! —Ella anuncia con entusiasmo. Tanto Cal como su madre me miran, sus ojos se preguntan si su segundo nombre es por su madre. Asiento, ya que eso es lo único que estuve dispuesta a darle de él cuando elegí su nombre.

—Tu nombre es hermoso, Avery. Vinimos desde Londres para jugar contigo.

—¿Londres? ¿Conoces a Wendy, John y Michael? Ellos viven en Londres. ¿Ves a Peter Pan volando al país de Nunca Jamás? —Ella los interroga, mostrando su amor por Peter Pan.

—Sí, Avery, lo sé todo sobre Peter Pan —dice Rose—. ¿Puedo acompañarte a tomar el té y contarte todo sobre ellos?

—Sí tú puedes. ¡Mami, vámonos! —dice y empieza a tirar de mí hacia su habitación.

—Avery, tu mami y Cal necesitan hablar sobre algunas cosas. ¿Está bien si me muestras tu habitación y tomamos el té juntas? —Rose me mira buscando aprobación.

Asiento que sí.

—Adelante, diviértete con Rose, Avery. Voló un largo camino solo para tener un momento a solas contigo. Mami estará en su oficina hablando con Cal.

—Está bien, mami. ¡Vamos, Rose! —Avery agarra la mano de Rose para llevarla a su habitación y se detiene para presentarle a Robert—. Tío Robert, esta es Rose. ¡Conoce a Peter Pan! Vamos Rose, vamos tío Robert, les ganaré.

Ella se va hacia su habitación delante de ellos.

Vuelvo mi atención a Cal y me doy cuenta de que no lo he invitado oficialmente porque todavía está parado en la puerta. Me pongo de costado y agito mi brazo, haciéndole un gesto para que entre. Él asiente y entra. Miro hacia el pasillo cuando escucho un portazo, pero no veo a nadie caminando. Cierro la puerta y camino hacia la sala de estar.

—¿Eres el infame Robert, el asistente de Jenna? —Escucho a Cal preguntarle a Robert con su mano extendida para un apretón de manos.

Robert se sonroja y le devuelve la mano.

—¡Ese soy yo! ¿Puedo ofrecerle algo de beber o comer, señor Harrington? —pregunta tímidamente.

Lo miro con ojos asesinos. ¿Por qué diablos está jugando al abogado del diablo? No tengo ninguna duda de que sus bragas se mojaron por mirar a Cal.

—Por favor llámame Cal y agua está bien, gracias. —Cal se quita el abrigo y Robert lo agarra, como si fuera su mayordomo.

Sigo a Robert a la cocina y le susurro al oído—: Necesito que vayas a mi habitación y llames a mi abogado para ver si puedo programar una reunión con él mañana. Y deja de ser tan amable con él. ¡Él es el enemigo!

242

—¡Lo siento! —Robert susurra de vuelta—. ¡Él está tan bueno, Jenna!

Pongo los ojos en blanco con disgusto y vuelvo a la sala de estar con el agua de Cal mientras Robert se dirige a mi dormitorio.

—¿Por qué no vamos a mi oficina? —pregunto y muestro el camino. Una vez dentro, cierro la puerta detrás de él para que tengamos privacidad.

—Me gusta tu casa. ¿Cuánto tiempo has vivido aquí? —pregunta mientras mira alrededor de mi oficina.

—Diez años —respondo y me mira sorprendido—. Mi abuela me lo dejó.

Sin entender por qué siento la necesidad de decirle eso, froto mis palmas contra mis piernas, el sudor comienza a formarse en ellas debido a mi nerviosismo. Decidiendo no mirarlo directamente a los ojos cuando hablo, le doy la espalda y miro por la ventana.

—Ayúdame a entender cómo todo esto ha sido un gran malentendido. —Lo miro por encima del hombro cuando no obtengo una respuesta inmediata.

Deja escapar un largo suspiro y se pasa la mano por el cabello. Toma un sorbo de agua y comienza.

—¿Recuerdas la historia de cómo Valerie y yo nos conocimos? —Asiento y él continúa—. Realmente no pensé nada al respecto cuando me dijo que ella debería manejar mis llamadas telefónicas y correos electrónicos mientras estaba en el set. Hizo que pareciera que era algo profesional y que todos los asistentes lo hacían. Nunca me molesté en preguntar a mis compañeros actores si esto era normal, ni noté ninguna llamada o correo electrónico perdido. Y de pronto cuando te conocí. Le dije que nos enviábamos un correo electrónico y que, con suerte, tú también llamarías pronto. Le dije que tú eras una prioridad en mi vida, así que por favor se asegurara de saber si había correos electrónicos perdidos o llamadas telefónicas que ella pudiera ver antes que yo. Nunca en el pasado se mostró celosa de nadie, así que no tenía motivos para sospechar de ella. Le creí cuando me dijo que no me habías enviado un correo electrónico ni llamado, especialmente con lo reacia que estabas a mantenerte en contacto cuando nos separamos. Una vez pensé que la atrapé hablando contigo, pero ella lo negó, diciendo que me lo habría dicho si hubieras llamado. Luego, mi teléfono se rompió convenientemente y ella me consiguió un nuevo teléfono con un nuevo número. Todos mis contactos estaban en el teléfono, así que nuevamente no tenía motivos para sospechar. Ella dijo que mis correos electrónicos habían sido pirateados, lo cual es muy común para las personas en mi industria. Le pedí que te enviara mi nueva dirección de correo electrónico y me dijo que lo hizo.

Hace una pausa por un momento antes de continuar.

—Cuando pasó el tiempo y no supe nada de ti, me resigné al hecho de que pensabas que lo nuestro había sido una aventura y habías seguido adelante. Nuevamente, no tenía ninguna razón para pensar que algo andaba mal. —Se mueve para pararse a mi lado para mirar por la ventana y las campanas de advertencia comienzan a sonar en mi cabeza por lo cerca que está de mí.

» Para prepararme para una de mis películas, tenía que estar en cierta forma, así que el estudio contrató a un entrenador para mí. El entrenador resultó ser una mujer llamada Geri Roberts. Valerie estaba de vacaciones cuando tuve mi primer encuentro con Geri. Se había ido por una semana y no había conocido ni sabido de Geri. El único detalle que sabía era que iba a entrenar con un entrenador diferente al mío. Cuando Geri llamó queriendo hablar conmigo, Valerie le dijo que le devolvería la llamada, pero nunca me dio el mensaje porque no tenía idea de la relevancia de Geri, solo que era una mujer de la que nunca había oído hablar. Esto continuó durante casi dos semanas. Geri finalmente se quejó al estudio de que nunca le devolvía las llamadas, cuando había estado esperando saber de ella. Pensé que Geri era la poco profesional. Cuando me enteré de que Geri me había estado llamando todo el tiempo, interrogué a Valerie, quien a su vez me confesó que estaba enamorada de mí. La despedí y mandé poner una orden de restricción en su contra. Eso fue hace dos años.

Cierro los ojos y cruzo los brazos. A medida que sus palabras llenan lentamente las piezas del rompecabezas, mis emociones están completamente abrumadas.

Estoy enojada con él por creerle cuando le dijo que no llamé.

Estoy enojada con ella por mentirle y negarle a mi hija su padre.

Tengo miedo de que tener a Cal en nuestras vidas atraiga a este tipo de personas locas hacia nosotras.

Me siento traicionada por Cal pensando que yo era el tipo de chica que usaría a nuestra hija para impulsar mi carrera.

Estoy enojada conmigo misma por preocuparme por lo que piensa de mí.

Al sentir mi desesperación, Cal se para frente a mí y me toma de los brazos, lo que me obliga a mirar la confusión que se refleja en sus propios ojos.

—Jenna, tienes que creerme cuando te digo que no tenía idea de que todavía estabas tratando de contactarme.

—¿Entonces no fuiste tú quien escribió ese correo electrónico diciendo que no querías estar en la vida de Avery? —El escepticismo ata mis voces ya que todavía me cuesta creer que él no haya sabido nada de esto.

—No, dejé de ver correos electrónicos tuyos antes de irme a Hong Kong.

—¿Qué? —digo en completo shock—. Hubo más correos electrónicos después de eso. Debe haberlos eliminado antes de que iniciaras sesión para verlos y, obviamente, tu cuenta no fue pirateada. Probablemente cambió la información de inicio de sesión para que no lo comprobaras por ti mismo.

Niego con la cabeza con incredulidad ya que nunca he conocido a alguien que sea tan astuta.

—Tengo cada correo electrónico en un archivo que puedo darte si deseas leerlos.

Suelta mis brazos y pasa sus manos bruscamente por su cabello.

—No necesito verlos. Te creo, Jenna. ¿Aunque me crees? Sé que no nos conocemos muy bien, pero tienes que creerme cuando te digo que nunca las hubiera abandonado a ambas si hubiera sabido la verdad.

O el dolor que se refleja en sus ojos es real, o es el mejor maldito actor sobre la faz de este planeta.

—No sé qué creer, Cal —digo en voz baja, todavía sintiendo que estoy en una especie de pesadilla en este momento.

Empieza a pasearse por mi oficina como un tigre encerrado en una jaula.

—¡No puedo creer esto! No puedo creer que haya tenido una hija durante los últimos cuatro años y no tenía idea al respecto. ¡Esa maldita perra intrigante! —Escupe—. Tiene suerte de que ya tenga una orden de restricción en su contra.

De repente deja de caminar y me mira.

—¿Cómo se enteró la prensa de Avery si no les dijiste?

Miro mis manos, tratando de expresar mis palabras con cuidado sin oscurecer la reputación de Layla.

—En pocas palabras, Layla se lo contó a la persona equivocada en el momento equivocado.

—¿Por qué Layla le diría a alguien?

—¿Acaso importa en este punto? Fue un accidente.

Reflexiona sobre esto y mira por la ventana y luego a mí, sus ojos tienen un brillo peligroso.

—Entonces, si ella no le hubiera dicho accidentalmente a la persona que fue a la prensa, ¿seguiría sin saber sobre Avery? —Lo miro en silencio y observo cómo su mandíbula se aprieta con ira.

Gira la cabeza ante el sonido de la voz de Avery cuando la vemos a ella y a su madre saliendo de su habitación a través del cristal de las puertas francesas de mi oficina. Observamos en silencio mientras le muestra a Rose su carrito de mercado y su pequeña cocina que está cerca de la cocina del apartamento. Rose tiene una mirada de pura felicidad en su rostro mientras se sienta y escucha jugar a su nieta.

—Lo siento, Jenna —dice, su voz llena de arrepentimiento—. Lamento mucho todas las mentiras que te dijeron. Lamento no haber estado allí para ti cuando estabas sola lidiando con esto.

Antes de que pueda reaccionar, me toma en sus brazos, abrazándome contra su pecho. Mantengo mis brazos a mi lado porque no quiero tocarlo. No quiero sentir ese pecho duro debajo de mi mejilla. No quiero oler esa maldita colonia que me está haciendo recordar cosas que no quiero recordar. Intento apartarme de él, pero me está aplastando.

—Por favor, suéltame —suplico y él me suelta, retrocede y se disculpa.

Una parte de mí se siente aliviada al escuchar que todo esto fue un gran error, pero hay otra parte de mí que todavía está muy enojada. No quiero su lástima, ya que creo que he hecho un muy buen trabajo criando a Avery por mi cuenta. Recibí algo de ayuda de mis padres, Layla y Robert, pero de ninguna manera eso se compara con que Avery tenga un padre. Lo he odiado durante tanto tiempo y ahora que se sabe la verdad, no sé qué sentir hacia él.

—¿Cuándo quieres hacer la prueba de paternidad? —le pregunto, necesitando cambiar de tema para volver al punto.

—No es necesario. Se parece a mí —dice, con una pequeña sonrisa y un brillo de felicidad en los ojos.

—Sí… se parece mucho —digo con un suspiro, aliviada de ver que eso lo hace feliz.

Nos miramos el uno al otro por un breve momento antes de que su sonrisa se desvanezca y su tono vuelva a ser formal.

—Me gustaría volver mañana con mi abogado para discutir aspectos legales. Necesito toda su información vital para poder agregarla a mi testamento y abrir una cuenta bancaria para ella. También necesitamos discutir mis derechos de visita cuando me mude permanentemente a Chicago.

—¿Espera, qué? ¿Te mudas a Chicago? —pregunto, estupefacta. Mi corazón comienza a latir más rápido al pensar que Cal está aquí, todo el tiempo. Eso es lo último que esperaba escuchar.

—Por supuesto que me voy a mudar a Chicago. Comenzaremos a filmar mi nueva película aquí en un par de semanas, así que estaré en un hotel al principio, pero luego encontraré un lugar para comprar. Aquí es donde vives. Nunca me imaginaría desarraigar a Avery cuando puedo ser flexible. Las visitas deben programarse porque me gustaría que ella también visitara a mi familia en Inglaterra conmigo.

—Ella nunca ha estado en un avión antes —digo y empiezo a sentir un dolor de cabeza por la turbulencia de mis emociones.

Me froto la frente, no queriendo discutir que ella está en cualquier otro lugar que esté lejos de mí.

—Todo esto va demasiado rápido. No puedo lidiar con esto ahora mismo —digo con un movimiento de cabeza. Doy un paso atrás y decido sentarme detrás de mi escritorio.

—Quiero una relación con mi hija, Jenna, y necesitaré tu ayuda con eso —dice, su tono se vuelve más firme para transmitir su punto de vista.

—Estas cosas van a llevar tiempo, Cal. ¡Ella ni siquiera sabe que existes! —Mi cabeza comienza a latir más fuerte con el pensamiento de cómo le voy a decir. *Oye, Avery, ¿conoces a ese hombre al que llamaste maldito imbécil? ¡Ese es tu papá!*

Estrecha su mirada hacia mí.

—¿Qué quieres decir? ¿Le dijiste que no tiene padre?

—Ella sabe que tiene un padre, pero no le dije quién era su padre. Todo lo que le dije es que su papá no vive con nosotros y trabaja todo el tiempo —explico mientras me froto las sienes, deseando que mi dolor de cabeza desaparezca.

Él reflexiona sobre esto por un minuto.

—Bueno, gracias por no decirle que estaba muerto —dice, a regañadientes.

—No hay razón para mentirle. Sabía que algún día ella querría saber acerca de su verdadero padre.

—¿Actualmente tiene algún tipo de figura paterna?

—Mi padre y Robert. Estoy saliendo con alguien, pero él no está presente mucho en su vida en este momento.

Creo que veo un pequeño destello de alivio en sus ojos, pero podría estar imaginándolo.

—Ah, sí, el jugador de hockey.

Asiento, deseando que no sepa nada de él. Miro hacia arriba y veo a Robert rondando por la cocina, buscando mi atención. Me excuso de Cal y salgo rápidamente de mi oficina.

—¿Qué dijo mi abogado? —susurro cuando me lo encuentro en la cocina.

—Dijo que puede verte mañana a las nueve.

—Está bien, déjame ver si eso funciona para Cal. —Regreso a mi oficina para encontrar a Cal enviando mensajes en su teléfono—. Mi abogado puede reunirse mañana a las nueve. ¿Funciona para ti?

—Sí, no creo que haya problema —confirma y mira su reloj—. Tenemos que ponernos en marcha. Ah, y esta vez, necesitaré tu número de teléfono.

Frunzo el ceño ante la idea, pero sé que no tengo elección en el asunto. Intercambiamos números y salimos de la oficina para reunirnos con Avery y Rose en la sala de estar.

—Gracias por jugar conmigo, Rose. ¡Me divertí mucho! —Lanza sus bracitos alrededor de las piernas de Rose. Rose se arrodilla y la abraza con fuerza. Mi corazón se llena de orgullo por el dulce gesto de mi hija y no puedo evitar sentirme un poco aliviada de ver a la madre de Cal tan abierta a aceptarla.

—Muchas gracias por dejarme jugar contigo, Avery —dice Rose mientras la abraza.

Con la ayuda de Cal, vuelve a ponerse de pie y se vuelve para darme un abrazo. Sus abrazos me toman con la guardia baja y me quedo ahí rígida, sin saber si debo devolver el abrazo o no.

—¡Gracias! —susurra en mi oído. Ella se aparta y yo simplemente asiento, un gran cúmulo de emociones me impide decir nada.

—¿Estará bien si mi madre pasa tiempo con Avery mañana mientras tenemos nuestra reunión? —Rose jadea de alegría por la sugerencia, mientras que Avery salta de emoción.

—Avery suele estar en la escuela en las mañanas —les digo y se forma una idea en mi cabeza. Miro a Robert, quien asiente, entendiendo que iba a preguntarle si se quedaría con ellas si no la mando a la escuela—. Pero como esta es una ocasión especial, puedo mantenerla en casa por la mañana para que pasen tiempo juntas.

Una parte de mí duda incluso en hacer esto considerando que acabo de conocer a Rosalind Harrington, pero siento que sería vista como la perra más grande si dijera que no.

—Muchas gracias —dice Cal con una leve sonrisa.

Avery y yo los acompañamos hasta la puerta.

—Hasta mañana —asiente mientras Rose se despide con la mano y se van.

Respiro aliviada tan pronto como cierro la puerta detrás de ellos, de repente me siento completamente exhausta por todo lo que ha pasado hoy.

—Dios, eso fue intenso —dice Robert mientras me dirijo a mi habitación para vestirme e ir nadar.

—Seguro que lo fue —respondo y procedo a contarle todo más tarde esa noche después de que Avery se haya dormido.

# *Capítulo 26*

Cal y su madre llegan temprano a la mañana siguiente y nos traen el desayuno y regalos para Avery. Mientras ellos juegan con ella, yo termino de arreglarme, decidida a lucir profesional con una blusa de seda blanca, falda lápiz gris marengo con un cinturón ancho y tacones negros. Presto mucha atención a mi cabello y maquillaje y agrego joyas simples para terminar mi look. Satisfecha, respiro hondo un par de veces para calmar mis nervios antes de agarrar mi bolso y salir a la sala de estar.

—¡Mami, te ves linda! —Avery anuncia y me sonrojo, sintiendo el calor de los ojos de Cal mientras me mira.

—Gracias cariño. Ahora, Avery, necesito que te comportes y escuches a Robert y Rose mientras mami no está, ¿de acuerdo?

—Sí, mami, seré tan buena que querrás comprarme un regalo.

Sonrío ante la inteligencia de mi hija y me inclino para darle un abrazo y un beso.

—Quizás lo haga. Ya veremos.

—Hoy reorganicé tu horario para que no tengas nada planeado hasta las cinco. —dice Robert mientras me entrega mis lentes de sol y me abraza para despedirse.

—¿Por qué tendría algo planeado a las cinco? —pregunto ya que normalmente nunca planifico citas tan tarde para sacar a Avery de la escuela.

—Peinado y maquillaje para la gala benéfica de los *Blackhawks*.

—¡Oh mierda! Lo olvidé —digo, la culpa me inunda con el conocimiento de que ni siquiera he pensado en Jax una vez desde ayer.

—Está bien, Jenna. Te tengo cubierta. Ve a concentrarte en tu reunión —Me dice y por eso lo amo. Él siempre me cuida. Pongo el tema de Jax en espera para centrar toda mi atención en la reunión de hoy.

—Tengo un carro esperándonos si estás lista para irte —Cal murmura. Nos despedimos y nos dirigimos al ascensor en silencio. Una vez que llega, entro y me apoyo contra la pared frente a él. Lo observo presionar el botón del vestíbulo y no puedo evitar admirar lo bien que se ve con su traje de tres piezas. Me muevo incómodamente, diciéndome a mí misma que es por ellos y no por los recuerdos de lo que él y yo estábamos haciendo la última vez que estuvimos solos en un ascensor.

—Solo para advertirte, hay muchos paparazzi abajo. En cuanto se abran las puertas del ascensor, ponte las gafas de sol. Sígueme hasta el carro y no les digas nada. ¿Entiendes? —Él instruye y no puedo evitar sonreír amargamente por mi situación de vida actual.

—¡Me encanta mi nueva vida! —respondo sarcásticamente mientras me pongo las gafas de sol. Las puertas se abren y jadeo en estado de shock al ver cerca de veinte lentes de cámara apuntando en nuestra dirección. Recupero mi compostura y mantengo mi rostro neutral mientras sigo a Cal. Oigo que nos llaman incluso antes de que salgamos.

*"¡Jenna, por aquí!"*

*"Jenna, ¿adónde vas?"*

*"Cal, ¿tú y Jenna están juntos?"*

*"¡Jenna, déjanos ver tu hermosa sonrisa!"*

*"Cal, ¿te mudas a Chicago?"*

El clic de las cámaras y las preguntas son constantes, el indulto llega una vez que estamos a salvo dentro del automóvil y nos alejamos. Veo a Chase parado lejos del resto de los paparazzi, mirando su pantalla para ver qué tipo de tomas tiene. Me doy la vuelta para mirar detrás de nosotros y los veo saltando a los carros y taxis para seguirnos.

—Jenna —la fuerte voz de Cal llama mi atención—. Necesito que le digas al conductor la dirección de adónde vamos.

—Sí, lo siento, eso sería realmente útil, ¿no?

Me río nerviosamente y le doy la dirección al conductor. Comienza a alejarse, pero pronto los paparazzi nos alcanzan en su carro.

—¿Cómo te acostumbras a esto? —le pregunto a Cal con incredulidad. *¿Cómo demonios lidia con esto todos los días?* Esto es exactamente lo que no quiero para Avery y para mí.

—Se apagará, Jenna. A estos papanatas no les gusta estar afuera cuando hace frío —dice con seriedad y lo estudio para ver si está bromeando o no, pero su rostro no revela nada.

—El invierno no es hasta dentro de un par de meses, ¿se quedarán aquí todo el tiempo? —pregunto incrédula. Eso es mucho más tiempo de lo que esperaba.

—Temo que sí. Mantén siempre la cabeza baja, deja que te tomen una foto y no les digas nada. —Asiento ante su consejo y nos quedamos en silencio por el resto del viaje en carro.

Nos detenemos frente al edificio de mi abogado y de inmediato somos encerrados con carros de paparazzi al frente, a los lados y en la parte trasera del nuestro. Dejan sus carros en marcha, salen y nos enjambran como abejas cuando Cal abre la puerta.

Cal les sonríe como el actor profesional que es e incluso los saluda con la mano. Luego se da la vuelta y extiende su mano para ayudarme a salir del carro. Agarro su mano mientras salgo, luchando contra el impulso de usar mi bolso para protegerme la cara. Puedo sentir la mano de Cal en la parte baja de mi espalda, urgiéndome hacia adelante y me siento aliviada de que él esté aquí conmigo en lugar de que me presente sola. Dejo que me lleve al interior del edificio donde nuestros dos abogados están esperando para escoltarnos arriba para discutir el futuro de Avery.

♥♥♥

Algún tiempo después, me siento en mi comedor y recuerdo mi reunión con los abogados y Layla mientras Robert me ayuda a bañar a Avery. Ya me he puesto un vestido de cóctel largo de encaje con cuentas azul marino con escote en V y mi cabello recogido en un moño bajo. Estoy lista para mi noche con Jax y estoy esperando su llegada. Confirmó por mensaje que llegará a las siete y nada más. Ha sido un día lleno de todo tipo de emociones y tener que lidiar con el drama de Jax y sus sentimientos es lo último que realmente quiero hacer esta noche.

—Entonces, déjame tratar de entender esto, porque el nombre de Cal no está en el certificado de nacimiento, ¿técnicamente no tiene derechos sobre Avery? —Layla pregunta mientras nos prepara una bebida en mi cocina.

—Correcto, entonces tuvimos que firmar una declaración voluntaria de paternidad y luego, una vez que se procese, él tendrá derechos de paternidad. Tendré la custodia física principal de Avery, pero compartiremos la custodia legal conjunta para que él participe en el aspecto de la toma de decisiones.

Al principio dudé en aceptar la custodia legal compartida. No tengo idea si Cal y yo tenemos diferentes creencias sobre cómo debería criarse y darle ese tipo de poder me asusta. Tiene tanto que ponerse al día para aprender sobre ella, que siento que nunca sabrá realmente qué es lo mejor para ella. Especialmente porque todavía no estará mucho debido a su trabajo.

—¿Te va a pagar manutención? —Layla pregunta y bajo los ojos para ver mis manos juguetear con mi vestido, sabiendo que no le va a gustar mi respuesta.

—No quiero su dinero y peleé durante las negociaciones porque no quería la manutención. Finalmente accedí a que pague retroactivamente por estos últimos cuatro años. Quieren que proporcione una lista de lo que creo que fueron mis gastos, pero no sé cómo voy a informarlo con precisión ya que no estuve llevando las cuentas. Lo único que me importa es que a Avery la cuiden y, con la cantidad de ceros que arrojaban, será una mujer muy rica cuando cumpla los veinticinco años. —Niego con la cabeza al pensar en cuánto dinero heredará y me recuerdo a mí misma para enseñarle el significado del dinero y lo bendecida que es por tenerlo.

—Sabes que te adoro, Jenna, pero creo que estás siendo estúpida por no aceptar los pagos de la manutención. ¿Cuáles son sus derechos de visita?

Me encojo de hombros y decido que no vale la pena discutir de nuevo mis fuertes sentimientos de por qué no quiero ni un centavo de él.

—Nada está decidido todavía, pero cuando él esté en la ciudad, la buscará cada dos fines de semana, el día de Navidad, cada dos años de Año Nuevo, además ha pedido todos los veranos en Inglaterra con él y su familia. —La miro por encima del borde de mi vaso mientras tomo un sorbo de mi bebida para ver su reacción.

Sigo negando que exista la posibilidad de que no vea a mi hija durante la mayor parte de los veranos. La única vez que está lejos de mí por largos períodos de tiempo es cuando pasa los fines de semana en la casa de mis padres y eso suele ser una vez al mes. Incluso entonces, la extraño tan pronto como me alejo. Ni siquiera puedo imaginar lo que será su primer verano lejos de mí.

—¿Cada verano? ¡De ningún modo! ¡Yo también necesito tiempo con mi campanita! —Layla resopla y sonrío ante el apodo que le puse. Layla pasa mucho tiempo con Avery durante el verano y me alegra el corazón que la vaya a extrañar—. ¿Cómo puedes estar de acuerdo con eso?

—Acepté dos de los tres meses y no puedo negar que vea a su padre. Quiero que ella tenga una relación con él.

—¿O tal vez planeemos las vacaciones de chicas todos los veranos en Inglaterra durante el tiempo que ella está allí? —dice ella con una sonrisa malvada en su rostro.

—¡Ahora eso suena como una idea brillante! —Nos reímos y brindamos cuando Robert regresa, sonriendo como el gato de Cheshire.

—Lo juro, la telenovela que es tu vida sigue mejorando y mejorando.

—¿Qué quieres decir? —Pregunto después de tomar un sorbo de mi bebida.

—Jax y Cal están subiendo, ¡en el mismo ascensor! —Él aplaude con emoción—. ¡Ojalá pudiera ser una mosca en la pared!

—¿Cómo sabes esto? —Pregunto, buscando mi teléfono para ver si tengo una llamada perdida del portero.

—Tengo tu teléfono, tonta, y respondí la llamada para dejarlos subir. Hagamos una apuesta, ¿quién será el que se verá atractivo y melancólico debido a que conoció al otro hombre que ha tenido relaciones sexuales con Jenna? ¿Cal o Jax? —Mira entre nosotras con demasiado entusiasmo por este tema.

—¡Yo digo que Cal! —Layla responde.

—¡Yo digo que será Jax! —Robert le responde.

—Digo que no voy a participar en esta estúpida apuesta. Voy a ir a ponerme mis joyas. —Me dirijo a mi habitación y cierro la puerta, queriendo un par de minutos para mí antes de tener que poner una sonrisa falsa y fingir que todo está bien, cuando en realidad no es así. No era así como quería que Jax conociera a Cal por primera vez. *¿Por qué está Cal incluso aquí?* Ni siquiera hablamos de la próxima vez que vendría.

Mi estómago comienza a dolerme de nuevo, la ansiedad de la situación me enferma. *Terminemos con esto*, me digo. Tomo un respiro tembloroso, enderezo mis hombros y vuelvo a salir a la sala de estar.

Salgo justo cuando Robert cierra la puerta detrás de Cal y su madre, quienes están de pie en el pasillo, observando a Avery correr hacia los brazos abiertos de Jax. Él la levanta y la sostiene en alto. La mirada en el rostro de Cal es de celos y da escalofríos por lo enojado que se ve. Los mira un poco más hasta que Layla sale de la habitación de Avery.

—Es bueno verte de nuevo, Layla. Te presento a mi madre. —Cal hace las presentaciones y trata de inclinarse hacia adelante para darle un abrazo a Layla, pero ella lo detiene antes de que pueda hacerlo.

—Lo siento, Cal, pero he odiado tus entrañas estos últimos cuatro años y realmente no sé cómo me siento al verte. Sin ofender, señora Harrington —dice, sonriendo a Rose, pero su sonrisa se desvanece cuando vuelve a mirar a Cal.

—Parece ser el consenso en este lugar. —Cal sonríe y lanza una mirada en mi dirección.

—Bueno, ¿puedes culparnos? —Layla exige y en secreto le doy cinco por plantarse y no ceder al encanto de Cal como lo hizo Robert.

—No. Y aunque estoy seguro de que en ese momento pensaste que era devastador, te estaré eternamente agradecido por contarle a quien le hayas contado sobre Avery. —Él va por el abrazo de todos modos, y todo lo que Layla puede hacer es quedarse allí, con los brazos a los lados, sin saber si debería devolverle el abrazo o no.

—Vaya, Avery, mira a tu mami. ¿No se ve hermosa? —Jax dice, todos los ojos volviendo a mí ahora. Sonrío y concentro toda mi atención en Jax, que se ve guapo con su traje negro y su corbata. Lleva a Avery hacia mí, me abraza con un brazo y susurra—: Te he extrañado.

Luego me besa en los labios, claramente tratando de enviar un mensaje.

Me alejo con una risita nerviosa y miro a Robert en busca de ayuda.

—¿Ya todos se conocen?

—Sí, subimos en el elevador y Jax se nos presentó entonces —responde Cal, y luego procede a mirarme a propósito de una manera tan descarada mientras siento que Jax me agarra con más fuerza cuando los ojos de Cal vuelven a mirarme. Me niego a entrar en el juego a pesar de que mi cuerpo se siente como si estuviera dentro de un infierno.

—Sí, pero no esperaba que me presentaran al Señor Harrington esta noche. ¡Mejor ahora que nunca! —La risa de Jax es tan forzada que apenas puedo contener mi vergüenza.

—Es mi culpa por esta visita sorpresa. Nos vamos, pero quería despedirme una vez más de Avery —dice Rose mientras da un paso adelante.

—¿Te vas esta noche? —pregunto, mirando a Cal en busca de una explicación, ya que nunca mencionó nada hoy.

—Mi madre necesita regresar a Londres y yo tengo que estar en Los Ángeles esta semana por negocios. Regresaré el próximo lunes para discutir nuestro futuro —dice Cal con una sonrisa astuta, sus insinuaciones seguramente solo tienen la intención de irritar a Jax aún más. Aparto la mirada de él para ver la sonrisa de comemierda de Robert, claramente disfrutando de la competencia entre los dos hombres.

—¿Volveré a verte, Rose? —Avery pregunta con ojos grandes y tristes.

—Eso espero, Avery. ¿Quizás este verano? —Me tenso ante las palabras de Rose ya que aún no hemos hablado de que Avery vaya con Cal a Londres.

—Oh, mami, ¿podemos? —Me mira con tanta emoción que odio decirle que no.

—Ya veremos, Avery. Mami tiene que irse. Dame un abrazo y un beso. —La abrazo fuerte y consigo un agradable y húmedo beso plantado en mi boca. Sus labios comienzan a temblar al darse cuenta de que me voy—. Mira a todas estas personas divertidas que están aquí para jugar contigo esta noche.

Ella mira alrededor de la habitación y sonríe. La bajo y continúo dando abrazos de despedida a Layla, Robert e incluso a Rose.

Cal es el último obstáculo antes de llegar a la puerta. Me detengo frente a él para despedirme cuando se inclina y me besa en la mejilla.

—Te ves hermosa —susurra, enviando escalofríos por mi espalda. Doy un paso atrás y lo miro, lo que solo lo hace reír.

—Te llamaré cuando regrese. —Extiende su mano hacia Jax para un apretón de manos, que Jax toma.

—Encantado de conocerte, Cal. Te veré cuando regreses —dice Jax con una sonrisa. Caminamos alrededor de Cal y Jax me rodea para abrir la puerta, empujándome suavemente hacia el pasillo. Caminamos en silencio hacia los ascensores, pero una vez dentro, Jax deja pasar su farsa de ser un adulón.

—El hombre tiene pelotas para follarte con los ojos frente a mí. ¡*Yo*! ¡Tu novio! ¿Cómo esperas que aguante esa mierda sin golpearlo, Jenna? —pregunta, pasándose una mano por el cabello con enfado.

Pongo mis manos en su pecho para tratar de calmarlo.

—Hablaré con él, pero Jax, estabas tratando de hacer alarde de nosotros como si fuéramos la familia perfecta frente a él. Eso tampoco fue justo para él.

—Si esta relación va a ir más lejos, entonces algún día podríamos ser una familia y él tendrá que acostumbrarse a eso —

gruñe y yo asiento, no queriendo discutir ningún posible futuro juntos en este momento.

Llegamos al vestíbulo y solo avanzamos unos pasos antes de que los flashes de la cámara reboten en las ventanas de vidrio de los paparazzi. Jax agarra mi mano y nos apresuramos a llegar a la seguridad del carro que nos espera mientras continúan gritando nuestros nombres. Entramos y el conductor arranca, incorporándonos al tráfico.

—Escucha, Jenna, reconozco que no he manejado esto muy bien y lo siento. Sé que esto ha sido duro para ti. —Reconoce con frustración. Me atrae hacia su costado y me besa en los labios.

Estoy feliz de que se haya disculpado y profundizo mi beso para mostrarle mi aprecio. Pero tan pronto como llegamos al evento, Jax desaparece con sus compañeros de equipo y comienza a beber, dejándome con las otras esposas y novias, quienes me bombardean con preguntas sobre Cal. De repente siento como si todos los ojos estuvieran sobre mí, hablando de mí, observándome. Me siento mal del estómago y trato de encontrar refugio con alguien en quien confío, pero ese alguien es Jax y está eligiendo no pasarlo conmigo. Me siento aliviada cuando comienza el programa de la noche, con la esperanza de que me distraiga de mi inquietud. Jax sigue bebiendo y apenas cena. Al final de la noche, tengo que pedirles a sus compañeros que me ayuden a subirlo a un taxi debido a que está borracho. Regresamos a su hotel sin paparazzi alrededor y logramos llegar a su habitación.

—Por favor, no te enojes conmigo —murmura mientras lo meto en su cama—. Es que te amo tanto.

Y con eso, se desmaya.

Lo miro fijamente, decidiendo que no voy a mentirle sobre esto mañana porque la horrible resaca que va a tener y la ira de su entrenador serán suficiente tortura.

Lo beso en la frente, apago las luces y me dirijo a casa.

# *Capítulo* 27

Las noticias de Cal y yo continúan hasta la semana siguiente. La mayoría de las historias parecen inventadas a partir de fuentes anónimas, pero una historia tiene una fuente anónima que cita mis palabras exactas a Cal su primer día en mi puerta.

—Me parece que uno de tus vecinos estaba escuchando y decidió sacar provecho de la exclusiva —dice Robert mientras lee una de las muchas revistas que compró con Cal y yo en la portada. —Sin embargo, creo que este es, con mucho, mi favorito. ¡Jenna en un triángulo amoroso!

Se ríe y me pasa la revista que tiene fotos de Cal, Jax y yo en un triángulo.

—¡Absolutamente ridículo! —digo con disgusto mientras miro la revista. Estoy muy decepcionada de que uno de mis vecinos me hiciera eso, pero como me advirtió Chase, el dinero hace que las personas hagan cosas que no pensarías que harían normalmente.

—Lo bueno es que no hay muchas fotos de Avery. Sólo tuyas.

—Sí, pero han estado acosando su escuela y la directora y los otros padres se están enfadando mucho. Han solicitado una reunión conmigo el lunes para discutir otras opciones. Creo que la van a echar —digo decepcionada. He estado luchando para encontrar otra guardería, pero las opciones son escasas y la mayoría de los lugares tienen listas de espera.

—¿Crees que la pequeña señorita de allí está empezando a preguntarse algo? —pregunta Robert, señalando con la cabeza a Avery, que está jugando en su habitación. Cal la llama todas las noches antes de acostarse para hablar con ella. La primera noche fue la más incómoda, ya que ambos no sabían realmente qué decirse, pero desde entonces, ella se ha abierto más a él y sus conversaciones han comenzado a durar más.

—No, aún no. Ella me pregunta por qué todos están tomándonos fotos. Cal le contó sobre esta noche, así que pensé que sería divertido tener una fiesta para verlos. —Cal asistirá a los Oscar, y aunque no tengo ningún deseo de verlo luciendo guapo con un esmoquin con otros actores y actrices, pensé que sería divertido hacerlo especial para que Avery lo vea.

—¿Y qué hay de Jax? ¿Cómo está manejando todo esto?

—No tan bien. El escrutinio mediático ha afectado su desempeño. Como no está jugando como se debe, ha sido enviado a la banca. Están en un viaje de diez días, así que tal vez estar fuera de la ciudad y no verme ayude.

—¿Por qué verte no ayuda? —Robert me observa con una mirada perpleja en su rostro.

—Creo que verme le recuerda por qué está bajo escrutinio.

Robert solo pone los ojos en blanco y se ríe.

—Jenna, si esa es la razón, entonces ese chico tiene que irse.

—¿Pensé que te gustaba Jax? —pregunto con una sonrisa inquisitiva.

—¡No si va a portarse como un gilipollas! Además, creo que me gusta más Cal. —Él mueve sus cejas hacia mí y sonríe con una mirada astuta.

Ahora es mi turno de ponerle los ojos en blanco.

—¡Por supuesto! Es famoso, después de todo.

—No me importa la fama. Cal solo tiene que mirarte y puedo decir que es pura maldad. ¡Delicioso! —Me río de su locura y voy a la cocina para comenzar a preparar nuestros bocadillos para el espectáculo. Le doy un baño a Avery y le pongo su pijama para que tan pronto como veamos a Cal en la televisión, podamos irnos a la cama.

—Avery, ven a sentarte con el tío Robert para que podamos ver todos los vestidos bonitos en la alfombra roja —llama Robert desde la sala de estar. Avery sale corriendo para unirse a él mientras tomo los bocadillos. Me siento con ellos y paso las palomitas de maíz mientras vemos hermosas actrices y guapos actores caminar por la alfombra roja. Hablamos sobre qué vestidos nos gustan más y nos preguntamos por qué algunas actrices toman malas decisiones de vestuario.

—¡Mira, ahí está Cal! —Avery dice emocionada cuando la cámara se enfoca hacia él. Se ve devastadoramente guapo con su esmoquin, pero lo que me llama la atención es su cita, que no es otra que Cora Gregory.

Está deslumbrante con un vestido verde esmeralda con los hombros descubiertos que se amolda a cada curva de su cuerpo. Su cabello oscuro está suelto en ondas sueltas y lleva joyas de oro. Son la pareja más perfecta de Hollywood. Recuerdo nuestra conversación en Las Vegas en la que mencionó que ella es solo una amiga, pero me pregunto si eso ha cambiado desde entonces. *¿Cómo no puede sentirse atraído por alguien tan hermosa?*

—¿Quién es esa con Cal, mami? —Avery pregunta con su linda y pequeña nariz arrugada.

—Esa es una actriz llamada Cora. —Mantengo mi respuesta vaga, no queriendo influenciar a mi hija con mis opiniones sobre ella, especialmente si Cal está saliendo con ella.

—Avery, creo que debes preguntarle a Cal si ella es su novia la próxima vez que lo veas —dice Robert a Avery y lo miro conmocionada, sin creer que le está pidiendo a una niña de cuatro años que averigüe el chisme.

—¿Qué? —pregunta encogiéndose de hombros—. Sería una pregunta inocente viniendo de ella.

—Eso es cierto —estoy de acuerdo, y odio admitir que estoy tan curiosa como él.

♥♥♥

Tardamos en levantarnos a la mañana siguiente, cansados de quedarnos despiertos hasta tarde porque Avery quería ver más del programa. Afortunadamente, no tengo ninguna reunión programada hasta la tarde, así que nos tomamos nuestro tiempo para desayunar y prepararnos para la escuela. Abro la puerta para que nos vayamos y me sorprende ver a Cal.

—¡*Ay*! ¡Me asustaste! —Pongo mi mano sobre mi corazón acelerado y agarro la puerta.

—¡Cal! —Avery grita de felicidad y salta a sus brazos. Esta es la primera vez que le muestra afecto a Cal y estoy completamente paralizada al verlos juntos. Él le sonríe a los ojos y le devuelve el abrazo.

—Lamento haberte asustado, Jenna. Abriste la puerta antes de que pudiera llamar.

Niego con la cabeza al mirarlos y trato de concentrarme.

—Espera, ¿cómo estás aquí? Te acabamos de ver en la televisión anoche en Los Ángeles.

—Tomé el vuelo de la madrugada. Es hora de empezar a establecerse aquí. —Toca la nariz de Avery y luego me mira—. ¿Adónde van, señoritas?

—Llevo a Avery a la escuela y luego al gimnasio.

—¿Puedo ir a la escuela contigo? —Cal pregunta mientras le hace cosquillas en el estómago. Ella se ríe y trata de apartar su mano.

—Claro, puedes venir. Probablemente sería bueno que vieras adónde va. Ah, y la directora quiere hablar conmigo hoy sobre los paparazzi. Ella y el resto de los padres no están contentos con la atención.

Arquea las cejas con preocupación y asiente.

—Sí, reunámonos con ella para que podamos discutir algunas soluciones.

Tomamos el ascensor hasta el garaje y entramos en mi carro.

—Buen carro —dice Cal, admirando mi Land Rover. Ato a Avery a su sillita y me siento en el asiento del conductor.

—Gracias. Fue lo único que me dio mi exmarido que decidí quedarme —digo, sorprendida por lo que acabo de revelar. El carro fue uno de sus regalos de perdón por no prestarme atención cuando nos casamos. Al principio, dudaba en quedármelo ya que vivo en la ciudad y no necesitaba un carro, pero ha sido muy conveniente tenerlo y me alegro de haber decidido conservarlo.

—¿Cómo estuvo anoche? —pregunto, queriendo cambiar de tema. Salgo del garaje y veo un carro de paparazzi esperando para seguirme.

—Agotador, pero bueno. Es bueno ver a algunas personas que no he visto en mucho tiempo y ganaron muchas películas realmente buenas.

—Cal, ¿esa chica del vestido verde era tu novia? —Avery pregunta, y estoy muy orgullosa de mi chica por recordar hacerlo. No es que me deba importar si Cal tiene novia o no, ya que tengo a Jax.

—Ella es mi amiga Cora y no, no es mi novia —dice. Siento su mirada en mí por una reacción, pero mantengo mis ojos en el camino—. La conocerás a ella y a mi amigo, Sean, muy pronto.

—¡Sí! ¡Me encanta conocer gente nueva! —Avery dice y nos reímos de lo linda que suena.

—Vaya, ¿ya hemos llegado? —Cal pregunta sorprendido, mientras nos detenemos en el estacionamiento, los paparazzi nos esperan en la entrada. Rápidamente descubrieron nuestro horario matutino y siempre nos esperan en la escuela para tomar una foto.

—Sí, normalmente caminamos a la escuela, pero han estado haciendo que sea difícil hacerlo. —Asiento hacia los paparazzi—. Avery, ponte las gafas de sol. Puedes saludar a estos hombres si quieres también, pero sigamos con las gafas de sol, ¿de acuerdo?

Ella se pone las gafas de sol y está lista para partir.

Tan pronto como salimos del carro, comienzan a tomar fotos y a llamarnos. Caminamos hasta la entrada principal y entramos. Avery toma la mano de Cal para mostrarle dónde está su salón y le presenta a sus maestros.

—¿También me recogerás, Cal? —Avery lo mira con esperanza en sus ojos.

—Claro que sí, cariño.

Le doy una mirada inquisitiva, pero solo obtengo esa maldita sonrisa suya como respuesta. Besa a Avery en la frente y salimos de su salón para ir a tener nuestra reunión con la directora.

Su asistente nos acompaña a su oficina y nos sentamos.

—Señor Harrington, qué agradable sorpresa verlo hoy. Gracias por venir también. Como le dije a la señora Pruitt, los fotógrafos han perturbado mucho nuestro entorno y tanto yo como muchos otros padres estamos muy preocupados por la seguridad. Si esto no se detiene pronto, necesitaremos que Avery encuentre otra escuela.

—Entiendo completamente, directora Hayes, y lamento mucho la interrupción. Proporcionaré un agente de seguridad de tiempo completo en la puerta hasta que las cosas se calmen, y también haré una donación considerable a la escuela. Agradecemos todo el arduo trabajo que usted y su personal hacen por nuestros niños. Una vez más, me disculpo por las molestias de todo y espero que esta solución funcione para usted.

Espero que ella le diga que eso no será suficiente, pero en lugar de eso, ella sonríe y le ofrece su tarjeta.

—Eso suena maravilloso, señor Harrington. Tome mi tarjeta y llámeme cuando el oficial esté asegurado y le daré nuestro número de cuenta para hacer esa generosa donación. —Se pone de pie y se despide de nuestras manos, indicando que la reunión ha terminado.

*Espera, ¿eso es todo?*

Esa fue la reunión más corta de la historia y todo porque Cal ofreció una donación y un guardia de seguridad. Niego con la cabeza mientras salimos del edificio en silencio.

—¿El dinero siempre te saca de apuros? —Bromeo cuando estamos en la intimidad del carro. Mantengo la cabeza agachada para evitar mirar a los paparazzi mientras están fuera de nuestra casa, tomando fotos. Gracias a Dios por los vidrios polarizados.

—No con todos —me da una mirada mordaz, y no puedo evitar reírme de él. *¡No deberías estar sentado en un carro a solas con él, riendo! ¡Piensa en Jax!* Dejo de reír y enciendo el carro, pero me doy cuenta de que no tengo idea de a dónde vamos.

—¿A dónde voy?

—¿Pensé que íbamos a hacer ejercicio? —Le doy una mirada sorprendida, notando que dijo "vamos" y no "vas".

Miro su ropa que consiste en una camiseta y jeans.

—¿Vas al gimnasio en eso?

Se mira a sí mismo y se encoge de hombros.

—Puedo arreglármelas para hacer pesas. ¿Dónde está tu gimnasio?

—Iba a hacer ejercicio en el gimnasio de mi edificio. —La idea de él en esa pequeña sala de ejercicios conmigo no es buena. No queriendo sentarme aquí en el estacionamiento de la escuela con todos los paparazzi, decido encender el carro y conducir hasta que me diga a dónde ir.

—Está bien, haré ejercicio contigo. —Lo miro para ver que su rostro no tiene emociones y aunque suena inocente, nada con este hombre es inocente.

—¿Por qué quieres entrenar conmigo? —pregunto, sospechosamente.

—Porque, en primer lugar, necesito hacer ejercicio y, en segundo lugar, creo que es importante que tú y yo pasemos tanto tiempo juntos como sea posible para que nos conozcamos mejor. Creo que eso me ayudará a progresar con Avery si conozco y entiendo mejor a su madre. —Pienso en su lógica y, aunque tiene sentido, suenan campanas de advertencia en mi cabeza gritando que estar a solas con este hombre no es una buena idea.

—No creo que sea una buena idea, Cal —digo en voz alta—. La gente hablará y lo siguiente que sabremos será que saldrá una historia diciendo que estás viviendo conmigo. Aunque sabemos la verdad, eso no es justo para Jax.

—Aunque no estoy de acuerdo contigo, no estoy de humor para discutir. ¿Por qué no discutimos esto tú y yo durante la cena? —Lo miro de nuevo con la boca abierta por su persistencia.

—¡No podemos salir a cenar! —digo con exasperación que incluso sugiriera esto.

—¿Por qué no? La gente necesita comer —dice con naturalidad.

—Porque los paparazzi lo etiquetarán como una cita y no puedo tener eso.

—Robert me dijo que hay un restaurante en tu edificio. Podemos ir allí y los paparazzi nunca lo sabrán —sugiere con su sonrisa sexy que me distrae. Mantengo mi mirada al frente y me concentro en mi conducción.

—Por supuesto, Robert te diría eso —digo, haciendo una nota mental para tener una pequeña charla con el querido y entrometido Robert.

—He estado hablando bastante con Robert ahora que también tengo su número. —Puedo escuchar la satisfacción en la voz de Cal y solo puedo negar con la cabeza, sin sorprenderme de que Robert le haya dado su teléfono.

—Apuesto a que sí —digo con sarcasmo, sin disfrutar de esta nueva relación entre los dos. Cal solo se ríe y me doy cuenta de que todavía estoy conduciendo en círculos.

—Todavía no me has dicho en qué hotel te dejo —Le recuerdo, notando que la temperatura en el carro ha subido. Enciendo el aire acondicionado y lo pongo a tope. Miro a Cal para ver su ceja levantada con una sonrisa de complicidad en su rostro. Vuelvo mi atención a la calle y frunzo el ceño.

*¡Maldito sea este hombre y su ridículo atractivo!*

—Sí, lo sé. He estado disfrutando de esto. —Sus palabras me sorprenden y vuelvo a mirarlo para ver ese brillo coqueto en sus ojos, el que solía poner mi estómago en saltos mortales. El que todavía lo hace.

Tengo que sacarlo de mi carro y rápido.

—Tengo trabajo que hacer, así que, por favor, ¿en qué hotel te hospedas? —Repito mi pregunta con firmeza, no queriendo darle ninguna pista del efecto que todavía tiene sobre mí. Todavía estoy en una relación con Jax, a pesar de que él no está muy contento conmigo o con esta situación. Necesito mantener la guardia alta cuando estoy cerca de Cal.

—Me quedo en el Ritz-Carlton —responde finalmente. Asiento y me dirijo en esa dirección.

—Por favor considera cenar conmigo, porque necesitamos hablar sobre mi horario. La filmación no comienza en dos semanas, así que me gustaría pasar el mayor tiempo posible con Avery. Quiero llevarla a la escuela, recogerla, ir de paseo con ella, comer con ella. Todo lo que las familias normales hacen, lo quiero hacer. Necesito que estés con nosotros por el momento para que ella se sienta cómoda conmigo y luego, eventualmente, comencemos a hacerlas nosotros solos. —Asimilo todo lo que dice en silencio. Debería estar feliz de escuchar todo esto de él, pero no puedo evitar sentirme triste al pensar que ella y yo ya no estamos juntos todo el tiempo.

*Tranquilízate, Jenna, ¡al menos él quiere pasar tiempo y conocerla!*

—También me gustaría que vayas a buscar casa conmigo para que puedas sentirte cómoda en la casa que elijo para ella. —Levanto mis cejas, sorprendida, pero todavía no digo nada—. Una vez que comience la filmación, mi agenda será limitada durante los próximos tres meses. Voy a tratar de trabajar con el director para ver si podemos filmar más escenas nocturnas, pero no sé si estará de acuerdo con eso. Esta es otra razón por la que necesitaré tu ayuda.

Básicamente, me pide que sea accesible para que cuando él esté libre, Avery pueda estar libre. La parte amarga de mí quiere echarle en cara que no ha sido accesible para nosotros durante los últimos cuatro años, pero sé que eso estaría mal. Todavía no puedo creer que todo esto haya sido un gran malentendido causado por una exempleada suya.

Me detengo en el Ritz-Carlton y observo el circo de los paparazzi saltando de sus carros, esperando para tomarnos una foto.

—Trabajaré para tratar de ser accesible para ti —digo en voz baja.

—Gracias, Jenna. Realmente no sabes lo que esto significa para mí. Te veré más tarde para recoger a Avery de la escuela. —Asiente, sale del carro y cierra la puerta. No me molesto en ver si logra entrar al hotel o no mientras me alejo a toda velocidad, necesitando llegar a casa para organizar mis emociones.

# *Capítulo 28*

Me he vuelto muy buena tratando de hacer malabares con todo lo que tengo que hacer, pero como pasa en la vida real, las pelotas comenzarán a caer en algún momento.

Antes del inicio de la filmación de la película de Cal, pasa casi todas las horas que puede con nosotras. Durante la semana, llega temprano para desayunar con Avery, ir a la escuela con nosotras, luego hace ejercicio o hace llamadas de trabajo desde su hotel. Después de que termina, se reúne conmigo en la escuela de Avery para volver a casa con nosotras, donde cenamos, jugamos y leemos cuentos antes de dormir. Comienza a participar en nuestro ritual de patinaje sobre hielo los viernes por la noche y los sábados y domingos lo llevamos a algunos de nuestros lugares favoritos en Chicago.

Después de que Avery se acuesta, mantengo mis interacciones con él cortas, especialmente cuando lo atrapo mirándome, sus ojos llenos de ese intenso deseo que recuerdo de nuestro tiempo en Las Vegas. Afortunadamente, Cal nunca intenta nada y está siendo respetuoso con mi relación con Jax.

Me he acostumbrado tanto a tenerlo cerca que me encuentro llenando mi refrigerador con lo que sé que le gusta comer. Ahora que ha comenzado la filmación, todavía se las arregla para dejarla en la escuela, pero a veces no lo vemos hasta la hora de acostarse. Una noche, se durmió con ella y no tuve el corazón de despertarlo para echarlo. Me quedé de pie en su puerta, mirándolos a los dos con lágrimas corriendo silenciosamente por mi rostro. Empiezo a sentir que somos una familia feliz y cada vez que lo veo reír con ella o cuidarla, la pared alrededor de mi corazón comienza a resquebrajarse lentamente.

*Esto es lo que quería para ella, pero ¿qué sucederá cuando termine su película y tenga una película en un lugar lejano?* La idea de que esto sea temporal me mantiene despierta toda la noche.

Si bien las historias en las revistas parecen calmarse, los paparazzi se han quedado, todavía acosándome cada vez que tienen la oportunidad. Chase siempre mantiene la distancia, pero su advertencia sobre Danny Salari me vino a la mente cuando Danny me llamó perra por no sonreírles un día. Desde entonces, sigo sin decirles nada, pero he comenzado a sonreír más y, a veces, a saludar con la mano, con la esperanza de que eso comience a apaciguarlos lo suficiente como para dejarnos en paz.

Esta noche es el último juego de la temporada para Jax y dejaré que Cal cuide a Avery solo mientras yo voy. Robert comenzará la noche cuidándola ya que Cal seguirá trabajando, pero tan pronto como llegue Cal, Robert se irá.

Las cosas con Jax todavía no han vuelto a la normalidad. He estado yendo a cada uno de sus juegos en casa, tratando de ser la novia solidaria, pero como él no es un habitual en la alineación, sus cambios de humor son más frecuentes y es menos divertido estar cerca de él. A pesar del cambio en su comportamiento, trato de incluirlo en nuestras actividades con Cal y trato de pasar el mayor tiempo posible a solas con él.

Cuatro horas después, Jax no solo no está en la alineación para esta noche, sino que el equipo perdió su último juego. Al perderse los playoffs por dos puntos, los jugadores están devastados. Llevo a Jax a su restaurante favorito, pero apenas come y la conversación es mínima. Cada vez que le hago una pregunta, es una respuesta redactada. Finalmente dejo de preguntar y paso los últimos diez minutos de nuestra comida en silencio. Después de que terminamos, volvemos al carro y conduzco hasta su hotel. No me gusta cómo está yendo esta noche y estoy a punto de dar vuelta en el estacionamiento cuando me detiene.

—Puedes dejarme en el frente en lugar de estacionar —dice, su voz monótona, sus ojos sin emociones. Sé que está molesto por el partido y por cómo fue el final de la temporada, pero todavía me sorprende que no quiera pasar tiempo conmigo.

—¿No quieres que suba? —pregunto y no puedo contener el dolor que está en mi voz por su falta de atención.

—Ya no puedo hacer esto, Jenna. Dejemos de fingir que estamos en una relación real por una vez, ¿de acuerdo?

—¿Qué quieres decir? —pregunto, de repente muy confundida por lo que está hablando.

—Nunca me has invitado a quedarme en tu apartamento. ¿Hemos estado juntos durante casi un año y no puedo quedarme a dormir?

—Jax, te dije que no quería incomodar a Avery si se despertaba y te veía en la casa. Dijiste que entendías —Explico, enojándome de que volvamos a hablar de esto. Actuó completamente bien con eso cuando tuvimos esta discusión por primera vez y nunca tuvo ningún problema conmigo siempre yendo a su lugar.

—Sin embargo, está bien que Cal duerma allí, ¿quién no la conoce desde hace tanto tiempo? —pregunta amargamente, su voz tan llena de celos, lo estoy encontrando bastante poco atractivo en este momento.

—Él es su padre, Jax. ¡Nada tiene que ver una cosa con la otra! —argumento, sin entender por qué está actuando de esta manera.

—¿Ella ya sabe que él es su padre?

Me trago cualquier otro comentario que me quede porque tiene razón, no es justo para él que Cal se durmiera antes que él en casa, especialmente porque Avery todavía no sabe quién es Cal para ella. Miro a los ojos de Jax y veo que ha terminado conmigo. Toda la calidez y el amor que solía sentir por mí se ha ido.

—Jax, lo siento… Nunca quise lastimarte —suplico, no quiero que esto termine así.

—Sé que no era tu intención, pero lo hiciste —dice con amargura y abre la puerta del carro. Él me mira una vez más con anhelo y tristeza en sus ojos—. Adiós, Jenna.

Salto cuando la puerta del carro se cierra de golpe y lo veo entrar a su hotel con lágrimas corriendo por mi rostro.

Conduzco de regreso a casa en una neblina de confusión porque mi relación con Jax ha terminado y avergonzada de cómo lo traté sin darme cuenta. Todo lo que Jax quería era que yo también lo amara y no lo hice de la forma en que él lo necesitaba. Darme cuenta me hace llorar más fuerte sabiendo que fui yo quien infligió el daño y el dolor.

Me detengo en el garaje de mi condominio, exhausta y disgustada conmigo misma. Tomo el ascensor y abro la puerta para ver a Cal y Robert sentados en el sofá, hablando en voz baja para no despertar a Avery.

—Jenna, ¿qué pasa? —Robert pregunta, notando de inmediato lo molesta que estoy.

—Jax rompió conmigo esta noche —susurro, incapaz de mirar a ninguno de los dos—. Si ambos me disculpan, me voy a la cama ahora. Por favor, déjenme sola.

—Lo siento, Jenna —murmura Cal solemnemente, y aunque suena sincero, no le creo.

—Lo dudo bastante —digo con amargura por encima del hombro mientras camino hacia mi habitación y azoto la puerta de mi habitación.

Los golpes siguen llegando al día siguiente, pero esta vez es Canal Tres llamando, diciendo que están cancelando nuestro segmento mensual.

—¿Por qué? —pregunto enojada, sabiendo la respuesta antes de que el productor tenga que decirlo en voz alta.

—En este momento, Jenna, los dueños sienten que tu situación actual es demasiado escandalosa. Si bien los ratings han estado por las nubes, quieren desconectarse. Lo siento mucho, Jenna, no puedo hacer nada.

Cuelgo el teléfono, enojada por la injusticia de todo. Ahora Cal Harrington ha afectado mi vida personal y profesional y estoy harta de todo. Necesito dejar ir todo. Necesito ir a divertirme y estar rodeada de personas en las que confío. Agarro mi teléfono celular y llamo a Layla.

—Vamos a ir a O'Malley's esta noche —digo cuando contesta.

—¿De verdad? No hemos estado allí en casi un año —dice emocionada.

—Lo sé, pero ha sido una semana realmente horrible y necesito algo de tiempo con mis amigos. Tengo que liberar algo de este estrés.

—¡No tienes que decírmelo dos veces, estoy lista! —Hablamos un poco más antes de colgar con ella. Llamo a Robert para confirmar que vendrá y luego consigo una niñera ya que Cal trabajará hasta muy tarde esta noche y no verá a Avery hasta la mañana.

Después de recoger a Avery de la escuela, me aseguro de darle de comer y prepararla para ir a la cama. Llega la niñera y me arreglo. Me decido por unos jeans azul oscuro, con una blusa roja escotada y un blazer negro por encima. Lo combino con unos botines negros. Para mi maquillaje, hago ojos ahumados y pinto lápiz labial rojo en mis labios. Sintiéndome bien con mi aspecto, le doy un beso de despedida a Avery y me dirijo al pub.

Los paparazzi siguen mi taxi y me toman fotos saliendo del carro. Una vez dentro de la seguridad del restaurante, encuentro un reservado lejos de las ventanas y espero a que lleguen Layla y Robert.

♥♥♥

Tres horas más tarde y me siento mejor por estar en compañía de mis amigos. Me hacen reír, comemos comida chatarra y estoy bastante achispada. Robert y Layla deciden quedarse atrás cuando les digo que estoy lista para ir a casa y acurrucarme con mi niña.

Salgo de O'Malley's y me sorprende gratamente encontrar las calles sin paparazzi. Con mi apartamento a solo un par de cuadras de distancia y mucha gente alrededor, decido aprovechar esta hermosa tarde y caminar a casa como solía hacer.

Cuando mi complejo de apartamentos aparece a la vista, de repente escucho un carro chirriar detrás de mí y una puerta cerrarse de golpe. Rápidamente me siento incómoda cuando escucho pasos detrás de mí y acelero el paso, mi intuición me dice que los paparazzi acaban de encontrarme.

—Bueno, bueno, bueno, mira quién decidió dar un paseo nocturno. ¿Disfrutaste tu tiempo en el bar? —Danny Salari camina frente a mí y me muestra la cámara en la cara. Me detengo y cierro los ojos para recuperar mi visión ya que no estoy preparada y olvidé traer mis lentes de sol.

—Sí, gracias. Por favor, apártate de mi camino —digo cortésmente, tratando de caminar alrededor de él. Dos paparazzi más se unen y me rodean, lo que me dificulta moverme entre ellos. Llevo mis manos a un lado de mi cara para tratar de protegerme de los flashes. Mantengo los ojos hacia abajo y me digo que debo seguir moviéndome.

—No lo creo, señora, ya que nos debe una foto de buena calidad —Se burla Danny, inclinando su cámara para que destelle hacia arriba. Me detengo en seco, la ceguera me hace tambalear. Respiro hondo y sigo caminando hacia adelante, mi edificio parece tan cerca, pero tan lejos.

—Hemos estado aquí por casi dos meses que gastamos el dinero que tanto nos costó ganar para quedarnos aquí y todo lo que necesitamos es solo una linda foto tuya. ¿Por qué no cooperas y nos la das? —Otro destello en mi rostro me hace detenerme de nuevo. Se aprovechan de mi ceguera y me encajonan.

—Okay, lo siento. ¿Qué tal si te doy la foto ahora? —Bajo las manos e intento sonreír, pero el continuo parpadeo de las bombillas me dificulta mantener los ojos abiertos.

—No, tus ojos están demasiado entrecerrados. Necesitamos que nos abras los ojos.

—Si te detienes por un segundo y dejas que mis ojos se adapten a las luces cegadoras, ¡se abrirán! —espeto, sin contener mi irritación con ellos.

Los escucho detenerse y aprieto mis párpados antes de abrirlos lentamente de nuevo. Miro a mi alrededor para orientarme y tan pronto como sonrío, comienzan los destellos.

Pero esta vez, se vuelven implacables.

—¡Detente, no puedo ver a dónde voy! —grito, pero a nadie parece importarle mientras el chasquido continúa. Trato de caminar hacia adelante y solo miro mis pies, pero alguien vuelve a bajar la cámara y el flash vuelve a mis ojos. Pierdo el equilibrio y caigo de rodillas.

—¡Miren muchachos, ella está de rodillas donde pertenece! —Se ríen del comentario crudo de Danny y continúan tomándome fotos. Comienzo por arrastrarme hacia adelante, raspando mis manos en el concreto, pero me tienen rodeada y no se mueven.

Mi ira se ha desvanecido y es reemplazada por el miedo. Dejo de gatear y me encorvo en el suelo, cubriendo mi cabeza con mis manos, esperando que alguien me ayude y llame a la policía.

—Mira, está demasiado borracha para volver a levantarse. —Muevo mi dedo medio y la burla continúa. Temiendo por mi vida y sin saber qué hacer, empiezo a entrar en pánico y las lágrimas caen silenciosamente por mis mejillas, mi noche se convierte en una pesadilla.

*¡Por favor haz que esto se detenga!*

Comienzo a desconectar las burlas y entro en mi propia cabeza, meciéndome de un lado a otro para tratar de calmarme. No tengo idea de cuánto tiempo estoy en el suelo, pero de repente escucho gritos. La voz de un hombre está gritando, diciéndoles que se quiten.

—Malditos idiotas, ¿qué diablos les pasa? —Escucho a alguien decir. Siento manos sobre mí y me encojo hacia adentro, mis manos golpean sus dedos fuera de mí.

—¡Jenna! Jenna, soy Chase. ¡Estoy aquí para ayudarte! *¡Soy Chase, Jenna!* Estoy justo en frente de ti. Mira mis converse negros. —Su voz de pánico atraviesa mi escudo mental, lo que hace que levante la cabeza y mire al suelo. Efectivamente, hay dos converse negros frente a mí.

—Esta es mi mano saludándote, Jenna, ¿puedes verla? —Veo una mano borrosa frente a mi rostro y asiento.

—Toma mi mano, Jenna. ¡Te llevaré a casa! —Me anima dos veces antes de agarrar su mano e inmediatamente me ayuda a ponerme de pie.

—¡Aléjate de ella, Salari! Vas a pagar por esto —gruñe Chase después de levantarme bajo mis rodillas y llevarme el resto del camino a mi edificio. Envuelvo mis brazos alrededor de su cuello y entierro mi cabeza en su pecho, deseando que los ruidos de los flashes y el clic de las cámaras se detengan.

—Yo no le hice una mierda. No puedo evitarlo si ella ha tomado demasiados tragos esta noche y no puede caminar. ¡No tienes nada contra mí, Canadá!

—¿Qué diablos está pasando? *¡Jenna!* Dios mío, ¿qué pasa? —Escucho la voz preocupada de Robert venir a mi lado mientras Chase continúa llevándome.

—Ella fue atacada por los paparazzi. ¿Pensé que estabas con ella esta noche? —Escucho ruidillo y mi mente registra que estamos a salvo en mi edificio y entrando al elevador.

—Estábamos con ella, pero pensamos que tomó un taxi a casa, ¡no que se había ido caminando! Dios mío, está temblando. ¿Se encuentra ella bien?

—Ella está en estado de shock. ¿Por qué diablos, Harrington, no tiene un guardaespaldas para ella? Típico. ¡Imbécil egoísta! —gimo en voz alta, la ira de Chase me asusta.

—Tienes que bajar la voz, Chase. No queremos llamar la atención de los vecinos, ni queremos despertar a Avery y asustarla.

Trato de mantenerme consciente mientras Chase baja del ascensor y me lleva a mi piso, pero no puedo mantener los ojos abiertos y mi voz parece enterrada en la boca del estómago. Escucho a Robert abrir la puerta y decirle a la niñera que no diga una palabra.

Siento a Chase caminando rápidamente hacia mi habitación donde me acuesta en mi cama. Prefiero ir a dormir con Avery, pero no puedo seguir con la lucha de mantenerme despierta. Dejo de escuchar voces, mi cuerpo da la bienvenida a la oscuridad que me consume.

# *Capítulo* 29

Me despierto con un sobresalto, otra vívida pesadilla de la noche anterior acechando mi sueño. A diferencia del sentimiento de anoche de ser una presa asustada, esta mañana estoy enojada.

Me levanto de la cama y me pongo mi ropa de entrenamiento, mi necesidad de agotar estas emociones se apodera de mí antes de que tenga un colapso mental. Salgo del dormitorio y encuentro a Cal y Robert hablando en voz baja con un extraño. Todos se giran y me miran, preocupación en sus rostros, pero hay algo más, como si hubieran estado tramando algo sin mi conocimiento. Estoy inmediatamente en alerta. Miro sospechosamente a este extraño que está en mi casa sin mi invitación. Su corte de cabello indica militar, sus ojos son de acero gris frío mientras me miran fijamente. Ninguna cantidad de ropa puede ocultar su cuerpo duro como una roca. Es deslumbrante de una manera completamente peligrosa. Sé que la situación es grave ya que Robert no está babeando encima de él.

—¿Cómo te sientes hoy? —Robert pregunta con una voz dulce que usaría con Avery.

—Bien —digo con firmeza, lanzándole una mirada cuestionable—. ¿Dónde está Avery?

Camino a su habitación, pero la encuentro vacía.

—Ya la llevé a la escuela —dice Cal, su tono de voz serio, sus ojos penetrantes mientras evalúa mi estado de ánimo—. Jenna, quiero que conozcas a Mason, tu nuevo guardaespaldas. Estará contigo en todo momento cuando necesites salir de casa. Somos extremadamente afortunados de que estuviera disponible en tan poco tiempo.

Cal le da las gracias a Mason con la cabeza.

—Revisé sus credenciales y estoy seguro de que podrá mantenerlas a ti y a Avery a salvo cuando estén en público.

Miro a Cal en silencio, mi ira hacia él asciende a un nuevo nivel por no consultarme. Nunca discutimos esto de contratar a un guardaespaldas, ni me preguntó si quería uno. Sólo otro recordatorio de cómo me ha quitado por completo todas las formas de libertad. Ya no puedo salir sola en público y ahora necesito una maldita niñera.

Me dirijo a Mason con una mano extendida y mi sonrisa más deslumbrante.

—Encantada de conocerte. ¿Tienes un apellido, Mason?

—Puede llamarme Mason, señora —dice, su voz es un poco arrogante para mi gusto. Me agarra la mano en un apretado y breve apretón.

—Bueno, Mason, agradezco que estés aquí por mi bienestar, pero verás, parece haber una pequeña falta de comunicación ya que nunca me preguntaron si te quería aquí o no y sin ofenderte personalmente, pero no lo hago. No necesito un guardaespaldas. Estoy segura de que el señor Harrington te está pagando generosamente para que desperdicie tus habilidades prístinas cuidándonos a mí y a mi hija. Me disculpo en su nombre y te deseo la mejor de las suertes ya que no necesito tus servicios. —Le sonrío dulcemente, giro y me dirijo a la puerta principal.

Tres pasos adentro y mi brazo es agarrado por Cal, quien me hace girar para enfrentar la furia que refleja en sus ojos.

—Mason, parece que la señora Pruitt está lista para correr. Puedes ir al baño a alistarte para ir con ella, mientras tanto, nosotros conversaremos al respecto.

Mason recoge una bolsa de lona del suelo y se dirige directamente al baño de Avery. *¿Cómo sabe él dónde está ya? ¿Cuánto tiempo ha estado aquí?*

Mientras Cal me arrastra del brazo a mi dormitorio, miro a Robert con la esperanza de que pueda leer mi mente mientras le grita *traidor*. Podría haberme enviado un mensaje esta mañana mientras estaba en mi habitación para advertirme sobre Mason y no lo hizo. La Jenna racional trataría de entender por qué Robert pensaría que estaba bien no decirme lo que Cal estaba planeando. Pero la Jenna racional no está aquí en este momento y la Jenna irracional está enojadísima. Todo lo que estoy pensando es en lo egoísta que ha sido Robert por ir a mis espaldas y ponerse del lado de Cal.

Saco mi brazo del agarre de Cal y camino hacia mi ventana para tratar de alejarme de él lo más que pueda. Cal cierra la puerta y todo lo que escucho son sus pasos caminando de un lado a otro.

—Jenna, sé que no eres tan estúpida como para creer que no necesitas un guardaespaldas después del incidente de anoche. —Su voz es áspera y condescendiente con su insulto.

Aprieto mis manos en un puño y me doy la vuelta, la imagen de darle un puñetazo en la cara proporciona un inmenso placer.

—Bueno, Cal, supongo que a tus ojos soy estúpida, ¡porque no necesito un guardaespaldas! Siento que lo de anoche fue un incidente aislado y no volverá a suceder, ya que es de esperar que la gente se horrorice cuando vean las imágenes una vez publicadas.

Cierra los ojos y se agarra el puente de la nariz, respirando hondo para calmarse. Mantiene su mandíbula apretada, su paciencia conmigo obviamente en hielo delgado.

—Desafortunadamente, no es así como funciona el mundo de los paparazzi. Anoche solo alimentó su fuego y te perseguirán aún más.

Me acerco a él tranquilamente y lo miro a los ojos para que entienda lo seria que estoy.

—No conozco el mundo de los paparazzi. No conozco tu mundo. Lo que sí sé es que no quiero formar parte de tu mundo. Al igual que no quiero ninguna parte de tu mundo. Tú trajiste esto a mi vida. *Tú* tienes que arreglarlo saliendo de él. —Y con eso, me doy la vuelta y abro mi la puerta del dormitorio, sin importarme más lo que piense Cal Harrington.

Quiero mi vida de vuelta.

Me debe mi vida de vuelta.

Mason me está esperando en la puerta principal, la mirada en su rostro indica que sus intenciones son escoltarme.

—Espero que puedas seguirme el ritmo, Mason —digo con un guiño y una sonrisa venenosa en mi rostro mientras salgo de mi apartamento.

—Señora, lo siento si mi presencia está causando tensión entre usted y el señor Harrington —dice, una vez que entramos en el ascensor—. Pero vi las imágenes de anoche y lo que le hicieron no es aceptable.

—No es culpa tuya, Mason. Es culpa del señor Harrington —digo con una dulce sonrisa. Salimos de los ascensores y me detengo a pensar cuál sería la mejor ruta por seguir, pero se me ocurre una idea—. Mason, ¿alguna vez has estado en el centro de Chicago antes?

—No, señora, no lo he hecho.

—¡Bueno, te espera un regalo! Sígueme —digo con una cara seria mientras me pongo las gafas de sol y ajusto mi gorra. Me doy cuenta de que los paparazzi han sido trasladados detrás de una barricada policial a seis metros de la entrada del edificio. Parece que hay incluso más de ellos que antes y un destello de duda pasa momentáneamente por mi mente. *Tal vez sea bueno que no esté corriendo sola hoy.* Dejo ese pensamiento a un lado porque todavía es culpa de Cal que ya ni siquiera tengo la libertad de salir sola.

Salimos y comenzamos a trotar, los paparazzi inmediatamente comienzan a seguirnos. Algunos de ellos saltan en sus carros y otros comienzan a pie.

—¡Parece que la princesa Jenna no pudo manejarnos, muchachos! —dice Danny Salari, refiriéndose a Mason mientras trata de correr junto a nosotros—. ¡Me pregunto cuánto tiempo pasará antes de que ella tenga sexo con este!

Aprieto los dientes cuando los escucho reírse y procedo a correr más rápido. Pronto Salari y algunos de los pocos que decidieron intentar correr dejan de seguirnos. Los únicos paparazzi que quedan son los que nos siguen en carro. Mi intención es que nos dirijamos al centro. Si bien normalmente me quedo en el sendero frente al lago, ir al centro será mi mejor oportunidad de perder tanto a Mason como a los paparazzi.

Corro hacia el oeste durante media milla a un ritmo constante, tratando de mantener la cabeza recta mientras mis ojos siguen los carriles de carros a mi izquierda, tratando de calcular cuándo habrá un descanso para pasar rápidamente. Finalmente, veo uno y mi corazón comienza a acelerarse. Diciendo una pequeña oración rápida, de repente giro a la izquierda y corro directamente hacia el tráfico que se aproxima. Las bocinas de los carros suenan, las llantas chirrían mientras llego por poco al otro lado. Escucho a Mason gritar mi nombre y salgo aún más rápido. Comienzo por zigzaguear entre la gente, girando a la derecha en una calle, luego a la izquierda en otra calle, tratando de ver a dónde puedo ir sin que me sigan. Después de girar otra vez hacia otra calle diferente, miro hacia atrás y no veo a nadie que reconozca, pero me niego a correr el riesgo, ya que Mason podría haber cruzado ese tráfico una vez que esos carros se detuvieron.

Me arde al respirar, mis piernas están cansadas y el sudor me cae por la cara cuando decido reducir el ritmo para recuperar el aliento. Veo una gran tienda por departamentos que ocupa toda la cuadra con múltiples entradas en cada una de sus cuatro calles y corro hacia adentro. Sigo las señales hacia el baño, lo encuentro y entro para secarme un poco el sudor. Me echo agua fría en la cara y tomo un par de sorbos. Una vez que he recuperado el aliento, me dirijo a una salida que conduce a una calle diferente.

Salgo, miro a uno y otro lado de la calle e inmediatamente veo uno de los carros de los paparazzi. Comienzo por correr, moviéndome tan rápido como puedo, subiendo y bajando más calles diferentes, entrando y saliendo de lugares que sé que tienen múltiples entradas debido a su tamaño. Continúo mi juego hasta que estoy tan cansada que no puedo correr más y decido que ya no me preocupo por demostrar que no necesito un guardaespaldas. Me dirijo al este hacia el lago y cuando veo la playa, inmediatamente corro hacia ella. Me derrumbo en la arena y miro hacia el cielo, tomando tantas respiraciones como puedo para calmarme, pero en lugar de calmar el amanecer, me siento y empiezo a llorar. Envuelvo mis brazos alrededor de mis rodillas, bajo la cabeza y dejo salir todo porque incluso si quisiera parar, no podría. Lloro todos mis miedos de anoche, mi ansiedad de ser perseguida y la pérdida de mi libertad. Lloro hasta que no tengo más lágrimas que derramar. Tomo algunas respiraciones profundas y solo miro hacia el lago, sus relajantes olas me calman.

Cuanto más me siento aquí y pienso, más me doy cuenta de la gravedad de lo que acabo de hacer al perder a Mason. También me doy cuenta de los beneficios de tenerlo conmigo, especialmente con Avery. Ahora me siento como una tonta. Cal se pondrá furioso y tendré que disculparme con él. Gimo en voz alta y estoy aún más enojada conmigo misma. Miro mi reloj y me sorprende ver que me he ido por cerca de tres horas. Empiezo a quitarme la arena de las piernas y agarro las gafas de sol que me quité.

—Ese no fue el movimiento más inteligente al deshacerte de tu guardaespaldas, Jenna.

Me giro para ver a Chase caminando hacia mí, su largo cabello recogido en una cola de caballo, lentes de aviador cubriendo sus ojos. Con su cámara guardada de manera segura en su bolso, bajo la guardia, especialmente porque él me salvó anoche.

—Me doy cuenta de eso. No estoy muy orgullosa de mí misma en este momento —suspiro, comenzando a sentirme avergonzada.

—Sin embargo, no puedo culparte. Demonios, ni siquiera puedo imaginar lo que estás sintiendo en este momento. —Él simplemente niega con la cabeza y mira el lago.

Nos quedamos allí en silencio por un momento antes de hacer la pregunta que me ha estado molestando.

—Chase, ¿qué hace un tipo como tú en este negocio? Pareces tan agradable e inteligente. —Sin mencionar que es extremadamente guapo, pero él no necesita saber que creo eso.

—Obviamente no soy tan inteligente, de lo contrario no estaría en este negocio —bromea con una sonrisa triste—. Sinceramente, la situación de mi familia en casa no es buena y el dinero está ayudando. Una vez que las cosas mejoren, planeo dejarlo.

—¿Regresarás a Canadá? —pregunto, tratando de averiguar si tiene a alguien especial en casa. Un hombre que se parece a él no puede estar soltero.

—No sé. Me gusta Chicago —dice con un guiño y una sonrisa—. Vamos, te acompañaré de vuelta a casa.

Empezamos a caminar de regreso a mi apartamento en un silencio compatible. A medida que nos acercamos, vemos a los otros miembros paparazzi esperándonos.

—Pon tu cara de juego. —Chase recomienda cuando vemos a Danny Salari liderando la manada.

—Gracias de nuevo por lo de anoche, Chase —susurro con sinceridad, porque no sé qué hubiera pasado si él no hubiera intervenido.

Me asiente y bajo la cabeza mientras seguimos avanzando mientras nos rodean a ambos y comienzan a tomar fotos.

—Vaya, Jenna, dos chicos en un día, seguro que te mueves rápido. ¡Y con uno de los nuestros! Canadá, ¿cómo tuviste tanta suerte de follar eso? —Danny se burla y empuño mis manos con ira.

*No digas nada, Jenna. Sigue avanzando.* Mi edificio está a la vista, las barricadas policiales se cierran.

—¡Cállate la boca, Salari! —Chase advierte.

—¿Qué vas a hacer al respecto, Canadá? ¡Absolutamente nada porque eres demasiado marica!

—Antes de que pueda parpadear, escucho un crujido y un ruido sordo. Miro para ver a Danny en el suelo, sangre brotando de su nariz mientras Chase está de pie sobre él, sosteniendo su mano con una expresión de dolor en su rostro. Chase acaba de golpear a Danny en la nariz y me siento aún peor porque lo hizo por mí.

—¡Chase! —grito, llamando su atención para ver si está bien.

—¡Sigue adelante, Jenna! Estaré bien. —Me hace un gesto con las manos para que siga, agarra su bolso del suelo y comienza a caminar en la otra dirección.

—¡Voy a demandarte, Chase! ¡Idiota! ¡Me rompiste la nariz! —Danny grita. Corro el resto de la distancia hasta las barricadas y respiro aliviada cuando entro en mi edificio.

Mi alivio dura poco cuando veo que uno de los porteros levanta el teléfono y dice ella está aquí en el receptor, sin duda avisando a Cal de mi llegada a casa.

Es hora de enfrentar la realidad.

*Capítulo 30*

Me arrastro hacia la puerta principal de mi apartamento, el temor y el arrepentimiento me hacen caminar a paso de tortuga. Me siento avergonzada por mis acciones y no sé cómo corregirlo. Tendré que disculparme tanto con Cal como con Mason y asegurarles que no volveré a actuar imprudentemente. Tomo una respiración profunda mientras me paro frente a mi puerta y la abro lentamente.

Robert y Mason están sentados en el sofá mientras Cal está de pie, mirando por la ventana. Los tres hombres me miran cuando entro en el apartamento. Puedo sentir la ira irradiando de Cal y decido disculparme primero con Mason, cuya ropa está empapada de sudor.

—Quiero a todos menos a Jenna fuera de este apartamento —gruñe Cal mientras se da la vuelta y me mira. Robert y Mason miran a Cal, luego el uno al otro, y deciden no irse. Que ambos desafíen la orden de Cal debe significar que Cal está más que furioso.

Trago el nudo que se ha formado en mi garganta y empiezo a disculparme.

—Cal, yo…

—¿Sabes lo que te pudo haber pasado ahí fuera? —grita, sus ojos llenos de furia, la vena en su cuello abultándose con cada respiración.

—Lo siento, de verdad que lo siento. Mason, ¡lo siento! —Me dirijo a Mason, quien solo asiente hacia mí, reconociendo mi disculpa sin palabras.

—¿Qué esperabas probar, Jenna? ¿Sabías que causaste un choque de tres carros con tu travesurilla? —Sus fosas nasales dilatadas con disgusto por mis acciones. Me siento aún más arrepentida ahora y solo miro mis manos.

—Dime, Jenna, ¿qué esperabas probar? —Cal me grita como si fuera un niño. Aunque entiendo que esté molesto, no aprecio que me trate de esta manera frente a Mason y Robert.

—Vamos Cal, ella se disculpó. Jenna, no volverás a hacer eso nunca más, ¿verdad? —pregunta Robert, luciendo cansado por todas las preocupaciones por las que lo he hecho pasar.

—Te lo prometo, nunca volveré a hacer eso —confirmo, con la esperanza de que esto calme a Cal y podamos seguir adelante.

—¡Tienes toda la razón, nunca volverás a hacer eso porque es por *esto* por lo que necesitas un guardaespaldas, Jenna! —Agarra una bolsa grande con cierre hermético de la mesa y se dirige hacia mí.

—¡No, Cal! ¡Ya ha tenido suficiente por hoy! —Robert grita y trata de agarrar lo que sea que esté en la mano de Cal, pero falla. Cal empuja la bolsa en mi cara y me quedo sin aliento al ver una foto en blanco y negro de Avery y yo. Nos han cortado los ojos y hay una sustancia roja pegajosa por toda la foto. La palabra "MUERTE" garabateadas en la misma sustancia roja.

Lo miro a él, luego a Robert, con completo horror, mi cerebro se niega a registrar lo que acaba de ver.

—Esto —gruñe Cal, sacudiendo la foto frente a mí—. ¡Es por eso por lo que Mason está aquí! ¡Podrías haber hecho que te mataran hoy!

—¡Detente, Cal! ¡Ya es suficiente! —Robert grita de frustración.

Con mis ojos negándose a apartar la mirada de la imagen de Avery, sin ojos y ensangrentada, la bilis comienza a subir por mi garganta y salgo corriendo hacia mi baño, cierro la puerta.

Vomito lo que me queda en el estómago y cuando creo que mi cuerpo no puede más, las arcadas secas se convierten en gemidos mientras grito y lloro al pensar en alguien que lastime a mi hija. Me acuesto en el piso del baño, mi cuerpo tiembla y jadea con cada lágrima que cae.

Eventualmente, el agotamiento se hace cargo y las lágrimas se secan. Sigo tirada en el suelo aturdida y en poco tiempo, mi voz interior me dice que me levante. Me levanto, tiro de la cadena y me miro en el espejo. Mis ojos están rojos, toda mi cara está hinchada y roja de tanto llorar. Me lavo las manos, me cepillo los dientes y hago gárgaras con enjuague bucal. Me desato el cabello de la cola de caballo y decido volver a salir para averiguar más detalles de dónde salió la foto.

Cuando abro la puerta, encuentro a Cal sentado en el suelo de mi dormitorio, con la espalda contra mi cama, esperándome. Su rodilla está levantada, sosteniendo su brazo que cuelga sobre ella, mientras que su otra mano descansa contra su muslo. Levanta la cabeza y me mira con ojos llenos de angustia y remordimiento.

Me acerco a él y cuando me acerco, me tiende la mano. Extiendo la mano, pensando que necesita ayuda para levantarse, pero en lugar de eso, me tira hacia su regazo y me abraza con fuerza. El inesperado consuelo me deshace mientras agarro su camisa y sollozo en su pecho. Me mece en silencio, dejando que la humedad de mis lágrimas empape la costosa tela de su camisa. Nos quedamos así hasta que se me acaban las lágrimas y seguimos abrazándonos.

—Lo siento, Jenna. No debí haber hecho eso —susurra y escucho el arrepentimiento en lo profundo de su voz—. Estaba asustado y enojado cuando Mason regresó sin ti y necesitaba que entendieras la verdadera razón por la que él está aquí. El incidente de anoche solo adelantó el proceso de que él llegara antes.

—¿Por qué no me hablaste de la foto? ¿Cuándo la recibimos? —pregunto en voz baja, necesitando algunas respuestas a tantas preguntas.

—Llegó por correo la semana pasada. Robert la encontró e inmediatamente me llamó. Fui a la policía, que involucró al FBI. La revisaron en busca de huellas dactilares, pero salió sin ninguna.

—¿La semana pasada? —Lo miro con incredulidad—. ¡Cal, no puedes ocultarme estas cosas!

—Tienes toda la razón, Jenna. Pero con todo lo que ha estado pasando, quería protegerte y esperar que no vuelva a suceder. Sé que estuvo mal.

—Tienes que comunicarte conmigo, Cal. No puedo quedarme a oscuras sobre algo tan serio, a pesar de que quieras protegerme de eso.

—¿Podemos hacer un pacto en el que ambos trabajaremos para comunicarnos mejor? —pregunta y asiento, prometiendo trabajar en ello por mi parte.

—Bien. —Se inclina y besa mi frente. Miro esos labios y empiezo a recordar cómo me hicieron sentir. Qué segura me siento en sus brazos en este momento. El calor comienza a acumularse dentro de mí y miro hacia arriba para verlo mirándome, su mirada alternando entre mis labios y mis ojos. Trago y lamo mis labios secos, que hacen que sus ojos se oscurezcan de deseo. Inclina la cabeza, sus labios descienden lentamente hacia los míos cuando un golpe en mi puerta lo detiene.

—Cal, tu agente no deja de llamarte —dice la voz apagada de Robert a través de la puerta.

—Ya voy —responde de nuevo. Vuelve a mirarme y sonríe.

—¿Por qué no te refrescas y luego sales para que podamos hablar sobre cómo vamos a utilizar a Mason? —Asiento mientras desenredamos nuestros brazos y nos ayudamos a levantarnos.

Lo observo salir y cerrar la puerta, decidiendo que debo mantenerme alejada de cualquier contacto físico con Cal. *Acabas de terminar una ruptura, Jenna, solo estás emocional. ¡Concéntrate en mantener a Avery a salvo!* Con ese ánimo, voy al baño a tomar una ducha para despejarme la cabeza.

# *Capítulo* 31

Todos los paparazzi son interrogados por el FBI y se emite una orden de restricción contra Danny Salari. Mantiene la distancia, pero me mira con amenaza en los ojos cada vez que lo veo. Presentó cargos contra Chase por su nariz rota y Chase fue arrestado, pero salió bajo fianza un par de horas después.

Jax le dijo a los paparazzi que rompió conmigo y las historias corren desenfrenadas de que Cal tiene la culpa, especialmente con fotos de nosotros juntos. Ni siquiera puedo seguir el ritmo de la cantidad de historias que se cuentan sobre mí y mi relación con Cal, así que decido no prestar más atención.

Pensé que iba a ser raro que Mason me acompañara a todos lados, pero después de tres semanas de que él sea mi sombra y chofer personal, en realidad comienzo a disfrutarlo. Es especialmente agradable cuando los paparazzi comienzan a mostrarse agresivos por estar en mi espacio personal.

Avery, al principio, no podía entender por qué él estaba con nosotros todo el tiempo, pero ahora disfruta tener a otro adulto envuelto alrededor de su dedo meñique. Layla ahora pide ir a todos lados solo para poder mirar a Mason.

—Mason, ¿está lleno tu tanque de amor? —Ella lo interrogó un día cuando nos reunimos para almorzar.

—No, señora —responde, sus gafas de sol nos impiden ver sus ojos.

—¿Quieres que lo esté? —Ella pregunta con una sonrisa y un guiño. Si bien Mason generalmente no muestra emoción alguna, no pudo evitar que las comisuras de su boca se levantaran en lo que podría llamarse una sonrisa.

♥♥♥

Mason y yo regresamos del súper cuando escucho una extraña voz masculina en mi apartamento. Cal y un hombre bien vestido con cabello gris y barba se levantan a mi llegada. *¿Qué está haciendo Cal aquí sin que yo lo sepa?* Busco a Robert, que tuvo que dejarlos entrar, pero no lo encuentro por ninguna parte.

—¡Ahí está ella! La mujer que ha estado causando todo el alboroto —Se ríe el hombre extraño y mi guardia se levanta inmediatamente por su comentario.

Le doy a Cal una mirada burlona y me doy cuenta de que parece agitado, con la mandíbula cerrada y la boca formando una línea fina.

—Jenna, este es mi agente, Philip Logan. Tuvimos un descanso del rodaje y Philip quería conocerte. —Estrecho su mano extendida y sonrío cortésmente.

—Encantada de conocerte, pero podría haberte conocido en el set o en tu hotel. ¿Qué están haciendo aquí en mi apartamento? ¿Dónde está Robert?

—¡Qué hermosa casa es esta, la vista es espectacular! Cal, ¿compraste este lugar para ella? —Philip pregunta sin mirarme.

Me quedo boquiabierta, insultada de que él pensara que tal vez no pueda pagar este lugar por mi cuenta.

—No, compré este lugar con el dinero que gano en la prostitución —digo sarcásticamente, mi broma hace que Philip se vea incómodo. Miro a Cal y veo que sus labios se contraen al reprimir una sonrisa—. ¿Por qué están ambos aquí de nuevo?

Philip, al darse cuenta que estoy bromeando, echa la cabeza hacia atrás y se ríe más fuerte.

—¡Eres una listilla! ¡Me encanta eso!

Ya puedo sentir un dolor de cabeza formándose por el molesto sonido de su risa. Miro hacia atrás cuando escucho que

295

la puerta principal se abre y se cierra para ver que Robert se ha unido a nosotros y está ayudando a Mason a guardar mis compras. Me da una mirada de advertencia para que me comporte, lo que me hace cuestionar aún más lo que está pasando.

—Sentémonos, Jenna, y pongámonos cómodos —sugiere Philip y se sienta en mi sofá. Tengo que morderme la lengua al recordarle que esta es mi casa, no la suya. Siendo él el agente de Cal, necesito cuidar lo que digo y jugar bien—. Además de venir a la ciudad para ver cómo está Cal y hablar de negocios, quería conocerte en persona porque, bueno, necesitamos tu ayuda.

—Te dije que no, Philip —dice Cal, su tono de voz firme—. Déjalo ir.

—¿Mi ayuda? ¿Con que? —pregunto, confundida y sospechosa de lo que podrían querer de mí.

—Nada, Jenna —dice Cal, dirigiendo a su agente una mirada de advertencia.

—La película de Cal que filmó el año pasado se estrenará en dos semanas y bueno, el estudio está preocupado por los titulares recientes que pintan a Cal de manera negativa. —Su agente pone toda su atención en mí, ignorando a Cal.

—¡No, Philip! —Cal levanta la voz más fuerte. Miro de Cal a Philip, sin entender qué está pasando y por qué Cal está tan molesto.

—Las fotos recientes de ustedes luciendo como una familia feliz han ayudado a la publicidad y para reparar la reputación de Cal, pero el estudio les está pidiendo un poco más.

—¡Philip, me importa un carajo lo que piense el estudio! —Interviene Cal, con el rostro rojo de ira.

—Cal, este es uno de los estudios más grandes, pueden aplastar tu carrera. Si deseas algún tipo de futuro como actor o director, debemos cumplir con ellos —le suplica Philip a Cal.

Finalmente encuentro mi voz que fue suprimida por el shock.

—¿Todo este tiempo aquí con nosotros ha sido por publicidad? —Jadeo, mirando a Cal en busca de confirmación.

Siento que me acaban de dar un puñetazo en el estómago. Nunca dudé ni por un segundo que sus intenciones no fueran puras, pero ahora con esta noticia proveniente de su agente, dudo, mirándolo todo y preguntándome si nuestras salidas han sido para la foto.

Cal me mira, el dolor se refleja en sus ojos.

—¿De verdad piensas eso de mí, Jenna? —pregunta, incrédulo. Lo miro fijamente, sin querer creerlo, pero también sin saber qué creer. Mi cerebro grita que no confíe en él, mientras que mi corazón dice que él no haría eso. La última vez que seguí mi corazón, quedó cicatrizado.

—¿Qué quiere el estudio? —Vuelvo a mirar a Philip, queriendo terminar con esto.

—El estudio solicita que asistas a los estrenos de su nueva película en Los Ángeles y Nueva York, caminar por la alfombra roja con él y seguir pareciendo que estás tratando de resolver las cosas.

—¿Por qué? —pregunto, sin entender cómo ayudará mi presencia en los estrenos.

—El estudio cree que Cal recuperará la audiencia de fans femeninas si te ven apoyándolo y eso aumentará la venta de entradas —dice Philip, luciendo incómodo.

Me río amargamente y me pongo de pie.

—No puedo con esto —digo con disgusto. Si bien la mayoría de las mujeres estarían encantadas de ir a un estreno de Hollywood con uno de los solteros más cotizados de Hollywood, considero que esta solicitud es una de mis peores pesadillas. Estoy siendo utilizada y todo en nombre del dinero y la reputación de Cal.

—Jenna, no quiero que siquiera consideres esto —Exige Cal—. Estaré perfectamente bien sin el apoyo del estudio.

—¿Y si digo que no? —Ignoro a Cal y sigo mirando a Philip.

—Cal firmó un contrato multimillonario con ellos para una serie de franquicias de tres películas. Podrían retirarse y exigir el dinero que ya le pagaron.

—¡Con mucho gusto devolveré el maldito dinero para evitar esta mierda! —Cal escupe, pasándose las manos por el cabello mientras se pone de pie.

—No es solo el dinero, afectará su carrera y si otros estudios lo querrán en sus futuras películas.

Miro a Cal, que niega con la cabeza.

—No lo hagas, Jenna —advierte y medito sobre qué hacer. Quiero decir egoístamente que no y darle a su agente y al estudio un gran váyanse a la mierda. Pero este es el padre de mi hija y cualquier cosa negativa contra él podría afectarla. Sé que Cal ama su carrera y si los roles se invirtieran, estaría devastada si la mía se arruinara.

—Se encargarán de todo por ti, Jenna. Llevaremos a la estilista de Cal para que te tome las medidas y te consiga el vestuario. Su publicista puede guiarte sobre qué hacer el día de cada estreno. Será fácil y tal vez divertido. —Philip me mira con esperanza.

—¿Tengo tiempo para pensar en ello? —Miro a Cal, que levanta las manos en el aire y se gira para mirar por la ventana.

—Lamentablemente no. Quieren una respuesta hoy. Lo siento, Jenna.

Siento que no tengo opción en el asunto, un sentimiento que parece tener mucho desde que Cal entró en nuestras vidas. Suspiro con resignación y me pongo de pie.

—Lo haré —digo con firmeza, dándole a Philip un asentimiento—. "Pero nunca me pidas que haga algo como esto otra vez. —Camino hacia la puerta de mi casa, necesitando encontrar otro refugio que no sea mi apartamento—. Voy a hacer ejercicio en el gimnasio de mi edificio, ¡sola! —Miro a Mason con una mirada mordaz y azoto la puerta de mi apartamento.

♥♥♥

Las dos semanas previas al estreno en Los Ángeles transcurren en un torbellino de citas y pruebas de vestuario. La estilista de Cal vino para tomarme las medidas y revisar un libro de estilos para ver qué me gustaba. El publicista de Cal voló para reunirse con nosotros por separado para repasar los horarios y lo que se requiere de mí en ambos estrenos. Parece que solo estaré ahí de adorno, no tengo que decir una palabra, me presento con él, dejo que los fotógrafos me tomen fotos juntos, asisto a las fiestas y vuelvo a casa cuando el resto de ellos se vayan volando al estreno en Londres. Robert trabaja con el asistente de Cal en mis arreglos de viaje. Afortunadamente, sólo estaré sin ver a Avery por dos días. Cal partirá tres días antes para la rueda de prensa de la película, lo que significa que volaré allí y regresaré a casa sola.

Trato de ignorar a Cal en su mayor parte, lo cual no es demasiado difícil de hacer con su agotador horario de trabajo, pero como hoy es el día antes de que se vaya, el director le dio el día libre y se siente como si estuviera en todas partes. Estuvo aquí esta mañana con donas y café para llevar a Avery a la escuela, luego se fue a hacer lo suyo, pero volvió con la compra, anunció que prepararía la cena y luego recogió a Avery de la escuela.

—Tal vez quiere hacer algo lindo y simple por ti, Jenna —dice Robert cuando me pregunto en voz alta qué está tramando Cal también.

—No necesito que haga nada por mí —resoplo, no queriendo sus gestos amables, sin saber si son genuinos o no.

Su cena es sorprendentemente deliciosa y es agradable por una vez tener a alguien más cocinando. Se ofrece a bañar a Avery por mí y no puedo evitar sonreír al escucharlos reír juntos y cantar. Él la prepara para ir a la cama y me uno a ellos para leer un cuento. Lo observo mientras actúa la historia, animando su voz cuando la historia lo requiere, llevando su imaginación a otro lugar. Ella se ríe de su personificación de un oso y veo su amor por ella irradiando de sus ojos. Me pilla mirándolo y rápidamente aparto la mirada de él, sin dejarme hipnotizar por esos ojos… o esa boca.

Termina la historia y le damos un beso de buenas noches. Estamos a punto de salir de su habitación cuando ella lo llama.

—Cal, ¿eres mi papá? —pregunta en voz baja mientras mira hacia abajo y juguetea con su manta.

Cal me mira en estado de shock, sin saber qué responder.

—¿Qué te hace pensar eso, cariño? —pregunto suavemente.

—Tenemos los mismos ojos —dice con su voz de *obvio*, que siempre me hace reír.

Cal se arrodilla junto a su cama y le toma la mano.

—Sí, cariño, soy tu papá —dice, con la voz llena de emoción y los ojos llorosos.

Ella le da la sonrisa más brillante que la he visto dar a alguien.

—Sabía que volverías algún día —susurra y contengo el aliento, sin saber que incluso ella tenía estos pensamientos en su pequeña cabeza.

Él la abraza fuerte y besa su cabeza.

—Nunca más estaré lejos de ti por mucho tiempo, sólo cuando tenga que ir a trabajar —Promete, sus palabras me enfurecen porque es una promesa que no puede pretender cumplir.

—¿Dormirás conmigo? —pregunta con ojos de cachorrito.

—Me quedaré contigo hasta que te vayas a dormir —Me mira por aprobación y yo asiento. Cierro la puerta suavemente y voy a la cocina para servirme una bebida que inmediatamente me tomo de un trago.

Tengo que controlar mis emociones. Me alivia que finalmente ella sepa la verdad, pero tengo miedo de que él le rompa el corazón. No puedo proteger su corazón de él como puedo hacerlo con el mío. *¡Será mejor que no actúe con ella!* Cuanto más sigo pensando en ello, más nerviosa me pongo.

Cuando él sale de su habitación poco tiempo después, tengo tres copas de vino y mi ira no se ha calmado. Me acerco a él y trato de ponerme directamente en su cara para que pueda ver lo serio que hablo.

—Si le rompes el corazón, te mataré —gruño por lo bajo. Antes de que pueda continuar con mi ira contra él, agarra mis brazos y aplasta sus labios contra los míos. Me empuja contra la pared y me inmoviliza con su pelvis, apretándola contra mí para que pueda sentir su dureza. Jadeo contra la aspereza y él aprovecha la apertura, metiendo su lengua en mi boca para chocar con la mía. Lucho contra él, pero luego me detengo y lo agarro con más fuerza, mi cuerpo cobra vida por lo increíble que se siente estar así de nuevo. Mi lengua coincide con cada uno de sus propios empujones y mi corazón y mi cerebro luchan sobre por qué esto no puede estar sucediendo.

—Detente —jadeo entre besos mientras trato de apartarlo de mí. Muevo la cabeza para que no pueda alcanzar mis labios, pero en su lugar solo ataca mi cuello, haciéndome gemir por las sensaciones que está causando en mi cuerpo.

—¿Cuándo vas a dejar de ignorar esto, Jenna? —gruñe, arrastrando sus manos por mis brazos y deslizándose en los míos, sosteniéndolos contra la pared—. Tú me deseas tanto como yo te deseo a ti. Lo veo en tus ojos y lo siento con tu cuerpo.

Gira contra mí, la fricción contra mi núcleo me hace querer envolver mis piernas alrededor de él y hacer que me folle contra esta pared ahora mismo. Continúa besándome, mis sentidos ardiendo por su toque. Ningún hombre me ha hecho sentir como él lo hace y eso me asusta.

—No —niego con la cabeza y con toda la fuerza que puedo, empujo su fuerte cuerpo lejos de mí—. No quiero tener nada que ver contigo. Iré a estos estrenos y continuaré con esta farsa de ser una familia perfecta, pero cuando regresemos, comenzaremos con tus derechos de visita. No vuelvas a aparecer en mi apartamento cuando te apetezca. Ya no me necesitas cerca cuando la visitas.

Se inclina hacia mí y me sonríe peligrosamente.

—Veo que tu muro está levantado nuevamente, pero déjame decirte algo, Jenna. Espero con ansias derrumbarlo. —Roba otro beso y abruptamente me deja ir. Camina hacia la puerta, la abre y se gira para mirarme—. Te veré en Los Ángeles.

Cierra la puerta suavemente, corro hacia ahí y echo el cerrojo para que no intente volver a entrar. Me doy la vuelta, me deslizo hasta el suelo y levanto las rodillas hasta el pecho. Envuelvo mis brazos alrededor de mí y rezo para tener la fuerza para proteger mi corazón.

No creo que pueda sobrevivir a otro desamor, especialmente porque Cal Harrington ha vuelto.

# Capítulo 32

Tomo el primer vuelo que sale de Chicago y, debido al cambio de horario, llego a Los Ángeles a las nueve de la mañana. Estoy viajando sola. La estilista de Cal se encuentra conmigo en el aeropuerto y me lleva a mi habitación de hotel en el Beverly Hilton.

—Tenemos que estar listos a las cinco de la tarde., así que los encargados de peinado y maquillaje tocarán a tu puerta a la una. Estoy seguro de que te has levantado temprano, así que trata de dormir un poco. El almuerzo estará listo para ti al mediodía —dice y me deja sola hasta entonces.

Estoy en una hermosa suite de dos dormitorios y noto un hermoso ramo de rosas blancas y lavanda esperándome con el desayuno en el comedor. Abro la tarjeta y me sorprende ver que son de Cal.

*Espero verte más tarde. Gracias de nuevo por estar aquí.*

*Cal*

Inhalo el delicioso aroma de las rosas y rompo la tarjeta, no queriendo que nadie la vea y piense en lo detallista que es, ya que me convenzo de que todo es un acto. Cuanto más se acercaba el avión a California, más crecía mi amargura por el propósito de mi presencia aquí. Siento que le vendí mi alma al diablo y solo quiero terminar con esto. Debería estar exhausta, pero en cambio estoy completamente despierta, con la adrenalina bombeando y lista para comenzar. Llamo a casa para asegurarme de que sepan que llegué bien y decido trabajar en lugar de dormir la siesta.

Llega el almuerzo y es la comida más saludable que creo que he comido en mi vida.

—Necesitamos asegurarnos de que comas alimentos que no te hinchen —dice la estilista de Cal cuando lo entrega. *¿Por qué molestarse en comer entonces?* Sandía, ensalada con lentejas y una jarra alta de limonada con limones adicionales es lo que me sirven para el almuerzo. Trato de comer sano normalmente, pero en un día como hoy, donde mis niveles de estrés y ansiedad son altos, el alcohol y el chocolate estarían en el menú. Esta selección de alimentos oscurece mi estado de ánimo. Entonces recuerdo el minibar y una sonrisa traviesa aparece en mi rostro al pensar en una limonada casera con infusión de alcohol. Saco el vodka del minibar, saco todos los limones del agua y los coloco en el plato de limones. Agarro el paquete de Stevia que llevo en mi bolso y empiezo a mezclar. Cinco minutos después, tomo mi primer sorbo y suspiro de pura satisfacción.

Exactamente a la una en punto, la estilista de Cal y su equipo descienden sobre mí. Me presenta a los cinco y me dice cuál será cada uno de sus roles durante las próximas cuatro horas. Termina sus instrucciones para todos y está a punto de irse cuando comienza a oler el aire.

—¿Por qué huelo a alcohol? —pregunta, mientras sigue olfateando—. ¿Ustedes huelen a alcohol?

Les pregunta a todos, quienes niegan con la cabeza.

Ni siquiera me di cuenta de que el vodka simple puede oler. Uno de los estilistas, un hombre alto, delgado y apuesto con una hermosa piel color chocolate con leche llamado Kellan, me mira con una sonrisa y mira mi bebida.

—No —Me hago la inocente, no queriendo que me quite la bebida—. No huelo nada

—Jenna, ¿qué estás bebiendo? No pedí limonada. —Mira mi bebida con recelo.

—Oh, hice un poco de limonada con Stevia. Mira, aquí está el paquete. —Levanto el paquete vacío para que lo vea. Va al cubo de la basura y saca la mini botella vacía de vodka.

—¿Y de dónde salió esto?

—Oh, parece que el servicio de limpieza se olvidó de sacar la basura del último huésped —digo, mis ojos se abren con falsa inocencia y mi mentira suena suave como la seda.

—Oh, relájate, Morgan. Es obvio que esta pobre chica necesita un trago, mira todo el acné de estrés en su rostro —dice Kellan, y le frunzo el ceño por señalar públicamente mis defectos. Él echa la cabeza hacia atrás y se ríe de la mirada en mi cara—. Chica, ¡vamos a divertirnos mucho contigo esta noche! Vamos a trabajar todos.

Primero me pintan las uñas de las manos y de los pies, luego me aplica el maquillaje y luego el peinado. Un semirrecogido, con el cabello cayendo en ondas por mi espalda. Kellan me ayuda a distraerme de mis nervios con divertidas historias de terror de otras celebridades y problemas de vestuario. Morgan saca un hermoso vestido de Georges Chakra de un hombro, verde azulado estilo griego con intrincados abalorios alineando la parte superior. Como tiene un traje incorporado que requiere que me desnude, llevo el vestido al dormitorio para ponérmelo. Digo una pequeña oración para que sea más fácil para mí ir al baño. Cuando regreso a la sala, me sorprende ver que la mayor parte de mi pierna derecha sale por una abertura muy alta.

—Esto… ¿esa abertura estaba allí cuando originalmente me probé este vestido? —digo, sin sentirme cómoda con la cantidad de pierna que estoy mostrando.

—Sí, siempre ha estado ahí —confirma Kellan, arrodillándose y ayudándome a ponerme mis ridículamente altos zapatos plateados metálicos de Vivienne Westwood. Tan pronto como termina con la correa alrededor de mis tobillos, todos retroceden y me evalúan de pies a cabeza. el silencio hace nada para ayudar a mi creciente ansiedad.

—¡Joyas! —Kellan chasquea los dedos y dos estilistas corren hacia él con opciones de pendientes, pulseras y anillos.

Todo Harry Winston, todo increíblemente caro. Él escoge las piezas y los estilistas se apresuran a colgarme los diamantes. Una vez que terminan, dan un paso atrás y la habitación vuelve a quedar en silencio.

—¡Asombroso! —Kellan exclama y un suspiro colectivo de alivio sale del resto de los estilistas—. Jenna, ven a verte en el espejo.

Kellan me acompaña a mi habitación y me miro asombrada. No reconozco a la mujer que me devuelve la mirada. Tomo un respiro tembloroso, feliz de ver que en realidad podría parecer que encajo esta noche.

—¡Muchas gracias, Kellan! Ni siquiera puedo creer que esta sea yo. —Me río de lo tonta que sueno, pero es la verdad.

—El lienzo ya estaba hermoso, solo teníamos que darle vida con un poco de color —dice con un guiño—. Tomemos tu maleta y empacaremos todo para llevarnos a Nueva York.

Me acompaña a la sala de estar donde alguien llama a la puerta y uno de los estilistas responde. Cal, su publicista, Sean Lindsey y Cora Gregory entran en mi suite luciendo como las celebridades que son.

—Es realmente bueno verte de nuevo, querida —dice Sean mientras viene hacia mí primero y me envuelve en un fuerte abrazo con un beso en la mejilla—. ¡Dios mío, te ves deslumbrante!

Me mira de pies a cabeza con una sonrisa malvada en su rostro.

—Creo que necesito protegerte de los buitres. —Pongo los ojos en blanco ante su dramatismo y busco a Cal cuando Cora entra en mi línea de visión. Sus fríos ojos me miran con resentimiento, pero rápidamente lo enmascara con falso entusiasmo mientras sonríe cuando Sean nos presenta.

—Encantada de conocerte —digo cortésmente, con la guardia alta para no captar sus verdaderos sentimientos por mí.

Está muy claro que ella y yo probablemente nunca seremos amigas.

—Es un placer —dice, su voz tan sexy que casi ronronea—. Cal nos ha contado mucho sobre ti.

Sonríe a medias y luego desliza su brazo alrededor de la cintura de Cal, asegurándose de que la vea marcar su territorio.

Sonrío con humor ante sus esfuerzos y finalmente tengo la oportunidad de mirar a Cal. Se me corta el aliento por lo increíblemente guapo que se ve. Lleva una chaqueta de esmoquin negra con una camisa gris oscuro que tiene los dos botones superiores desabrochados, lo muestra un poco su musculoso pecho. Sus pantalones negros hechos a la medida dan forma a sus piernas muy bien y terminan sobre sus zapatos de cuero negros. Mis ojos hacen su camino de regreso a los suyos para encontrarlo observándome. Su mirada ardiente me hace retorcerme por el dolor entre mis piernas que me está causando su mirada sexy.

—Muy bien todos, vamos. La limusina está esperando abajo —anuncia el publicista de Cal. Observo a Cora pasar su brazo por el de Cal y girarlo hacia la puerta. Mira hacia atrás y asiente a Sean, quien toma mi mano y me sonríe.

—Vamos a divertirnos —dice Sean con una sonrisa maliciosa y no puedo evitar reírme de él.

Todos subimos al carro, Cora se asegura deliberadamente de sentarse entre Cal y Sean mientras yo me siento al lado del publicista de Cal, quien procede a decirnos el orden de cómo caminaremos por la alfombra roja. Cal saldrá del carro primero, se detendrá en la pared de medios para tomar fotos y luego esperará a Sean, quien luego lo seguirá, tomará fotos en solitario en la pared de medios y luego posarán para las fotos juntos. Cora irá a continuación y, mientras se va, Cal y Sean comenzarán a hablar con los periodistas. Después de Cora es cuando yo saldré. Se supone que debo detenerme en el muro de los medios y esperar a que Cal se una a mí, quien luego regresará por mí, y caminaremos juntos por el resto de la alfombra roja.

—Jenna, ¿suena bien? —pregunta ya que soy la inexperta del grupo. Asiento y miro por la ventana, la sensación de no pertenecer comienza a ser abrumadora.

El carro se siente sofocante y miro a mi alrededor en busca de las rejillas de ventilación del aire acondicionado cuando me doy cuenta de que Cal está mirando mi pierna expuesta por la abertura de mi vestido. Sus ojos están entrecerrados y cuando finalmente me miran, soy golpeada por una ola de deseo. Trago saliva y rápidamente aparto la mirada de él.

—¿Hay algo para beber aquí? —pregunto, mis labios y mi garganta de repente se sienten resecos por su mirada. Su publicista me entrega una botella de agua y lo veo sonreír mientras me ve beber. *¡Él sabe exactamente lo que me está haciendo!*

Llegamos al teatro Grauman y el publicista de Cal sale primero y camina por la alfombra, mostrando a los reporteros un trozo de cartón con su nombre. Vuelve a nuestra limusina y asiente, indicándole a Cal que se baje. Él echa una mirada más en mi dirección y sale.

—¡Mira a esa bestia sexy! —Sean bromea mientras vemos a Cal detenerse en la pared de medios para los fotógrafos.

—Seguro que lo es —dice Cora seductoramente, sus ojos mirándome con desafío. Aparto la mirada de ella y sigo observando a Cal, hipnotizada al verlo en su elemento. El publicista abre la puerta para que Sean salga a trabajar en la alfombra. De repente siento que algo cambia. Estoy tensa y puedo sentir los ojos de Cora sobre mí.

—¿Divirtiéndote? —pregunta mientras se sienta y cruza sus largas piernas. Lleva un vestido Herve Leger negro corto que parece haber sido pintado sobre su cuerpo perfecto. El color del vestido acentúa sus felinos ojos verdes. Habría dicho que es la mujer más hermosa que he visto en mi vida, pero como su alma no coincide con su exterior.

—No particularmente —respondo honestamente. No tiene sentido mentirle cuando todo lo que quiere hacer es jugar.

—Honestidad… qué refrescante —dice sarcásticamente—. Bueno, déjame ser honesta contigo entonces, querida Jenna. No perteneces a nuestro mundo. Cal y yo estábamos hechos el uno para el otro y antes de que llegaras tú, él empezaba a darse cuenta de eso. Entonces, tú y tú hija deben mantener la distancia y todos viviremos felices.

Echo la cabeza hacia atrás y me río de su locura.

—Oh, puedes tenerlo. No me interpondré en tu camino con eso. Pero démosle a Cal un poco de crédito donde se debe el crédito: puede oler a una perra a una milla de distancia y aun así elige mantenerse alejado —Me burlo de ella, sin dejar que me intimide o amenace.

Puro odio sale disparado de sus ojos y está a punto de replicar cuando se abre la puerta y el publicista le dice que es su turno de irse. Ella me da una mirada maliciosa más antes de salir serpenteando del carro.

Respiro hondo, sintiéndome orgullosa de defenderme, pero con ganas de vomitar al mismo tiempo. Son personas como Cora Gregory las que me dan ganas de estar muy, muy lejos del mundo de Hollywood. No entiendo cómo Cal y Sean son amigos de ella. Miro a los tres posando frente a la pared de medios y algo en la forma en que Sean la mira me hace dudar. *¿Sean está enamorado de Cora?* Me estremezco de sólo pensarlo.

Me doy cuenta de que el publicista de Cal cambia de cartón y les muestra a los fotógrafos el que tiene mi nombre mientras regresa a la limusina. Refresco mi lápiz labial y me miro una vez más en mi espejo compacto. Cuando se abre la puerta del carro, digo una pequeña oración rápida, con la esperanza de poder fingir mi camino a través de esto.

♥♥♥

Cal y Sean se niegan a sentarse durante el estreno después de presentar la película a la audiencia, por lo que nos dirigimos temprano a la fiesta posterior. Ya hay mucha gente de la industria allí, ya que la mayoría de ellos vieron una proyección de la película anticipadamente. Tan pronto como entramos, Cal y Sean están rodeados de personas que quieren felicitarlos. Cora no está en la película, su asistencia es más por publicidad y apoyo a Cal y Sean, por lo que se va a mezclar con otros actores que también están por las mismas razones. Tengo que valerme por mí misma, así que me dirijo directamente a la barra y pido un vodka con agua mineral.

Tomo un sorbo de mi bebida y me doy la vuelta para observar a la gente cuando noto muchos ojos en mi dirección, nada amable en las miradas que me están dando. Suspiro porque parece que pasaré la noche en el bar. Me doy la vuelta y hablo con el cantinero, ya que esa será probablemente la conversación más genuina que tenga en toda la noche con alguien.

Tres tragos más tarde y me siento más que ebria. No sé cuánto tiempo me he quedado sola en el bar, pero siento que mi trabajo aquí está hecho. Saco algo de dinero de mi bolso para dejar una propina cuando siento que alguien me toca el hombro. Me doy la vuelta para ver al agente de Cal con dos señores mayores que parecen demasiado grandes para sus propios pantalones.

—Jenna, quiero presentarte a los directores del estudio, Patrick Hensley y Michael Morris. Caballeros, esta es Jenna Pruitt.
—Como estoy borracha, sonreír no es tan difícil como antes y les devuelvo el apretón de manos.

—Felicitaciones por la película —digo, feliz de escuchar que la banda está comenzando a tocar, por lo que será más difícil mantener una conversación.

—Gracias por venir. Los boletos de preventa han aumentado en las últimas dos horas de estar aquí. Agradecemos que haya tomado uno para el equipo —Patrick guiña un ojo y los tres hombres se ríen.

Los miro con disgusto, sintiendo que he sido degradada entre el club de los buenos viejos. La Jenna borracha no tiene filtro y estoy a punto de dar rienda suelta a algunos de los hombres más poderosos de Hollywood cuando me agarran por la cintura y me arrastran al lado de alguien. Miro hacia arriba para ver a Sean que viene a rescatarme.

—¡Ahí tienes! Cal te ha estado buscando. Caballeros, ¿si nos disculpan? —dice con su sonrisa más encantadora. Me lleva lejos, pero en lugar de ir hacia donde están parados Cal y Cora, se dirige directamente a la pista de baile.

—¿Qué estás haciendo? —Siseo, la atención de ser las únicas dos personas en la pista de baile es lo último que quiero.

—Vi la mirada que le diste a esos hombres y no podemos tener a Jenna enojada apareciendo esta noche. Creo que necesitamos animar este lugar con un poco de baile. —Él me acerca y se aferra a mí con fuerza—. Solo mantén esa sonrisa pegada en tu rostro y sigue mi ejemplo.

Sonrío brillantemente y aprieto los dientes.

—Quiero volver al hotel, Sean. He terminado de ser el peón en este juego.

—¿A qué juego te refieres? —pregunta inocentemente mientras sonríe y asiente a alguien en la multitud. Me da la vuelta y veo que Cal ignora a Cora mientras ella trata de hablar con él, sus ojos fijos en nosotros con sospecha.

—El juego de todos, pero más específicamente, el de ser usada para mejorar la imagen de Cal.

—A Cal le importa una mierda su imagen. Si lo hiciera, entonces no me estaría mirando tan abiertamente con odio en este momento frente a toda esta gente de la industria. —Levanta las cejas en un interrogatorio fingido hacia Cal, cuya mandíbula se cierra visiblemente por la ira.

—¿Qué hay de tu juego, Sean? —Me burlo, el alcohol fluyendo por mis venas dándome coraje líquido. Miro a mi alrededor para ver que tenemos una gran audiencia mirándonos alrededor de la pista de baile.

—No sé de qué estás hablando. —Me sonríe mientras me vuelve a acercar a él, acercándome más que antes. Rápidamente miro hacia el otro extremo de la pista de baile donde Cal espera nuestra llegada. Cora lo miraba con una expresión amarga en su rostro por la falta de atención.

—¿Qué hay de usarme como un peón para poner celosa a Cora? Vi la forma en que la miraste antes. Debe ser duro ver a la mujer de la que estás enamorado desear a otra persona. —Sonrío cuando su paso vacila, pero se recupera rápidamente al girarme tan rápido que tengo que agarrarme a él con más fuerza para mantener el equilibrio—. Deberías haberme advertido, Sean. Porque ya le dije que ella puede tenerlo.

Me inclino hacia atrás para mirarlo con una sonrisa coqueta y veo que ya no sonríe, los celos arden en sus ojos. De repente me arrepiento de mi decisión de empujarlo, pensando que he ido demasiado lejos. Inesperadamente me sumerge hacia atrás y me sostiene cerca para que no me caiga.

—¿Quieres ponerlos celosos? ¡Entonces démosles algo de qué hablar! —Acerca sus labios a los míos en un beso aplastante.

Antes de que pueda siquiera protestar, me pone de pie y termina el beso tan abruptamente que casi tropiezo hacia atrás, pero me salvo cuando me levanta los brazos y la multitud enloquece con sus aplausos. Sincronizó el beso hasta el final de la canción tan perfectamente que parecía que todo estaba planeado.

—¿Qué demonios fue eso? —Siseo, pero su única respuesta es una sonrisa diabólica. Nos obliga a hacer una reverencia y la multitud se vuelve aún más salvaje. Envuelve su brazo alrededor de mi cintura y nos lleva hacia Cal.

—Ella es toda tuya —le dice a Cal.

—¡Nos vamos *ahora*! —Cal gruñe mientras me entrega mi bolso, toma mi mano y prácticamente me arrastra fuera de la fiesta. Trato de liberar mi mano, pero él la agarra aún más fuerte.

—Me estás lastimando —Advierto con tensión cuando nos acercamos a nuestra limusina que nos espera. Me suelta la mano y le dice al conductor que nos lleve de vuelta al hotel. Abre bruscamente la puerta y prácticamente me empuja dentro de la limusina.

—¿Qué diablos fue eso? —gruñe después de que la mampara se cierra por completo para que el conductor no pueda oírnos.

—Si te refieres a Sean besándome, necesitas preguntarle. Él es el que me besó y quería bailar —digo mientras masajeo mi mano, tratando de quitarme el dolor.

—Me importa una mierda Sean, ¡es tu reputación lo que me importa! —espeta, pasándose las manos por el cabello.

—¿Mi reputación? Pensé que el objetivo de estar aquí esta noche era salvar tu preciosa reputación —contraataco, sin entender por qué está tan enojado.

—¡Yo no soy la que parecía una zorra besando a otro hombre!

La rabia se apodera de mí y me abalanzo sobre él. Golpeo sus brazos, pero él apenas se inmuta por lo musculosos que son. "*¡Idiota! ¡Te odio!*" Grito mientras las lágrimas caen libremente por mi rostro. Agarra mis muñecas y me mira llorar, luciendo como si estuviera casi aburrido. Esto me enoja aún más y lucho más para liberar mis manos. Lo sorprendo empujándolo para poder sentarme a horcajadas sobre él, con la esperanza de que mi peso extra encima de él afloje su agarre sobre mí. Pero este movimiento

313

en realidad le da la ventaja y me tira contra su pecho, abrasándome con sus labios.

Mi lucha contra él no tiene sentido porque a pesar de mi enojo hacia él por llamarme zorra, lo deseo tanto como él me desea a mí y cuando siento su lengua contra mis labios, toda mi lucha se ha ido y en su lugar, estoy llena de pasión.

Invade mi boca y le devuelvo el beso con más fervor del esperado. Afloja su agarre en mis muñecas y hundo mis manos en su cabello, haciendo que mi lengua se acerque más a la suya. Empiezo a gemir cuando profundiza el beso, chispas de electricidad van directamente a mi centro. Se libera de nuestro beso y mueve sus labios por mi cuello, trabajando su magia en todos y cada uno de los puntos sensibles hasta que estoy jadeando su nombre.

Empujo su chaqueta de sus hombros y él se adelanta para que yo sé la quite de los brazos. Rasgo su camisa, sin importarme que rompo los botones y la arruino. Me inclino y empiezo a besar a lo largo de su cuello, bajo su pecho, y muevo mi lengua sobre su pezón.

—Jenna —gime y agarra mi cabeza, acercándome. Luego pasa sus manos por mi espalda y baja la cremallera de la parte superior de mi vestido. Beso mi camino de regreso a su pecho y vuelvo a su boca, donde todo se siente tan bien. Sus besos encienden la cerilla al fuego y ya estoy envuelta en llamas de deseo.

Tira hacia abajo de mi tirante y toma mi pezón ahora desnudo en su boca. Gimo y me inclino hacia atrás, presionando mis caderas contra su erección, la fricción contra mi clítoris me hace jadear. Puedo sentirlo tensándose contra sus pantalones y mis manos se mueven para desabrocharlos. Tan pronto como está libre, envuelvo ambas manos alrededor de él y froto arriba y abajo de su eje. Recuesta la cabeza hacia atrás y empieza a jadear. "Jenna, vas a hacer que me corra si continúas haciendo eso", gime mientras froto su líquido preseminal alrededor de su punta.

No siendo capaz de soportar más la intensa necesidad de tenerlo dentro de mí, deslizo mi mano dentro de mi raja y abro la barrera empapada entre mis piernas. Me levanto, abro mi falda y lo guío hacia mí, donde me deslizo lentamente sobre él. Siseo ante la deliciosa invasión, mis músculos internos ya lo agarran con fuerza. Envuelvo mis manos alrededor de su cuello y presiono mi boca contra la suya, mi lengua anhela la suya mientras empiezo a montarlo lentamente. La necesidad se vuelve abrumadora y tiro mi cabeza hacia atrás y reboto más fuerte, más rápido.

—Joder, Jenna, eres tal como te recuerdo. Todavía estás tan apretada —murmura mientras coloca su mano sobre mis senos y los aprieta. Gimo más fuerte y lo agarro con más fuerza, la presión dentro de mí crece. Envuelve sus brazos alrededor de mí, me levanta y nos conduce hasta el piso de la limusina.

Tan pronto como está encima de mí, empuja con fuerza dentro de mí. Clavo mis uñas en su trasero mientras él continúa embistiendo dentro de mí, mi orgasmo viene duro y rápido. Mi liberación estalla dentro de mí y grito su nombre, cada emoción se libera de mi cuerpo. Se derrumba sobre mí después de su propio orgasmo, su cuerpo se estremece por su poderosa liberación.

Fui una tonta al creer que alguna vez me iba a sentir así con otra persona. Nadie se ha acercado a hacerme sentir como lo hace Cal Harrington. Y mientras bajo de este increíble subidón, noto que el carro está detenido afuera del hotel y mi realidad se hunde de nuevo. Me pidieron que viniera aquí para fingir tener una relación con él y aquí estoy, lista para dar mi corazón a base de una fachada. La vergüenza y la culpa chocan en mí y empujo contra su pecho.

—Levántate —digo, necesitando alejarme de él y cómo nubla mi juicio.

—Jenna, ¿qué está...?

—¡*Aléjate de mí!* —grito y él retrocede en estado de shock por el cambio de humor. Intento subirme la cremallera de la espalda de mi vestido yo sola, pero como mis brazos son demasiado cortos, no llega a ninguna parte. Agarro mi bolso, aprieto la parte superior de mi vestido contra mi pecho y salgo corriendo de la limusina. Entro corriendo en el hotel y decido subir las escaleras hasta el octavo piso para que nadie me vea. Cuando llego a mi suite, estoy jadeando. Entro en mi habitación y cierro la puerta. Tan pronto como me doy la vuelta para ir al baño, alguien golpea la puerta.

—¡Jenna, déjame entrar! ¡Necesitamos hablar! —Cal golpea la puerta, haciendo temblar los muebles contra la pared.

—¡No hay nada de qué hablar! ¡Eso fue un error y nunca volverá a suceder! —grito, deseando que simplemente se vaya para poder lidiar con mis sentimientos y decidir qué hacer.

—¡*Abre esta puerta, Jenna*! —grita más fuerte y la golpea de nuevo con los puños.

—¡No! ¡Vete, Cal, por favor!

Se produce un momento de silencio y luego un fuerte golpe mientras observo con horror cómo la madera alrededor de la perilla de la puerta se astilla y se rompe cuando Cal abre la puerta de una patada. La puerta se abre y él entra en mi habitación, su pecho sube y baja con cada respiración que toma.

—Sí te deseo, Jenna, ninguna maldita puerta cerrada me detendrá —gruñe. Me mira de arriba abajo mientras yo lo miro con incredulidad—. Ve a dormir. Hablaremos de esto por la mañana.

Empujo una silla contra la puerta rota, con la esperanza de que esto evite que él intente volver a entrar. Me arrojo sobre la cama donde procedo a llorar hasta quedarme dormida.

# *Capítulo* 33

Un fuerte golpe en mi puerta me despierta. Miro el reloj para ver que son las seis de la mañana y me quejo por lo temprano que es. Me doy la vuelta y miro al techo, recuerdos de la noche anterior.

—¿Jenna? —Una voz desconocida vuelve a llamar a mi puerta—. Es hora de despertar. Tenemos que tomar el vuelo a Nueva York.

Me levanto de la cama y alejo la silla de la puerta para ver a Kellan parado afuera. Me mira de arriba abajo y sacude la cabeza ante el estado de mi vestido.

—Eso le va a costar a Cal. —Mira el agujero en la puerta y me mira con ojos interrogantes—. ¿Estamos remodelando?

Niego con la cabeza hacia él y me froto los ojos.

—¿Tengo tiempo para una ducha rápida? —pregunto. Él asiente y procedo a prepararme.

Treinta minutos después, salgo de mi habitación y él tiene café, muffins y agua esperándome. Me pasa dos ibuprofenos con un guiño y un poco de agua.

—No le digas a Morgan que te dejé comer un muffin. ¡Me mataría! —Sonrío débilmente por su broma y devoro el muffin, dándome cuenta de que no he comido desde el almuerzo de ayer. No es de extrañar que me sienta mareada y temblorosa, empiezo a sentirme mejor de inmediato con la comida y el agua.

Miro a mi alrededor y noto que Kellan y yo somos los únicos en la suite.

—¿Dónde está todo el mundo? —pregunto, más específicamente, preguntándome dónde está Cal.

—La mayor parte del equipo tomó el avión privado del estudio a Nueva York anoche. Cal llamó diciendo que no te sentías bien y que necesitabas quedarte, por lo que el estudio hizo que el avión volara de regreso a Los Ángeles después de dejarlo en Nueva York. ¡Qué maravilla que te traten como a una reina! —Kellan se ríe.

*Si realmente supiera.*

—Es un vuelo de cinco horas a Nueva York y con el cambio de horario, vamos a acortarlo cerca del horario de estreno. Afortunadamente hacen todo más tarde en Nueva York, así que creo que estaremos bien. Tendremos que prepararnos en el avión y luego un carro nos recogerá y nos llevará directo al estreno. —Asiento en reconocimiento, temiendo un viaje en avión de cinco horas—. Cal y Sean nos están esperando en el carro, así que, si estás lista, podemos irnos ahora.

—¿Sean todavía está aquí? —pregunto, sorprendida de que no estuviera en el avión anoche.

—Parece que Sean tampoco se sentía bien anoche y decidió irse con ustedes —dice con una sonrisa de complicidad. Le devuelvo la sonrisa y lo ayudo a cargar el carrito de equipaje que trajo con los vestidos y el equipaje para esta noche.

Lo llevamos abajo y un botones ayuda a Kellan a cargarlo en el automóvil que espera. Entro en el carro y veo a Cal y Sean sentados uno al lado del otro, con gafas de sol protegiéndose los ojos.

—Ahí está ella, mi hermosa pareja de baile. ¿Dormiste bien, cariño? —La sonrisa de Sean es sarcástica y me pregunto cuánto le habrá dicho Cal.

Me pongo las gafas de sol y las subo por el puente de la nariz con el dedo medio, lo que hace que Sean se ría. Cal elige ignorarme, lo cual está bien para mí.

Miro por la ventana mientras el carro se dirige al aeropuerto, preguntándome cómo voy a manejar otra noche así.

Afortunadamente, Cal se dirigirá a Londres justo después del estreno y yo tomaré el último vuelo a casa, ya que no quiero pasar una noche sola en Nueva York cuando puedo estar en casa con Avery. Dejo que mis pensamientos se desvíen y me maravillo de cómo nuestra química sexual sigue siendo tan intensa, qué tan rápido sus sensuales labios me encienden con solo un beso y qué increíble se siente dentro de mí. Pero mi mundo se detiene al darme cuenta de algo.

No usamos condón.

Debo haber dicho algo en voz alta, porque Kellan me pregunta si estoy bien. Dándole una sonrisa falsa, vuelvo a reflexionar sobre lo idiota que soy y cómo Cal Harrington aniquila por completo todas mis neuronas. Lo bueno es que estoy tomando pastillas, pero qué tal si me contagia una ETS, no sé con cuántas mujeres ha estado Cal.

Para cuando nos detenemos en el avión privado, mi estado de ánimo se ha ensombrecido por mi estupidez y no quiero estar cerca de Cal. Le pido a Kellan que se siente a mi lado en el avión, inventando una historia de que necesito que me diga cómo planea peinarme para esta noche. Él me da una mirada cuestionable, pero cumple.

El avión es increíble, tiene sofás, un televisor de pantalla grande e incluso un dormitorio con baño. Ni siquiera sabía que existían aviones como este, sacudo la cabeza con asombro por la cantidad de dinero que debe haber costado todo esto. Tomo asiento en una de las cómodas sillas de cuero y Kellan agarra la que está a mi lado mientras Cal y Sean deciden sentarse en los asientos frente a nosotros. De todos los lugares para sentarse en el avión, no me sorprende que Cal decida sentarse frente a mí. Pretendo ignorarlo y concentrarme en Kellan mientras revisa los planes para esta noche. El avión despega rápidamente y nos dirigimos a Nueva York.

Me despierto sobresaltada porque mi cabeza se cae hacia adelante, sin darme cuenta de que me quedé dormida mientras miraba por la ventana. Miro mi reloj para ver que solo hemos estado en el aire durante una hora. Miro a mi alrededor para ver a Sean acostado en el sofá dormido, mientras que Kellan todavía se sienta a mi lado, viendo una película en su computadora con auriculares. Cal se ha trasladado a la tumbona frente al avión, con las piernas estiradas delante de él, como si estuviera dormido, pero es difícil saberlo con las gafas de sol puestas.

—Jenna, ¿por qué no te vas a dormir a la habitación? —Kellan dice, mientras se quita los auriculares para hablar conmigo—. Te despertaré una hora antes de que aterricemos.

Asiento, mi cuerpo y mi mente están tan agotados que todo lo que quiero hacer es dormir. Me dirijo al dormitorio, cierro la puerta y me vuelvo a dormir.

Un poco más tarde, me doy la vuelta y me acurruco en lo que creo que es una almohada, excepto que es muy dura y tiene ese aroma embriagador que huele como Cal. Abro los ojos y veo que estoy mirando la parte delantera de su camisa roja de algodón, con la mano apoyada en su pecho. Mis piernas están entrelazadas con las suyas y sus brazos me rodean. No recuerdo que él haya entrado, ni recuerdo haberlo sentido meterse en la cama conmigo. Mis ojos se abren paso hasta su rostro, donde lo encuentro observándome.

Traga mientras me mira a los ojos.

—Tenemos que hablar —dice en voz baja, su voz ronca y baja.

Asiento, sabiendo que tiene razón, porque estoy tan cansada de pelear con él.

—Entiendo lo difícil que es para ti confiar en mí, dadas las circunstancias y lo que has vivido. Probablemente me sentiría de la misma manera si estuviera en tu lugar. Pero, aunque me odiaste durante todos estos años, yo nunca dejé de pensar en ti. Cada vez que veía a alguien que se parecía remotamente a ti, siempre me preguntaba si eras feliz. Y no puedo evitar sentir que se nos dio una segunda oportunidad para tratar de estar juntos gracias a Avery.

—La gente no debería estar junta sólo por los niños —digo, tratando de ignorar el impacto que sus palabras están teniendo en mi corazón.

—¿De verdad crees que quiero estar contigo solo por Avery? ¿De verdad crees que mi deseo por ti es un acto? Eres la mujer más exasperante que he conocido, pero ninguna mujer me ha hecho sentir como me siento cuando estoy contigo. —Nos gira para que estemos uno frente al otro, obligándome a mirar sus hermosos ojos.

—¡Quiero una oportunidad, Jenna! Quiero que me des la oportunidad de demostrarte que nos pertenecemos el uno al otro. Que mis sentimientos por ti y Avery son muy, muy reales. —Me limpia las lágrimas con el pulgar y me mira a los ojos tan intensamente que siento que mi corazón se calienta, el hielo alrededor se está descongelando lentamente—. Quiero que empecemos de nuevo. Quiero salir contigo apropiadamente. Quiero hacerte reír. Quiero ir de aventuras contigo. Quiero tenerte entre mis brazos cada noche y despertar contigo cada mañana. Merezco una segunda oportunidad, Jenna.

Un golpe en la puerta lo interrumpe.

—Cal, tengo que empezar a preparar a Jenna. —La voz apagada de Kellan se escucha a través de la puerta.

—Saldré enseguida —responde Cal en voz alta y continúa mirándome, su pulgar acariciando mi mejilla—. Por favor, Jenna… sólo te pido que lo pienses. Si no sientes lo mismo por mí después de un tiempo, entonces te dejaré en paz y solo compartiré la crianza de Avery contigo.

No puedo seguir negando el hecho de que cada vez es más difícil para mí proteger mi corazón, negar que estoy cayendo bajo su hechizo. Tengo que dejar que mis experiencias pasadas dicten mi presente, a pesar de que él tiene el poder de destruir por completo mi corazón. Puede que no confíe en la gente, pero necesito aprender a tratar de confiar en él.

—Lo pensaré —digo en voz baja, mi corazón canta en victoria mientras mi cabeza grita que me estoy equivocando. El alivio inunda sus ojos y su sonrisa es casi cegadora.

—Gracias —susurra suavemente antes de besarme en los labios. Esos mismos sentimientos locos de necesitarlo comienzan a atravesarme y antes de que pueda intentar profundizar nuestro beso, él se aparta y se levanta de la cama para dejarme prepararme.

# *Capítulo* 34

*Cuatro meses después*

A veces en la vida, cuando las cosas van tan increíblemente bien, tienes que detenerte y preguntarte, ¿cuál es el problema? ¿Eso durará para siempre?

Me pregunto eso todos los días cuando me despierto en los brazos de Cal, esos ojos azules me miran con todo el amor del mundo. Me acaba de decir esas dos palabras la semana pasada, la magnitud de su peso es tan ensordecedora que no pude repetirlas, pero se lo mostré haciéndole el amor. Todos los días trato de mostrárselo con algún tipo de acción, pero sigo reteniendo esas palabras, entendiendo que decirlas le da el poder de mi corazón.

Sí, todavía tengo mis dudas.

Sí, todavía estoy siendo cuidadosa.

Sí, todavía estoy muy jodida.

*Él se merece algo mejor*, me digo demasiadas veces cuando se sienta frente a mí en una cita romántica que orquestó para nosotros.

*Él se merece algo mejor*, me digo a mí misma cuando me pregunto por qué quiere estar conmigo cuando me siento tan simple en comparación con las mujeres con las que trabaja.

*Él se merece algo mejor*, me digo a mí misma cuando me dice que me ama y la decepción llena sus ojos cuando le sonrío en respuesta, las palabras se atascan en mi garganta porque todavía tengo tanto miedo de que me rompa el corazón en un millón de pequeñas piezas.

Hoy es otro de esos días, cada duda está al frente de mi mente. Tiene previsto partir mañana para rodar su nueva película, trasladándose a Dubái durante dos semanas y luego a varios lugares de Europa. Esta será la primera vez que estemos separados por tanto tiempo desde su llegada a Chicago. Acordamos que Avery y yo intentaremos volar cada dos semanas para verlo, pero incluso entonces eso podría ser difícil de lograr.

*¿Y si se enamora de su coprotagonista?*

*¿Y si se desenamora de mí?*

Dios, soy tan patética. Así es exactamente como no quería sentirme. Empiezo a enojarme conmigo misma, diciéndome que me calle y disfrute cada momento que tengo con él. Miro el reloj para ver que tengo dos horas antes de lo que se supone que tengo que encontrarme con él para cenar. Tiene planeada una cena romántica, me entregaron un hermoso vestido con una nota que decía "para esta noche" y él me recogerá formalmente, a pesar de que ahora vive con nosotras en mi apartamento. Le dio a Mason la noche libre ya que estaré con él y arregló que mis padres se llevaran a Avery para que podamos pasar tiempo a solas.

Estoy a punto de comenzar a prepararme para nuestra velada cuando suena mi teléfono celular y veo aparecer el nombre de Robert. Está programado para estar en una reunión con uno de nuestros clientes, así que contesto para ver si todo está bien.

—¿Hola, qué pasa? —Inmediatamente pregunto cuando contesto su llamada.

—Soy un idiota y estaba trabajando en la propuesta del cliente en mi computador anoche, pero olvidé transferirla al computador de mi trabajo, que tengo conmigo, pero no mi archivo USB. Todavía está conectado a mi computador, que está en mi escritorio. ¿Puedes abrir el archivo en mi computador y enviármelo por correo electrónico para que pueda abrirlo para que lo vean?

—Claro, te lo enviaré por correo electrónico desde mi cuenta de correo electrónico personal para que no tenga que expulsar tu USB. —Me acerco a su escritorio y abro su computador portátil, encuentro la propuesta y se la envío por correo electrónico.

—Eres un salvavidas, gracias. Probablemente me iré a casa una vez que termine esta reunión, ¿si te parece bien?

—¡Por supuesto que sí! Disfruta de tu velada, Robert.

—¡Lo haré y ciertamente sé con certeza que lo harás! —Su risa es malvada, lo que indica que conoce los planes de Cal para esta noche.

—Eres tan bueno bromeando.

—¡Ja, te encanta!

Me río mientras cuelgo el teléfono y estoy a punto de cerrar su computadora portátil cuando un archivo con la etiqueta 'JP' llama mi atención. *¿Por qué Robert tendría un archivo sobre mí?* Las campanas de advertencia suenan en mi cabeza, gritando que no haga clic en el archivo, pero las ignoro.

Robert es muy organizado y tiene subcarpetas dentro de la carpeta principal. Hago clic en la carpeta con la etiqueta "Avery", pero solo veo los documentos importantes a los que le di acceso. Hago clic fuera de su carpeta y hago clic en la carpeta etiquetada como "Cal". Dentro de esta carpeta tiene más carpetas etiquetadas como "Correos electrónicos", "Prensa", "Viajes" y "Chase". Intrigada por saber por qué habría una carpeta sobre Chase, hago clic en ella. Dentro hay dos carpetas más, una etiquetada como "Fotografías" y la otra como "Correos electrónicos". Hago clic en el que dice "Fotografías" y me sorprende ver cientos de fotos en él. Empiezo a hacer clic en ellas, imágenes mías por la ciudad, ajena al hecho de que incluso me están fotografiando. Hay toneladas de fotos mías la noche en que me rodearon los paparazzi.

*¿Por qué tendría Robert todas estas fotos de Chase?*

Salgo de esa carpeta y hago clic en "Correos electrónicos". Numerosos correos electrónicos de Chase a Cal, copiando a Robert con imágenes mías. El contenido del cuerpo de la lista de correos electrónicos donde estaba y si me encontraba con alguien, con quién estaba. *¿Qué demonios?* Hago clic en algunos más hasta que abro el correo electrónico con las imágenes del ataque de los paparazzi. Leo las palabras de Chase a Cal que me hacen dejar de respirar:

**¡Esta noche nunca debería haber sucedido, Cal! ¡Me pagas para que la siga, no para que sea su guardaespaldas!**

*¿Le paga a Chase para seguirme?* Pienso en todas esas veces que Chase era el único paparazzi y siempre estaba asombrada de cómo me encontraba tan rápido, pero aparentemente había una razón para eso. Me trago la sensación de malestar que tengo y hago clic fuera de la carpeta principal "Persecución" y voy a la carpeta "Prensa".

Dentro hay correos electrónicos de Cal a Robert, indicándole que llame a numerosos medios de comunicación como fuente anónima y les proporcione historias sobre mí. Historias exactamente como la que pensé que eran de mis vecinos la primera vez que apareció Cal. Historias sobre mi ruptura con Jax, sobre Cal y yo trabajando en nuestra relación. Todas estas historias de las que Cal fue el autor intelectual.

Cierro la computadora de golpe y cierro los ojos mientras las lágrimas comienzan a caer por mi rostro. La confianza que tenía en Cal ahora se ha ido. Estoy devastada no solo por su traición, sino también por la de Robert. No sé si Layla está involucrada en esto, ya que no vi su nombre en ninguno de los correos electrónicos y rezo para que no lo esté, ya que mi corazón no puede soportar más sorpresas. Agarro mis llaves, necesito largarme de aquí antes de que Cal llegue a casa, apago mi teléfono celular y huyo del apartamento.

Termino en O'Malley's, necesitando grandes cantidades de alcohol para calmarme y adormecer el dolor. Me siento en el extremo más alejado de la barra y nuestro cantinero habitual, Nico, se acerca para servirme.

—Hola, chica, ¿qué te apetece esta noche? ¿Dónde están todos tus amigos? —pregunta mientras los busca a su alrededor.

—Quiero un té helado con ron y sigue sirviendo cuando veas que me estoy deprimiendo. En cuanto a amigos, bueno, a partir de esta noche, no tengo amigos. —Parpadeo para contener las lágrimas que están a punto de derramarse y miro hacia abajo para tratar de recuperar la compostura.

—¡Ya viene y, por supuesto, tienes amigos! ¡Estoy aquí para ti! —Me sonríe mientras me da palmaditas en la mano y se aleja para hacerme la bebida.

Dos horas más tarde y estoy más que borracha. Estoy bebiendo esos tés helados Long Island tan rápido que cuando llevo cuatro, Nico me interrumpe y el agua es la única forma de líquido que puedo beber. Coloca una canasta de papas fritas frente a mí que devoro rápidamente.

—Chica, tu aventón debería estar aquí en cualquier momento y tu cuenta ha sido cubierta—dice mientras retira la canasta vacía y los vasos.

—¿Mi aventón? —Levanto la cabeza de mis manos, confundida sobre a quién habría llamado y luego recuerdo que él y Layla se han relacionado antes—. No, puedo llegar a casa sola. Voy a caminar.

Me bajo de mi taburete e inmediatamente me vuelvo a sentar cuando el lugar comienza a inclinarse.

—¡Jenna! —Escucho mi nombre y Layla y Robert. Comienzo por negar con la cabeza, Robert es la penúltima persona que quiero ver.

—Tú —Lo señalo con el dedo y escupo—: ¡Eres un maldito traidor!

Golpeo mi mano contra la barra, sin poder controlar mis movimientos en absoluto.

Los ojos de Robert se agrandan con preocupación.

—Jenna, ¿de qué estás hablando? Si se trata de no decirte cuáles eran los planes de Cal para esta noche, entonces lo siento. Solo estaba tratando de ayudar.

—¿Estabas tratando de ayudar cuando accediste a ir a la prensa por él con historias sobre mí, Señor Fuente Anónima? —Sus ojos se agrandan y su rostro palidece. Rápidamente mira a Layla, quien simplemente sacude la cabeza con tristeza.

—Jenna, vamos a casa —dice Layla y se mueve a mi lado para ayudarme a levantarme.

—¿También eres uno de los secuaces de Cal? —le pregunto desesperada. Mira a Robert y ya veo la culpa en sus ojos.

—Sabía lo que estaba pasando, pero me negué a participar. Lamento no haberte dicho —confiesa y se mira las manos con pesar.

—¿Cómo es posible que no me lo dijeran? ¿Por qué no me lo dirías? —Mi voz comienza a volverse histérica cuando siento que todo mi mundo se derrumba a mi alrededor.

—Las historias eran control de daños, Jenna. Cal solo estaba tratando de proteger tu reputación de los desagradables chismes que se estaban difundiendo. —Robert trata de explicar, pero niego con la cabeza, negándome a creer que haya alguna excusa que justifique sus acciones.

—Deberían haberme dado la opción de decidir. ¡Es *mi* reputación! ¡Sé cuál es la verdad y cuál no! —grito y la gente empieza a mirarnos.

—Jenna, por favor, ¿podemos hablar de esto en casa? —Robert suplica mientras mira alrededor de la barra.

—No me iré a casa hasta que él esté fuera de mi casa. Envíale un mensaje a tu nuevo jefe y dile que quiero que se vaya.

—Puedes quedarte conmigo, Jenna. —Miro a Layla y me burlo de su sugerencia.

—¿Cómo puedo confiar en alguno de ustedes? —pregunto, con tristeza en mi voz cuando me doy cuenta de que todos en quienes confío me han estado engañando. Por el rabillo del ojo veo destellos de bombillas que se encienden afuera y sé que Cal está aquí—. Por supuesto, le dirías que estoy aquí.

Me giro para mirar a Robert.

—Lo elegirías sobre mí cualquier día por la notoriedad y la fama.

—Sé que estás borracha, Jenna, pero tus palabras me hieren.

—¡Dice la persona que me ha clavado el cuchillo en mi espalda! —Me rio amargamente mientras veo a Cal entrar, escanear el bar y vernos. Lleva una camisa blanca con los puños arremangados, bonitos pantalones y zapatos de cuero. Su cabello está despeinado por pasarse las manos por él y sus ojos están llenos de preocupación. Se dirige hacia nosotros y me maldigo por pensar que se ve ridículamente sexy. Si no lo odiara tanto en este momento, exigiría que bautizáramos el baño de O'Malley.

—Jenna, es hora de volver a casa. Podemos hablar de lo que creas que está pasando en la privacidad de nuestro hogar. —Cal me agarra de los brazos, pero lo arranco de su agarre.

—¡Es *mi* casa! Quiero que empaques y te vayas. ¡Hemos terminado!

—¿Y por qué es eso? —pregunta con calma, pero sus ojos son duros como el hielo.

—¿Por qué? ¡Porque no puedo confiar en ti! Descubrí todo, las historias que plantaste sobre mí, ¡cómo le pagas a Chase para que me siga! ¿Cómo pudiste, Cal? ¿Por qué lo hiciste? —Las lágrimas que pensé que tenía bajo control ahora caen por mis mejillas.

329

—Todo lo que he hecho ha sido por tu bien. Hice que Chase te siguiera para asegurarme de que estabas a salvo antes de que consiguiéramos a Mason y le pedí a Robert que plantara esas historias porque la prensa te estaba destrozando. Dices que no te importa tu reputación, pero habría afectado tu negocio, cómo la gente trataba a Avery. No podía dejar que eso sucediera.

Niego con la cabeza mientras más lágrimas continúan cayendo en silencio, sin poder creer una palabra de lo que dice. Me mira antes de dar un paso más cerca de mi espacio personal. Me agarra de la barbilla y me obliga a mirarlo.

—No me disculparé por mis acciones, Jenna. Lo único por lo que me disculparé es por no decírtelo antes. Ahora vámonos —gruñe suavemente y me suelta.

—¿Cuántas cosas más hay de las que no me has contado que se hicieron "por mi bien" Cal? Lo siento, pero ya no puedo hacer esto —digo con remordimiento, el dolor en mi pecho es tan intenso que me dificulta respirar.

—¿Eso es todo? ¿Me vas a desechar por un error? Creo que solo estás buscando cualquier excusa para protegerte porque estás demasiado asustada para sentir algo. ¿Quieres que me vaya? Así sea —dice con intensa furia—. Ayúdame a llevarla a casa.

Él y Robert forman un escudo frente a nosotros mientras Layla envuelve su brazo alrededor de mí para mantenerme firme. Incluso si no estuviera borracha, no podría caminar directamente de las lágrimas que nublan mi visión. Me protejo los ojos con las manos cuando salimos frente a los paparazzi. Comienzan a gritar nuestros nombres, preguntando si estoy bien, si estoy borracha, si estamos peleando. Sonrío a esto último, ya que pronto descubrirán que, de hecho, estamos hemos terminado.

—Jenna, mantén tus ojos tapados y te guiaré al taxi que Robert tiene para nosotros —dice Layla, y trato de concentrarme en sus manos que están firmemente colocadas en mis caderas, ayudándome a caminar derecho.

—Déjame ayudarte con ella —escucho a alguien decir y miro hacia arriba para ver a Chase tratando de cubrirme con su chaqueta.

—Ah, bueno, si no es mi perro guardián. Por cierto, fallaste miserablemente en tu trabajo esta noche. Creo que Cal debería deducirlo de tu salario —Me burlo, la sorpresa se refleja en su rostro.

—Jenna, puedo explicarte… —Comienza Chase.

—¡Eres *tú*! ¡Aléjate de ella! —Layla grita y empuja a Chase lejos de mí.

Cal y Robert se dan la vuelta para ver qué pasa con todo el alboroto.

—¿Qué ocurre?

—¡Este es el chico! —Layla señala con el dedo a Chase y la miramos como si se hubiera vuelto loca.

—Sí, es Chase de Canadá. Él es a quien Cal está pagando para que me siga.

Layla me mira en estado de shock, sus ojos azules comienzan a brillar con ira.

—Él es el tipo al que le conté tu historia en Las Vegas.

—¿*Qué*? —Cal y yo decimos al unísono y en un movimiento rápido, Cal golpea a Chase en la cara. Chase tropieza hacia atrás y se tapa el ojo.

—¡Bastardo, nunca me dijiste eso! —Cal ruge y va a golpearlo de nuevo, pero Robert lo detiene.

—¡Cal, sube al taxi! —Robert empuja a Cal hacia el taxi mientras los paparazzi se vuelven locos tomando aún más fotos de lo que está ocurriendo.

Miro a Chase en estado de shock mientras Layla me empuja hacia el taxi. Sacude la cabeza para despejarse y luego tropieza hacia mí, extendiendo su mano libre.

—¡Jenna, puedo explicarlo! ¡Por favor déjame explicarte! —grita cuando la puerta se cierra en su cara y el taxi se aleja del bar.

No puedo evitar empezar a reírme incontrolablemente del circo que es mi vida desde que entró Cal Harrington.

—No puedo creer que esto sea tan divertido para ti. —Cal me mira con incredulidad.

—Oh, vamos, la ironía de que el titiritero sea manejado por uno de sus títeres es muy divertida —digo en referencia al engaño de Chase.

—Cal, ella no lo dice en serio, está enojada y borracha —dice Robert lo suficientemente alto como para que yo lo escuche.

—¡Así es, traidor! Puedo estar borracha y más allá de lastimada, pero *no* soy estúpida. ¡Terminé con todos ustedes! —balbuceo, mientras corto mi mano en el aire—. También he terminado con este olor. ¿Qué es ese maldito olor de Dios?

Mirando alrededor en el taxi cuando mis ojos se topan con una caja de pizza.

—Oh Dios. —Empiezo a arquearme, tratando de controlar la bilis que quiere subir de mi garganta—. ¡Señor, haga lo que haga, *no* abra esa caja!

El taxista me mira con una sonrisa dudosa.

—Es mi cena. Probablemente deberías comer una rebanada para ayudar a absorber ese alcohol.

—¡Por favor no! Si abre esa caja, voy a vomitar —Eructo, el olor hace que mi estómago comience a rugir.

—Vamos, es solo pizza. Toma, come una rebanada. —Cuando abre la caja, todos en el carro gritan que *no*, pero es demasiado tarde porque vacío el contenido de mi estómago sobre su cena y me desmayo.

# Capítulo 35

—¡Jenna Lynn, es hora de que te levantes!

Gimo contra la pesadilla que debo estar teniendo, escuchando la voz de mi madre en mi sueño. El brillo comienza a irradiar detrás de mis párpados y gimo por la intrusión. Mi cabeza está palpitando y mi garganta se siente seca, gritando su necesidad de agua. Escucho pasos en mi habitación, su ritmo rápido mientras corren alrededor de mi habitación. La cama se mueve y siento que alguien me agarra de los brazos, tratando de levantarme.

—Levántate, Jenna, tenemos que irnos. ¡Solo tenemos unos cuantos minutos!

Abro los ojos para ver que es mi madre, en mi dormitorio, tratando de sacarme de la cama. Me despierto sobresaltada y agarro sus brazos, el pánico se apodera de mí.

—¿Qué ocurre? ¿Dónde está Avery? —Miro alrededor de mi habitación, solo para ver señales de mi hija.

—Avery está con Robert en la piscina. Aquí hay algo de ropa. —Me arroja un par de jeans y una blusa—. Vístete, cepíllate los dientes y vámonos.

Sabiendo que Avery está a salvo, me tiro contra la cama para volver a dormir e inmediatamente agarro mis sienes cuando los dolores punzantes de mi resaca deciden castigarme por el movimiento rápido.

—Entonces no hay ningún lugar al que debamos ir, madre, si ella está a salvo con Robert —Me quejo, enojada con ella por despertarme y dejar a Avery al cuidado de Robert, con quien todavía estoy enojada.

—Tenemos que ir a buscar a Cal antes de que tome su vuelo.

—¿Cal se ha ido? —Lentamente me siento y miro su mesita de noche, que está vacía. La ropa que estaba colgada en el perchero de viaje ya no está. Miro mi reloj y veo que son las 10 a. m., se suponía que su vuelo a Dubái no saldría hasta las 5 p. m. Luego, los recuerdos de lo que le dije anoche me inundan y me doy cuenta de por qué ya se ha ido.

—Le dije que lo quiero fuera de mi vida, madre. Aparentemente, escuchó.

—Lo sé todo sobre anoche, Jenna, y tenemos una pequeña ventana de tiempo para arreglarlo. Toma, toma una aspirina. —Me pasa un vaso de agua y dos pastillas. Tomo las pastillas y me las trago con agua.

—Madre, ¿por qué insistes tanto en que vaya detrás de hombres que no son buenos para mí? —pregunto, sin entender por qué quiere que arregle las cosas con Cal a menos que sea solo por su reputación.

Ella suspira ruidosamente y apoya su cadera contra mi mesita de noche para mirarme.

—Fui estúpida por decirte que fueras tras Tyler hace tantos años. Fuiste inteligente al no escucharme, Jenna, ya que confiabas en tu propia valía. El hecho es que nunca he tenido confianza con los míos y tengo mucha suerte de que tu padre decida seguir casado conmigo, especialmente cuando tomo malas decisiones como decirte que no obtendrías nada mejor que Tyler. Tyler era un imbécil egoísta, Jenna.

La miro con sorpresa, sin creer que estoy escuchando estas palabras de su boca. Se sienta en el borde de la cama y empuja un mechón de mi cabello detrás de mis orejas.

—Pero Cal no se parece en nada a Tyler y tienes que darte cuenta de eso.

—Pero… —balbuceo, queriendo decirle por qué rompí con Cal cuando ella pone su dedo en mis labios para callarme.

—Sí, estoy de acuerdo contigo en que debería haber sido honesto contigo y contarte todo lo que había estado pasando. Pero, cariño, cada decisión que ha tomado el hombre ha sido por ti y por Avery. Estaba tratando de proteger a las dos mujeres que ama.

Quita su dedo de mi boca para dejarme hablar.

—Siento que he perdido todo el control de mi vida por su culpa —lloro.

—Te sientes así porque también estás enamorada de él, simplemente no lo admitirás porque tienes miedo de que te lastimen de nuevo. —Ella coloca su mano amorosamente en mi mejilla y la acaricia—. El mayor riesgo sería si siguieras asustada y te perdieras al amor más grande de tu vida.

—No lo sé, madre —digo lentamente, sus palabras comienzan a tener sentido para mí. El mundo en el que vive me asusta, con todos estos extraños pensando que lo conocen y quieren un pedazo de él. Pero Cal solo ha tratado de protegernos desde el primer día.

—¿Confías en él, Jenna? Quiero decir, ¿realmente confiar en él? Porque si realmente crees que él te lastimará deliberadamente, entonces no iremos tras él.

La miro y sé en mi corazón que Cal nos ama con todo lo que tiene y que mi actuación es solo porque tengo miedo de que me deje y me rompa el corazón. Pero no puedo vivir mi vida de esa manera, porque si lo hago, Cal no estará en ella. Me doy cuenta de que cometí un grave error en mis acciones anoche, ya que sé sin lugar a duda que Cal nunca me lastimaría intencionalmente.
—No, madre, él nunca me lastimaría deliberadamente.

Ella sonríe y aprieta mis manos con las suyas.

—¡Entonces vamos a buscarlo!

Me tiro las cobijas, agarro mi ropa y corro al baño mientras mi madre dice que traerá mi carro y me esperará abajo. Sólo me toma cinco minutos antes de salir corriendo de la habitación y llamarla a su teléfono celular.

—Estoy bajando —digo al teléfono, pero ella me dice que espere allí—. ¿Por qué tengo que esperar?

Mi voz se detiene cuando la puerta principal se abre y Cal entra. Lo miro por solo una fracción de segundos antes de lanzarme sobre él, tomándolo por sorpresa.

—¡Regresaste! ¡Gracias a Dios, regresaste!

Mi voz es amortiguada por su pecho mientras lo abrazo tan fuerte como puedo.

—Regresé porque olvidé mi pasaporte.

Su voz está desprovista de cualquier emoción y me doy cuenta con desesperación de que no me está devolviendo el abrazo.

Lo miro con lágrimas en los ojos, con la esperanza de no haberlo perdido para siempre.

—Siento mucho lo de anoche, Cal. Sé que dije algunas cosas hirientes, pero al enterarme de que contrataste a Chase para que me siguiera sentí que no confiabas en mí, que estabas tratando de controlarme y me doy cuenta de que ese no es el caso ahora. Solo estás tratando de protegerme y yo fui demasiado terca para escuchar —digo rápidamente antes de tomar una respiración temblorosa.

Me agarra de los brazos, se niega a mirarme a los ojos y me empuja lejos de él. Se acerca a la consola de la entrada, donde dejó su pasaporte, y lo mete en el bolsillo trasero de sus pantalones. Vuelve a pararse frente a mí, mirándome con nostalgia antes de sonreír con tristeza y negar con la cabeza.

—No tengo suficiente amor para los dos, Jenna —afirma en voz baja y se vuelve para dirigirse hacia la puerta.

Agarro su brazo para que no pueda irse y le suplico.

—Te amo, Cal. Estoy tan enamorada de ti que… ¡que solo estaba asustada! Tenía miedo de que me lastimaran de nuevo. —Se pasa la otra mano por el cabello y veo que hay un rayo de esperanza cuando comienza a mostrar cierta lucha con sus emociones.

—¡Por favor Cal, por favor no te rindas conmigo

Lloro de angustia cuando mi pecho comienza a doler.

—Te prometo que esto nunca volverá a suceder.

Su mirada es intensa, como si estuviera tratando de ver si estoy jugando con sus emociones.

—¿Cómo puedes amarme cuando ni siquiera confías en mí, Jenna? ¡No tenemos nada sin confianza!

—¡Confío en ti, Cal, en serio! —Trato de sonreír a través de mis lágrimas y asentir con la cabeza hacia él, esperando que pueda ver la verdad.

Estrecha su mirada hacia mí y alcanza mis manos.

—¿Realmente confías en mí, Jenna?

—Sí, Cal, de verdad que sí —digo, apretándole las manos para tranquilizarlo.

—Entonces ven a Dubái conmigo ahora. Tú y yo durante dos semanas, nosotros solos. Yo me encargaré de todos los arreglos.

Contengo el aliento y suelto sus manos. *No puedo simplemente levantarme e irme con él. ¿Puedo? Tengo a Avery, mi negocio… todo.*

Él ve mi lucha interna y se enoja.

—¿Por qué dudas?

Todas las excusas están en mi cabeza, pero no saldrán de mi boca. *No puedo dejar a Avery. No puedo dejar el trabajo. ¿Qué pasa si cambias de opinión sobre mí?*

—Cuidaremos muy bien de Avery, Jenna —La voz de mi madre interrumpe mis pensamientos. Miro detrás de Cal y la veo de pie en la entrada, con los ojos llenos de lágrimas.

—¿De qué tienes tanto miedo, Jenna? ¡Avery estará bien con tus padres! Robert puede manejar tu negocio. ¿Por qué no puedes decir que sí?

—Yo… no sé —Tropiezo con mis palabras, sin entender por qué no dejo ir mis excusas.

—*¡Confía en mí, Jenna!* —Me estremezco cuando él grita de frustración, levantando los brazos en el aire—. No soy tu exmarido. ¿Por qué no te arriesgas *conmigo*? ¿No te he probado mi amor?

Jadeo por la angustia en su voz, nunca antes había visto este lado de Cal y me rompe el corazón.

—Asume el maldito riesgo de soltar tu control, de dejarte sentir, independientemente de lo que puedas pensar que resultará al final. Sé cómo resultará si te arriesgas conmigo—. Deja caer los brazos y me mira con tristeza—. Yo sería tuyo para siempre.

Las lágrimas caen silenciosamente por mi rostro mientras lo veo pasar junto a mi madre para abrir la puerta. Se detiene en la puerta, se vuelve para mirarme y me tiende la mano.

—Última oportunidad, Jenna. ¿Qué vas a ser? Mis ojos le suplican que no haga esto, pero veo la resolución en su rostro.

Cierro los ojos y me pregunto qué razón válida tengo para no ir con él.

*Le confío a nuestra hija.*

*Le confío mi vida.*

*Confío en él con mi corazón.*

*¿Qué más hay?*

*¡Nada, Jenna, no hay nada!*

Respiro hondo y abro los ojos para mirarlo, mi para siempre.

Doy ese paso adelante.

Pongo mi mano en la suya.

Y exhalo… dejando ir todas mis excusas para poder estar con el hombre que amo.

El hombre con el que estoy destinada a estar.

# *Epílogo*

*Dieciocho meses después*

Miro detrás de mí y hacia la multitud para tratar de encontrar dónde están sentados Layla, Robert y sus acompañantes. Busco el púrpura de su vestido y finalmente los localizo.

Robert y su cita están muy acaramelados, dándose miradas coquetas mientras la cita de Layla mira a todas las demás mujeres menos a ella. Layla ha vuelto a sumergirse lentamente en el mundo de las citas y los hombres con los que está eligiendo pasar su tiempo son idiotas. Al sentir mis ojos en ellos, Robert y Layla me miran y saludan. Les devuelvo el saludo y les doy un pulgar hacia arriba y vuelvo mi atención al escenario.

Agarro la mano de Cal, mis nervios a punto de estallar por la anticipación.

—¿Estás nervioso? —pregunto por enésima vez esta noche.

Se vuelve hacia mí y me regala esa sonrisa que está reservada a mí, la que me debilita las rodillas.

—No cariño, creo que estás lo suficientemente nerviosa por los dos. —Se ve tan devastadoramente guapo esta noche con su esmoquin que más de una vez ha tenido que quitarme las manos para que no deambulen por todo su cuerpo.

Me inclino hacia él y susurro seductoramente en su oído—: Tú vas a ganar.

—Ya gané porque te tengo —susurra y me da un beso suave pero firme.

Mientras el presentador lee a los nominados en la categoría de Mejor Actor para los Premios de la Academia, no puedo evitar maravillarme de lo lejos que hemos llegado en casi dos años juntos. Después de dejar ir todas mis emociones negativas de tener miedo, todo en mi vida mejoró. No solo mi relación con Cal, sino cómo soy como madre para Avery, hija para mis padres y como amiga.

Aplaudo más fuerte después de que pasan un clip de Cal actuando en la película por la que está nominado. Él se ríe de mí y me besa en los labios, la cámara captura nuestro genuino afecto el uno por el otro.

—Y el premio va para... —Aprieto la mano de Cal, el suspenso a punto de matarme, junto con el redoble de tambores aumentando los latidos de mi corazón—. Cal Harrington por "*Juegos Criminales*", anuncia el presentador mientras la audiencia comienza a aplaudir.

—¡*Sí*! —grito mientras salto de mi asiento y me arrojo hacia él. Agarro su rostro y lo beso con cada fibra de mi ser. Él me abraza fuerte y me deja ir para poder caminar hacia el escenario para recibir su premio. Miro detrás de mí y veo a Robert y Layla levantados de sus asientos, gritando y aplaudiendo de emoción también.

—¡Vaya, esto es increíble! —Él comienza su discurso cuando la audiencia vuelve a sentarse—. Realmente nunca esperé esto, y estoy muy agradecido con la Academia por este premio.

Lágrimas corren por mi rostro mientras comienza a agradecer a todos los que participaron en la película.

Esta película no fue una película fácil de hacer, exigiendo mucho de él tanto física como emocionalmente. También fue una prueba de que nuestra relación con él se había ido la mayor parte del tiempo. Pero lo hicimos funcionar y no podría estar más orgulloso y emocionado por él.

—A mi hija, Avery, que sé que todavía está mirando, te amo y es hora de ir a la cama ahora.

El público se ríe y luego se queda en silencio cuando su expresión se vuelve sombría.

—A mi compañera en la vida, Jenna. —Mientras dice mi nombre, siento que todos a mi alrededor se desvanecen mientras miro fijamente al hombre que se ha grabado en mi corazón—. No estaría aquí aceptando esto si no fuera por ti. Me haces un mejor actor, un mejor hombre y padre para nuestra hija. Gracias por dejarme ser tuyo para siempre. ¡Te amo!

Él grita y me lanza un beso mientras la música comienza a sonar.

Me levanto de un salto y le devuelvo un beso, sin importarme que mi maquillaje probablemente esté manchado por toda mi cara por llorar y que millones de personas estén mirando.

Porque necesitan ver que esto es real.

Esto es genuino

Esto es AMOR.

Todavía no es el final. ¡Sigue leyendo!

¿Quieres saber el punto de vista de Cal? ¿Qué hizo él durante esos cuatro años que estuvieron separados? ¿Cómo se sintió acerca de Jenna cuando la conoció?

Descúbrelo en La mitad de mi corazón ¡Muy pronto en español!

Cal y Jenna también aparecen en:
Perfectamente sola
Al borde del deseo
Compras por amor

¡Pasa la página para leer más de Cal y Jenna y un epílogo adicional!

# Epílogo adicional

### El primer día de San Valentín de Cal y Jenna
### Cal

Miro alrededor de la sala, una sonrisa satisfecha jugando en mis labios mientras observo lo que hay frente a mí. Numerosos arreglos florales en todas las formas y tamaños se colocan estratégicamente alrededor de nuestra casa. Los colores blanco, rosa claro, magenta y rojo iluminan nuestro apartamento, haciendo que el aire huela dulce. Hoy es el Día de San Valentín, el primero con el amor de mi vida, Jenna, y estoy decidido a que sea inolvidable.

Volé desde mi último set de filmación hace dos días y el desfase horario me ha dejado sin valor. Afortunadamente, me estoy acercando al final del rodaje de mis escenas y pronto podré volver a casa. Jenna me visitará en Tailandia durante mi última semana allí. Tratamos de no estar separados por más de dos semanas, pero incluso eso puede ser complicado de manejar con nuestros horarios. Estar separados ha sido duro para nosotros, pero siento que nos estamos volviendo más fuertes como pareja a medida que aprendemos a sobrellevar nuestro tiempo separados.

Desearía que esta visita hubiera sido una sorpresa, pero con su apretada agenda de trabajo, necesitaba asegurarme de que tuviera tiempo libre. Dirige su negocio de planificación de eventos y el Día de San Valentín es uno de sus días más ocupados. Tiene dos fiestas grandes que preparar y prometió terminarlas al final de la tarde.

Ella puede apostar ese culo caliente suyo a que la obligaré a cumplir esa promesa.

—Vaya, ¿son todos estos para mamá? —Avery, nuestra hija de cinco años, pregunta mientras camina hacia mí desde su habitación y coloca su pequeña mano en la mía. Miro hacia abajo y sonrío ante su mirada de asombro mientras ella mira alrededor de la habitación. Todavía no puedo creer que tengo una hija, y el hecho de que la gente haya tratado de hacerme creer que ella no existía, hace hervir mi sangre hasta el día de hoy. Me trago el bulto de emociones cada vez que la miro, pensar que casi no estoy en su vida sigue siendo doloroso. El destino tenía otros planes y, afortunadamente, tanto Avery como su madre ahora están en mi vida de forma permanente.

—Todos menos tres son para tu mami. Los tres que puedas cargar son tuyos —digo y me rio cuando ella chilla de alegría.

—¡Eres el mejor papá del mundo! —dice mientras lanza sus bracitos alrededor de mi cintura e intenta apretarme. Me pongo de rodillas para estar a su nivel y la abrazo con fuerza, respirando su dulce champú mientras beso su cabeza. Oírla llamarme papá con esa linda vocecita es lo mejor del mundo. Empiezo a acariciar con mi nariz el hueco de su cuello, sus risitas viajan directamente a mi corazón y lo llenan con aún más amor. Se aparta de mis brazos y se acerca para inspeccionar las flores.

La observo meter la nariz en uno de los arreglos sobre la mesa y reír cuando se aparta para mostrarme el pétalo clavado en su fosa nasal. Ella me sorprende todos los días con lo divertida e inteligente que es. Se parece a Jenna con el cabello y los pómulos, pero esos ojos azules y esa pálida piel inglesa son todos míos. No estoy ciego al notar que mi hija es hermosa y será aún más exquisita cuando sea adulta. Estoy completamente preparado para ahuyentar a todos los imbéciles que intenten meterse en su corazón.

345

La vibración de mi teléfono celular desvía mi atención de Avery. Levanto mi teléfono del mostrador para ver un mensaje de Robert, el asistente de Jenna y uno de sus amigos más cercanos. Le pedí que viniera a inspeccionar mi trabajo manual con las flores y accedió de mala gana. Me hace saber que está de camino a nuestro apartamento, lo que me pide que me acerque a la puerta principal para abrirla. Respondo a su mensaje y le digo que entre.

Menos de cinco minutos después, oigo que se abre la puerta y entra Robert, con las mejillas rojas y los ojos llorosos por el frío.

—Ella está detrás de ti, hombre —dice mientras cierra la puerta detrás de él.

—¿Qué quieres decir con que ella está detrás de mí? —pregunto con una mirada inquisitiva y una ceja levantada. Nadie sabe el alcance total de mis planes para Jenna esta noche, ni siquiera Robert, a quien recluté para que me ayudara con algunas cosas.

—Cada vez que me ve mirando mi teléfono, tiene una sonrisa de complicidad en su rostro y sus ojos gritan *'Sé con quién estás hablando'.* —dice con una voz que se supone que imita a la de Jenna cuando lo regaña a él.

—Simplemente ignórala y actúa con normalidad —Aconsejo, sin entender por qué está siendo tan dramático al respecto.

—No puedo simplemente ignorar a mi jefe, Cal, especialmente mientras estamos trabajando. Ella solo me preguntó una vez sobre a quién sigo enviando mensajes y mentí, diciéndole que era mi cita para esta noche enviándole una foto de mi pene. —Se encoge de hombros como si enviar fotos de penes fuera algo normal.

—Cuidado, Robert —Advierto con un gruñido, mi cabeza inclinada hacia donde está Avery, de espaldas a nosotros mientras continúa investigando las flores. Avery es una esponja en este momento, absorbiendo todo lo que decimos y hacemos. No puedo permitir que repita lo que escuchó hoy frente a Jenna.

—Oh mierda, no la vi. Lo siento, Cal —susurra con una mirada de disculpa en su rostro—. Pero no me preocuparía por eso; Avery nunca me escucha.

Él la mira, pero hace una doble toma cuando ve todas las flores. Su boca se abre ligeramente con asombro mientras mira alrededor de la habitación.

—¿Qué piensas? —pregunto con orgullo, y no puedo evitar la sonrisa que se extiende por mi rostro mientras hincho el pecho en señal de victoria por haber logrado algo de esta magnitud. Gracias a Robert, sabía exactamente cuándo tenía que llegar Jenna al trabajo, así que programé que la florería entregara todo diez minutos después de que ella se fuera.

—Es hermoso… —Robert responde vacilante mientras camina por la sala—. Para un funeral.

Mi sonrisa se desvanece como si acabara de tomar una aguja y reventar mi globo de emoción. Entrecierro los ojos para ver si está bromeando, pero su rostro parece muy serio. Me mira por un par de segundos más antes de estallar en carcajadas.

—Cal, ¿estás enojado? —pregunta con una mirada de asombro—. Por mucho que me encanten las flores, esto es abrumador. Sabes que a Jenna no le gustan los gestos exagerados.

Agita su brazo hacia las flores y mi estómago se hunde al darme cuenta de que tiene razón.

—Le dije a Avery que puede elegir tres ramos de flores y ponerlos en su habitación. Tal vez pueda llevarle un par a la mamá de Jenna cuando deje a Avery —sugiero, y me gusta la idea cuanto más lo pienso. Los padres de Jenna planean cuidar a Avery por nosotros esta noche, así que solo ganaría más puntos con Pamela Pruitt si le llevara flores. No es que tenga que trabajarla, ya me considera su futuro yerno.

—Avery, creo que mereces tener el segundo arreglo floral más grande en tu habitación —dice Robert y toma el arreglo de rosas rosadas abierto en forma de corazón y lo lleva con el caballete a su dormitorio. Mientras Avery agarra el oso hecho de rosas rojas y sigue a Robert, miro a mi alrededor para ver si hay un ramo más para que se lleve, pero todo lo demás es demasiado grande para su pequeña habitación. Encuentro un pequeño jarrón cuadrado transparente con alcatraces blancos y decido ponerlo en su tocador.

Ella nos indica dónde poner sus flores, y me río de que haya heredado el descaro de Jenna. Una vez que está satisfecha, le digo que se prepare para nuestro día juntos. Robert y yo salimos de su dormitorio y cierro la puerta para que pueda tener privacidad.

Agarro las tres bolsas grandes de pétalos de rosa de la encimera de la cocina y le paso una bolsa a Robert.

—Ayúdame a esparcir esto por el apartamento —digo, y él mira las bolsas con escepticismo. Señalo con el dedo y lo agito de un lado a otro, mis ojos le ordenan que mantenga la jodida boca cerrada. He terminado de escucharlo decirme que esto es demasiado para Jenna.

Nada es demasiado para mi mujer.

Abro mi bolso, tomo un puñado de pétalos y los tiro al suelo. Hago un camino con ellos directamente desde la sala de estar hasta el dormitorio. Una vez que mi bolso está vacío, me doy la vuelta y encuentro a Robert siguiéndome, con una mirada de horror en su rostro mientras examina mi trabajo.

—Ay Dios —dice con exasperación y sacudiendo la cabeza. Deja su bolso sin abrir, se arrodilla en el suelo y extiende el montón que arrojé justo afuera del dormitorio—. ¡Tienes que hacer caminitos con los pétalos y no tratarlos como si estuvieras rastrillando un montón de hojas para tirarlas en una bolsa de basura!

Sonrío, sin entender qué diablos quiere decir. Me apoyo contra el marco de la puerta del dormitorio y dejo que reorganice mis senderos de pétalos. Él es mucho mejor en esta mierda que yo. Una vez que termina, inspecciona su trabajo y asiente para sí mismo con aprobación. Él me mira y le hago señas hacia mi dormitorio.

—Haz tu magia aquí, Campanita —bromeo, y entrecierra los ojos con desdén por mi apodo para él—. Y no te olvides de rociar un poco de polvo de hadas por toda la cama, por favor.

—Sabes que los pétalos de rosa mancharán las sábanas, ¿verdad?

Miro entre su cara engreída y la cama, sin darme cuenta de que lo harían. Nunca antes había celebrado el Día de San Valentín con alguien tan importante como lo es Jenna para mí. Estoy volando por el asiento de mis pantalones y, francamente, no sé qué carajo estoy haciendo. Solo quiero hacer feliz a Jenna.

—Gracias por el dato, pero tal vez a Jenna le gusten sus sábanas manchadas como un hermoso recordatorio de todas las cosas malas que le haré esta noche. —Le doy a Robert una sonrisa malvada, y comienza a hacer ruido de arcadas, fingiendo que va a vomitar.

—¡Ya estuvo bueno! Estás lastimando mi cerebro. —Se aprieta el puente de la nariz y cierra los ojos como si realmente le doliera—. En serio, Cal. Nada de pétalos en la cama. Jenna apenas se dará cuenta de todos modos, ya que todo lo que va a querer que hagas es chupar sus partes femeninas como si fuera un caramelo eterno.

—¿Qué es un caramelo eterno? —Robert grita como una niña cuando Avery lo sorprende por detrás con su pregunta—. ¿Y por qué mamá querría que papá la chupara?

Su rostro se arruga en confusión.

—¿Y qué son las partes femeninas?

—Avery Rose Harrington, ¿qué te ha dicho tu madre sobre acercarte sigilosamente a la gente y escuchar sus conversaciones? —Robert la regaña, su mano colocada sobre su corazón latiendo. Me muerdo el interior de la mejilla para no reírme a carcajadas cuando Avery le da su mirada más inocente.

—Lo siento, tío Robert. No fue mi intención asustarte. —Ella lo mira y él está perdido. Ella ha tenido a Robert comiendo de su mano incluso antes de que ella estuviera fuera del útero. Robert estuvo aquí para Jenna cuando yo no. A veces lo envidio por los años que ha pasado con ellas.

—Está bien, Boo-Boo. Sólo tenemos que esforzarnos un poco más, ¿de acuerdo? —Él la levanta y la besa en la mejilla. Ella le devuelve el abrazo, y escucho su suspiro de satisfacción mientras se quedan así por un par de segundos antes de que la baje de nuevo.

—¿Quieres ayudarme con el resto de estos pétalos? —Robert le pregunta y ella asiente con entusiasmo. Él le da un puñado de pétalos rojos y los tiran por toda la cama. Luego, esparcen un poco sobre el mostrador del baño cerca de los artículos de tocador de Jenna y luego regresan a la sala de estar para buscar la última bolsa. Robert lo convierte en un juego haciendo que Avery lo siga, pisando fuerte mientras él canta "Seguimos al líder" de Peter Pan.

Una vez que terminan, recojo las bolsas vacías y las tiro a la basura.

—Gracias, Robert. Se ve mucho mejor.

—Seguro que sí y de nada. —Mira el reloj de su muñeca y frunce el ceño—. Tengo que irme antes de que Jenna cuestione mi paradero. Feliz día de San Valentín, cariño. —Le lanza un beso de despedida a Avery, asiente y sale del apartamento.

—Está bien, cariño. Es hora de que consigas tu bolsa de viaje para la casa de la abuela y luego nos vamos a tener nuestro día especial juntos. —Agarro su mano y la llevo de vuelta a su dormitorio.

—Papá… —Ella quita su mano de la mía y se detiene tan pronto como entramos en su habitación. La miro para ver preocupación llenando sus ojos—. ¿Siempre serás mi San Valentín también?

Me arrodillo y envuelvo mis brazos alrededor de ella.

—Siempre y para siempre —digo antes de abrazarla.

Y lo digo en serio.

Nadie volverá a alejarme de mi familia nunca más.

*Jenna*

Estoy ayudando a mi equipo a dar los toques finales al telón de fondo de la cabina de fotos cuando Robert regresa de su "café". Retrocedo para dejar que terminen y miro mi reloj para ver que hace una hora que se ha ido. Con una cafetería a solo una cuadra de aquí, estoy segura de que pasó por mi apartamento para ayudar a Cal con cualquier sorpresa que tenga preparada.

Le dije a Cal que no se volviera loco, pero sé que ese hombre no escuchará. Todo lo que hace es exagerado y bien pensado. Está tan obsesionado con el hecho de que es nuestro primer Día de San Valentín que tengo miedo de que mis regalos para él se queden cortos en comparación con lo que ha planeado.

Nunca he sido una chica del Día de San Valentín. Creo que todos los días deberían estar llenos de romance. No con elementos materialistas, sino con sentirse amado, respetado y valorado. Cal es muy bueno para hacerme sentir siempre especial y amada, incluso cuando no está. Tenerlo de vuelta en mi vida es uno de los mejores regalos que he recibido.

Mis pensamientos son interrumpidos por Robert cuando se me acerca con mi taza de café. No me mira a los ojos, y puedo decir por la expresión de su rostro que está nervioso. Una sonrisa malvada se extiende en mis labios mientras decido reventarle las bolas con respecto a su pequeño mandado.

—¿Cómo va todo? Parece que casi hemos terminado aquí. —Me entrega mi bebida y yo asiento antes de tomar un sorbo. Es hora de empezar a divertirse con Robert. Decido que voy a fingir que mi café está frío para iniciar mi interrogatorio.

—Guácala —grito fingido, sacudiendo la cabeza con disgusto—. Mi café está frío.

—¿Qué? Eso no puede ser. Acabo de salir de allí. —Me mira con tanta incredulidad que lucho por mantener una cara seria.

—¿Sí? Porque te has ido una hora. —Se lame los labios con nerviosismo y toma un sorbo de su bebida para detenerse antes de responder.

—La fila era larga. Tuve que ir a otra cafetería en el camino. —Se niega a mirarme a los ojos, y niego con la cabeza por haberme mentido.

—¿De verdad? ¿Cuál? —pregunto, mis ojos desafiándolo a continuar con su farsa.

—Esto… no recuerdo cómo se llama. Tenía tanta prisa por encontrar un lugar que no estuviera lleno de gente que no presté atención al nombre.

—Hmm, me pregunto a cuál fuiste. —Toco mi dedo contra mis labios, fingiendo pensar en ello—. Porque de acuerdo con esta calcomanía en mi taza, fuiste a PJ's Coffee, que está a menos de una cuadra de aquí.

Lo miro con los ojos entrecerrados, giro mi taza y señalo la pegatina.

*¡Atrapado!*

—Sabes, a veces eres realmente molesta —resopla y me encojo de hombros en respuesta, una sonrisa jugando en mis labios por lo satisfecha que me siento en este momento por denunciarlo por su engaño.

—¿Cal está bien o se ha estresado con sus locos planes?

—Buen intento, pero no voy a revelar nada de lo que ha planeado para ti. —Me señala con el dedo con la mano libre y me mira fijamente—. Tienes que hacerme un favor y fingir que amas todo lo que hace por ti esta noche.

—¿Pretender? No necesito fingir, porque *amo* todo lo que hace por mí. —Miro a Robert con confusión, preguntándome por qué diría tal cosa—. Gracias por hacerme sonar como una perra.

—Te he visto en acción antes, así que esta es mi debida diligencia como uno de tus mejores amigos para decirte que seas amable cuando veas lo que ha hecho.

Abro la boca ante sus palabras y él se ríe de mi expresión de asombro. Decido dejar caer el tema ya que pronto lo averiguaré. Un pequeño escalofrío me atraviesa al pensar en lo que me espera cuando llegue a casa. Espero que sea un Cal muy desnudo en la cama, esperando para violarme. Ha estado tan cansado las últimas dos noches de viajar que apenas hemos tenido sexo. Todo lo que ese hombre tiene que hacer es mirarme y estoy lista para que esté dentro de mí. Ningún hombre me ha hecho sentir tan loca de deseo como lo hace Cal. No puedo esperar a que esta película finalmente termine y lo tenga en casa.

—Una pregunta para ti: ¿las sábanas de tu cama son caras? —La pregunta de Robert me devuelve a la realidad y lo miro confundida.

*¿Qué clase de pregunta es esa?*

—¿No por qué? —pregunto, mirándolo con los ojos entrecerrados.

—Yo, eh, me gustaba cómo se sentían. Muy suave. —Sus ojos se desvían y puedo decir que, una vez más, está mintiendo.

—¿Qué estabas haciendo en mi habitación y por qué estabas tocando mis sábanas? —pregunto con una sonrisa burlona.

—Cal necesitaba ayuda para hacer la cama —dice rápidamente mientras mira alrededor de la habitación para encontrar una distracción. Él ve a la gerente de catering entrando y la señala—. Oh, mira, ahí está Emma. Déjame ir a decirle que hemos terminado. —Se va antes de que pueda continuar con mi interrogatorio.

Pongo los ojos en blanco ante su escandalosa mentira ya que Cal es un maestro en hacer nuestra cama. De hecho, él es mejor en eso que yo. Solo pensar en él me hace extrañarlo, así que saco mi teléfono de mi bolsillo trasero y le envío un mensaje.

**Yo: Hola, sexy. ¿Qué estás haciendo'?**

**Cal: Hola, preciosa. Avery y yo acabamos de llegar al Museo del Niño. Vamos a jugar y entonces la llevaré a almorzar, luego por unos dulces y la dejaré en la casa de tus padres.**

Me río a carcajadas con su plan, porque Avery se vuelve loca cuando está con sobredosis de azúcar, y mi madre no tiene idea de cómo manejarla cuando está así.

**Cal: Tienes que dejar de enviarme mensajes para que puedas terminar y estar en casa. ¿Ya casi terminas?**

**Yo: Casi hemos terminado de prepararnos para la primera fiesta. Tomaremos un bocado rápido para comer y luego nos dirigiremos a la segunda.**

**Cal: No olvides que tenemos reservaciones para cenar a las seis.**

**Yo: La única cosa por la que voy a tener hambre eres tú.**

**Cal: Eso tiene solución.**

Mis piernas se aprietan juntas mientras los recuerdos de lo que su boca me hace nublan mi cerebro. Mi núcleo se tensa en anticipación de lo que vendrá esta noche.

—¿Eh, Jenna? —Mi cabeza se levanta para ver a Robert y al resto de mi personal, mirándome—. Estamos listos para irnos si tú lo estás.

—¡Sí! —exclamo con demasiado entusiasmo, y empiezo a reírme para ocultar mi vergüenza. "Déjame tomar mi bolso y podemos ir a almorzar.

Me doy la vuelta y corro hacia el fondo de la habitación, mis mejillas ardiendo por la incomodidad de la situación. Una vez que llego a mi bolso, me agacho junto a él y sigo enviando mensajes a Cal.

**Yo: tengo que irme. Te amo. Dale un beso a Avery de mi parte y dile que la amo.**

**Cal: Lo haré y te amo. No te esfuerces demasiado hoy; tienes una larga noche por delante.**

Muerdo mi labio para contener mi gemido, deseando que ya sean las cinco para poder estar en casa. Tiro mi teléfono en mi bolso y lo tiro sobre mi hombro. Me levanto y camino rápidamente hacia donde Robert me está esperando. Es hora de acelerar nuestro ritmo porque estoy decidida a llegar a casa lo suficientemente temprano como para exigir una vista previa de lo que me espera esta noche.

♥♥♥

## Cal

Golpeo con mis dedos el panel de la puerta del carro, suspiro irritado por la falta de movimiento de los carros frente a nosotros. Ha pasado una hora desde que dejamos a Avery en la casa de sus abuelos, y lo que debería haber sido solo un viaje de treinta minutos de regreso a la ciudad ahora se ha convertido en una hora insoportable.

—Mason, ¿por qué no nos movemos? —Me inclino hacia adelante para preguntarle a mi guardaespaldas mientras miro de lado a lado para ver que todos los carriles de tráfico están detenidos.

—Parece que hay un accidente importante, señor.

—¿Podemos tomar otra ruta?

—La salida más cercana de la autopista no está hasta dentro de tres millas, señor. Tomaremos un camino diferente tan pronto como lleguemos a esta salida.

Me siento frustrado y miro mi reloj para ver que son casi las cuatro en punto. Las actividades de hoy tomaron más tiempo de lo que esperaba. El museo de los niños estaba repleto de niños en su excursión escolar, lo que provocó que hubiera filas en cada exhibición. Con las largas filas y las grandes multitudes, Avery se puso ansiosa. Después de estar allí solo una hora, comenzó a llorar y rogar que la dejaran ir a casa. Como no quería que esta experiencia arruinara nuestro día juntos, la llevé al único lugar que sabía que la animaría; Build a Bear.

A pesar de mi disgusto por ir al centro comercial, el estado de ánimo de Avery mejoró inmediatamente tan pronto como cruzamos el umbral. El viaje inesperado estaba fuera del camino y descarriló mi línea de tiempo. Mantuve mi promesa de llevarla a almorzar y tomar un helado de postre. Fue un día increíble con Avery, lo que me hizo darme cuenta de que necesito planear más citas individuales con ella.

Debido al cambio de planes, ahora tengo dos horas de retraso. Si Jenna llega a casa a las cinco, eso me deja solo una hora para prepararme. Tal vez incluso menos si el tráfico se mantiene así de malo. Saco mi teléfono para enviarle un mensaje a Robert para ver cómo va su última preparación.

**Yo: Por favor, dime que están retrasados. He estado atrapado en el tráfico durante la última hora.**

**Robert: Lo siento. Hemos terminado temprano.**

"*Joder*" digo en voz alta, mi arrebato hace que Mason me mire por el espejo retrovisor.

**Yo: ¡Dile alguna excusa! Quiero estar en casa para ver su reacción.**

**Robert: Lo siento, Cal. Se fue hace veinte minutos.**

*¡Mierda!*

Estoy a punto de responder y decirle que la llame con una emergencia falsa cuando Jenna me envía un mensaje.

**Jenna: Oh Cal, ¡las flores son increíbles! Muchas gracias. ¿Dónde estás? Estoy lista para agradecerte apropiadamente.**

La decepción me atraviesa por no estar presente cuando ella llegó a casa. Sé que no tenía control sobre el tráfico o que ella salía del trabajo antes de lo planeado, pero no puedo evitar estar enojado.

*Todavía tienes esta noche, Cal. No todo está arruinado.*

Cierro los ojos y respiro hondo para sacudirme el mal humor en el que me ha puesto este tráfico.

**Yo: De nada, cariño. Para resumir, estoy atascado en el tráfico y estoy listo y ansioso.**

**Jenna: Ven a casa. Estoy desnuda y esperándote en la cama, rodeada de pétalos de rosa. Te amo.**

Mis pensamientos van desenfrenados con ideas de lo que hará Jenna para mostrar su aprecio por las flores. Me vienen a la mente imágenes de ella arrodillada frente a mí, su boca caliente y exquisita envuelta alrededor de mi polla mientras me lame y me chupa, haciendo que mi polla se endurezca de deseo. Levanto mis caderas para ajustarme, no necesito este tipo de distracción tortuosa en el asiento trasero de mi carro mientras estoy atrapado en un tráfico detenido.

Reorganizo mis pensamientos y trato de pensar en positivo; A Jenna le encantaron las flores y llegó temprano a casa. Ahora solo necesito que todos estos malditos carros comiencen a moverse para poder llegar a casa con ella.

Entro en nuestro apartamento cuarenta y cinco minutos después, cansado y exasperado por haber tardado tanto en volver a casa. Cierro la puerta detrás de mí y noto que Jenna ha encendido docenas de velas de té alrededor del apartamento, realzando el ambiente romántico.

*¿Por qué diablos no pensaste en eso, Cal? Tal vez lo hubiera hecho si no hubiera estado atrapado en el automóvil durante casi dos horas.*

Lanzo mis llaves en el mostrador de la cocina y camino hacia el dormitorio. El apartamento está inquietantemente silencioso, y me pregunto si Jenna está en casa. Estoy a punto de gritar su nombre cuando entro al dormitorio y la veo tendida en la cama, durmiendo.

*¡Maldita sea, este día no ha ido según lo planeado!*

Me acerco un poco más al borde de la cama, debatiendo internamente si debo o no despertarla para nuestras reservas para cenar. Jenna debe estar exhausta porque nunca toma siestas y sé que no duerme bien cuando no estoy en casa. Estos últimos meses no han sido fáciles para nosotros y, sin embargo, nunca se ha quejado ni una sola vez. Sé que salir con alguien a la vista del público no era algo que le interesara. Tenía miedo de correr ese riesgo conmigo, pero tan pronto como bajó la guardia y confió en que no iba a lastimarla, saltó, justo adentro, bañándome con amor y apoyo. Miro su hermoso rostro, mi corazón se aprieta por lo poderoso que es mi amor por ella.

Un abrumador sentimiento de necesidad de tocarla comienza a arder dentro de mí. Me quito toda la ropa en silencio y me deslizo en la cama. Envuelvo mis brazos alrededor de su cintura y tiro suavemente su glorioso cuerpo desnudo contra el mío. Se mueve un poco, pero permanece dormida.

Mi cuerpo empieza a reaccionar a su cercanía y mis dedos acarician suavemente el contorno de sus curvas. Me inclino y acaricio mi nariz en su cuello, gimiendo de deseo cuando inhalo el aroma tentador de su perfume. Mis labios comienzan a vagar por encima de su hombro, y no puedo controlar que mis caderas hagan rodar mi erección contra su trasero.

—Mmm. —Ella gime mientras duerme, haciendo que mi pene se estremezca por lo sexy que suena—. Estás en casa.

Se da la vuelta para mirarme y nuestras piernas se entrelazan de inmediato. Siento la calidez que irradia de su interior y reclamo sus labios para besarlos.

—Lamento haberte despertado, pero no pude evitarlo —murmuro mientras dejo un rastro de besos en su pómulo antes de acercarme a su oreja y chupar su lóbulo—. No tengo control cuando se trata de ti, nena.

Se estremece y agarra mi cara con sus manos para que pueda chamuscarme con un beso abrasador.

Mi lengua recorre su labio inferior, abriéndolos más. Nuestras lenguas encuentran rápidamente su ritmo, su danza juntas encienden las llamas de nuestra pasión mutua. Jenna sabe cómo llevarme al borde de la locura, y me alejo antes de correrme sobre ella.

—¿Estás lista para cenar, amor? —Bromeo con una sonrisa malvada, y ella sabe que no me estoy refiriendo a la comida.

—Sí, pero prefiero un aperitivo primero. —Sus pupilas están dilatadas y hay hambre en sus ojos mientras me mira fijamente, su mirada se desliza hacia mis labios y vuelve a subir—. Te necesito Cal. Ahora.

Envuelve sus manos alrededor de mi polla, cierro los ojos y suspiro por lo bien que se siente cuando me toca.

Ella mueve sus manos arriba y abajo de mi eje, su pulgar frota mi líquido preseminal en toda mi punta. Contengo el aliento mientras ella aprieta suavemente, y sé que no voy a durar mucho. Mis dedos se mueven por su cuerpo hasta llegar a su centro. Deslizo la punta de mi dedo contra su clítoris y siento que se vuelve resbaladiza con anticipación.

—Siempre estás tan deliciosamente húmeda para mí —gruño de deseo cuando inserto mi dedo completamente dentro de ella y lentamente empiezo a enrollarlo contra su punto G. Sus piernas se abren más y sus gemidos se vuelven más fuertes mientras frota sus caderas contra mi mano.

—Por favor, Cal —suplica antes de besarme con su boca abierta y caliente. Toma la punta de mi cabeza y comienza a frotarla contra su abertura. La necesidad de estar dentro de ella me consume, y la empujo sobre su espalda para montarla.

—Joder, Jenna —gimo mientras me sumerjo profundamente dentro de ella. Sus paredes se contraen a mi alrededor, y tengo que apretar los dientes para contenerme de lo maravilloso que se siente estar rodeado por su calor. No hay mejor sentimiento en el mundo que estar dentro de la mujer de mis sueños. A ella le importa un carajo mi fama o mi dinero. Todo lo que ha dicho que quiere es a mí.

Las emociones rugen a través de mí cuando mis caderas comienzan a empujar más rápido. Mi mano roza su cuerpo y coloco mi pulgar contra su clítoris, sus gemidos me dicen que le encanta cómo se siente. Comienzo a frotar suavemente su capullo y ella gira contra mi mano, sus paredes se tensan con cada embestida de mi polla.

—Vas a hacer que me corra —gime, y me inclino para besarla, el toque de su lengua me empuja al borde. Empiezo a golpearla bruscamente, y sus paredes se aprietan más juntas—. ¡Sí, Cal, sí!

Grita su orgasmo, y mi cuerpo reacciona con su propia liberación derramándose dentro de ella. Ella agarra mi trasero para acercarme y aprieta mientras su cuerpo continúa convulsionándose a mi alrededor. Siento que mi corazón está a punto de explotar por lo fuerte que late. Tan pronto como puedo recuperar el aliento, ruedo sobre mi espalda y gimo por la pérdida de su calor. La llevo conmigo y hago que se acurruque a mi lado. Nos acostamos allí y nos abrazamos, disfrutando la sensación de estar satisfechos.

Pero con Jenna, la sensación de estar satisfecho nunca dura, y no pasará mucho tiempo hasta que tenga que volver a tenerla.

—Esto es exactamente lo que quería para hoy: acostarme en esta cama con tus brazos alrededor de mí. —La miro y veo todo el amor que me tiene irradiando de sus ojos—. No necesito ni quiero nada más que a ti.

Me vuelvo a mi lado para que estemos uno frente al otro. Miro sus hermosos ojos marrones, los ojos que son dueños de mi alma.

—Soy tuyo, Jenna. Siempre y para siempre.

¿Quieres más Cal y Jenna? Echa un vistazo a la historia de Layla en Perfectamente Sola, el segundo libro de la serie Déjame Entrar. ¡Toda la pandilla está de regreso para ayudar a Layla a encontrarla su felices para siempre!

# Extracto de

# Perfectamente Sola

*Prólogo – Layla*

Era un día hermoso y soleado cuando te conocí en la orientación universitaria.

Era un día hermoso y soleado cuando nos casamos en la playa de la isla de Sanibel.

Era un día hermoso y soleado cuando me diste el último beso de despedida antes de salir con amigos en un bote por el lago Michigan.

Y fue un día hermoso y soleado el día que te enterré.

Mientras estoy sentada aquí visitando tu tumba en el aniversario de tu muerte, miro al cielo para encontrar otro hermoso día soleado.

Siento que días como hoy son un gran jódete para gente como yo. Personas a las que se les ha arrebatado injustamente a sus seres queridos y se espera que tengan disposiciones que coincidan con el clima cuando son bendecidos con días tan hermosos. Cualquier felicidad que le muestro al mundo es principalmente una fachada, porque por dentro todavía estoy completamente destrozada porque ya no estás aquí conmigo. No importa que hayan pasado años desde la última vez que me tocaste. La gente dice que el tiempo cura todas las heridas y será más fácil, pero mi ira no se ha disipado.

Estuvimos casados durante dos años.

Ni siquiera tuvimos la oportunidad de tener hijos.

Todo el mundo dice que fue una tragedia horrible. Un accidente que nadie podría haber predicho. Estabas disfrutando del lago cuando otro bote chocó con el tuyo. De todas las personas en ambos barcos, tú fuiste el único que no logró regresar.

Y todavía quiero saber por qué.

¿Por qué te fuiste?

¿Qué lección se suponía que debía aprender de esto?

Porque me enamoré de ti en el primer momento en que me lanzaste esa sonrisa cegadora. Atesoraba y apreciaba cada día que estuvimos juntos. Estaba agradecida por tenerte en mi vida, nunca me aproveché de ti o de nuestra vida juntos.

Algunos días, me despierto sintiéndome como si estuviera en una horrible pesadilla. Todo es una broma cruel. Que estoy siendo castigada, pero por qué, no lo sé. En lugar de recordar nuestros buenos momentos, me estoy ahogando en mi amargura hacia un amor que siento que fue desperdiciado.

Si conocieras a la persona en la que me he convertido desde tu muerte, ni siquiera voltearías a mirarme. Para llenar el vacío de tu pérdida, me lancé al trabajo y cuando termino, bebo para adormecerme antes de tener sexo con extraños. Extraños que esperaba que me hicieran sentir de nuevo, pero ninguno de ellos se acerca a ti. Así que dejé que me follaran, cuanto más fuerte, mejor, esperando sentir algo de nuevo. Y después de que todo está hecho, me convenzo de que me lo imaginé todo, que nunca haría lo que acabo de hacer, hasta que pierdo el conocimiento por consumir demasiado alcohol.

Pero incluso yo puedo reconocer que estoy dejando que mi vida se salga de control. Ese momento de realización llegó cuando estaba haciendo cola en un restaurante de comida rápida y llamé la atención de un tipo que me estaba mirando. Cuando estabas vivo, su mirada lasciva lo habría clasificado como sórdido.

Pero me encontré con su mirada, le sonreí, lo involucré en una conversación y luego procedí a follarlo en el asiento trasero de su carro. Tan pronto como se alejó, vomité en los arbustos y llamé a mi mejor amiga, Jenna, llorando histéricamente por el repugnante ser humano en el que me he convertido. Dejó todo y se reunió conmigo en el departamento que tú y yo compartimos una vez. Me abrazó mientras yo lloraba todos mis arrepentimientos, sin regañarme ni juzgarme ni una sola vez. En cambio, lloró conmigo y me dijo que iba a estar bien.

Si tan solo pudiera creerle.

Sé que esta no es la vida que querrías que llevara. Me dices eso cada vez que me visitas en mis sueños. Esos sueños, los que amo y detesto al mismo tiempo, porque me despierto a lo que es la realidad para mí ahora.

Una vida vacía sin ti.

Me seco a manotazos las lágrimas de ira que corren por mi rostro y miro detrás de mí a Jenna sentada en su carro, esperando. Ella siempre se encuentra conmigo aquí en el aniversario de tu muerte. A pesar de su odio por los cementerios, lo hace por mí y por respeto a ti, a quien quería como a un hermano. Ella ha experimentado su propia angustia y aunque he considerado un segundo intento de unirme a ti en el cielo, me he dado cuenta de que ella me necesita más. Jenna ahora tiene una hermosa hija y se ha embarcado en otro viaje que no será fácil para ella.

Pero ¿cuándo ha sido el amor fácil para alguien?

Suspirando, beso la hierba sobre ti y me levanto para partir. Miro tu lápida por última vez antes de cerrar los ojos, respiro hondo y exhalo lentamente las promesas silenciosas que te hago.

*Prometo tomar mejores decisiones para mí.*
*Prometo empezar a amarme de nuevo.*

*Prometo ser un mejor modelo por seguir para Avery, nuestra hermosa ahijada con la que Jenna confía tan locamente en mí.*

*Prometo empezar a hacerte sentir orgulloso de nuevo, Charlie.*

Me doy la vuelta y vuelvo al carro, rezando para poder cumplir mis promesas.

♥♥♥

## En la actualidad

—¿Adónde, señorita? —pregunta el taxista mientras cierro la puerta después de entrar en su carro. Parpadeo rápido para tratar de despejar la niebla de cansancio que nubla mi cerebro. Acabo de bajar del vuelo de madrugada de un viaje de trabajo a Los Ángeles y estoy muy feliz de estar de regreso en mi amada ciudad de Chicago. Veo mi reloj para ver que son las siete de la mañana. Debería intentar dormir un rato antes de trabajar en mi informe sobre el viaje. En cambio, le doy la dirección de Jenna al taxista y decido pasar la mañana con mis dos personas favoritas. Jenna ha estado sola con Avery mientras su novio y padre de su hija, el actor de Hollywood Cal Harrington, filma su nueva película en Tailandia. He estado tratando de quedarme con ella tanto como puedo, siendo una buena mejor amiga y madrina ayudándola durante un momento difícil en su nueva relación. Pero si soy honesta conmigo misma, la verdadera razón es porque no quiero estar sola.

Los primeros años después de la muerte de mi esposo, disfrutaba estar sola. No tenía que fingir estar bien. No tenía que sonreír cuando no tenía ganas. Podría ser libre para revolcarme en mi autocompasión y la rabia por su muerte. No quería ver a nadie y la única persona a la que permitía entrar constantemente era Jenna. No es que tuviera elección en el asunto. Se abrió

366

camino en mi vida todos los días después de la muerte de Charlie. Si ella no me veía, entonces estaba constantemente enviándome mensajes o llamándome. Si no le respondía de manera oportuna, ella estaba en mi puerta, especialmente después de que deliberadamente tomé una sobredosis de pastillas un par de meses después de su fallecimiento. Creía que mi vida ya no tenía sentido y, por lo tanto, no tenía sentido vivir si él no iba a estar conmigo. Así que, en mi estado de ebriedad, me tragué tantos Xanax como pude, seguido de una botella de vodka. Cuando me desperté al día siguiente en el hospital, la cara de Jenna fue la primera en enfocarse. Estaba sentada al lado de la cama, su pulgar frotaba suavemente la piel en la parte superior de mi mano que no tenía una vía intravenosa. Sus ojos estaban inyectados en sangre y parecían salvajes, una combinación de tristeza y desesperación que rabiaba en ellos. Esa mirada todavía me persigue, pero fueron sus primeras palabras las que se repiten constantemente cuando mis pensamientos se vuelven oscuros—: ¡No *vuelvas* a pensar en dejarme!

Sacudo la cabeza para despejar la vergüenza y la culpa de los recuerdos de ese día y trato de concentrar mis pensamientos en mi situación actual: cómo odio la soledad que siento cuando estoy en mi apartamento y el disgusto por mi trabajo. Trabajo para una empresa que distribuye vinos premium en el departamento de atención a grandes compradores. Comencé como gerente de marca, abasteciendo a los clientes locales con nuestros licores para sus establecimientos. Charlie y yo éramos una pareja muy sociable, así que fue divertido que él y nuestros amigos se reunieran en uno de los bares de mis clientes para tomar algo después del trabajo. Pero después de la muerte de Charlie, necesitaba una distracción. Solicité un puesto en otro departamento, sabiendo que el nuevo trabajo requería viajar mucho para conseguir grandes cuentas y organizar fiestas VIP en todo el país. Era exactamente lo que necesitaba, o eso pensaba.

Necesitaba alejarme de mi apartamento donde los recuerdos de Charlie estaban por todas partes. Necesitaba alejarme de la ciudad y sobre todo de la lástima aún arraigada en los ojos de la gente. Todos pensaron que estaba siguiendo con mi vida cuando escucharon que obtuve el ascenso. Lo que no estaban presenciando era mi comportamiento autodestructivo. Cómo creé una cuenta de citas en línea para que mientras estaba en otras ciudades por trabajo, pudiera fingir ser alguien que no era. Cómo usé el alcohol y hombres extraños para alejarme de mi realidad.

Me he esforzado mucho por cumplir las promesas que le hice a Charlie en su tumba durante mi última visita. El primer par de semanas fueron difíciles, con mi cuerpo pasando por una desintoxicación cuando desterré el alcohol y comencé a ver a un consejero de duelo. Decidí tomarme un descanso del trabajo y lo pasé con Jenna, Avery y Robert, el asistente de Jenna y nuestro buen amigo. Me distraen de mi oscuridad. Me hacen sentir segura. Lo más importante es que me hacen sentir feliz y amada. Cuando estoy con ellos, me siento yo misma. Pero sé que no puedo seguir confiando en ellos para sentirme feliz y completa de nuevo. Necesito poder hacerlo todo yo sola. Necesito ser lo suficientemente fuerte para luchar contra mis propios demonios. Desafortunadamente, mi trabajo me coloca en ambientes insalubres que alimentan a esos demonios. Este viaje a Los Ángeles fue mi primer viaje de trabajo en mucho tiempo, así que estratégicamente me aseguré de programar reuniones con los clientes durante el día, pero había dos fiestas que no podía ignorar. Por una vez en mucho tiempo, no quería ir ni participar en ningún evento. En la primera fiesta me quedé dos horas e inmediatamente me fui cuando sentí que quería beber más de un trago. La segunda fiesta fue más una experiencia reveladora, ya que parece que me he ganado una reputación cuando el gerente del lugar, muy casado y poco atractivo me recordó que la última vez que estuve allí, le hice una mamada en el baño de hombres.

Y quería repetir la actuación.

Llena de vergüenza y culpa, inmediatamente me fui y fui directamente a mi habitación de hotel donde procedí a vomitar al darme cuenta de que había estado involucrado con un hombre casado. Después de recomponerme, actualicé mi currículum y comencé mi búsqueda de una nueva carrera. Al día siguiente me desperté sintiéndome realmente bien conmigo misma y con mi futuro, un sentimiento que no había tenido desde la muerte de Charlie. Estaba orgullosa de mí misma por mantenerme sobria en ese tipo de entornos y no volver a mis viejas costumbres. Estoy emocionada de contarles a Jenna y Robert, ya que sé que se sentirán aliviados al saber que fui lo suficientemente fuerte como para cuidarme sola. Estaban preocupados por cómo me iba a manejar en este viaje.

Cuando el hermoso horizonte de Chicago aparece a la vista, me doy cuenta de que olvidé enviarle un mensaje a Jenna para decirle que estaba en camino. Saco mi teléfono para enviarle un mensaje.

**Yo: Hola, hola, ya aterricé y estoy a diez minutos de tu puerta. ¡Sorpresa! ¡Así que aquí está tu advertencia de que es mejor que el desayuno esté listo para mí, señorita!**

**Jenna: (emoji del dedo medio)**

No puedo evitar el resoplido que se escapa con mi risa cuando puedo imaginarla poniendo los ojos en blanco y sacándome el dedo del medio.

Y por una vez en mucho tiempo, estoy emocionada de estar de vuelta en casa.

—¡*Jen-na!* —grito odiosamente desde dentro de la ducha—. ¿Puedes traerme mis artículos de tocador?

Asomo la cabeza y miro alrededor de su baño mientras la espero, maravillándome por el hecho de que comparte este pequeño espacio con Cal, que es un hombre grande. Por supuesto, sólo ha estado viviendo aquí por menos de un año, cuando está en la ciudad, pero aun así, fácilmente ocuparía la mayor parte de este baño con su cuerpo musculoso. Jenna fue bendecida al heredar este condominio frente al lago de su abuela antes de casarse. Lo remodeló cuando se divorció y ha sido perfecto para ella y Avery. Pero con Cal en su vida, no puedo imaginarlos viviendo cómodamente aquí por mucho tiempo.

El objeto de mis pensamientos entra al baño, la confusión escrita en su rostro.

—En primer lugar, ¿puedes por favor dejar de gritar? Mis vecinos ya me odian por el caos que los paparazzi les traen a sus vidas. En segundo lugar, mi ducha está equipada con todo. ¿Por qué necesitas tus cosas?

—Sabes que te quiero, pero prefiero mi champú tóxico a tu champú no tóxico que no hace nada por mi cabello —digo. regalándole una dulce sonrisa—. Por favor, ¿puedes traer mis cosas?

Ella pone los ojos en blanco y se da la vuelta, murmurando que no entiende por qué me ducho antes de ir a hacer ejercicio. Estar en un avión me hace sentir asquerosa, así que siempre me ducho después, sin importar cuál sea mi próximo destino, incluido el gimnasio.

Jenna regresa con mi bolso, lo abre y comienza a entregarme los artículos solicitados.

—Aquí están tu champú y acondicionador. ¿Necesitarás esto también? —Sostiene mi vibrador, un brillo en sus ojos y una sonrisa malvada jugando en sus labios.

—¿Por qué Jenna? No sabía que disfrutabas el olor a jugo de semen en tus manos —Bromeo, anticipando su reacción.

—¡Asco! —grita y deja caer a mi amado novio que funciona con pilas. Afortunadamente cae sobre el tapete de baño y no sobre el azulejo.

—¡Oye, ten cuidado con eso! —protesto, no queriendo hacer otra visita a la tienda de para adultos ya que estuve allí hace dos semanas.

—¿Qué es el jugo de semen, mami?

—¡*Ah!* —Jenna y yo gritamos simultáneamente, sorprendidas por la vista de la pequeña ninja que es su hija. Avery tiene la horrible costumbre de entrar discretamente en una conversación en los momentos más inapropiados. La semana pasada escuchó convenientemente a Robert contándonos sobre su reciente encuentro con un tapón anal en una de sus citas.

—Creo que tienes que ponerle un cascabel, Jenna —digo, cerrando la cortina de la ducha para que Avery no quede marcada de por vida al ver mis pechos dobles E.

—¡Avery, tienes que dejar de acercarte sigilosamente a la gente así! —Jenna la regaña mientras toma rápidamente mi vibrador y lo arroja a mi bolso.

—No veo ningún jugo por ninguna parte, mami —dice Avery, mirando alrededor de los mostradores del baño—. ¿Está en el refrigerador? ¿Puedo probar un poco?

—No, Avery, ese es un jugo especial solo para adultos. Pregúntale a tu papá porque estoy seguro de que es su tipo de jugo favorito. —Asomo la cabeza para mirar a Jenna, moviendo las cejas hacia arriba y hacia abajo con una sonrisa de complicidad.

—¡*Layla!* —Jenna exclama enojada y sé que voy a escuchar un montón de ella una vez que estemos solas de nuevo.

—¿Ese jugo es como las bebidas para adultos que tú y papá beben, mami? ¡No puedo esperar a ser un adulto para poder tener algo también! —Avery dice con mucha emoción en su dulce y pequeña voz.

—No puedo creer que estemos hablando de esto. Preparémonos para la escuela, Avery —Se queja Jenna, tratando de cambiar de tema.

—¡*Estoy* lista para la escuela, mami! —Escucho decir a Avery mientras Jenna la lleva fuera del baño.

Sonrío y niego con la cabeza, todavía incrédula de que esta sea ahora la vida de mi amiga. Ni en un millón de años hubiera imaginado que Jenna terminaría con un actor, y mucho menos tendría una hija con él. Su relación comenzó fuera poco convencional y es todavía frágil por todas las mentiras y engaños que ambos han soportado. Ha sido una montaña rusa emocional para Jenna y todavía rezo para que finalmente tenga un final feliz. A pesar de que ella parece estar feliz, todavía me siento culpable por cómo la traicioné.

Porque yo soy la razón por la que se reveló públicamente su secreto de tener el bebé de Cal Harrington.

*Chase*

*Clic, clic, clic, clic...*

El sonido del obturador de la cámara suena fuerte y furiosamente mientras tomo fotos de las dos mujeres que salen de la tienda de donas. Dejo de tomar fotos y reviso las tomas que tengo de la pequeña morena y su amiga rubia. Mi enfoque está en la morena, Jenna Pruitt, la novia de la mega estrella, Cal Harrington, y la madre de su hija. Las fotos de ella todavía se venden muy bien a pesar de que su escándalo se está desvaneciendo.

Un escándalo que fue revelado por mí.

Suspiro y empiezo a seguirlas lentamente, recordando ese día. Realmente no me importaba en ese entonces las consecuencias de lo que podría hacerles tomar fotografías de celebridades. Me importaba una mierda si les haría daño a ellos o a sus seres queridos. Necesitaba dinero y lo necesitaba rápido, que es la única razón por la que me metí en el negocio de los paparazzi. Lo único que me importaba era cuántos ceros traerían esas fotografías a mi cuenta bancaria. Algunas celebridades y sus fotos varían según la cantidad de dinero que aportan. Lo que realmente hace el dinero es si tienes una pizca de evidencia de una historia que podría ser denunciable. Una historia que ganó interés y tracción para convertirse en noticia mundial. Estaba a la caza de la próxima gran historia. Un escándalo que fue tan grande que podría rondar las seis cifras. El destino me entregó ese escándalo justo en el paquete curvilíneo y hermoso que es Layla Sands, la mejor amiga de Jenna Pruitt.

El año pasado estuve en un club nocturno famoso en Las Vegas para fotografiar otra fiesta respaldada por un patrocinador para la celebridad de moda. Estas fiestas en Las Vegas son dinero contante y sonante. Son mis eventos menos favoritos, ya que siento que solo estoy apoyando los egos ya inflados de celebridades narcisistas a las que no se les debería pagar para asistir a su propia fiesta de cumpleaños. Fotografiarlos era una manera rápida y fácil de ganar dinero, así que cuando tenía tiempo y estaba desesperado por efectivo, asistía a estas fiestas. La empresa para la que trabaja Layla patrocina de este tipo de eventos VIP. A pesar de su reputación de organizar fiestas excesivas para mantener satisfechos a sus vendedores e invitados famosos, nunca antes había asistido a sus fiestas. Llegué a la hora de inicio para inspeccionar el club antes de que se llenara, sabiendo que estas fiestas siempre tienden a comenzar más tarde de lo anunciado. Estaba tomando algunas fotos del club para comprobar la mejor iluminación cuando la vi. Un ciego habría sentido su presencia, pero si pudiera verla, habría visto el rostro de un ángel y escuchado la voz de una sirena sensual y seductora. Ella inconscientemente llama tu atención con la confianza que irradia de ella. Estaba intrigado cuando la vi, pero rápidamente me cautivó cuando escuché su risa mágica.

Estaba decidido a conocerla.

Hice mi trabajo con moderación esa noche, mis intenciones de conocer a Layla se convirtieron en mi único objetivo. Fue difícil llegar a ella al principio, con el gerente del club pegado a ella. Me puse en su línea de visión, esperando a que escaneara la multitud. Sabía que me notaría porque soy un chico guapo. No estoy tratando de ser arrogante al respecto, pero años de mujeres arrojándose sobre ti y diciéndote lo bueno que estás sin duda te convencerán de eso. Tan pronto como capté esos ojos azules, le di mi mejor sonrisa y la saludé con mi bebida. No estaba preparado para la sonrisa que me devolvió, ni pude ocultar la reacción de mi cuerpo cuando ella me recorrió con sus ojos ardientes de la cabeza a los pies, su mirada de vuelta mostrando claramente que le gustaba lo que veía.

Me sentía como la presa a punto de ser devorado, excepto que quería que ella lo hiciera.

En privado.

Me gustó su descaro. Fue refrescante por una vez ver a una mujer mostrando que estaba interesada en lugar de jugar y ser tímida. Tan pronto como vi mi oportunidad, me abalancé y me presenté ante ella. Había mucho ruido en el club, así que teníamos que estar muy cerca para escucharnos hablar. A pesar de sus deliciosos pechos a la vista en su vestido escotado, mis ojos se sintieron atraídos por su boca. Labios carnosos, suculentos y rosados, esa boca me estaba llamando. Su aliento era una combinación de su chicle de canela y alcohol y estaba listo para un trago alto. Su olor era embriagador y necesité toda mi fuerza de voluntad para no reclamar sus labios mientras me moría por saber si sabía tan bien como olía.

La deseaba e iba a asegurarme de tenerla esta noche.

Empezamos con la típica charla. Le dije que era fotógrafo, comisionado para estar aquí esta noche para tomar fotos del famoso invitado de honor. Muchas mujeres se impresionan cuando comienzas a mencionar que tu línea de trabajo incluye celebridades, así que comencé a enumerar las principales estrellas actuales, lo que implica que las he fotografiado. Algo de eso era verdad, la mayoría eran mentiras. Tan pronto como dije Cal Harrington, a quien nunca tuve el placer de conocer, su comportamiento cambió por completo. Ella me miró con disgusto y me preguntó si yo era amigo de él.

Justo en ese momento, supe que había una historia.

Después de asegurarle que no era amigo de él ni de ninguna de las celebridades que fotografío, comencé a idear un plan para averiguar qué era lo que provocaba su desdén en Cal Harrington. La mayoría de las mujeres habrían estado rogando por saber cómo era él, pero su reacción me tomó por sorpresa y me hizo sospechar. Cambié el tema de conversación y comencé a ofrecerle más tragos. Ella aceptó con avidez y, a medida que avanzaba la noche, se relajó. Introduje mis preguntas como si cambiara de marcha al conducir una palanca de cambios y sus respuestas comenzaron a colocar lentamente las piezas del rompecabezas:

*Han pasado casi cinco años desde que regresó a Las Vegas.*

*Estuvo aquí por última vez con su mejor amiga, Jenna.*

*Odiaba este club porque le recordaba la angustia que Jenna había soportado desde que estuvo aquí.*

*La angustia que Cal Harrington le había causado a Jenna.*

Tomó descansos entre su historia y yo continué ocupándola con más coraje líquido. Se estaba emborrachando, sin darse cuenta de que cambié mis bebidas por agua para mantener mi mente despejada. Quería bailar y la apaciguaba para que se sintiera cómoda conmigo, para que confiara en mí. Fue allí donde me dio la vuelta por completo y casi me hizo olvidar mi nuevo propósito. Mi cuerpo cobró vida mientras ella se frotaba sobre mí mientras nos movíamos al ritmo de la música. Sus manos se dirigieron a mi trasero mientras me agarraba, colocándose justo contra mi pene, que dolía por ser liberado de los confines de mis pantalones. Agarré su rostro, llevé mis labios a los suyos y pronto olvidé quién era y dónde estaba.

Sabía mejor de lo que podría haber imaginado.

Quería más.

Necesitaba más.

*Debía* tener más.

Menos de treinta minutos después, estábamos en su habitación de hotel, follando en el suelo mientras nuestra necesidad no podía esperar a llegar a la cama. Fueron los descansos entre nuestras sesiones de sexo que descubrí por qué odiaba tanto a Cal Harrington:

*Odiaba este hotel porque fue donde Jenna pasó una semana con Cal.*

*Fue en esa semana que Jenna quedó embarazada del bebé de Cal.*

*Un bebé que a Jenna le dijeron que él no quería y que no planeaba mantener.*

A medida que la noche se convertía en la madrugada, dormir era lo último en mi agenda a medida que crecía mi entusiasmo por el impacto que esta historia podría tener para mí. Una vez que Layla se durmió, tomé mi teléfono y comencé a investigar a Jenna. Google confirmó que ella estuvo en Las Vegas como oradora de apertura de una conferencia empresarial para mujeres durante las fechas exactas en que, según los informes, se vio a Cal Harrington por la ciudad preparándose para la película que estaba filmando en ese momento. Necesitaba irme y comenzar a obtener más datos para trabajar en esta historia. El tiempo era esencial y, lamentablemente, mi tiempo no incluía a

Layla. Le dejé una nota antes de escabullirme de la habitación del hotel, agradeciéndole por el mejor sexo de mi vida (que lo fue) y por la historia que me iba a hacer muy rico.

Sí, soy un imbécil.

Pero los tiempos desesperados exigen medidas desesperadas y yo estaba desesperado.

Fui directamente al aeropuerto y tomé el primer vuelo a Chicago esa mañana. Necesitaba ver a Jenna y a su hija en persona. El directorio de páginas blancas en línea me proporcionó su dirección y tan pronto como aterricé, fui directamente allí y me planté afuera de su edificio hasta que la vi. Guardé su imagen de la biografía en su sitio web y leí sobre ella mientras esperaba. No me sorprendió que Cal Harrington se hubiera interesado por ella. Además de ser una exitosa mujer de negocios, también era hermosa. No pude evitar preguntarme por qué todavía no ha hecho pública la historia. Según mi investigación, ella estaba saliendo con un jugador de hockey, pero Cal Harrington valía más dinero que cualquier jugador de hockey exitoso. *¿Por qué ella no cosecharía los beneficios de hacer público cómo él no apoya a su propio hijo?*

Mi suerte continuó ya que no tuve que esperar mucho para encontrarla. La seguí desde su apartamento mientras caminaba hacia su destino, que, para mi emoción, era un preescolar. Me coloqué lo suficientemente lejos para que no pudiera verme, pero en un ángulo en el que pudiera obtener la mejor toma de ella cuando saliera. Presioné febrilmente el botón del obturador cuando ella volvió a salir cargando a una niña. Observé a través de la lente mientras dejaba a la niña en el suelo, tomaba su mano y comenzaba a caminar hacia mí.

Tomé tantas fotos como pude de ellas antes de que doblaran la esquina, sus espaldas ahora se alejaban. Contuve la respiración mientras miraba las fotos que capturé en la pantalla de mi cámara y acerqué una de las fotos del rostro de la niña.

Una cara que claramente se parecía a Cal Harrington.

Era una niña hermosa, de largo cabello castaño, ojos azules y una hermosa sonrisita. Miré su imagen, mi corazón latía con fuerza en mi pecho cuando me di cuenta de que Layla estaba diciendo la verdad.

*¡EL PREMIO MAYOR!*

Reservé una habitación en el hotel más cercano al departamento de Jenna, dispuesto a pagar los exorbitantes gastos de los hoteles en el centro de Chicago. Pedí servicio a la habitación y comencé a escribir la historia de cómo una vez, una mujer de negocios divorciada de Chicago conoció a un actor famoso en un vuelo a Las Vegas, quedó embarazada de su hija y el imbécil no quería tener nada que ver con ninguna de las dos. Las revistas de chismes y los medios de comunicación de todo el mundo se tragarán esta historia, ya que Cal Harrington, el chico dorado, no era exactamente el caballero británico que su reputación consideraba que era. Una vez que escribí todo lo que había escuchado de Layla y mi investigación, tomé el teléfono y presenté mi historia a todos los principales medios de noticias de chismes en Nueva York, Los Ángeles y Londres. Después de aceptar la oferta más alta que me ofrecieron, presioné el botón de enviar sin dudarlo ni arrepentirme.

Dos semanas después, me estaba ahogando en el arrepentimiento.

Porque en esas dos semanas, conocí a una mujer que apenas se mantenía a flote por la revelación de una historia que no era mía para contar.

Esa mujer era una madre soltera que trabajaba duro para hacer una vida para ella y su hija, mientras dirigía un negocio exitoso.

Esa mujer era un ser humano que solo quería privacidad y no quería que todo el mundo supiera quién era el famoso padre de su hija.

Esa mujer no quería ni necesitaba un recordatorio del dolor del rechazo de un amante.

Esa mujer ahora era presa del enjambre de buitres en forma de paparazzi que querían un pedazo de su vida y la de su hija.

Cuando Jenna descubrió que la seguía, me sorprendió su miedo y su ira hacia mí, a pesar de que ni siquiera sabía que yo era el informante. Ella me odiaba por lo que yo era, lo que representaba y cómo yo era el recordatorio de cuál sería su futuro de estar ahora en el centro de atención. Y fue después de ese día, me di cuenta de lo que había hecho.

Irrevocablemente cambié su vida.

Y en su momento, no fue para bien, sino para mal.

Y luego, en un momento, para peor.

Su disgusto hacia mí me hizo sentir como el pedazo de mierda que soy. A medida que las consecuencias de mis acciones comenzaron a asomar su fea cabeza, prometí corregir una situación equivocada tratando de protegerla a ella y a Avery. Le advertí sobre los paparazzi que le iban a decir cosas viles, para obtener una reacción de ella, especialmente el notorio Danny Salari. Seguí todos sus movimientos desde la distancia y cuando estuvo a salvo en los confines de su apartamento, seguí a Danny y a los otros paparazzi para escuchar cuáles eran sus próximos movimientos para ella. Con mi lealtad hacia Jenna creciendo cada día, mi disgusto por Cal Harrington, y la idea de que él no quería ser parte de la vida de su hija, creció hasta el punto de que cuando finalmente llegó a la ciudad para conocer a su hija, lo confronté en qué despreciable ser humano pensé que era.

Imagínese mi sorpresa al descubrir que en realidad era una víctima en esta narración.

Con este nuevo conocimiento, acepté su oferta de pagarme para cuidar a Jenna. Necesitaba saber dónde estaba ella en todo momento por su seguridad, especialmente porque, sin que ella lo supiera, había una amenaza de muerte contra ella y Avery. Desde su punto de vista, yo era otro lobo en la manada de paparazzi, pero en realidad, ahora le estaba proporcionando a Cal información sobre su paradero sin que ella lo supiera. Me hizo sentir mejor que ahora tenía un propósito bueno, especialmente cuando su opinión sobre mí comenzó a suavizarse cada vez que acudía a rescatarla de los paparazzi "malvados". Empecé a creer que podía redimirme de traer todo el caos a su vida protegiéndola. Creía las mentiras que me decía cada mañana que me levantaba de la cama para seguirla.

Porque en realidad, ella y Cal Harrington aún no tenían idea de que fui yo quien hizo el pacto con el diablo.

Mantuve esta farsa evitando a Layla a toda costa, a pesar de mi deseo de hablar y disculparme con ella. Cuando no estaba siguiendo a Jenna y los otros paparazzi, intentaba seguir a Layla cuando estaba en la ciudad. Me enojó verla emborracharse y arrojarse a los hombres. Leí sobre la muerte de su esposo cuando la investigué y sus acciones fueron comprensibles. Todavía estaba adolorida y desearía que hubiera alguna manera de quitárselo todo. Sabía que este no podía ser el comportamiento normal de alguien a quien Jenna llamaría su mejor amiga, ya que Jenna parecía ser el polo opuesto, en cuanto a comportamiento, que Layla. Quería salvarla de sí misma y asegurarle que no necesitaba hacer lo que estaba haciendo. No tenía idea de si Layla me recordara de esa noche. Esperaba que lo hiciera, pero no podía arriesgarme a que supiera que yo estaba aquí y les revelara a Cal y Jenna que fui yo quien vendió su historia. Entonces, me mantuve escondido de ella cuando ella estaba cerca de Jenna. Pero cuando las observé juntas desde lejos una noche y vi que estaban en problemas, decidí que ya no podía seguir huyendo de la verdad.

El lado positivo de esto fue que Cal y Jenna tuvieron un final feliz juntos gracias a mis acciones originales. Se han dado cuenta de esto y me han perdonado. Cal todavía me emplea temporalmente para seguir a Jenna y cuidarla, esta vez con su conocimiento. La única que no me ha perdonado es Layla. Desde que prácticamente ha estado viviendo con Jenna el mes pasado, la he visto florecer todos los días. Se está volviendo más saludable, su hermosa sonrisa ahora es algo cotidiano. Una sonrisa que quiero ver más, preferiblemente dirigida hacia mí.

Mi tiempo en Chicago puede agotarse pronto y ahora me doy cuenta de que mi nueva misión antes de irme es la redención.

Redención en los ojos de Layla Sands.

¿Chase y Layla tendrán su segunda oportunidad? ¡No te pierdas Perfectamente Sola muy pronto!

# Sobre la autora

Jessica Marin comenzó su historia de amor con los libros a una edad temprana gracias al estímulo de su abuela Shirley. Siempre había soñado con ser autora y finalmente hizo realidad sus sueños de escribir historias de felices para siempre. Actualmente ella reside en Tennessee con su esposo, hijos y bebés peludos.

A Jessica le encantaría que la acompañes en todas sus redes sociales disponibles. ¿Te encanta ser parte de grupos exclusivos de lectura? ¡Entonces únete, *Jessica Marin's Misfits* en Facebook!

Jessica Marin's Misfits

¿No usas redes sociales? ¡Únete al boletín de Jessica para mantenerte al día con todo lo relacionado con el mundo de Jessica Marin, incluidos nuevos lanzamientos, teasers exclusivos y LIBROS GRATIS!
Boletín informativo

# Agradecimientos

Es un sueño hecho realidad poder finalmente publicar esta historia después de tenerla en la cabeza durante cinco años. Cal y Jenna siempre tendrán un lugar especial en mi corazón, con su historia siendo mi primer libro. Espero compartir más de sus vidas contigo en la historia de Layla, Perfectamente Sola.

Ni siquiera sé por dónde empezar a agradecer a la gente, ya que estoy más que bendecida de tener tantas personas generosas, amorosas y solidarias en mi vida. Mi primer agradecimiento tiene que ser para mi esposo. Sin su apoyo, hoy no estaría publicando este libro. Al resto de mi familia, gracias por su aliento, amor, apoyo y siempre creer en mis habilidades para escribir mi propio libro.

A todos mis amigos que animaron mi sueño y me dieron consejos y palabras de aliento, muchas gracias por creer en mí y apoyarme siempre. Tengo que agradecer especialmente a Erica, Crystal, Neil, Melissa, Sara y Whitney por los consejos adicionales y la ayuda con este libro, especialmente cuando hubo días en los que quería rendirme.

A las blogueras y lectoras por llegar a esta página, gracias por tu tiempo y lo más importante, ¡por tu apoyo!